KB263065

2006 올해의
문제
소설

2006 올해의 문제소설

2006년 3월 5일 초판 인쇄
2006년 3월 10일 초판 발행

엮은이 한국현대소설학회
펴낸이 한 봉 숙
펴낸곳 푸른사상사

등록 제2-2876호
주소 서울시 중구 을지로3가 296-10 장양B/D 701호
대표전화 02) 2268-8706(7) **팩시밀리** 02) 2268-8708
메일 prun21c@yahoo.co.kr / prun21c@hanmail.net
홈페이지 //www.prun21c.com
ⓒ 2006, 한국현대소설학회
ISBN 89-5640-439-9-03810

☆저자와의 합의에 의해 인지 생략함
☆가격은 책 뒷면에 있습니다

2006 올해의 문제소설

한국현대소설학회 엮음

푸른사상

『2006 올해의 문제소설』 선정 경위

『올해의 문제소설』은 전국의 대학에서 현대소설을 연구하고 가르치는 교수들이 주축이 된 〈한국현대소설학회〉에서, 매년 문예지에 발표된 소설을 대상으로 선정하여 엮고 있다.

『2006년 올해의 문제소설』의 구체적인 선정 경위는 다음과 같다.

대상작품은 2004년 11월부터 2005년 10월까지 1년 동안 월간지·계간지·무크지 등의 문예지를 통해 발표된 중·단편소설로 하였다. 구체적인 문예지는 《문학사상》, 《현대문학》, 《동서문학》, 《작가세계》, 《창작과비평》, 《세계의 문학》, 《문예중앙》, 《21세기 문학》, 《문학동네》, 《내일을 여는 작가》, 《실천문학》, 《한국문학》, 《문학과 사회》, 《라쁠륨》, 《문학판》, 《문학인》, 《파라 21》, 《소설가》, 《문학수첩》, 《한국소설》, 《문학과 경계》 등 21개이다. 이들에 게재된 모든 작품들을 대상으로 하여 우리 소설문학의 오늘과 내일을 가늠할 수 있는 문학성과 문제성을 지닌 작품을 선정하고자

하였다.

이를 위해 한편으로는 학회에서 활동하고 있는 교수들로부터 문제소설의 후보작을 개별적으로 추천받았고, 다른 한편으로는 학회의 위촉을 받은 고려대, 동국대, 동덕여대, 서울대, 서울사대, 숭실대, 아주대, 이화여대 등 8개 대학원 석·박사과정의 현대소설 전공자들이 중심이 되어 1년 동안 발표된 전 작품에 대한 예비적인 검토 작업을 진행하였다. 세미나 형식을 통하여 각 작품을 윤독하고 작품의 장·단점에 대해 토론하였으며, 이메일을 통한 교수들의 개별적인 추천과 평가도 동시에 이루어졌다. 이 과정을 통해 추천된 46편의 후보 작품들에 대한 종합세미나를 2005년 4월과 10월에 개최하여 최종 후보작을 선정하였다.

이렇게 결정된 최종 후보작 21편은 〈한국현대소설학회〉의 이사진이 중심이 된 선정위원회에서 다시 검토하였다. 선정위원들은 추천

과정에서 제기한 각 작품들의 특징을 토론하여 최종적으로 『2006 올해의 문제소설』을 선정하였다. 선정된 작품은 다음과 같다.

1. 김원일, 「오마니별」(《창작과 비평》 2005. 겨울)

2. 김인숙, 「어느 찬란한 오후」(《현대문학》 2005. 7월)

3. 김중혁, 「에스키모, 여기가 끝이야」(《작가세계》 2005. 가을)

4. 박민규, 「코리언 스텐더즈」(《문학수첩》 2005. 봄)

5. 박정규, 「한나절의 수수께끼」(《현대문학》 2005. 5월)

6. 손홍규, 「이무기 사냥꾼」(《문학동네》 2005. 여름)

7. 유금호, 「그 강변, 야생 키니네꽃」(《계간소설가》 2005. 여름)

8. 이응준, 「약혼」(《현대문학》 2005. 10월)

9. 이화경, 「상란전」(《문학과 경계》 2004. 겨울)

10. 정이현, 「1979년생」(《문학과사회》 2005. 가을)

11. 조선희, 「파란꽃」(《실천문학》 2004. 겨울)
12. 최수철, 「창자 없이 살아가기」(《문학사상》 2005. 10월)

— 작가명 가나다 순

　위의 작품 외에도 좋은 평가를 받고 많은 관심을 끈 작품들이 있었지만, 다른 지면을 통해 게재할 예정이거나 이미 작품상을 수상하여 최종 선정 과정에서 배제했다.

　선정된 12작품에는 해설위원들의 평이한 해설이 첨부되어 있다. 현대소설에 대한 강의와 연구를 활발하게 하고 있는 현직 대학교수들의 해설은 독자들이 좋은 작품을 쉽게 이해하는 데에 도움을 주리라 생각한다.

　마지막으로 〈한국현대소설학회〉는 이러한 작업이 독자들의 성원에 힘입어 한국현대소설사의 귀중한 자료가 되기를 진심으로 바란

다. 그리고 그것은 동시에 우리 소설의 미래를 생각해 보는 구체적인
자리가 될 것임을 믿어 의심치 않으며, 이를 위해 독자들의 의견을
한상 정중히 수렴하는 데에도 힘을 기울일 것이다.
　〈한국현대소설학회〉의 홈페이지(http//fiction.web.riss4u.net)에
서도 우리 소설을 사랑하는 독자들과 만날 수 있기 바란다.

2006년 1월
2006 올해의 문제소설 선정위원회

2006 올해의 문제소설

김원일 오마니별 ————————————————————— 13
분단의 현실과 자아 정체성 찾기 | 송현호 · 49

김인숙 어느 찬란한 오후 ————————————————— 55
새로운 생명의 생산, 새로운 존재 세우기 | 정호웅 · 78

김중혁 에스키모, 여기가 끝이야 ——————————— 85
내면의 오차 지도 그리기 | 김현숙 · 109

박민규 코리언 스텐더즈 ————————————————— 115
박민규의 이야기 방식과 현실인식 | 남송우 · 143

박정규 한나절의 수수께끼 ————————————————— 151
원 장면이 담긴 나체화에 대한 보고 | 김한식 · 179

손홍규 이무기 사냥꾼 ——————————————————— 185
비루먹은 신화, 되살아나려는 신화 | 정혜경 · 215

차례

유금호 그 강변, 야생 키니네 꽃 — 223
시적 영감 같은, 혹은 웅숭깊은 사랑의 의미 | 김찬기 · 244

이응준 약혼 — 251
지상의 고통, 다이아몬드로서의 죽음 | 서경석 · 270

이화경 상란전相蘭傳 — 275
그의 이름은 스무 살 | 강현국 · 298

정이현 1979년생 — 305
1979년생 세대의 독립선언, 혹은 영악한
그녀의 자그마한 반란 | 이정석 · 331

조선희 파란꽃 — 337
삶과 죽음에 대한 성찰과 존재하려는 경향 | 임환모 · 359

최수철 창자 없이 살아가기 — 367
울증 시대에 조증으로 읽는 재미와 통찰의 극적 드라마 | 이미림 · 404

오마니별

김원일

◈◈ 약 력 ◈◈

1942년 경남 김해 출생.
1966년 《매일신문》 신춘문예에 소설 「1961 · 알제리아」 당선,
1967년 《현대문학》에 「어둠의 축제」 당선으로 등단.
장편 「노을」 「마당깊은 집」 「늘푸른 소나무」 「불의 제전」 외, 소설집 「어둠의 혼」
「도요새에 관한 명상」 「마음의 감옥」 「푸른 혼」 외 다수.
한국일보문학상 대한민국문화예술상 이상문학상 황순원문학상 만해문학상 등 수상

오마니별

김원일

1

조씨 있는가 하고 부르는 소리가 길 아래쪽에서 들렸다. 전짓불빛이 마당 입구를 스쳐갔다. 어스름은 늘 골짜기 아래에서부터 바람을 몰아왔고, 등성이를 타고 오른 바람이 펼친 치마폭처럼 산을 흔들며 훑어나갔다. 느릅나무와 개암나무가 스산스레 잎을 떨구었다. 마당을 덮은 가랑잎이 아이들 줄 서듯 가지런히 선 참깨 묶음을 비껴 언덕 아래로 쓸려갔다. 전짓불빛이 마당까지 올라오자 불빛과 인기척을 알아챈 염소우리의 염소들이 기척을 내며 수런댔다. 삽짝은커녕 울조차 없는 마당으로 당주골 이장 황씨가 들어섰다. 이장 손에 들린 전짓불빛이 툇마루에 나앉은 조씨를 집어냈다.

2006 올해의 문제소설

“귀신 나오겠군. 왜 불도 안 켜고 우두커니 앉았어.” 가는귀 먹은 조씨라 황이장이 큰 소리로 나무라곤 마루로 올라와 손수 형광등 스위치를 올렸다. 형광등 전구가 몇 번 깜박대더니 흐릿한 빛을 냈다. “전구를 갈아야겠군. 저녁은 먹었어?”

조씨가 한술 떴다고 시무룩이 말하자 황이장이 전기플러그가 꽂힌 전기밥솥 뚜껑을 열어보았다. 혼자 두 끼니쯤 먹을 밥이 남아 있었다. 흠투성이 낡은 두레상에는 치우지 않은 먹다 남긴 밥그릇에 찬이라곤 김치, 멸치조림, 새우젓이 고작이었다. 홀아비 노인의 지지리 궁상에 이장이, 나이도 있는데 이렇게 먹어서야 어떻게 힘을 써 하곤, 저녁 찬으로 먹고 온 김치찌개며 된장국이 남았다며 처에게 가져다주라 일러야겠다고 생각했다.

“자네 어디 갔더랬어?”

“뭐라구?”

“낮에 말야.”

목을 빼고 꾸부정히 앉은 조씨가 대답을 않고 허리 뒤를 가만가만 주물렀다. 이장이 허리가 아프냐고 물었다. 조씨가 아니야, 괜찮아 하며 호작질하다 들킨 아이처럼 하던 동작을 멈추었다. 낮참에 조씨는 염소들을 몰고 범바위로 올라갔다가 새끼염소 한 마리가 엇길을 놓기에 그놈 뒤를 쫓다 허방에 발을 접질려 바위에 허리를 찧은 게 시큰하게 둔통이 왔던 것이다. 조씨는 풀을 한짐 베어서 지게에 지곤 여덟 마리 염소를 몰고 절름거리며 집으로 돌아왔다. 아예 일을 작파해 참깨털이도 제쳐두고 누웠다가 저녁밥 한술도 뜨다 말다 했다. 한 해 다르게 염소치기며 밭농사가 힘이 부치는 조씨에게 그런 실수는 흔한 일이 되고 말았다.

“낮에 말일세, 분교 선생이 마을로 올라왔어. 자네 만나러 집에 들렀더니 없더라며, 내일 다시 오겠다더군.”

“뭐라구, 선생이?”

“그래, 선생이.” 이장이 뜸을 들였다가 조씨 곁에 바투 앉아 큰 소리를 내질렀다. “자네한테 손위 누이가 있었다고 했지? 전쟁 때 잃었다는 누이말야? 그건 기억하고 있잖은가.”

“암, 누이가 있었어. 폭격 맞고 죽었지. 그런데 왜?” 조씨가 머리를 틀고 침침한 눈을 닦으며 물었다.

1951년 초다듬 그해 첫 겨울, 조씨는 누이가 비행기 폭격에 죽었다 믿고 있었다. 엄마도 그렇게 폭격 맞고 운신 못한 끝에 숨을 거두었다. 조씨는 엄마가 숨 거두는 순간을 누이와 함께 지켜보았기에 다른 기억은 다 망가졌어도 그때 보았던 그 장면만은 색바랜 사진처럼 남아 있었다. 땅이 꽝꽝 얼어 오마니를 묻어줄 수도 없다며 누이가 오랫동안 섧게 울었다.

“만약에 말일세, 그 누이가 아직 살아 자네를 찾는다면 어떡하겠나?”

“날 찾는다구? 실없는 소리 말게. 내가 본걸. 갑자기 비행기가 나타나 총을 쏘아대구 폭탄 떨어지자 사람이 많이 죽었어. 나중에 보니 누이가 없어졌어. 아무리 찾아도 누이가 없어. 폭격 맞구 죽은 거야.”

“자네는 누님을 늘 누이라 불러 헷갈리네. 자네 말대로라면 손위로 누님 맞지, 그렇지?”

“그래 맞아. 내 위 누이야.”

조씨는 그해 겨울, 살을 도려내듯 했던 추위가 아직도 살갗에 알얼음으로 박혀 있는 듯 부르르 진저리쳤다. 그 많은 시체들 사이에 누이의 피투성이가 된 늘어진 몸뚱이가 떠올랐다. 조씨는 누이 시신을 직접 목격하지 않았으나 그 장면이 머릿속에 처음 그려진 후 누이만 떠올리면 그렇게 죽은 모습으로 아예 굳어져버렸다. 이제 와서는 살아생전 누이의 유독 반들거리던 눈빛과 길동그란 생김새조차 지워졌다. 그런 흐릿한 기억조차 말을 듣던 옆사람이 지난날의 장면을 재생해주려 조언을 보탰기에 가능했던 것이다. 눈 내리구, 너무 추웠어…… 그런데 갑자기 비행기가 폭탄을…… 사람이 많이 죽구 누이가…… 조씨가 겁에 질려 울 듯한 표정으로 그렇게 떠듬떠듬 말하면 옆에서 듣던 이가, 눈보라 치는 한겨울에 한뎃잠 자며 피란 나오다 비행기가 나타나 폭탄을 떨어뜨려 사람이 많이 죽었겠군. 그때 꽝 하고 폭탄이 터지자 그 진동으로 자네 귀청이 떨어져 나갔구 누이도 그 파편에 죽었지? 그런 보탬말이 조씨 머릿속에 사실처럼 확인되어, 맞아, 맞아 하고 맞장구쳤고, 기억으로 저장되었던 것이다.

뿌연 하늘에 좁쌀알갱이 같은 눈보라가 휘몰아쳤다. 얼굴을 치는 눈보라가 얼마나 맵게 찬지 눈조차 제대로 뜰 수 없었다. 산지사방에서 모여든 많은 피란민들이 앙상한 버드나무 늘어선 한길 따라 걷고 있었다. 자전거, 수레, 지게에 걷지 못하는 아이와 덩이덩이 짐을 싣고 허리 휘게 등짐 진 채 많은 피란민이 한데 뭉쳐 허연 입김을 뿜으며 어뜩비뜩 길을 재촉했다. 피란민들은 솜옷을 덧껴 입었고 수건으로 목과 머리통을 싸맨 채 얼어 다져진 길바닥에 미끄러지지 않으려 신발에 새끼줄로 감발을 치고 있었다. 그때 갑자기 앞쪽 언덕 너머에서 비행기 몇 대가 머리를 스칠 듯 나타났다. 나이든 이와 아녀자들은 오도 가도 못한 채 어린 자식을 품에 감싸고 그 자리에 머리 박고 엎드렸다. 청장년은 길가 개골창으로 뛰어들거나 밭등성이로 날랜 걸음을 놓았다. 저공으로 날아온 비행기들이 한차례 기총소사를 퍼

붓더니 피란민들 머리꼭지에 폭탄 여러 개를 떨어뜨리곤 살같이 사라졌다. 한순간에 당한 난리로 피란민 대열이 흩어졌고 한길은 아비규환이었다. 찢어진 몸뚱이와 피가 눈보라 속에 튀고 비명과 신음소리가 낭자했다. 어른 아이들이 눈바닥에 피걸레로 늘어져 꼼짝을 안 했다. 나란히 길을 걷던 소년은 그때 그만 누이를 놓쳤다. 소년은 시신을 안고 울부짖는 사람들과 아직 숨이 붙어 신음을 내지르는 부상자들 사이를 누비며 누이를 찾았다. 비행기가 되돌아와 나머지 사람들을 죄 몰살할 거라고 누군가 소리쳤다. 어서 여기를 떠나야 산다고 수염이 고드름 된 노인이 소년에게 말했다. 한 아낙이, 이 피 좀 봐 하더니 정수리에서 흘러내린 피가 면상을 덮은 소년 얼굴을 머릿수건으로 닦아주며, 앞서가는 사람들 속에 누이가 있나 찾아보라고 말했다. 겨우 목숨을 건진 피란민들이 다시 모여 살육의 현장을 빠져나갔다. 소년은 피를 철철 흘리고 걸으며 누이를 찾았다. 목청이 쉬도록 누이를 불러도 그들 속에 누이 모습은 간 데 없었다. 그때서야 소년은 누이가 폭탄이 터질 때 죽어 보이지 않는다고 생각했다. 누이를 잃은 그해 겨울, 소년은 머리가 너무 아파 제정신을 놓쳐 피란민 대열에서 낙오되었으나 추운 날씨 덕에 정수리 상처는 그럭저럭 아물었다. 소년은 거지가 되어 문전걸식하며 시골집을 떠돌았다. 너무 굶어 기력이 다해서 쓰러지기도 여러 차례였다. 얼어죽기 직전 숨이 목젖에 걸린 소년을 행인이 발견해 길갓집 더운 방으로 옮겨 살려내기도 했다. 소년은 다시 길을 나섰다. 얼굴과 손발이 동상에 걸려 퉁퉁 부은 몸으로 여염집 처마 밑 따뜻한 굴뚝에 기대어 새우잠을 잤다. 그래도 명줄은 길어 봄이 왔을 때, 소년은 얼이 반쯤 빠져 맹해진 상태로 천안 부근 산골 장터를 떠돌고 있었다. 아무나 잡고 헛소리로 오마니, 누이를 불러대는 실성기를 보였다.

"조씨, 내일은 멀리 나서지 말구 집 안에 죽치고 있어, 알았지? 현선생이 자네를 만나러 온다니깐 내가 같이 옴세. 현선생이 인터넷인가 그걸 하다 누이가 자네 찾는 걸 알았다네."

"누이가 날 찾는다구? 거짓말이야."

"조만간에 나와 종씨인 박사님이 똑같이 닮은 사람도 만들어낸대. 자네 누이가 벌써 만들어졌는지 모르지만. 하여간 현선생 말로는 자네 누이 비슷한 분이 전쟁 때 잃은 남동생을 찾고 있다더군." 황이장이 손에 든 전짓불을 켜고 마당으로 나섰다. "나 그럼 내려감세."

조씨가 배웅을 하러 한쪽 다리를 절며 축담에 내려섰다. 다리까지 왜 저냐고 이장이 묻자, 조씨가 괜찮다며 손사래 쳤다.

"아침저녁으론 날씨가 많이 차졌어. 감기 조심하구. 군불 안 땠다면 전기장판에 스위치 넣고 자라구. 늙을수록 몸을 따뜻이 해야지."

"바람이 세어 별도 가물가물하군." 틈만 나면 넋 빠진 꼴로 별 보기를 좋아하는 조씨가 하늘을 올려다보았다. 바람 건너 아스라이 멀리 있는 별빛이 흐릿했다. "말이 잘 안 들리는데, 눈까지 가나봐."

"무슨 잠꼬대 같은 소릴. 바람 잠잠한 한겨울밤이나 여름밤에 별이 밝지."

황이장 목소리가 전짓불빛 따라 언덕 아래로 멀어졌다.

그날 밤, 조씨는 뒤허리 둔통으로 몸을 돌려 눕지 못하고 밤 내내 골골 앓았다. 추석을 앞둔 절기라 골짜기를 훑는 밤바람 소리가 하루 다르게 기를 세웠고 귀뚜리 울음소리가 애잔했다.

봉창이 뿌윰하게 트여오자 우리에 갇힌 염소들이 날이 밝았다며 수런댔으나 오늘따라 조씨는 자리에서 일어나기가 힘에 부쳤다. 웬

만큼 살았어, 이만큼 살았으니 됐어, 하고 늘 외는 소리를 읊으며 조씨는 꿉꿉한 이불 속에서 얕은 숨을 쉬며 꾸물댔다. 햇살이 느릅나무와 개암나무 우듬지를 비출 때야 겨우 몸을 일으켰다. 원숭이처럼 앉은걸음으로 마루로 나오니 하늘에는 새털구름이 높이 떠 있을 뿐 날이 맑고 건들바람이 쌀쌀했다. 조씨는 마당으로 나와 대나무관을 거쳐 확에 넘치는 찬물로 낯짝을 닦았다.

조씨가 전기밥통에 남은 밥을 한술 던 뒤 비누치대기로 밀린 손빨래를 대충 마쳐놓았을 때야 분교 현선생과 황이장이 서리 앉은 갈잎을 밟고 언덕 위 외진 조씨 집으로 올라왔다. 안경잡이 젊은 선생이 등산모를 벗으며 조씨에게 인사를 차렸다. 현선생은 우선 영감님 사진부터 찍겠다며 조씨에게 허리 곧추 세워 정면을 바라보게 했다. 웬 사진까지, 하면서도 자기 모습을 찍어준다니 싫지 않은 듯 조씨는 시키는 대로 꼿꼿한 자세를 취했다. 뒤허리가 결려 조씨가 찡그리자, 현선생이 카메라에 눈을 가져대곤 선, 김치, 김치 하며 웃으라고 말했다. 군살 없는 몸에 허옇게 센 짧은 머리칼, 턱이 긴 질그릇색 얼굴, 골 깊게 파인 주름살, 무릎 앞에 늘어뜨린 굳은살의 거친 손, 경성드뭇한 허연 수염이 전형적인 농사꾼 촌로였다.

"그리고 보니 조씨 상판이 영판 염소를 닮았어."

황이장이 껄껄대고 웃었다. 정말 조씨는 성질마저 염소를 닮아 한없이 순량한 사람인데 간혹 뻗대는 그 염소고집만은 마을 사람들이 말릴 수가 없었다. 현선생이 무릎 접어 디지털카메라로 조씨 사진을 여러 장 찍었다. 당주골 길흉사를 추억으로 남겨주려 선생이 구입한 카메라였다. 현선생은 사진을 찍은 뒤 마루 끝에 앉아 조씨에게 찾아온 용건을 꺼냈다.

20

"영감님, 육이오전쟁 나기 전엔 어디서 사셨습니까?"

조씨가 가는귀 먹었으니 큰 소리로 말해야 한다고 황이장이 일렀다.

"어디 사시다 당주골로 들어왔냐구요!"

"저 산너머 먼 데야. 거기가 평안도라 하데. 그래서 내 이름이 평안이 아니오." 조씨가 자기 말이 재미있다는 듯 앞니 빠진 입 안을 보이며 흐물쩍 웃었다.

"실없는 사람하군" 하며 팔짱 끼고 선 황이장이 혀를 찼다.

조씨는 맑은 눈을 껌벅이며 마당귀에 선 한 그루 느릅나무와 두 그루 개암나무에 눈을 주었다. 가지를 떠날 서리 젖은 누른 잎이 아침 햇살에 반짝였다. 조씨가 염소아저씨 조서방 따라 이 집으로 왔던 그해, 느릅나무는 아름드리 상수리나무 옆에 자식나무처럼 간짓대 굵기로 하늘하늘 서 있었다. 봄철에는 조서방 처가 느릅나무 어린잎을 따서 나물로 무쳐 먹기도 했다. 세월이 흘러 조서방 딸은 일찍 출가해 도붓장수 따라 먼 갯가로 떠났고 아들은 중학교를 마치자 염소 두 마리를 끌고 몰래 집을 떠난 후 소식이 없었다. 그리고 몇 해 후 조서방이 죽고 뒤따라 그의 처도 세상을 떠났다. 조서방 내외 장례를 조씨와 당주골 사람들이 치렀다. 몇 해 전인가, 조서방 아들이 당주골로 들어와 면소를 오가며 집터 팔겠다고 나서서 마을에 분답을 떨었다. 이 산골에서도 외진 언덕배기 그 땅이 몇 푼 되겠으며, 살 임잔들 나서겠어? 다들 대처로 나가버려 당주골에 빈집도 흔한 걸 자네 눈으로 보잖는가. 그 땅과 헌집은 이제 조씨 몫이야. 조씨가 세상물정에 물러 새경도 안 받고 평생 조서방네 집안 일을 거뒀잖는가. 범바위 아래 묻힌 자네 부모 묘에 벌초도 아들이랍시고 여태 조씨가 해오고 있는 줄 몰라? 부모 살아생전 코빼기도 안 비친 주제에 씨가 먹히는 소리를 해야지. 이장과 마을 늙은이들이 나서서 삿대질하며 따지자 조서방 아들이 머쓱하니 당주골을 떠난 후 여태 감감소식이었다. 그런 긴 세월이 흐를 동안 상수리나무는 마을 정자 기둥감으로 베어졌고 이제 느릅나무가 어미나무가 되어 그 자리를 지키고 있었다. 개암나무는 조씨가 이 집 정착한 그해 가을, 조서방이 데려온 자식 평안에게 지나가는 소리로, 죽은 네 엄마와 누이 보듯 하라며 심은 나무였다. 개암나무는 해마다 부쩍부쩍 키가 컸고 엄마와 누이가, 내 열매 먹고 너도 얼렁얼렁 크라는 듯 많은 열매를 달기 시작했다. 조씨 눈앞에 개암열매를 많이도 먹어온 지난 세월이 암암하게 흘러갔다.

"보자, 내 나이 예순하나 아닌가. 전쟁 난 이듬해라면 학교도 아직 입학 안 한, 겨우 일곱 살 아니었나. 나도 그때가 가물가물한데, 나보다 두어 살쯤 위긴 하겠지만 제 이름에 나이도 몰랐던 조씨가 전쟁 전 이북 살았던 적을 어찌 기억하겠어?"

황이장은 조씨의 정확한 나이를 몰랐다. 조씨가 염소아저씨를 따라 당주골로 들어온 게 전쟁 난 이듬해 봄이었다. 면소 닷새장에 나가 염소 한 마리 처분한 돈으로 마신 술에 거나해진 조서방이 마을 고샅길에서 만난 마을사람에게 말했다. 면소 장바닥에 비럭질하는 전쟁고아가 널렸는데 그런 애들 중 하나야. 이번 장날에도 눈에 띄기에, 귀먹보라도 애가 하도 순둥이라 팔아버린 염소 대신 데려왔지. 그때 첫돌을 한 살로 따져 여섯 살이었던 황이장은 조서방이 쥔 새끼 꽁다리에 매인 염소 두 마리 옆에 허수아비 같은 한 소년이 겁먹은 얼굴로 떨고 있음을 보았다. 땟물 흐르는 군복 윗도리가 무릎을 덮었는데 곯은 무처럼 통통 분 종아리 아래는 땟국 전 맨발이었다.마을 사람들이 전쟁고아를 둘러싸고 이것저것 물었다. 이름은? 소년은 못

시선에 주눅이 들어 머리를 빠뜨린 채 떨고만 있었다. 이름과 나이를
물어도 소년은 대답을 못했다. 떠나온 고향을 알 리 없었다. 소년이
가는귀 먹었음을 알자, 멀리서 왔냐고 묻는 큰 소리에 산너머 먼 하
늘을 가리켰다. 그러고 보니 숫구멍 자리 정수리에 머리털이 자랄 수
없는 큰 흉터가 있었다. 소년은 갈라터진 땟국 전 손등으로 눈물을
닦으며 오마니와 누이란 말만 겨우 흘리더니 머리를 흔들어대며 큰
소리로 울었다. 마을 사람들이 조서방이 데려온 전쟁고아를 두고 말
을 맞추었다. 정수리 흉터로 보아 전쟁 때 파편을 맞아 머리와 귀를
다쳐 바보가 되었다. 영양실조가 원인이거나 태어날 때부터 머리가
모자란 아이일 수도 있다. 오마니란 말은 평안도에서 쓰는 엄마란 말
이니 평안도에서 피란을 나왔음이 틀림없다. 남으로 피란 내려오다
엄마와 누이가 죽었기에 저렇게 큰 소리로 운다. 그렇게 결론 내리곤
마을로 고아를 무작정 데리고 온 조서방을 나무랐다. 면소 지서에 맡
겨 고아원에 넘기든지 해야지 이런 귀먹보인 바보 아이를 데려와 어
쩔 작정이냐고 따졌다. 다음 장날 면소로 나가 당장 지서로 데려다주
게. 사람이 어디 염소새끼냐는 오례댁 말에 조서방이 버럭 역정을 내
며, 자식도 둘 뿐인데 내가 친자식으로 여겨 내 자식과 똑같이 키우
면 되잖느냐고 되받았다. 마을에서는 사람 좋기로 호가 난 조서방인
지라 이웃들은 그 말을 믿었다. 조서방은 자기 말에 책임지겠다는 듯
소년을 집으로 데려가 씻기고 먹인 뒤 아들이 입었던 옷일망정 멀끔
하게 갈아입혔다. 자기 성에 소년 출신지를 따와 조평안이란 이름으
로 두 자식 아래 호적에도 올렸다. 나이는 어림잡아 열 살로 등재했
다. 어느 날, 면소 장에 나간 조서방이 간꽁치 몇 마리를 사서 헌 신
문지에 말아왔는데 평안이 그 신문에 박힌 큰 글자를 떠듬떠듬 읽었

다. 그로써 평안이 전쟁 전 북에 있을 때 학교에 다녔음을 알 수 있었다. 조서방이 친자식 둘이 다니는 면소 초등학교에 평안을 데려가 선생과 상의한 결과, 늦게나마 입학이 가능함을 알았다. 평안은 조서방 두 자녀와 함께 시오리 길을 걸어 학교에 다니게 되었다. 학습진도를 따라가지 못해 공부는 늘 꼴찌를 면치 못했다. 평안은 3학년을 마치곤 학업을 포기해야 했다. 평안의 한계가 거기까지였으니 머리 씀씀이는 십단위 더하기 빼기만 손가락 짚어 계산할 수 있을 뿐 초등학교 하급반 수준을 넘어서지 못했던 것이다. 더욱이 전쟁 전 기억을 회복하지 못해 아버지가 있었는지 없었는지조차 알지 못했다. 엄마와 누이가 비행기 폭격으로 죽었다는 기억이 고작이었다. 엄마와 누이가 어디에서 그런 횡액을 당했는지도 몰랐다. 고향에서도 네 이름을 평안이라 불렀냐고 우스갯소리로 물으면, 평안이 맞아 하고 대답했다. 천둥이나 번개를 유독 무서워했고 마을에서 닭이나 개를 잡으면 이를 제대로 보지 못해 숨결이 거칠어져, 평안이 전쟁에 당했던 두려움을 잠재의식으로나마 느끼고 있음을 주위 사람들이 알아챌 뿐이었다. 조서방이 자식으로 거두며 돌보자 평안은 차츰 몸이 나고 살이 붙었다. 평안은 조서방 내외를 아버지, 엄마라 부르며 따랐다. 변성기를 넘길 즈음 평안의 머리도 웬만큼 트여 시키는 말은 대충 알아들었고 간단한 대화에는 별 지장이 없었다. 염소 키우기가 주업인 조서방은 평안에게 키우는 염소를 맡기게 되어 놀 짬이 늘자 주기酒氣를 달고 살았다. 친자식이 가출해버린 뒤로는 술병으로 몸져눕는 날이 늘었다.

"영감님, 인터넷을 조회하다 영감님과 살아오신 내력이 비슷한 분을 찾는다기에 혹시 영감님이 아닌가 하고 방문했습니다. 누이 이름이 기억나세요?" 현선생이 큰 소리로 물었다.

"누이? 누이라 불렀어. 이름은 몰라." 마당 한귀를 멍청히 바라보는 조씨 표정이 땡감 씹듯 떨떠름했다.

자연생태에 관심이 많은 현선생은 초등학교 분교 교사를 자원한 총각선생이었다. 분교는 전학년 학생수가 고작 여섯이라 선생이 한 명뿐이었다. 현선생은 예순 넘은 노인들이 대부분인 당주골의 상담역을 맡아 산골 노인들이 겪는 어려움을 도와주는 일에 나이든 황이장보다 나았다. 그는 꼬마승용차로 틈만 나면 집집마다 방문해 노인들의 신상문제와 면사무소, 농협, 보건소 출타를 돕고 있었다. 집에 댓 가구씩 모여 있을 뿐 골짜기와 등성이에 독가로 흩어진 당주골은 모두 합쳐 이십여 가구였고 면소까지는 탑고개 너머 몇 굽이를 돌아야 하는 시오리 길이었다.

"영감님, 평안남도 안주군이 고향 맞지요?" 현선생 말에 조씨는 여전히 묵묵부답이었다. "영감님 누이 이름이 이순옥 아니에요?"

"이순옥, 조순옥? 그렇겠군, 그래. 아니야, 모르겠는걸." 조씨가 머리를 흔들더니 뭘 그렇게 캐느냐며 찌무룩한 얼굴로 현선생을 흘겨보았다.

"현선생, 조씨가 그런 사람인 줄 내 대충 말했잖았나. 좀 구체적으로 말해보더라구. 인터넷인가 거기에 조씨 찾는다며 뭐라구 실렸는데?"

"한국에 온 지 이십 년째로 경남 거제도에 사는 스위스 출신 간호사 선생이 인터넷에 글을 올렸어요. 스위스에 사는 안나 리라고, 한국 이름은 이순옥인데, 전쟁 때 헤어진 남동생을 찾는다구요."

"남한 땅이 아니구, 그렇다구 미국도 아니구, 스위스란 나라는 구라파에 있잖은가? 경치가 그림같이 좋다는 살기 좋은 나라." 면소에 있는 중학교를 나온 이장이 배운 지식을 읊었다. "스위스에 산다는 조씨 누이 되는 노친네가 죽기 전에 동생에게 유산이라도 넘겨주겠다며 나타났단 말인가? 거제도에 산다는 스위스 간호사는 또 누군데?"

"스위스에 사는 이순옥 여사 현지 가족의 부탁을 받아 줄리란 간호사 분이 인터넷에 글을 올렸다니깐요. 이순옥 여사 나이는 예순일곱이며 고향은 평안남도 안주군이고, 남동생 이름은 이중길이라구요. 천구백오십일년 일사후퇴 때 평안남도 안주에서 피란 나오다 어머니는 폭격에 돌아가시구 남매만 경기도와 충청도 접경지대까지 내려왔는데, 거기서 또 비행기 폭격에 그만 헤어졌다구. 출신지와 나이를 따져보니 염소 키우는 영감님과 비슷해 후딱 조평안 영감님이 떠오르지 뭐예요."

"장본인이 기억 못하니 성씨와 이름이야 다르다 치구, 다른 건 다 맞잖아. 틀림없이 조씨가 순옥이란 노친네 동생이 맞다구." 이장이 제 일인 듯 손뼉을 쳤다. 황이장으로서도 너무 오래전 일이라 긴가민가하면서도 동네 아이들에 둘러싸여 쏟아진 질문에 주눅든 조씨가 엄마를 두고 분명 오마니라 말했고, 현선생 말처럼 모든 정황이 조씨가 순옥 여사 동생이란 확신을 들게 했다. "조씨가 염소아저씨와 함께 당주골로 들어왔을 때 평안도 말씨를 썼으니 평안이 아냐. 출신지야 정확히 모르지만. 도 지경이라면 성환 부근에서 폭격 맞아 누이 잃구 조씨 혼자 천안까지 탈래탈래 내려온 게야. 여기가 천안시 성남면 아냐. 그런데 현선생, 그쪽에서 왜 여태 동생을 안 찾다가 서로 늙은 이제야 찾아볼 맘을 먹었을까?"

"한국에 수소문했어도 이름이 다르니 못 찾았겠고, 이쪽에선 누이가 전쟁 때 폭격 맞고 죽은 줄 알아 찾을 생각을 안 했구……."

"그런데 조씨가 누이를 만난대도 가는귀까지 먹은 맹한 사람이 오십여 년 전 누이를 어떻게 알아보겠어? 저쪽 역시 그렇겠지. 얼굴도 많이 변했을 텐데 무엇으로 남매간임을 증명해 보이겠어? 여보게, 현선생. 인터넷에 조씨의 무슨 특징 같은 건 씌어있지 않아? 신체 어디에 점이 있다거나 흉터가 있다는 그런 것 말야? 조씨 머리통에 지네 꼴로 큰 흉터가 있긴 한데."

"특징에 대해선 별다른 언급이 없구요. 인터넷에 부모님과 고향에서 찍은 가족사진을 띄웠는데, 저로서도 사진에 박힌 소년이 조평안 영감님이란 데는 확신이 안 섭디다. 사진 아래에 '조국해방을 맞아'란 글씨가 박혔던데, 사십오 년 해방된 해라면 조평안 영감님이 너댓 살 때라……."

"그렇담 내가 보면 맞힐 수도 있어. 난 조씨가 당주골로 들어올 때 봤으니깐." 황이장은 말을 하고 나자 금세 자신이 없다는 듯 고개를 내저었다. 당시 조씨의 추레한 입성과 버썩 마른 몰골만 가물가물 떠오를 뿐 이목구비가 뚜렷하게 잡히지 않은 탓이었다. 그래서 현선생과 자기 말을 남의 이야기 듣듯 무관심한 조씨를 보고 버럭 역정을 냈다. "이 사람아, 뭐라구 말 좀 해봐. 자네 누이가 나타났다는데 사람이 어찌 그렇게 남의 소 보듯 멍하니 앉았어? 전쟁 때 폭격 맞고 죽었다는 누이가 구라파 스위스란 나라에 여태 살고 있다잖는가."

황이장이 답답하다는 듯 조씨 소매를 흔들었다. 그때까지도 조씨는 별다른 느낌이 없는지 현선생을 보고 엉뚱하게, 오늘은 노는 날이냐고 물었다. 현선생이 일요일이라 수업이 없다고 말하곤 조씨 과거 행적을 두고 큰 소리로 본격적인 질문을 시작했다. 그러나 별다른 수확이 없었다. 전쟁 당시 엄마가 죽었고 폭격에 많은 사람이 죽을 때

누이가 죽었으며, 그 겨울에 당한 추위와 굶주림 이외 조씨는 다른 어떤 증거도 대지 못했다. 당주골에 정착한 뒤 지내온 세월을 두고도 황이장과 의견이 일치하지 않은 점이 많았다. 나이 예순 중반이라면 정신 맑은 사람도 어릴 적 기억은 흐릿할 수 있다고 현선생은 그렇게 수긍할 수밖에 없었다.

"알겠습니다. 제가 줄리 선생 메일에 사실대로 답장 올리고 저쪽 소식을 기다리겠습니다. 컴퓨터 화상대화도 가능하구요. 제 생각으로는 조평안 영감님이 순옥 여사 남동생임이 틀림없다는 데 신빙성이 있습니다. 저쪽에서 서로 만나 확인해보자는 연락이 올 때까지 이 일에 적극 나서보겠습니다." 현선생이 황영감을 보며 물었다. "당주골로 조평안 영감님이 들어왔을 당시 목격했던 증인은 더 없겠습니까?"

"자식들 따라 벌써 여길 떠났고, 나이 들어 다들 돌아가셨지. 환갑 넘긴 내가 아직 이장직에 손 못 터는 처지니 말해서 뭣해. 당주골은 이제 이빨 빠진 노인 천지 아닌가. 참, 신출이 성님이 있긴 한데 정신이 오락가락하니 제대로 기억이나 할는지……."

누구보다도 확실한 증인은 조씨를 당주골로 데려온 염소아저씨인데 타계한 지가 벌써 이십여 년 전이었다.

2

하숙집으로 돌아온 현선생은 컴퓨터 앞에 앉아 거제도에 거주하는 줄리 선생 이메일로 답장을 냈다. 사진으로 올린 조씨의 현재 모습, 신체조건, 정수리 흉터와 귀가 좀 먹었다는 점, 지나온 이력을 써 보냈다. 그날 저녁, 그는 인터넷 채팅으로 줄리 선생과 대화를 나눌 수 있었다.

안나 리 여사는 슬하에 남매를 두었는데 출가했고, 제네바 근교에서 포도농장을 크게 하던 남편이 심장마비로 급사한 후 작년부터 제네바 시내에 있는 양로원에서 여생을 보낸다고 했다. 안나 리 여사의 아버지는 한국전쟁 전 안주탄전 경리책 복무원이었고 어머니는 그곳 인민학교 교사였다. 전쟁이 나고 낙동강 공방전이 한창 치열할 무렵 아버지는 뒤늦게 징집되어 전선으로 떠났다. 유엔군과 국군이 안주로 들어왔다 중공군 참전으로 후퇴할 1950년 12월 중순, 어머니는 미군 비행기의 소나기 폭격을 피해 두 자식을 데리고 피란길에 나섰다. 어머니가 비행기 폭격으로 별세한 것이 의정부 부근까지 내려왔을 때였다. 남매만 살아남아 피란민 대열에 섞였는데 경기도와 충청도 접경 어름에서 다시 비행기 폭격을 만나, 그때 서로 헤어지게 되었다. 동생이 폭격에 희생된 줄 알고 부산까지 홀로 내려온 이순옥은 1951년 9월에 부산 시온고아원에서 미국의 볼티모어 근교에 거주하는 가정으로 입양되었다. 중산층 가정의 양부모 보살핌 아래 정숙하게 성장한 안나 리 여사가 거기서 대학 재학 중 국제펜팔로 사귄 프랑스계 스위스 청년과 결혼하여 스위스 제네바에 정착한 것이 1961년이었다.

─줄리 선생께서는 어떻게 안나 리 여사 사연을 접하게 되었습니까?

─제가 제네바대학병원에서 간호사로 일할 당시 한국 간호사들과 기숙사 생활을 함께 하며 김치와 김을 맛보았고 한국어도 배울 기회가 있었습니다. 그 인연으로 한국을 여행하게 되었고, 한국 땅이 좋아 1984년 한국으로 건너와 5년 동안은 인천에서 살다가 15년째 풍

광 좋은 거제도에서 예수병원 간호사로, 병원에서 운영하는 보육시설 선생으로 일하고 있습니다. 지난 여름휴가 때 부모님과 형제들을 만나러 제네바로 나갔다 안나 리 여사 사연을 그분 따님에게 듣게 되었습니다. 한국에 나가는 대로 어머니 마지막 소원인 생존해 있을 동생을 찾아달라고 따님이 부탁하더군요.

─안나 리 여사가 여태 동생을 찾지 않다가 왜 이제 나서게 되었답디까?

─따님 말로는, 외삼촌 되는 분이 한국전쟁 당시 사망한 줄로만 알고 있었다고 합니다. 여사가 동생 사망을 목격하지 않았으나 그렇게 되어 이별했다며 때때로 눈물을 흘리셨답니다. 그러면서도 그때 폭격을 모면해 한국에 생존해 있거나 미국으로 입양되어 살아 있을지도 모른다고 생각했으나, 스위스는 너무 먼 나라 아닙니까. 오래 전이 되겠습니다만 안나 리 여사가 제네바에서 한국 관계 기관에 이중길 씨 출생지, 이름, 나이를 대어 찾아달라는 편지를 보낸 모양이에요. 아무 소식이 없었답니다. 그런데 안나 리 여사가 지난 봄 제네바 시민단체 '평화연대'가 벌인, 이라크 주둔 미군은 철수해야 된다는 시위에 노구를 이끌고 참가했다가 뇌졸중으로 쓰러져 혼수상태에 들었답니다.

─안나 리 여사가 평소에도 그런 국제정치 문제에 관심이 있었습니까?

─따님 말씀으로, 안나 리 여사는 모든 전쟁이란 전쟁은 적극 반대하는 평화옹호주의자였다고 합니다. 본인이 어린 시절 한국전쟁을 겪었기 때문이겠죠. 세계의 경찰을 자임하는 미국이 자국이 정한 기준치에서 벗어난다고 다른 나라 내정문제에 무력으로 간섭하는 걸

앞아서 보아내지 못하는 분이셨대요. 미국이 동맹국인 영국을 끌어들여 이라크를 침공했을 때도 평화연대 회원들과 함께 제네바 시청 광장 시위에 연일 참가하셨답니다. 그땐 안나 리 여사가 양로원에 들어가기 전이었는데 티브이 저녁뉴스를 보다 낮에 있은 거리시위 앞줄에 나선 어머니 모습을 보고 따님이 놀라 어머니가 사는 집으로 달려갔대요. 연세도 있으니 가두시위에는 나서지 마시라고 말렸는데, 전쟁은 무조건 막아야 한다며 막무가내셨대요. 그런 과로가 누적되었던지 지난봄에 쓰러져 혼수상태에 드셨답니다.

　―우리 채팅이 조금 엇길로 흐른 듯한데…….

　―현선생님, 안나 리 여사 병상을 제네바에 거주하는 자녀분이 번갈아 지켰는데, 여사가 기적적으로 일주일만에 깨어났습니다. 정신이 돌아오자마자 비몽사몽간이란 한국말 그대로, 혼수상태에 있을 때 생존해 있는 동생 모습을 생시처럼 똑똑히 봤다며, 동생이 죽지 않고 살아 있으니 꼭 만나야 한다고 말했답니다.

　―그 말을 어떻게 믿을 수 있겠습니까?

　―안나 리 여사 말로는, 깨어나기 하루 전에야 의식은 돌아왔으나 의사표시는 물론 눈꺼풀조차 움직일 수 없었다고 했습니다. 밤낮을 구별할 수 있었고 자신을 내려다보는 자녀와 손자도 알아보았답니다. 주위 사람들 하는 말도 들었지만 자신이 식물인간이 아니라는 의사표시를 할 수 없다는 게 너무 답답하고 안타까웠는데, 그러다 다시 의식을 놓곤 했답니다. 생과 사의 갈림길이었는지 꿈인지 분명하진 않지만, 그 어느 순간에 양치기 동생을 보았답니다.

　―줄리 선생이 안나 리 여사 자녀분을 만났을 때, 어머니가 혼수상태에서 동생의 환영을 보았다는 그 말에 자녀분 견해는 어땠습니까?

　―신神이 잠든 어머니 영혼을 찾아와 기적의 선물을 주었다고 따님이 놀라워했습니다. 어머니 평생 소망을 신이 허락하셨다고 아드님이 말했습니다. 저도 양로원을 찾아가 안나 리 여사를 면회했는데, 처음은 그 말이 믿기지 않아 긴가민가했으나 안나 리 여사가 산 중턱에서 양 치는 동생을 본 장면을 너무 생생하게 들려주어, 그 기적의 실현을 종교인으로서, 그러나 과학적 치료에 평생을 일해온 간호사로서 받아들이게 되었습니다. 의학적으로 소생이 불가능하다고 99퍼센트 결론이 났음에도 삶에 대한 환자의 강렬한 의지만으로 기적적인 회복을 보이는 경우가 흔치는 않지만 간혹 있습니다. 안나 리 여사 경우, 죽음을 앞두고 동생을 환영으로 본 것도 그런 의지력의 현시겠지요. 다리가 편치 않아 휠체어에 의지하긴 했으나 안나 리 여사 건강은 비교적 양호했고 정신상태는 분별력과 판단력이 있었습니다. 재활치료를 받고 있으니 머지않아 지팡이에 의지할망정 걷게 되겠지요. 외삼촌을 만날 기대에 부풀어 어머니가 다 잊은 한국말 공부를 새로 시작했다고 아드님이 말했습니다. 열세 살 때 한국을 떠났으니 기억 속에 남은 언어를 곧 되찾게 될 거라고 말입니다. 저는 한국으로 돌아오자마자 인터넷에 안나 리 여사 사연과 옛 가족사진을 올렸습니다. 그동안 이순옥 여사 동생이 틀림없을 거라는 이메일을 네 통 받았는데 저와 지금 채팅하는 현선생이 말씀한 조평안 노인도 그중 한 분입니다.

　―그럼 당주골에 사는 조평안 노인 신상을 좀더 자세히, 제가 만나 알고 있는 사실대로 지금부터 설명하겠습니다. 판단은 줄리 선생께서 하시고 제네바로 연락 취해주시기 바랍니다.

　현선생이 조평안 노인에 대해 알고 있는 사실 그대로를 문자로 화면에 띄우자니 자판 두드리는 손이 떨렸다. 조평안 노인이 누이와 헤어지기 전 기억을 망각해서 증거로 들이댈 만한 확실한 정보가 없었기 때문이다. 일방적으로 '아마 그럴 것 같다'란 추측에 불과했다. 한편 의식이 점멸되어 생사기로에서 헤맬 때 생존한 동생을 보았다는 안나 리 여사 말도 신빙성이 떨어졌고 어쩜 황당한 잠꼬대일 수도 있었다. 이순옥 여사 남동생이라며 연락해 왔다는 나머지 세 명 중 한 명이 진짜 동생일 수 있었다. 결과적으로 줄리 선생이 전해준 정보만으로는 이순옥 여사와 조평안 노인이 남매간임을 밝혀내는 데는 많은 난관이 있음을 확인할 수 있었다. 그래서 현선생은 자기 의견을 보태지 않고 객관적으로 조평안 노인을 만나 확인한 경위와 황이장, 마을 노인들 증언을 사실대로 화면에 올릴 수밖에 없었다.

─제 소견으로는, 서로 상봉하게 된다면 한국전쟁 전후 상황을 온전하게 기억하고 있는 안나 리 여서가 동생의 잃어버린 과거를 재생시켜줄 수 있지 않을까 생각합니다.

현선생은 이 문장을 첨부했다. 그는 줄리 선생과 안나 리 여사 가족의 판단을 기다리겠다며 쓰기를 마쳤다. 현선생이 '소식 기다리겠습니다'란 마지막 문장을 자판에 쳤을 때, 그제야 불현듯 '유전자검사'란 용어가 떠올랐다. 배울 만큼 배웠고 나이도 창창한 젊은이가 왜 그 간단한 친자확인 검사방법을 여태 놓치고 있었는지 한심한 생각이 들었다. 그래서 상대방 문자가 화면에 떠오르기 전 추신을 달려 했을 때, 줄리 선생의 간단한 답신이 먼저 화면에 떴다.

─제네바에 연락해서 빠른 시인 안에 소식 전하겠습니다. 최종적으로 DNA 검사방법이 있긴 합니다.

그날 이후 현선생은 틈만 나면 컴퓨터를 켜 줄리 선생의 이메일이

들어왔는가를 확인했다. 일주일을 기다려도 아무런 소식이 없었다. 현선생은 몸이 달았으나 그렇다고 새로운 정보를 제공할 처지도 못 되었기에 안달내며 먼저 나설 입장도 아니었다. 무슨 사정인지 모르지만 스위스와 연락이 지연되는 모양이라고 추측할 수밖에 없었다.

줄리 선생한테서 그 어떤 소식을 기다리며 초조해하기는 현선생만 아니라 당주골 노인들도 마찬가지였다. 당주골에서는 유일하게 담배와 일용품 따위를 취급하는 잡화점 주인인 황이장 집이 마을 들머리에 있었고, 이장 집 앞 느티나무 아래가 정자라 당주골 사람들이 정자에 모이면 조씨를 두고 여러 말을 나누었다. 이야깃감이 궁한 그들에게 현선생이 전해준 조씨의 혈육 확인여부는 화젯거리로 충분했다. 가을걷이도 대충 끝났겠다, 대처로 나간 자식들의 추석맞이 환고향을 기다리는 일 외엔 별다른 소일감이 없다보니 마을 노인들은 정자에 나앉아 황이장 잡화점 막걸리에 조씨 화제를 안주로 주거니 받거니 입씨름을 했다.

가장 안타까워 하기는 조씨의 기억상실증이었다. 1951년 1월이라면 조씨 나이가 만으로 아홉 살인데 고향, 부모, 누이 이름은 그렇다 치더라도 어떻게 자기 이름조차 까먹을 수 있냐는 한탄이었다. 자기 이름만 정확히 대면 만사가 해결되는데 이름 석자조차 모르니 세상에 이런 기막힌 사연이 어디 있냐며 열을 올렸다. 더욱이 조씨 부모가 고등교육을 받았고 조씨도 북에서 초등학교를 다닌 것 같은데, 그놈의 전쟁이 조씨 인생을 저 꼴로 만들었다며 성토했다. 자네와 종씨가 세계적인 과학자라던데 그런 것도 해결 못하냐며 애꿎게 황이장을 닦아세웠다. 그 말을 받아 구조조정에 걸려 조기퇴직 당한 후 자녀들 학업 때문에 가족은 서울에 두고 작년에 낙향해선 상황버섯을 재배하는 강씨가 나섰다. 치매의 원인이 밝혀지면 망각된 기억도 재생이 가능할 거라는 그럴싸한 의견을 낸 뒤, 유전자검사만으로도 혈연관계를 밝혀낼 수 있다고 말했다. 황이장이 이장직을 넘기려하자 그는 고향 떠난 지가 오래되어 농촌 현실을 제대로 파악할 내년쯤에나 맡겠다며 한사코 고사하는 중이었다. 유전자검사? 최신 과학이구 의학조차 믿을 수가 없어. 치술이 자네 아들 서울 큰 병원에서 종합검사 받고 위는 멀쩡하다 했는데 여섯 달 후 위암 삼기로 덜컥 죽지 않았나. 백내장을 앓는 윤씨가 붕어눈을 껌뻑이며 말했다. 치매란 말이 나왔으니 말이지 순옥이란 노친네가 중풍 끝에 치매에 걸린 게 틀림없다고 고산지 배추농사를 짓는 박씨가 나섰다. 꿈에서 본 것도 깨어나면 말짱 헛것인데 저승 문턱에서 동생을 보았다니 그걸 어떻게 믿어? 팔순 노인이 저승 가는 길에 부모와 상봉했다는 그 소리 아냐? 그 말에 모두들 고개를 주억거렸다. 황이장이 조그만 소리로 다른 의견을 냈다. 경치 좋은 알프스 산록에 양치는 스위스 그림을 달력에서 봤는데, 양치기 동생을 봤다는 말은 어지간히 맞군. 조씨가 염소아저씨 대를 이어 양은 몰라도 염소치기에는 선수 아냐. 그 말에 꿈보다 해몽이 좋다고 박씨가 빈정댔다. 설령 유전자검사로 친남매가 틀림없다고 확인되면, 지금 이 나이에 뭘 어떡하겠다는 거냐? 끌어안고 통곡하면 끝 아니겠어? 그 노친네 비행기 타고 스위스로 떠나구, 조씨는 여전히 범바위 오르내리며 염소나 칠 테구. 박씨가 말했다. 그래도 동기간의 그 상면이 어딘데요. 이 세상 산다는 낙이 부모형제와 자식들 옆에 두고 보는 것 빼구 뭐 있나요? 남정네들 말에 나서지 않고 잠자코 있던 대평댁이 말했다. 그 노친네한테 아들이 있다는데 부모를 양로원에 내치다니 몹쓸 자식이구먼. 거기도 처지가 딱한 게 아냐? 좌중 연장자인 동채 노인이 한마디했다. 서양 선진국들, 이를테면 스위스만 하더라도 우리나라 양로원과는 질적으로 다릅니다. 나이 들면 부자든 가난뱅이든 다들 양로원에 입소하는데, 노인 천국이 따로 없어요. 시설이 완벽하구 국가가 모든 걸 해결해줍니다. 우리나라만 하더라도 자식이 부모 모시는 건 우리 세대로 끝입니다. 퇴직금 쏟아가며 저도 자식들 가르칠 만큼 가르치겠다고 이러지만 저 역시 자식들한테 노후를 기대 않구요. 강씨의 말에 모두 떨떠름한 표정으로 입을 닫았다.

줄리 선생으로부터 현선생에게 이메일이 온 것은 추석 전날이었다. 본가가 대전이라 추석 차례를 지내러 하숙집을 막 나서기 전 혹시나 하고 이메일을 열어보니 받은편지함에 편지 한 통이 떠 있었다.

―현선생님, 소식 늦어 죄송합니다. 모든 것을 확실히 하기 위해 그동안 여러 절차가 필요했습니다. 먼저 알려드릴 말은, 안나 리 여사가 가족 동반으로 한국을 방문하겠다는 반가운 소식입니다. 안나 리 여사와 통화한 내용은, 지난 50여 년 세월동안 소녀시절에 받은 상처가 너무 컸기에 한국방문은 생각조차 안 했는데, 이번 기회에 한국 땅을 찾기로 자녀와 합의했다는 것입니다. 동생을 만날 수 있다는 부푼 희망이 계기가 된 것 같습니다. 여사의 동생일 거라며 연락해온 네 분 중에 직접 만나 확인할 분은 두 사람으로 최종 결정했고, 그중 한 분이 조평안 노인입니다. 그동안 접촉 결과 나머지 두 분은 핏줄이 아님이 판명되었습니다. 한국전쟁 전후의 가족 정황 정보가 서로 너무 정확했기에 쉽게 결론이 났고, 안나 리 여사가 만나보고 싶어하는 두 분은 불충분한 정보가 오히려 신뢰감을 준 듯합니다. 그 어떤 예감, 필링이 온다는 말 있잖습니까. 조평안 노인과 함께 만나게 될

다른 한 분 역시 전쟁 전 기억을 상실한 분입니다. 조노인과 같은 장소에서, 비슷한 나이에 미군 공습을 받았다니, 세상에 그런 우연의 일치가 어디 있겠어요? 충청남도 성환에서 포도농사 하는 자녀분과 함께 사는 그 분은 조노인보다 더 철저히 과거를 잊어버렸습니다. 미군 비행기 폭격으로 많은 피란민이 사망했을 때 기적적으로 목숨을 건진 분입니다. 그곳 마을 사람들이 참혹하게 죽은 시신을 치우다 채 숨이 끊어지지 않은 소년을 발견했답니다. 참외농사 짓던 이가 집으로 데려와 살려내어, 그 분이 장성하자 데릴사위로 삼았답니다. 이씨 노인은 훌륭한 자녀분을 두어 그 자녀분이 아버지의 망각된 전쟁 전 과거를 밝혀내려 헌신적으로 노력한 결과 성과를 거두었습니다. 이북5도 도청을 여러 차례 방문한 끝에 당시 비행기 폭격에 살아남은 분을 찾아내어 아버지 고향이 평안남도 안주군이란 사실을 알아냈고, 이씨 집안 자제임을 증언한 고향분을 만났던 겁니다. 이씨 노인 자녀분이 거제도까지 저를 찾아와 눈물 흘리며, 소설로 쓴다면 모를까 지구상에 이런 비극이 현실적으로 가능하겠냐고 말했습니다. 한국전쟁이 수많은 죽음과 가족 이별을 남겼지만 과거의 기억을 상실한 분이 50여 년만에 가족을 찾게 되는 경우도 있냐고 말입니다. 그 기막힌 사연을 두고 우리는 함께 울었습니다. 그러나 성환에 사는 이씨 노인도 과거기억상실자라 안나 리 여사와 동기간이란 확정적인 증거는 대면하거나 유전자검사를 하지 않은 이상 아직은 밝힐 단계가 아니군요. 그 모든 문제를 해결하기 위해 여사 가족이 동양의 먼 나라로 여행을 오게 되었습니다. 자녀 두 분과 며느님이 54년만에 이루어지는 안나 리 여사의 조국 방문에 동행한다고 합니다. 그 가족이 거제도를 방문하게 된다면 한국전쟁으로 인해 그동안의 어두웠던 한국에 대한 고정관념이 크게 수정될 것입니다. 호수는 많지만 바다가 없는 스위스라 배편에 한려수도를 관광하게 되면 그 아름다움에 탄성을 지를 게 분명합니다. 각자 개인사정이 있어서 스케줄을 조정 중입니다. 제가 스위스에서 올 때처럼 제네바에서 독일 프랑크푸르트로 나와 루프트한자나 한국 비행기를 탈 예정이니, 비행기편이 결정되는 대로 다시 연락드리겠습니다.

3

현선생이 운전대 잡은 꼬마승용차편에 조씨와 황이장이 동승하여 서울 워커힐호텔 커피숍에 도착한 것은 오후 한 시 오십 분이었다. 오후 두 시에 호텔 커피숍에서 줄리 선생과 만나기로 약속되어 있었던 것이다.

"조씨, 현선생 말처럼 곧 만나게 될 이여사가 설령 자네 누이가 아닐 수도 있으니 실망 말더라구. 마음을 침착하게 가져. 묻는 말에만 사실대로 대답하면 돼. 알았어?" 양복 차려입고 중절모를 제껴 쓴 황이장이 커피를 마시며 옆에 앉은 조씨에게 말했다.

"누가 뭐랬나." 조씨가 시침 떼듯 덤덤하게 되받았다. "설마 누이가 되살아났을라구. 난 아직도 못 믿겠는걸."

어제 현선생 차편에 조씨는 면에 나가 목욕과 이발을 했고, 새로 사 입은 뻣뻣한 점퍼를 걸치고 있었다. 삔 발목에 침을 맞으러 현선생 차편에 면으로 나다니다 선생 권유로 오랜만에 군청색 모직바지와 구두까지 샀는데 이번 기회에 갖추고 나서니 머리에서 발끝까지 새 치장을 한 셈이었다.

카메라를 목에 건 현선생은 줄리 선생이 나타나기를 기다리며 줄 곧 주위를 두리번거렸다. 아니, 줄리 선생보다 안나 리 여사 가족과 먼저 접견이 이루어졌을지 모르는 성환에 산다는 이씨 가족이 커피 숍에 있나 없나를 눈짐작으로 찾고 있었다. 성장한 선남선녀들만 자리를 채웠을 뿐 시골에서 올라온 사람으로 여겨지는 성환 가족은 눈에 띄지 않았다. 조씨가 안나 리 여사 동생이 맞을 가능성이 80퍼센트쯤 된다면 성환에 산다는 이씨 노인이 맞을 확률은 90퍼센트쯤이라고 현선생은 짐작하고 있었다. 줄리 선생 이메일 정보의 여러 정황으로 미루어 성황 이씨 노인이 동기간일 확률이 높았던 것이다. 그래서 상경하는 차 안에서도 안나 리 여사와의 만남이 섭섭하게 마무리된다면 조씨가 심적 타격을 받을까봐 그 점을 누누이 설명해 두었다. 현선생의 그런 말에도 조씨는 추수가 끝난 차창 밖 황량한 늦가을 들녘만 내다볼 뿐 별 반응을 나타내지 않았기에 다행이었다. 조씨는 겨울이 코앞에 닥쳤으니 부지런히 건초를 장만해야 한다고 키우는 염소걱정만 주절댔다.

감색 투피스에 핸드백을 든 줄리 선생이 손수건으로 눈자위를 훔치며 커피숍으로 들어섰다. 그네가 너른 커피숍을 살피더니 자리에서 엉거주춤 일어선 현선생과 눈을 맞추자 굵은 몸을 흔들며 이쪽으로 걸어왔다. 현선생은 쉰 초반의 줄리 선생을 초면임에도 금방 알아보았다. 맞아요. 성환 사는 이씨 노인이 안나 리 여사 동생이 틀림없어요. 현선생은 줄리 선생의 그 말이 먼저 떨어질까보아 조마조마했다.

세 사람은 줄리 선생과 첫인사를 나누었다.

"오래 기다리셨죠?" 하곤 줄리 선생이 맞은편에 자리한 조씨를 보았다. "조평안 어르신 맞죠?"

“예, 예, 평안입니다.” 조씨가 건성으로 대답하며 눈동자가 파란 서양 아녀자가 우리말을 썩 잘하는 게 신기하다는 듯 멍청히 바라보았다.

“성환에서 오신 이씨 노인 가족은 만나보셨습니까?” 현선생이 줄리 선생에게 궁금한 점부터 물었다.

“오전에 접견했습니다.”

“그렇다면 결과는요?” 현선생은 그네가 쥔 손수건에 눈을 주었다.

“참, 점심은 드셨어요?” 줄리 선생이 말을 바꾸었다. 고속도로 휴게소에서 간단히 먹었다고 현선생이 대답하자, 우리측에서 대접해야 하는데 결례가 되었다며 줄리 선생이 서둘러 자리에서 일어섰다. “다들 기다리고 있으니 객실로 올라가십시다. 가족이 묵는 객실에서 접견하기로 했으니까요.”

테이블 사이를 빠져나오다 현선생과 황이장 눈길이 마주쳤다. 황이장이 이미 결판이 났다는 듯 눈을 찔끔했다. 현선생 직감도 그랬다. 줄리 선생이 묻는 말에는 대답 않고 딴전 피운 점이나, 동기간 상봉에 감격한 나머지 잠시 잊고 있던 조씨를 떠올리고 급히 커피숍으로 나왔음이 틀림없다고 판단했다. 만나봐야 헛수고겠지만 서울까지 힘든 걸음 했으니 접견하지 않을 수 없는, 마지못한 걸음임에 틀림없었다.

커피숍 계산대 앞에 현선생이 나서는 걸 줄리 선생이 앞질러 찻값을 냈다. 네 사람은 객실로 올라가는 엘리베이터를 탔다. 황이장은 충수를 더해가는 깜박대는 숫자를 보다 더 못 참겠다는 듯 답답한 침묵을 깼다.

“성화 부근 도로에서 비행기 폭격 당했겠다, 평안도 안주군 출신에다, 성씨가 이씨라면, 그분이 틀림없겠군요. 기왕지사 이렇게 된

일, 우리는 모처럼 서울구경이나 하고 내려갈랍니다." 황이장이 헛기침 끝에 볼멘소리로 말했다.

"그렇지 않습니다. 제가 당사자가 아니라 말을 조금 아끼고 있을 뿐입니다. 지금 곧 안나 리 여사 가족을 만나보세요." 줄리 선생 목소리에 당황한 빛이 스며 있었다. 그네가 현선생에게 속삭이듯 말했다. "퀴즈의 숨은 그림을 찾듯, 안나 리 여사 질문이 용의주도했습니다. DNA검사까지 가야 할 정도로는……. 이 세상 하늘 아래 그렇게 이별한 채 평생동안 소식 모른 채 살고 있는 혈육이 그렇게 많다니. 한국은 지구상에서 이별을 가장 많이 체험한 사람들이 살고 있는 나라 같아요. 아직도 풀리지 않은 그 맺힌 한을 천상에서나 풀려는지……." 줄리 선생이 손수건으로 눈자위를 찍었다.

12층에서 일행은 엘리베이터를 빠져나왔다. 줄리 선생이 앞장섰다. 코너를 돌아 첫 객실 문 앞에서 그네가 손기척을 냈다. 기다리고 있었다는 듯 사십대 초반의 금발머리 서양여자가 문을 열어주었다. 안나 리 여사 며느리였다. 줄리 선생이 비켜서며 길을 내주자 현선생이 주춤거리는 조씨 뒤허리를 가볍게 밀어 앞장세웠다.

침대방은 따로 있는 듯 넓은 거실에 아들딸을 양쪽에 거느린 몸매 야윈 안나 리 여사가 정중앙 자리 휠체어에 앉아 있었다. 나이 치고 별 주름살 없이 곱게 늙은 그네는 반백이 된 머리칼을 쪽머리로 단정히 빗어 묶었고 자주색 스웨터 차림이었다. 군살 없는 달걀형 얼굴에 뾰조록한 턱이 조씨와 닮았음을 현선생과 황이장이 한눈에 알아보았다. 그러면 그렇지 이 늙은이 눈은 못 속여, 하고 황이장이 입속말을 중얼거리며 조금 전과 달리 어깨에 으쓱 힘을 주었다.

안나 리 여사의 자녀는 동서양 피가 섞여 혼혈티가 났다. 남매는 근엄한 표정의 안나 리 여사와 달리 미소 머금은 채 의자에서 일어나 조씨를 박수로 맞았다. 조씨가 어설픈 웃음을 입가에 물로 연방 머리를 조아렸다. 줄리 선생이 나서서 서로를 소개하자 그들은 한국말과 프랑스말로 인사를 교환했다. 안나 리 여사만이 휠체어에 꼿꼿이 앉아 정기 반짝이는 눈으로 조씨를 뜯어보고 있었다.

"모두 앉으시지요." 줄리 선생이 준비된 의자에 조씨 일행을 권했다.

조씨를 가운데로 하여 현선생과 황이장이 자리를 정하자, 열심히 서로 면면히 살피는 가운데 먼저 입을 떼는 사람이 없었다. 안나 리 여사 며느리가 탁자로 차반에 올려 오렌지주스를 날랐으나 아무도 잔에 손을 대지 않았다. 현선생이 줄리 선생에게 조씨 노인이 귀가 어둡다는 점을 작은 소리로 환기시켰다.

탁자 건너 재판정에 나온 피고인처럼 꾸부정히 앉은 조씨를 찬찬히 보던 안나 리 여사가 직감으로 무엇을 잡았는지 프랑스어 입속말로, 아버지가 살아계셔 나이들었다면 저런 모습일까 하고 가볍게 탄식을 흘렸는데 그 말은 양 옆에 앉은 자식 귀에도 들릴락말락 했다.

—선생님은 자녀가 없습니까?

제네바대학에서 동양사를 가르치는 안나 리 여사 딸이 조씨를 보고 먼저 입을 떼었다. 검은 머리칼에 피부색은 동양인이었으나 동그란 이마에 깊은 갈색 눈이 아름다운 중년여인이었다.

"뭐랍니까?" 중절모를 벗어 무릎에 얹은 황이장이 윗몸을 앞으로 빼고 탁자 옆에 자리를 정한 줄리 선생에게 물었다.

줄리 선생이 조씨를 보며 통역을 했다.

"자식 말이요? 없습니다. 그게 말입니다……." 조씨가 뒷통수를 긁으며 수줍게 웃었다.

"내가 말하지요." 큰기침을 하며 황이장이 나섰다. "혈혈단신이라 마을에서 장가를 보내주었지요. 그런데 조씨 팔자가 그런지, 여편네가 한 달을 못 넘겨 도망쳐버렸으니. 조씨가 밤마을 나왔을 때 염소까지 몰고 줄행랑을 놓았답니다. 자식 만들기에는 지장이 없는 것 같은데, 조씨가 사람이 좀 그렇다보니 마누라 간수를 잘못한 거지요. 그래서 제사상 차려줄 손이라도 봐야 하잖냐며 마을에서 새로 여자를 맞춰주려 했더니 본인이 싫대요. 또 전쟁 나면 어쩌냐며. 그후론 쭉 궁상맞은 홀아비로 살아왔지요."

줄리 선생 통역에 안나 리 여사만 빼고 가족이 모두 웃었다. 코발트색 양복의 정장차림인 아들이 가장 큰 소리로 웃자, 그게 뭐 그리 우습냐며 안나 리 여사가 아들에게 눈총을 주었다.

이제 어머님이 말씀하시라며 제 남편이 앉은 의자에 기대어 선 안나 리 여사 며느리가 프랑스말로 말했다. 손수건으로 입을 가리고 있던 안나 리 여사가 혼잣말하듯 중얼거렸다.

─불쌍한 사람, 제 이름조차 잊었다니.

줄리 선생이 그 중얼거림을 옮길까말까 망설이다 그만두었다. 안나 리 여사가 손수건으로 눈자위를 찍었다. 그네 눈이 충혈되어 있었다.

"조씨 말이요, 전쟁 난 이듬해 마을로 처음 들어왔을 때 제 이름도 모른 채 오마니, 누이만 찾았다오. 평안도 말씨를 쓰기에 거기서 피란나온 아인 줄 알고 마을에서 평안이라 이름지어 주었지요." 황이장이 말하며 조씨 옆구리를 집적였다. "이 사람아, 꾸어다놓은 보릿자루처럼 앉았지 말고 뭐라구 운 좀 떼어봐."

"내가 무슨 말 하게. 저분이 누이라구? 글쎄……." 조씨가 머리를 설레설레 흔들었다. 그는 여전히 누이가 전쟁 때 죽었다는 고정관념에서 헤어나지 못하고 있었다.

줄리 선생이 안나 리 여사 가족에게 황이장과 조씨 반응을 통역했다. 안나 리 여사 가족은 무슨 말인지 이해가 간다는 듯 머리를 끄덕였다. 현선생이 이쯤에서 자기가 나설 차례임을 알았다.

"조평안 영감님은 전쟁 전 기억을 상실한 채 어머니와 누이가 그 춥던 겨울에 비행기 폭격으로 사망했다는 사실만 어렴풋하게 기억할 뿐입니다. 이순옥 여사께서 전쟁 당시 상황을 말씀해주신다면 조평안 영감님 잠재의식 속에 묻힌 기억의 실마리가 풀려나올지 모릅니다. 저는 그 점이야말로 두 분이 혈육임을 밝혀내는 가장 중요한 단서가 될 거라고 믿습니다." 현선생이 준비해두었던 말이었다.

줄리 선생은 손짓해가며 현선생 말을 부지런히 옮겼다.

제네바 국제금융기관에서 일하는 안나 리 여사 아들이 나섰다.

―어머니는 한국전쟁으로 가족을 잃었기에 그 상처가 너무 커 한국말은 일절 입에 담지 않아 지금은 조국말을 거의 잊어버렸습니다. 미국으로 건너가 십 년을 사셨는데, 그런 의미에서 영어도 마찬가집니다. 미군 비행기 폭격으로 어머니와 동생을 잃게 되어, 미국에 사는 동안 어머니 기도 제목이 뭔지 아십니까? 미국이 아닌, 영어를 사용하지 않는, 전쟁이 없는 나라에서 여생을 보내게 해달라였답니다. 그 기도를 신이 허락했는지, 아버지를 만난 겁니다. 스위스는 프랑스어, 독일어, 이탈리아어를 공용하지만 영어를 쓰지 않으며 영세중립국으로 전쟁이 없는, 평화의 가치를 소중히 여기는 국가입니다. 어머니가 영어를 사용한 경우가 꼭 두 번 있었는데, 미국에 있는 부모님을 스위스로 초청할 때였습니다. 어머니 그분들 은혜를 잊을 수 없다고 어릴 때부터 우리에게 늘 말씀하셨습니다. 미국 한 가정이 어머니

의 미래를 열어주었으나, 미국에 대한 좋지 않은 감정만은 우리가 어릴 때나 지금이나 변함없습니다. 그 이유를 알기에 우리는 어머니 마음을 충분히 이해합니다.

줄리 선생이 잡책雜冊에 안나 리 여사 아들 말을 부지런히 메모했고, 프랑스말을 한국말로 옮기느라 애썼다. 그네가 통역에 얼마나 열심이었던지 콧등에 땀이 맺혔다. 줄리 선생 통역이 끝나자 이제 안나 리 여사 딸이 나섰다.

—어머니는 전쟁으로 굶주리는 아이들에 대한 애정에 각별한 분입니다. 내전을 겪는 아프리카의 결식아동돕기 시민단체에 평생을 헌신해 오셨습니다. 아프리카 오지를 수십 차례 다녀오셨고요. 최근에는 북한 경제사정이 나빠져 식량부족으로 어린이들이 몹시 어렵게 지낸다는 걸 알고 어머니가……

안나 리 여사가 손을 저으며 딸의 말을 막았다.

—네 말을 중간에 끊어 미안하다만 너희들의 그런 내 소개가 지금 꼭 필요하다고 생각하느냐? 우리가 본질을 놓치고 있는 건 아니냐?

—어머니 죄송해요.

줄리 선생이 모녀의 그런 대화까지 통역하지는 않았다.

안나 리 여사가 조씨를 정면으로 주시했다. 갑자기 긴장된 분위기가 흘렀고 실내 공기가 침묵으로 팽팽해졌다. 안나 리 여사가 침착한 어조로 조씨에게 물었다.

—아버지가 전사했다는 통지서가 집으로 배달되던 그해 가을, 어머니가 우리를 안고 오랫동안 통곡하신 걸 기억합니까?

줄리 선생 통역에, 조씨가 안나 리 여사를 멀거니 보며 눈만 껌벅였다.

─그날 진종일 가을비가 내렸는데…….

조씨는 도무지 생각이 나지 않는다는 표정으로 머리를 저었다.

─어머니와 우리가 피란 내려올 때, 지프차 타고 후퇴하던 미군들이 차에서 내리더니 피란민 대열에서 장정들만 따로 골라내어 두 손을 들게 하여 한 자리에 모아놓고 불문곡절 총 쏘아 죽인 걸 기억합니까? 그때 미군들이 겁먹은 장정들을 거칠게 다루며 외친 말을 나는 똑똑히 들었습니다. 미국에 가서야 그 말뜻을 알게 되었는데, 차마 입에 담을 수 없는 인간비하의 욕설이었습니다. 인민군이 민간복으로 바꾸어 입고 피란민 대열에 섞여 있다고, 그들은 인간으로서는 차마 할 수 없는 그런 짓을 저질렀지요. 그때 미군을 본 게 생각납니까?

안나 리 여사 말을 줄리 선생이 통역하자 황이장이 중절모 든 손을 내저으며 불끈 나섰다.

"그건 이여사가 잘못 알고 있는 겁니다. 피란민 대열 속에 인민군이 민간인 복장을 한 채 총을 피란보따리 속에 감추고 끼여 있다가 미군을 만나면 드르륵 갈겨댔어요. 미군들이 불시에 그런 봉변을 당하자 피란민 대열만 만나면 잔뜩 겁먹어 또 총질당할까봐……."

황이장 말을 귀 쫑긋해 듣던 조씨 얼굴에 황기가 번지더니 벌린 입을 다물지 못한 채 풍 맞은 듯 떨어댔다. 무릎에 얹힌 손까지 심한 경련을 일으키더니, 조씨가 갑자기 머리를 흔들며 소리쳤다.

"아니요. 피란 나오다…… 난 못 봤어요. 정말 아무 것도 몰라요!"

실내 분위기가 갑자기 어수선해졌다. 안나 리 여사 자녀와 며느리가 눈을 크게 뜨고 잠시 제정신을 놓친 듯한 조씨를 주목했다. 줄리 선생은 분위기가 이렇게 돌아가서는 안 되는데 하는 언짢은 표정이었고, 현선생은 남의 말을 가로채어 끼어드는 황이장이 그만 나서주었으면 하는 눈길로 이장을 보았다. 오직 침착한 태도와 냉정한 표정을 그대로 유지하는 이는 안나 리 여사였다. 그녀가 주위의 분위기에 아랑곳 않고 애써 설움을 억제하며 조씨에게 말했다.

―어린 동생 데리고 하염없이 걷고 걸었던 그해 겨울 추위와 배고픔을 나는 이날 이때까지 하루도 잊어본 적이 없답니다. 그럼 내가 묻겠어요. 어머니가 숨을 거두었던 겨울밤은 생각납니까?

줄리 선생 통역을 듣던 황이장이 답답해 미칠 지경이란 듯 조씨 무릎을 흔들며 조씨 귀에 대고 큰 소리로 말했다.

"이 사람아, 그건 기억난다 했잖아. 꾸물대지 말구 어서 말해!"

"그래, 그래. 기억나." 그제야 조씨가 머리를 끄덕였다.

―그렇다면 어머니가 숨 거둔 그날 밤, 하늘을 보고 내가 했던 말을 기억합니까?

안나 리 여사도 답답했던지 프랑스말에 이어 천장을 쳐다보며, "별, 별 말입니다!" 하고 분명한 한국 발음으로 강조했다. 그네는 터지려는 울음을 손수건으로 막았다. 한순간에 실내는 숙연해졌고 모두의 시선이 조씨 얼굴에 쏠렸다.

"별?" 조씨가 천장을 올려다보며 눈을 깜박이더니 추위를 타듯 어깨를 움츠리고 온몸을 떨어댔다. "하늘에 별?"

"별 보구 내 뭐라 말했어?"

봇물이 터진 듯 안나 리 여사 입에서 자연스럽게 한국말이 터졌고 낮춤말을 썼다. 그네가 팔걸이 쥔 손에 얼마나 힘을 주었던지 휠체어가 흔들렸다.

"오마니별, 거기 있어……." 허공을 보는 조씨 입에서 꿈결인 듯 그 말이 흘러나왔고 눈동자가 뿌옇게 풀어졌다.

　　손수건으로 입을 막아 격한 감정을 다스리던 안나 리 여사의 비탄이 터진 것이 그 순간이었다.

　　─오마니별을 알다니! 내 동생이 틀림없어!

　　엄마가 숨을 거둔 겨울밤이었다. 폭격에 반쯤 허물어진 빈집의 무너진 천장 사이로 밤하늘이 보였고, 찬 별들이 하늘 가득 보석처럼 박혀 있었다. 헌 이불을 둘러쓰고 서로 껴안아 체온으로 밤을 새울 때, 밤하늘의 별을 보며 누이가 말했다. 중길아, 저 하늘에 반짝이는 별 두 개를 봐. 아바지별과 오마니별이야. 천지강산에 우리 둘만 남기구 아바지가 오마니 데빌구 하늘에 가서 별루 떴어. 저기, 저기 오마니별 보여?

　　"중길아! 네 이름은 이중길이야. 여기루 오라구!" 안나 리 여사가 일어서기라도 할 듯 떨리는 두 팔을 한껏 벌리고 외쳤다.

　　그 순간을 놓치지 않겠다는 듯 현선생이 앞으로 나서며 얼른 카메라를 들이댔다. 안나 리 여사 며느리는 뒤쪽에 따로 준비해둔 한아름 생화 꽃다발을 들고 활짝 웃으며 조씨 쪽으로 걸어왔다. ✂

분단의 현실과 자아 정체성 찾기

송현호 | 아주대 교수 · 문학평론가

「오마니별」은 한국전쟁 때 헤어진 오누이가 환갑이 넘어 잃어버린 기억을 되찾고 상봉하게 되는 내용이다. 작가는 등단 이후 꾸준히 분단과 이산의 문제를 즐겨 다루어 왔는데, 이 작품에서도 예외는 아니다. 작가는 6 · 25전쟁과 분단 상황으로 말미암아 그 누구보다도 큰 아픔을 겪었고, 그 트라우마(trauma)를 문학적으로 승화시켜왔다. 그는 자신의 불행한 개인사를 바탕으로 '분단과 전쟁의 비극'이라는 소설적 주제를 성공적으로 형상화시킴으로써 한국 현대 소설사에 큰 획을 그은 바 있다.

「오마니별」은 그러한 상황 자체를 문제 삼고 있는 소설이다. 그리고 문제가 되는 바로 그 지점에서 다시금 분단과 이산의 문제를 제기하고 있다. 작가는 여전히 분단이라는 상황에 처해 있고, 혈육과 나뉘어져 만날 수 없는 현실에도 불구하고 그런 상황이 자신과는 전혀 무관한 것처럼 살아가고 있는 게 바로 오늘날 우리의 모습이 아닌지 묻고 있다.

「오마니별」의 조평안은 오늘날 우리 주위에서 흔히 볼 수 있는 한국인들의 의식 상태를 보여주는 상징적인 인물이라 할 수 있다. 그는 충청도 시골 마을 당주골에서도 멀리 떨어져 있는 산등성이 작은 집에서 홀로 살고 있는 노인이다. 그는 6·25전쟁 때 전쟁고아가 되었고, 그 당시의 충격으로 기억상실증에 걸렸다. 그의 이름도 본명이 아니다. 그가 아무것도 기억하지 못하고 오마니와 누이란 말을 겨우 흘리며 큰 소리로 울자 마을 사람들이 평안도에서 피란왔을 것으로 짐작하고 평안도라는 지역명을 따 '평안'이라고 이름을 붙여준 것이다. 그는 전쟁 때, 비행기 폭격으로 어머니와 누이가 죽었다는 것만 기억할 뿐, 그 이전의 일은 아무것도 기억하지 못한다. 그리고 굳이 그 기억을 찾으려고 애쓰지도 않는다. 자신의 생업인 염소치기를 하며 조용히 살아갈 뿐이다.

이런 모습의 조평안 노인은 분단현실을 살아가는 우리 모습을 상기시킨다. 전쟁이 끝나고 어느 정도 세월이 흘러 이산의 아픔을 가진 당사자들은 대부분 죽었거나 연배가 아주 많아 그들 외의 대부분의 사람들은 그것이 자신의 일이라는 것을 잊고 있는 상태이다. 김원일이 이전에 쓴 작품 「노을」만 하더라도 주인공이 일상에 파묻혀 어두운 과거사를 잊고 사는 정도였지만, 「오마니별」에 오면 옛 상처는 '기억상실증'의 형태로 나타나고 있다. 기억상실증에 걸렸기 때문에 과거의 상처가 현재를 살아가는 데 있어 그다지 큰 문제가 되지 않는다. 하지만 진정한 자신의 정체성을 찾기 위해서는 잃어버린 혈육을 통해 자신을 작업이 필요하다.

이러한 작업은 누나 '안나 리' 여사를 통해 이루어지고 있다. 안나 리 여사의 한국 이름은 이순옥으로 비행기 폭격으로 어머니를 잃고 동생과도 헤어진 아픈 과거를 가진 인물이다. 그녀는 부산 시온 고아원에 있다가 나중에 미국으로 입양된다. 그리고 국제펜팔로 사귄 프랑스계 스위

스 청년과 결혼하여 스위스 제네바에 정착하여 살고 있다. 그녀는 조평
안처럼 기억상실증에 걸리지는 않았지만, 한국전쟁으로 가족을 잃었고
그 상처가 너무 커서 한국어를 일절 입에 담지 않아 한국어를 거의 잊고
사는 상태이다. 또한 미국 폭격기에 어머니가 죽었기에 영어도 거의 입
에 담지 않아 영어도 잊어버리고 산다. 그러던 그녀가 동생을 찾게 된
것은 바로 꿈 때문이다. 그녀는 노구를 이끌고 이라크전쟁 반대 시위에
나갔다가 뇌졸중으로 쓰러져 혼수상태에 이르게 되는데, 이 때 생존해
있는 동생의 모습을 보고 죽은 줄 알았던 동생을 찾을 생각을 하게 된다.

꿈이라는 것이 어찌 보면 비현실적인 상황 설정일 수 있지만, 전쟁의
상처가 너무 커 무의식의 차원에 머물러 있는 전쟁의 기억을 환기시키
는 데에는 그런 나타남이 어찌 보면 자연스러울 수 있다. 이렇게 안나
리 여사가 혼수상태에서 동생을 보았다는 것이나 조평안 노인이 기억상
실증에 걸렸다는 것은 그만큼 전쟁과 이산의 아픔이 무의식의 심층에
깊이 각인되어 있다는 것을 보여주는 예증이다. 그리고 그것은 우리 민
족의 무의식의 심층에 각인된 전쟁과 이산의 아픔이기도 하다.

이 소설이 전쟁으로 헤어진 남매, 조평안과 안나 리 여사를 통해 민족
사의 무의식을 건드리며 현재 한국 사람들의 분단의식을 통찰하고 있다
는 데 큰 의의가 있다. 그럼에도 이 소설에서 주목해야 할 부분은 분단
과 이산의 문제를 다루는데 있어서 민족주의 이데올로기를 넘어서고 있
다는 점이다. 그 동안 분단문학의 문제점으로 지적되어 온 것이 민족지
상주의와 통일지상주의였다. 그것이 분단문학의 폭을 좁게 만들고 또
하나의 도그마를 만들어 낼 수 있는 가능성으로 존재해 왔다. 「오마니
별」에 와서 분단문학은 협소한 민족주의에서 벗어나 세계의 보편주의
문학으로 도약할 수 있는 가능성을 보여주고 있다.

그것은 안나 리 여사의 그 동안 살아왔던 지리적 공간의 이동에서 보인다. 안나 리 여사는 6·25전쟁으로 인해 한국 → 미국 → 스위스로 이동해 왔다. 특히 스위스라는 국가는 상당히 문제적인 공간이다. 스위스는 영세 중립국으로 전쟁이 없는 평화의 나라라고 알려져 있다. 하지만 안나 리 여사가 스위스로 와서 그 곳에 정착해 가족을 이루고 사람들과 관계를 맺으며 살아가다보니 한국전쟁과 전혀 상관없을 것 같은 곳도 안나 리 여사가 겪은 비극과 상처의 자장 안에 있게 된다. 그런 이유로 안나 리 여사의 혈육을 찾는 일에 가족과 이웃들이 더 적극적으로 발벗고 나선다.

작가는 작품 속에서 전쟁의 문제는 한반도 내의 문제일 뿐 아니라 세계의 문제가 될 수 있다는 인식을 보이고 있다. 또한 전쟁을 직접 겪은 사람이나 그 주위의 사람이나 모두 같은 짐을 지고 함께 그 문제를 극복해가야 한다는 연대의식을 강조하고 있다. 또한 우리는 민족상잔의 비극을 겪었고 그로 인해 물적, 정신적 피해가 막대했던 만큼, 이제 세계에서 일어나는 다른 전쟁을 방지하기 위한 운동에 동참해야 한다는 생각을 보여주고 있다. 작가의 그러한 인식은 작품 속에서 안나 리 여사를 각종 반전운동에 참여시키는 것으로 나타나고 있다. 안나 리 여사가 뇌졸중으로 쓰러진 것도 이라크전쟁 반대 시위에 나갔다가 그랬던 것이고, 그 외에도 그녀는 내전을 겪는 아프리카의 결식아동 돕기라든지 세계의 피지배계급과 약자들을 돕는 일에 헌신해 왔던 것이다.

하지만, 분단 문제를 극복하는데 있어 장벽이 되고 있는 것이 아직도 잔존해 있는 이데올로기의 차이라는 것을 작품 속에서 은연중에 드러내고 있다. 안나 리 여사는 조평안 노인이 친동생인지 확인하기 위해 어머니와 함께 내려오던 피란길을 상기시킨다. 그러면서 미군이 피란민 대열에서 장정들만 따로 골라내 총살시킨 일을 얘기하자 조 영감과 함께 온 황 이장이 그건 이 여사가 잘못 알고 있는 거라며 인민군이 민간인 복장을 한 채 끼여 있다가 미군을 만나면 총을 갈겨댔다는 다른 진술을 한다. 이런 장면을 통해 이 땅에 반공이데올로기가 얼마나 뿌리 깊은지를 보여준다. 같은 상황이라도 다른 진술을 하게 만드는 시각의 차이가 분단문제를 극복하지 못하게 만드는 장애물이 될 수 있음을 암시하는 대목이다.

이 소설의 마지막 부분은 다소 통속적이다. 안나 리 여사는 자신의 어머니가 숨을 거둔 그날 밤 하늘을 보고 했던 말을 기억하고 있느냐고 묻는다. 안나 리 여사가 망설이는 조평안을 보면서 봇물이 터지듯 "별 보구 내 뭐라 말했어?"라고 하자, 조평안 노인은 허공을 보며 "오마니별, 거기 있어……."라고 말한다. 드디어 혈육 간의 상봉이 이루어지는 순간이다. 이 상봉을 통해 조평안은 '이중길'이라는 자신의 이름을 찾게 되었고, 안나 리 여사는 기억의 저층에 있던 조국어가 되살아난다. 김원일은 여전히 분단 상황에 처해 있음에도 별 다른 의식 없이 살아가고 있는 우리에게 진정한 자아정체성을 찾기 위한 기본 전제가 바로 잃어버린 혈육을 찾는 일이라는 이야기를 하고 있다. 그리고 그것은 '오마니별'과 같은, 같은 핏줄끼리 간직하고 있는 어렴풋한 기억과 직관을 통해 가능하다고 여기고 있다. 그리고 이러한 뿌리 찾기를 통해 전쟁의 상처를 극복하는 것에서 한발 더 나아가 제국주의나 다른 타락한 권력에 의해 핍박받는 소수자들을 돕는 일에 기여해야 한다는 메시지를 전하고 있다.

김원일의 「오마니별」은 조평안 영감과 안나 리 여사의 비극적인 가족사를 통해 민족사의 심층에 접근하면서, 한국의 분단의식의 현황과 그 지향성을 보여 주고 있다는 점에서 그 의의가 자못 큰 것으로 보인다.

김인숙

약 력

1963년 서울 출생
1983년 《조선일보》 신춘문예 단편소설부문 당선으로 등단.
『79~80, 겨울에서 봄사이』『그래서 너를 안는다』『칼날과 사랑』
『브라스밴드를 기다리며』『그여자의 자서전』외 다수.
1995년 한국일보문학상 2000년 현대문학상 2003년 이상문학상 2005년 이수문학상 수상

어느 찬란한 오후

김인숙

병숙과 승욱은 단오에 태어났다. 너희들은 1년 중 가장 아름다운 날에 태어났다는 부모의 축복과는 달리 명절에 태어난 아이는 팔자가 사납다는 말을 해준 사람은 이웃 할머니였다. 명절에 태어난데다가 낮에 태어난 닭띠들이니 평생 마당에 떨궈진 모이를 쪼아 먹느라 사는 게 바쁘고 고단하겠다고도 했다. 승욱은 그 말이 자신의 인생에 최초로 드리워진 어두운 그림자라고 여긴 반면 병숙은 그 말을 자신의 비범한 운명에 대한 계시로 받아들였다. 둘은 쌍둥이였으나 같은 점이라곤 거의 보이지 않았다. 30분 먼저 태어난 승욱은 가난한 집안의 장남이라는 티켓을 손에 쥐고 태어난 아이처럼, 순하고 내성적이었다. 병숙은 달랐다. 그녀는 아무 것도 양보하려고 하지 않았고, 지독하게 고집이 셌다. 양보할 것이 없는데도 늘 양보를 강요당하는 여자아이가 자기 이외의 모든 것과 싸울 수 있는 무기란 사실 고집밖에는 없었다. 그렇다고 해봤자 그녀가 차지할 수 있는 것은 소풍날 꼬다리 없는 김밥 도시락정도였는데, 승욱이 김밥의 꼬다리를 훨씬 좋아했다는 것을 생각해보면 그녀의 고집이란 게 얼마나 무가치한 데에 쓰였는지 알 수 있다. 학기마다 한 권씩만 구입하는 참고서와 자습서도 마찬가지였다. 병숙은 새 참고서에 먼저 밑줄을 그었고, 새 문제집의 문제에 먼저 답을 써넣었다. 하룻밤 사이에 참고서 전체에 밑줄을 긋고, 문제집 전체를 풀어서 자기 영역을 표시하는 일은 결코 쉬운 일이 아니었지만, 그래도 병숙은 그렇게 했다. 병숙이 그렇게까지 조바심을 내지 않는다고 하더라도, 승욱은 한 학기가 다 지나가도록 참고서를 펼쳐보거나 문제집을 풀 생각이 없다는 사실을 병숙이 모르고 있었던 것은 아니다. 그것은 다만 영토본능이었다. 오랜 후 병숙은 자신이 이란성 쌍둥이로 태어난 사실을, 더군다나 승욱과 쌍둥이로 태어나게 된 사실을 감사하게 될 터인데, 그것은 승욱이 그녀의 영토본능을 거의 자극하지 않는 사람에 속했기 때문이었다. 승욱에게는 그녀가 갖고 싶은 것이 거의 없었다. 장남이란 사실은 축복이 아니라 불운에 속했으며, 남자라는 사실도 그렇게 보였다. 설령 그에게 무언가 마음에 들 만한 것이 있다 하더라도, 승욱과 그 때문에 분쟁을 일으킬 일은 없었다. 병숙이 그에게 원하는 것도 별로 없기는 했지만, 원하는 것이 있다면 승욱은 무엇이든지 주었다. 어쩌면 승욱이 그녀에게 가장 주고 싶었던 것은, 그를 그로 만들어버린 운명적인 어떤 것, 핵심이라 말할 만한 어떤 것들이었을 것이다. 예컨대 그는 그의 성기를 병숙에게 옮겨 심을 수 있다면 능히 그렇게 했을 것이고, 다시 기회만 주어진다면 그는 더 오래 참고, 더 오래 인내하여 성미 급한 병숙이 그를 젖히고 어미의 자궁을 뛰쳐나가게 했을 것이다.

그러나 승욱이 모르고 있었던 것은 병숙 역시 오래된 시대의 가난한 집 맏딸이라는 사실이었다. 병숙은 그 사실을 잘 알고 있었고, 무지막지하게 고집을 피워 어머니나 아버지에게 등짝을 얻어맞는 동안에도, 자신이 언젠가는 출생으로부터 빚진 의무를 톡톡히 갚게 되리라고 짐작했다. 어머니 아버지가 일찍 돌아가셨을 때, 그녀가 얼마나 어리둥절했는지, 무엇 때문에 그토록 깊은 상심에 빠졌는지를 완전히 이해하는 사람은 없었다. 그녀는 비교적 성공한 삶을 살아 나이 마흔이 넘었을 때는 제법 산다는 소리를 들었다. 그녀는 자신이 이제야말로 빚을 갚을 시기에 이르렀다고 생각했는데, 정작 손을 내밀어야할 사람들은 그토록 서둘러 그녀의 곁을 떠나버린 것이다. 병숙은 슬픔과 고통으로 어머니 아버지를 차례로 보내드린 후, 그 슬픔과 고통의 시선으로 자신의 형제를 바라보았다. 그녀와는 다른 성기를 가지고 태어난, 그녀의 쌍둥이 형제는 여전히 소심하고 내성적인 얼굴을 하고 있었다. 병숙과는 달리 승욱은 그리 성공적이라 할 수 없는 삶을 살았다. 아직 오십도 되기 전에 그의 등이 구부정했다. 그러나 그는 자신의 삶이 어떠할 것이란 걸 일찍이 알고 있었던 성자처럼 삶도 운명도 비난하지 않았다. 법 없이도 살 사람이라고 일컬어지는 세상의 그 수없이 많은 무능한 사람들 중에 그녀의 쌍둥이가 끼어있다는 사실은 병숙을 슬프게 했지만, 또한 기운차게도 만들었다. 어머니의 자궁 속에서 그녀가 엉덩이를 세게 걷어차 원치 않는 세상으로 먼저 내보냈던 형제에게 그녀는 이제 빚을 갚을 작정이었다.

닭집을 하는 승욱이 배달을 나갔다가 승용차와 추돌사고를 당한 것은 벌써 여러 달 전의 일이다. 연락을 받고 병원으로 달려갔을 때 승욱은 손끝 하나 안 다친 듯 멀쩡해보였다. 승욱은 전에도 비슷한 사고를 당한 적이 있었다. 주문이 급히 밀려드는 시간에 스쿠터를 몰고 어두운 골목길을 내달리는 일은 십대 소년에게도 위험한 일일 것이다. 승욱은 침대에 앉고 나머지는 의자에 앉거나 대충 서서 마치 남의 얘기를 듣듯이 사고가 일어난 상황을 전해 들었다. 간간히 웃음소리까지 끼어들었다. 적어도 그때까지는 승욱이 그토록 오래 병원에 있게 되리라고 생각한 사람은 아무도 없었던 게 분명했다. 사고 당일까지만 해도 그토록 멀쩡하던 승욱은 이튿날부터 허리통증을 호소하기 시작했고 점차로 일어나 앉는 것조차 고통스러워하더니 거듭해서 수술실을 들락거리게 되었다. 허리에 디스크가 심각하다고도 했고, 무너진 뼈 대신에 쇠심을 박는다고도 했고, 덮었던 수술자국을 다시 열어본다고도 했다. 그러는 동안 보험회사 직원이 가족보다 더 자주 병실을 들락거렸으나, 티브이 광고에서 보여지는 것처럼 보험회사가 '모든 것을 다 알아서' 해주는 것 같지는 않았다.

병숙은 한 달에 한 번쯤 승욱이 입원해 있는 병원을 찾아가거나 올케 경선이 혼자서 이고 지고 끌고 가고 있는 닭집을 찾아갔는데, 처음에는 일어나 앉는 시늉이라도 하던 승욱은 나중에는 그런 시늉조차 버거워할 지경이었고, 역시 처음에는 새 기름에 첫 번째 튀긴 닭을 접시 위에 모양 좋게 담아 내놓던 경선은 나중에는 식은 닭다리와 시든 양배추를 케첩 자국이 묻어있는 접시와 함께 내놓았다. 병숙은 승욱의 병원 침대 베게 밑에, 그리고 경선이 내놓는 닭튀김 쟁반 밑에다가도 돈봉투를 끼워놓았다.

매번은 아니었지만 그래도 드물지 않게, 여동생 병희가 병숙과 함께 병원에도 가고 닭집에도 들르곤 했다. 병희는 자식 욕심이 많던 어머니가 폐경 직전에 거둔 자식이었다. 쌍둥이를 키워내느라 일찌 감치 기운이 빠져버린 어머니의 자궁은 병숙과 승욱이 태어난 후, 그리고 병희가 태어날 때까지 여러 차례의 유산과 사산을 거듭했다. 병희가 태어난 것은 사실 기적에 가까웠는데, 그토록 자식을 애닯게 원하는 듯 하던 어머니와 아버지는 막상 이 늦둥이에게 특별한 애정을 보이지도 않았다. 병희가 태어날 무렵은 어머니와 아버지의 사는 일이 가장 바빴을 무렵이었다. 쌍둥이의 등록금을 한꺼번에 마련하고, 한꺼번에 두 벌의 교복을 마련하고, 또 학원비를 한꺼번에 두 몫씩 마련하는 일은 쉬운 일이 아니었을 것이다. 병희에게 돈이 들 무렵에는 쌍둥이들이 다 커서 언니 오빠 노릇을 든든히 해낼 거라는 생각만이 그들에게는 행복한 위안이 되어주었다. 상고를 졸업하자마자 취직을 한 승욱이 첫 월급을 받았을 때, 가장 먼저 했던 일은 병희에게 좋아하는 전기구이 통닭을 사주는 일이었다. 병희가 통닭을 먹고 들어와 몹시 토하던 날까지, 그는 거의 1년 동안 매달 월급날마다 병희를 통닭집으로 데리고 갔다. 오랜 세월이 흘러 닭집 주인이 된 승욱을 볼 때마다, 병희는 오래 전 그가 사주곤 하던 전기구이 통닭을 떠올리지 않을 수가 없다고 했다.

그날 병희는 병숙보다 먼저 닭집에 도착해 있었다. 닭집에서 만나자고 약속을 해놓고는 병숙이 출발에 늦장을 부린 탓이었다. 경선은 주방에 서서 닭을 손질하다 말고 오셨어요, 고개를 까닥하고 병희는 앉은 자리에서 무덤덤히 병숙을 쳐다보았다. 나이가 너무 많이 들어 이제 더는 아가씨 티도 나지 않는 병희는 여전히 독신이다. 병희는 누구의 며느리인 적도 없고 누구의 아내인 적도 없으며 누구의 어미인 적도 없다. 그녀가 누구의 무엇인 적이 있다면 그것은 오직 그들의 나이 어린 여동생이었을 뿐이다. 운이 나쁜 남편과 사느라 잔뜩 부아가 나있는 경선에게 시누란 존재가 그리 달가운 존재가 아니라는 것을 병희는 모른다. 병희는 경선이 내주는 콜라를 앉아서 받고, 따라주는 대로 마셨다. 병희가 마시는 콜라잔에서는 닭기름 냄새가 진동을 했다.

병숙은 가게 안으로 들어서자마자 팔을 걷어붙이고 앞치마부터 챙겼다. 밖으로 점심을 먹으러 나가자고 할 생각이었지만, 당장은 일을 손에 잡고 있는 경선을 모르는 체할 수가 없다. 경선이 기다렸다는 듯이 그럼 이것 좀 옮겨달라고 말을 한다. 폐기름 통이었다. 여러 번 쓰는 동안 시커멓게 변색이 된 기름 속에는 밀가루 찌꺼기들이 연못 속의 뻘처럼 들어있다. 경선이 폐기름 통의 뚜껑을 열자, 병숙은 욱 하고 욕지기가 치밀었다. 병숙이 폐기름 통을 옮기는 사이, 경선은 새 기름을 부운 솥에 온도를 맞추었다. 그들에게 줄 닭을 튀기려는 모양인데, 경선은 병희가 어린 시절의 지독했던 체기 이후 닭고기는 입에도 대지 않는다는 사실을 아주 모르는 사람처럼 굴고 있다. 그것은 하필이면 오늘 병숙이 병희를 데리고 닭집에 나타난 이유에 대해서도 마찬가지였다. 경선은 사는 일 말고는 모든 것에 무관심해지다 못해, 최근 들어서는 염치나 체면에 대해서까지도 그랬다. 병숙이 경선에게 닭을 튀기지 말고 오늘은 밖에 나가서 밥을 사먹자고 권하자 경선은 기다렸다는 듯이 앞치마를 벗으면서도 지갑은 챙기지도 않았다.

병숙은 경선과 병희를 차에 태워 병원으로 가 이번에는 승욱을 데리고 나와 갈비집으로 향했다. 경선은 승욱이 따라주는 데로 소주를 받아마셨다. 술기운이라는 것은 역시 좋은 점이 있어서 경선은 점점 말이 많아지고, 점점 웃음이 헤퍼졌다. 내가 오빠랑 그때 말예요, 경선은 숨넘어가듯이 웃음을 웃으며 말을 이었다. 승욱이 사고를 당할 즈음의 어느 날, 경선은 승욱과 대판 부부싸움을 한 적이 있다고 했다. 티브이 뉴스 시간에 조류 독감에 관한 보도가 나오면서 시작된 일인 모양이었다. 가게 벽에 높이 매달려있는 티브이 화면에 산 닭들이 땅 속에 묻히는 장면이 나오더라고 했다. 닭들은 날개를 퍼덕이며 날아오르고, 처리반원들은 그 닭들을 삽으로 내리치며 파묻더라고. 경선은 리모컨도 없이 손을 길게 뻗어 채널을 돌려버렸다. 승욱이 리모컨을 찾아 다시 채널을 돌렸고 경선은 달려가 손을 길게 뻗어 티브이를 꺼버렸다. 승욱이 리모컨으로 켜면 경선이 손으로 끄고, 그러면 승욱이 다시 리모컨으로 켰다. 그러다가 갑자기 경선이 울음을 터뜨렸고, 못 살겠다고 했다는 것이다. 나 이제 더는 못 살겠다고. 이렇게는 못 살겠다고. 이제는 닭 냄새도 맡기 싫고, 당신도 보기 싫다고. 당신한테서도 닭 냄새가 나서 옆에 오는 것도 싫다고. 그러니까 난 이제 당신하고 안 살겠다고.

"그런데도 아직 이렇게 살고 있네!"

경선이 다시 숨넘어갈 듯이 웃음을 터뜨리고, 승욱은 벽에 기댄 채 비스듬히 앉아 빙그레 웃고 있었다. 병희는 다만 병숙이 가위로 잘게 잘라 앞으로 밀어놓은 갈비를 묵묵히 집어먹고 있을 뿐이다. 자신의 잔에 스스로 술을 채우던 경선이 느닷없이, 우리 노래방에 가자고 외쳤다. 밥 먹는 동안 앉아있기도 힘든 사람한테 노래방엘 가자니……울컥 노여움이 솟구치려는 것을 병숙은 참는다. 오늘 같은 날은, 어쩌면 노래방엘 가는 것도 나쁜 일은 아닐지 모른다.

병숙의 남편은 병숙이 쌍둥이인 것을 알지 못한 채 결혼을 했다.

어려서부터 그녀는 쌍둥이라는 사실 때문에 놀림을 받았다. 병숙과 같은 반인 아이들이 승욱을 찾아가 구경하고 오거나 승욱의 반 아이들이 병숙의 반으로 몰려와 웃음을 터뜨리는 것은 학년이 바뀔 때마다 생기는 일이었다. 결혼하고 싶은 사람이 생겼을 때, 병숙은 자신이 쌍둥이라는 사실을 밝혀야할 그 어떤 이유도 찾을 수가 없었다. 그녀가 승욱을 오빠라고 처음 부른 것은 남편이 그녀의 집에 인사를 오던 날이었다. 병숙의 남편이 승욱이 병숙의 쌍둥이 오빠라는 사실을 알게 된 것은 결혼을 하고 나서도 몇 년이나 지나서였다. 병숙의 남편이 기막히다는 표정을 지어보였을 때, 병숙은 시침을 떼고 말했다.

내 책임이 아니에요. 그건 내 기억에 없는 일이니까. 내가 걜 내 집에 불러들인 기억이 없단 말이예요. 태어나긴 늦게 태어났어도 생긴 건 내가 먼전데. 그러니까 그건 엄연히 내 집이었는데 그 자식이 은근슬쩍 밀고 들어온 거야.

그러나 기억에 없다는 말은 사실이 아니었다. 그녀는 그녀의 성장기 전체 모든 순간에서 그녀의 형제를 기억하는 것만큼이나, 자궁 속에서의 시간들까지도 기억했다. 기억은 의지가 아니라, 그저 간직되는 것이다. 표현할 수는 없지만 병숙은 자신의 존재가 시작되던 순간, 또 하나의 존재가 같은 통증을 느꼈다는 것을 알았다. 그리고 그 통증이 평생 동안 가게 될 것이라는 것도 알았다. 어느 날 자신이 몹시 아프게 된다면, 승욱도 같은 크기의 고통을 겪으리라고 그녀는 믿었다. 쌍둥이에 관한 미신을 가장 확고하게 믿는 사람은 바로 쌍둥이들 자신이었다. 그러나 승욱이 여러 종류의 불운을 겪을 때마다, 병숙은 그 불운을 전혀 느끼지 못했다. 승욱이 군대에서 가족들도 모르게 맹장수술을 받았을 때 병숙은 연필깎는 칼에 베이는 정도의 통증도 알지 못했다.

"무슨 쌍둥이가 그래?"

승욱이 교통사고를 당했을 때 그 소식을 먼저 들었던 병숙의 남편은 병원으로 가는 차 안에서 농담처럼 말했다. 병숙은 손으로 허벅지를 쥐어뜯어 멍자국이라도 내고 싶다고 생각했다. 왜 그런 생각이 들었는지는 모른다. 그녀는 승욱 없는, 그리고 병희 없는 자신을 생각할 수 없었는데 그것은 남편을 생각할 때와도 달랐고, 자식들을 생각할 때와도 달랐다. 애정의 깊이와 맹목성을 생각한다면 자식들을 향한 것과는 비교할 수도 없겠지만, 그것이 비교되어질 수 없는 것이란 점에서는 비교할 가치도 없는 것이다. 그것은 자궁의 문제였고, 말하자면 존재의 문제였다. 그리고 그것은 아마도 그녀가 늙어간다는 것을 말하는 것일 터였다.

노래방으로 자리를 옮긴 후, 경선은 신이 났다. 제일 편안한 의자에 승욱을 앉히고 병숙과 병희가 나란히 자리를 잡았다. 그러나 반대쪽에 앉았던 경선이 마이크를 잡자 병희가 얼른 자리를 옮겼다. 병희는 상대가 누구이거나, 습관적으로 거리를 띄웠다. 소파에 나란히 앉아야 할 때조차도 병희는 소파의 맨 끝에 앉았다. 병숙이 일부러 맨 끝에 앉은 병희의 옆에 가 앉으면 그녀는 바닥에 내려가 앉거나, 슬며시 일어나 다른 자리로 옮겨가곤 했다. 자신에게만 해당되는 행동이 아니라는 걸 알면서도, 병숙은 그럴 때마다 마음을 다쳤다.

경선이 노래를 부르고 병희가 노래책을 뒤적거리는 동안, 병숙은 손을 바닥으로 내려 정신없이 발을 주물렀다. 피로가 발로 몰려오는 것은 무슨 증상일까. 서있는 때는 물론이고 소파에 앉아 있거나 침대에 누워 있을 때에도 발이 아파 견딜 수가 없을 때가 많았다. 밤이면 문득 잠에서 깨어 벗어놓았던 양말을 다시 신고 나서야 또다시 잠에 들 수 있었는데, 그런 날은 어김없이 가위에 눌리는 꿈을 꿨다. 발이 뻘이나 모래 속에 묻혀있는 기분이었고, 몸은 뻣뻣한 나무토막 같았다. 의사는 스트레스가 원인이라며 스트레스를 줄여야만 한다는 진단을 내렸다. 굳이 병원에까지 찾아가서 들어야 할 진단은 아니었다.

스트레스는 어디에나 있다. 좋은 얼굴로 형제들과 함께 밥을 먹고 노래를 부르고는 있지만, 이런 일 역시 스트레스가 아니라고는 할 수 없다. 그것은 다만 어려운 형편에 빠진 승욱 때문만이 아니라 병희 때문이기도 했다. 병희는 갈수록 점점 더 모든 것으로부터—뭐라 말할 수 없는 모든 것으로부터 낯설어지고 있는 게 분명했다. 아무런 사건도 없이, 아무런 곤란도 없이, 다만 혼자 늙어가고 있는 병희의 삶이 승욱과 경선보다 낫다고 누가 말할 수가 있겠는가.

병숙이 김치와 깍두기 따위를 싸들고 병희의 집을 찾아갈 때마다 학원 강사라 저녁에만 일을 하는 병희는 대낮에도 잠들어 있기 일쑤였고, 그녀가 시도때도없는 잠에 빠져 있는 열 몇 평짜리 원룸은 끔찍할 정도로 지저분하고 어두웠다. 손에 닿고 발에 밟히는 것은 온통 오래된 책과 복사용지들이었는데, 컴퓨터는 밤이고 낮이고 켜져 있는 듯 했다. 병숙이 그 집을 들었다 놓은 듯이 쓸고 닦는 동안 대기 모드 상태의 컴퓨터 화면에서는 물고기가 쉼 없이, 끝없이, 아주 느린 속도로 헤엄을 치고 있었다. 혹시 병희의 삶이란 것이 저 물고기 같은 것이 아닐까.

한번인가는, 병희의 책상 옆 쓰레기통에서 콘돔을 발견한 적도 있었다. 그런 물건이 침대 옆도 아니고 책상 옆에 있는 것은 무슨 까닭일까. 병숙이 쓰레기통을 물끄러미 들여다보고 있는 동안에도 검은 모니터 속에 갇힌 물고기는 한없이 느린 속도로 헤엄을 치고 있었다. 저 물고기는 얼마나 오래 헤엄을 쳐야 모니터 바깥으로 나갈 수 있을까, 병숙은 그런 생각을 하는 자신이 이상하게 여겨졌다.

몇 년 전까지만 해도 병숙은 병희가 평생 그렇게 혼자 살지는 않을 거라고 생각했었다. 설령 그런 생각이 들었더라도 그게 걱정스럽게 여겨지지도 않았을 것이다. 병숙은 자신이 너무 빨리 결혼을 해 너무 일찌감치 생활의 무게에 짓눌려버린 것이 늘 후회스러웠다. 남편은 그녀보다 훨씬 조건이 좋은 남자였다. 그를 만났을 때 그녀는 자신의 모든 감각이 마치 낚싯대의 찌처럼 그를 향해 움직이는 것을 느꼈다. 찌는 수면 위에 떠있지만, 욕망은 수면 아래에서 맹렬하게 숨을 헐떡였다. 그것은 그녀가 그때까지와는 완전히 다르게 살 수 있는, 말하자면 오롯이 그녀 자신으로만 존재하게 될 수 있는, 혹은 자정이 되어도 끝나지 않으리라고 약속되어진 파티의 초대장 같은, 그 모든 것을 다 합쳐놓은 기회로 여겨졌다. 남편이 그만큼 대단해서가 아니라 그녀 자신이 그만큼 초라했기 때문이었다. 한 몫을 다 받고 커도 부족했을 가난한 집안의 딸, 그러나 그녀는 태어나서 그때까지 늘 반조각이었다.

결혼 후, 병숙을 가장 놀래켰던 것은 그토록 위대한 선택이었던 결혼이 그토록 구태의연하다는 사실이었다. 육아문제, 시댁문제, 거듭 평수를 늘려가는 아파트 때문에 항상 어느 정도씩은 쪼들리게 마련인 가계부…… 그리고 그 후로는 남편에게 슬쩍슬쩍 스쳐가는 여자문제와 자신의 때 이른 폐경…… 그런 것들. 다행히 아들만 있었으니 망정이지 딸이 있었다면 병숙은 그 딸이 자기처럼 서둘러 결혼을 한다고 나설까봐 늘 조바심을 쳤을지도 모른다. 자식에 대해서도 그러할진데 하물며 동생이야. 오래 전 병희가 연애에 실패를 했을 때에도, 그리고 그 후 다시는 그와 같이 결정적인 연애를 시도 하지 않는 것을 보면서도 병숙은 걱정하지 않았다. 병희는 평생 동안 늙지 않을 것 같았고, 언제나 그녀의 어린 여동생일 것만 같았던 것이다. 그러나 병숙은 이제 어쩔 수 없이 병희의 늙어가는 시간들을 걱정하지 않을 수 없었다. 어쨌거나 하나뿐인 여동생이, 남편도 없이 자식도 없이, 좁아터진 열 몇 평짜리 원룸에서 홀로 늙어간다고 생각하면, 가슴이 서걱거리다 못해 사포로 문대지는 듯 했다. 그것은 승욱이나 경선을 떠올릴 때는 느끼지 못하는 감정이었다.

몇 번인가 병숙은 병희에게 앞으로 어떻게 살 거냐고 물어본 적이 있다. 거북한 질문이기는 했지만 언니로서 아주 모르는 체할 수도 없는 일이었기 때문이었다. 그때마다 병희는 아주 낯선 시선으로 병숙을 쳐다보았다. 마치 그게 언니한테 무슨 상관인 거냐고 묻는 듯했는데, 마치 자기와는 아무 상관도 없는 타인을 바라보는 듯했다. 그 시선의 거리 때문에 오히려 병숙의 가슴이 더럭 내려 앉곤 했다.

언젠가 병희는 병숙에게 고래 이야기를 한 적이 있다. 어느 나라라던가 어디 해안에 고래 한 마리가 밀려와 죽었는데 그 시체를 처리하기 위해 고래 몸에 폭약을 설치했다는 것이다. 하긴 고래를 묻어줄 만큼 거대한 땅을 구하는 것은 쉬운 일이 아니었을지도 모르고, 죽은 고래를 그냥 바다에 띄워 보내는 것도 올바른 일은 아니라고 여겨졌을 지도 모른다. 어쨌든 그 나라 사람들은 고래를 폭파하기로 결정했고, 사람들은 그 장관을 구경하기 위해 버스를 타고 기차로 타고 바닷가로 몰려들었다. 그런데 발파를 하는 순간 짐작치 못했던 상황이 발생했던 것이다. 펑, 하는 요란한 소리와 함께 고래가 폭파되기는 했는데 그 어마어마한 파편이 바다가 아니라 도시 쪽으로 튀었다는 것이다. 고래 시체에서 터져 나온 피와 파편은 구경을 나온 관람객들의 양산 위에뿐만이 아니라, 도시의 가로수 위에, 자동차 위에, 지붕 위에, 그리고 도시의 중심을 흐르던 강물 위에까지 쏟아져 내렸다. 그 아비규환이 어느 정도 진정된 후 고래를 보니, 고래는 여전히 반 덩어리의 시체로 남아있더라는 것이다.

"언니, 난 그냥 말이야. 멀찌감치 떨어져서 사는 걸로 만족해. 굳이 양산까지 쓰고 그 먼 바닷가까지 고래 찌꺼기를 뒤집어쓰러 갈 생각은 없다는 거야."

병숙은 병희의 말을 이해할 수 없었다. 동의할 수 없는 것이 아니라, 말 그대로 이해할 수가 없는 것이다. 그러니까 병희는 승욱이나 병숙의 삶이 죽은 고래의 찌꺼기를 뒤집어쓰고 더럽혀진, 그러나 고래보다도 더 쓸모없는 쓰레기거나 허세에 불과하다고 말하는 것일까.

노래 한 곡을 끝낸 경선이 마이크에 대고 병숙을 연호하듯 부르고 있다. 소파에 길게 눕다시피 앉아있는 승욱이 무거운 팔을 들어 올려 박수를 친다. 병숙이 앞으로 나가자 경선은 승욱에게로 가서 포개지 듯 엎어진다. 허리를 다친 사람에게 저런 식으로 굴다니…… 병숙은 경선이 때때로 병실의 승욱을 불러내 가게 일을 시키기도 한다는 것을 알고 있었다. 울컥 솟아오르려는 분노를 경선의 울음소리가 막아 버린다. 병든 남편의 가슴에 포개진 채 엎어져 경선은, 저놈의 닭들이, 저놈의 닭들이, 앞뒤가 알 수 없는 말을 외치기 시작했다. 잘 들어보니 승욱과 대판 싸움을 벌였던 날 텔레비전에서 보았다는 닭들을 말하고 있는 모양이었다. 저놈의 닭들이, 명색이 새라는 것들이,

날아 도망도 못가고, 저놈의 닭들이, 푸드덕푸드덕, 그래도 날개는 있다고, 그 날개에 삽날이 찍혀, 저놈의 닭들이…… 날개가 찍혀…… 경선의 말은 더 이상 들리지 않았다. 병희가 병숙 대신 먼저 노래를 부르기 시작했기 때문이었다. 노래는 뜻밖에도 명랑하기 짝이 없는 멜로디였는데, 경선이 울고 있거나 말거나, 병희는 무표정한 얼굴로 노래를 불렀다.

한 자궁 속에 같은 둥지를 틀었던 것은 병숙과 승욱이었으나, 찍은 듯이 닮은 것은 병희와 승욱이었다. 13년이란 세월을 사이에 두고 태어난 여자아이가 자기와 그토록 닮은꼴이라는 사실에 대해 승욱은 어떤 감정을 느꼈을까. 병숙은 승욱에 대해 모든 것을 기억했으나, 그와 같은 것을 느껴본 적은 없다. 승욱에 대한 병숙의 기억은 영토싸움이거나, 영토싸움이 아니거나 둘 중의 하나였다. 그녀는 본능적으로 그에 대해서 긴장했고, 주먹을 풀려고 하지 않았다. 승욱은 자신의 쌍둥이 여동생을 사랑할 방법이 없었을 것이다.

그러나 자기보다 13년이나 늦게 태어난 병희는 달랐다. 그들은 생긴 것도 닮았지만, 지독할 정도로 말수가 적은 것도 닮았고, 겉으로 내보내는 것보다 안으로 삼키는 것이 더 많다는 점에서도 닮았다. 병숙은 자주, 그들이 의식하지도 않는 사이에 같은 곳을 바라보고 있는 것을 발견하곤 했다. 오래 전 그들은 공항 근처에서 한동안 살았던 적이 있다. 먼 친척인 집장사가 지어놓고 팔리지 않던 집에 잠시 살게 되었던 것인데, 당시 초등학교에도 입학하지 않았던 병희는 비행기가 뜨고 내리는 것이 환히 보이던 그 집에 당장에 매혹되었다. 3층짜리 연립주택의 맨 꼭대기 층에 있던 그들의 집에서는 끝도 없이 넓은 들판과 먼 산과 공항의 관제탑과 하루에도 몇 차례씩 뜨고 내리는 비행기가 보였다. 병희는 베란다에서 살다시피 했고, 바깥으로 나가서는 온갖 것들을 주워 들였다. 깨진 사금파리부터 녹슨 콜라병 뚜껑까지 손에 닿는 무엇이든 주워와 그것이 비행기에서 떨어진 것이라고 말하는 거였다. 그때까지 식구들 중에 비행기를 타본 사람은 아무도 없었기 때문에, 철로 주변에 계란껍데기나 콜라병 같은 쓰레기가 있는 것처럼 공항 근처에도 무언가 떨어진 것이 있는 것은 당연하다고 여겼고, 병희의 말을 거짓말이라고 생각해야할 이유도 없었다. 그러나 병희가 비행기에서 사람이 떨어지는 것을 보았다고 했을 때는 문제가 달랐다. 병희의 말에 의하면 날아가는 비행기에서 쿵하고 뭔가가 떨어졌는데 그것이 벌떡 일어나더니 엄마를 부르며 달려가기 시작하더라는 것이다. 몸집이 아주 작은 아이였다고 했다. 아이는 너무 작고 비행기는 너무 빨리 날아갔기 때문에 아이는 그때부터 지금까지 비행기를 쫓아 달리느라고 쉴 틈이 없다고도 했다. 아무도 믿지 않는 그런 말을 해놓고는, 병희는 그날 밤부터 나쁜 꿈을 꾸기 시작했다. 밤마다 비명을 지르고 깨어 일어나 베란다로 달려 나가서는 저기 그 아이가 달려가고 있다고 다시 소리를 질렀다. 저 아이가 내 꿈속에서 나와 지금은 저기서 달리고 있네! 자꾸 가위에 눌리는 병희 때문에 덩달아 잠자리를 설치곤 했던 식구들은 병희를 쫓아 베란다에 나가 어두운 벌판을 내다보았다. 병숙은 그녀의 어머니와 아버지가 그랬던 것처럼 아무 것도 볼 수 없었지만, 승욱이 병희와 같은 것을 보고 있다는 것은 알 수 있었다. 승욱은 병희의 손을 꼭 잡고, 병희가 바라보는 곳을 같이 바라보고 있었다.

그들은 마치 한 몸에서 뻗어 나온 오래된 가지와 새순 같았다. 군대에 간 승욱이 식구들도 모르게 맹장수술을 했을 때, 복부가 찢겨져 나가는 통증을 느꼈던 것은 병숙이 아니라 병희였을 것이다. 가난한 집안의 장남으로 태어났다는 사실을 그토록 순순하게 받아들였던 승욱이 어떤 꿈을 가지고 있었는지를 가장 잘 아는 사람도 아마 병희였을 것이다. 승욱이 월급날마다 사주던 전기구이 통닭에 체기를 일으키고 다시는 닭고기를 입에 대지 못하게 된 것처럼, 병희는 승욱이 가지고 있는 꿈에도 체증을 일으킨 게 틀림없었다. 세상의 모든 꿈에는 고단한 생의 대가가 따른다는 것을, 병희는 너무 일찍 알아버렸던 것일지도 모른다. 그때 비행기에서 떨어진 건 혹시 오빠가 아니었을까? 승욱이 교통사고를 당했던 날, 집으로 돌아가던 차 안에서 병희가 했던 말이었다. 힐긋 돌아보았을 때 병희의 얼굴은 언제나처럼 무표정했다. 병숙이 자신의 책상 옆 쓰레기통에서 버려진 콘돔을 발견했다는 것을 알았을 때에도, 병희는 그런 표정을 지어보였었다.

"나는 이런 생각을 해."

언제인지는 알 수 없다. 병숙이 병희에게 이런 말을 한 적이 있다. 우리 모두가 다 같이 어린 시절로 돌아갈 수 있다면, 그래서 뭐든지 다시 한번 시작해볼 수만 있다면, 그런 기회가 주어진다면 나는 뭐가 되고 싶을까. 어떻게 살고 싶을까. 병희가 병숙의 말을 툭 자르며 대꾸를 했다. 그럴 수 있다면 언니는 혼자서 태어나고 싶을 거야. 그 말을 듣는 순간 병숙의 가슴에서 구멍이 열리는 듯 했다. 아주 오래 전부터 있었던 구멍의 봉인이 풀려, 회오리 같은 바람이 쑥 지나가는 듯도 했다. 어떻게 말해야 할까. 자신에겐 남편과 두 아들이 있고, 제법 넓은 평수의 아파트가 있고, 노후를 위해 준비해둔 저축도 좀 있다. 자신이 갖고 있는 것이 얼마나 많은 것인지 그녀는 잘 알고 있다.

그것은 그녀의 평생이 담긴 삶이며, 또 평생을 가게 될 삶이다. 그녀는 가끔 이렇게 많은 것을 주서서 감사하다고, 불특정한 신에게 감사했다. 그때 그녀의 감사하는 마음이 진심이 아니라고는 절대 말할 수 없다. 그러나 마찬가지로, 울컥 울컥 염증이 솟아나는 듯한 심정이 되는 것도 과장된 것이라고는 말할 수 없다. 아이들은 학교에서 돌아오지 않고 남편도 귀가가 늦은 어느 어스름 저녁, 그녀는 어두워져가는 거실에서 두 주먹을 불끈 쥔 채 그렇게 이유를 알 수 없는 노여움에 빠져 있었던 것이다. 구멍은 노여움에 공허의 옷을 입히고, 다시는 그 뚜껑을 닫으려고 하지 않았다. 그것은 욕망의 문제가 아니라고, 병숙은 혼자 생각했다. 그것은 어쩌면 보다 근본적인 것, 태어난 곳을 바라보는 문제일지도 모른다고 생각했다. 물론 그런다고 해서 무엇이 달라지겠는가. 그러나 욕망의 문제가 아닌 것처럼 그것은 변화의 문제도 아니었다. 다만 그것은, 시선의 문제일지도 모를 일이다.

노래방에서 나왔을 때, 밖은 아직도 한낮이었다. 술에 취한 경선을 병희에게 맡길 수 없어 승욱은 병희에게 맡기고 병숙은 경선을 차에 태웠다. 구부정하게 등이 굽은 승욱이 병희와 함께 걸어가는 모습이 마치 찬란한 햇살의 이면처럼 바라보였다. 병숙은 잠시 숨을 가다듬은 후에야 시동을 걸었다. 술에 취해 정신을 못 차리는 줄 알았던 경선이 반듯하게 앉아 안전벨트를 매고, 가게로 가는 거지요? 목소리도 말짱하게 냈다. 괜찮으냐고 묻자 경선은 웃음소리까지 냈다. 전생에 무슨 인연이 있어 이렇게들 만났을까요. 술이 완전히 깬 건 아닌 모양이었다. 경선의 말투가 사뭇 감상적이다. 그 사람, 고모의 쌍둥이 오빠 말이예요, 그 사람은 내가 아는 사람 중에서 가장 착한 사람이에요. 그런데 왜 그 말이 욕으로 들릴까, 병숙이 속으로 생각하는데 경선이 말을 이었다. 욕 아니에요. 착하다는 게 흉인 세상에 살고는 있지만, 흉 안 잡히려고 안 착할 수는 없잖아요. 그러니까 그 사람도 방법이 없는 거예요. 승욱은 착했고 병숙은 모질었다. 둘은 섞어서 반을 나눈 게 아니라 짝수와 홀수를 나누어놓은 것처럼 달랐다. 처음부터 그렇게 나온 것은 아닐지도 모른다. 병숙이 원하는 것을 가지고 난 후 남은 것만을 승욱이 가졌을 것이다. 그러니 승욱에게는 방법이 없다는 말은 맞다. 그러나 방법이 없는 것은 병숙도 마찬가지였다. 흉을 안 잡히려고 착한 척 하고 살 수는 없었다. 가난한 집안에 쌍둥이 여동생으로 태어나, 자기 몫을 챙긴다는 것이 얼마나 힘든 일인지는 누구나 쉽게 짐작할 수 있는 일이 아니다.

나는 이런 생각을 해요. 병숙은 엑셀을 밟으며 말했다. 내가 다시 어린 시절로 돌아갈 수 있다면, 그래서 뭐든지 다시 한 번 시작해볼 수만 있다면, 그런 기회가 주어진다면 나는…… 뭐가 되고 싶어요? 경선이 묻고 병숙이 웃었다. 나는 잘 태어나고 싶어요. 나는 자궁 속까지 돌아가서 아주 잘 태어나고 싶어요. 그래서 죽는 날, 이렇게 말할 수 있다면 좋겠어요. 나는 아주 잘 와서 잘 있다가 간다구요. 병숙의 말을 듣는 경선의 안색이 좋지 않았다. 고모는 잘 살았잖아요. 뭐가 더 부족해서요? 병숙은 대답 대신에 핸드백을 끌어당겨 그 속에서 봉투를 꺼냈다. 이번엔 좀 많이 넣었어요. 오늘은 날이 날이니까, 라고 말을 이으려다가 병숙은 말을 돌렸다. 요새 장사도 영 안 되는 것 같고 해서요. 경선의 무릎 위에 봉투를 올려놓는데 경선이 갑자기 울음을 터뜨렸다. 아무래도 술기운이 오래 가는 모양이었다. 경선은 두 손으로 얼굴을 감싼 채 그 사람은 방법이 없었다구요, 반복해 중얼거렸다. 노래방에서 저 닭들이, 저 닭들이, 라며 외치던 것과 똑같은 목소리였다.

병희는 아직도 어린 시절을 생각하면, 짧고 통통한 다리를 배 위에 포갠 채 뜨거운 유리 상자 안에서 붉고 기름지게 회전하던 전기구이 통닭을 떠올리지 않을 수 없다고 했다. 한 달에 한 번 승욱은 어김없이 병희를 전기구이 통닭집으로 데리고 가 그 아이에게 배부른 외식을 시켜주었다. 병희는 한 달 내내 오빠의 월급날을 기다렸지만, 그것이 다만 군침 도는 식욕과 짜릿한 행복이었던 것만은 아니었다. 지독하게 말수가 적은 승욱은 통닭 한 마리가 접시에서 비워질 때까지 세 마디의 말도 하지 않았던 것이다. 통닭 한 마리를 먹는 내내 병희가 겪었던 불안은 병희만이 안다. 어린 여동생의 입가에 반지르르하게 묻어나는 기름기를 바라보는 것만으로도 마냥 흐뭇했던 승욱의 시선은, 병희에게는 어느 날 밤의 지독한 체기가 되었다.

닭을 먹을 때마다 내가 무슨 생각을 했는지 알아? 착한 아이가 돼야지. 착한 동생이 돼야지. 착한 딸이 돼야지…… 오빠는 한 번도 그런 말을 안 했는데, 나는 그런 생각이 드는 거야.

병숙은 병희의 말을 이해할 수 있었다. 스무 살 승욱의 시선에 가득차 있었을 선의가 병희를 어떻게 압박했을지. 병희는 그때 너무 어렸고, 어린 아이들은 선의보다는 악의에 먼저 매혹되는 법이니까. 그러나 병숙은 그 순간에도 병희와 승욱이 같은 곳을 바라보고 있었을 거라는 걸 믿는다. 사실을 말하자면 그 순간에 그 자리에 같이 있지 않았던 병숙 역시도 그건 마찬가지였다. 그들이 믿고 싶었던 것은 삶이 그들에게 베풀어줄 선의였으리라. 그들은 두 팔을 곧게 피고 튼튼

한 다리로 얼마든지 뛸 수 있다고 믿었을 것이다. 필요한 것은 다만 시간 뿐, 비록 짧은 날개를 갖고 있더라도, 삶이 그들에게 선의를 베풀기만 한다면 날아오르는 것이 불가능하리라고는 생각하지 않았던 게 틀림없다. 사실 그들이 원한 것은 아주 소박한 높이에 불과했던 것이다.

집으로 돌아가는 길, 올림픽 대로가 한낮인데도 막힌다. 병숙은 기어를 중립에 놓고 브레이크를 잡고 있던 발을 잠시 편하게 놓았다. 옆 차선의 차 안에 두 아이를 태우고 가는 젊은 여자가 보였다. 남자 아이만 둘인데 병숙의 아들들이 그랬던 것처럼 끔찍하게 말썽쟁이들인 모양이었다. 젊은 엄마가 운전대를 잡은 채 어깨를 돌려 아이들을 때리는 모습이 위태롭기가 짝이 없다. 병숙의 얼굴에 웃음이 번진다. 연년생 아들 둘을 키우는 동안 그녀의 젊었던 시간이 얼마나 고단했던지는 하느님만이 아실 것이다. 아이 둘이 싸우면 한 아이는 이 쪽 방에 가두고 또 한 아이는 저 쪽 방에 가두고, 그녀는 이 쪽 방 저 쪽 방을 뛰어다니며 애들을 때려주었다. 그 고단하고 바쁘던 시절은 그러나 소박한 행복으로 가득 차 있었다. 눈 깜짝할 사이에 그 세월이 다 지나가버릴 줄은 몰랐다. 그러나 그렇게 눈 깜짝할 사이에 지나가버린 것은 그녀의 아이들의 유년뿐만이 아니라 그녀의 유년도 마찬가지다. 아니, 그녀의 생 전부가 그러하다. 돌아보려는 순간 이미 그것은 너무나 오래된 과거형이 되어 있다. 그러나 삶이나, 그 삶의 중심에 허방처럼 뚫린 구멍에도 경외해야할 것이 있다면, 그것은 중심이 아니라 중심을 둘러싼 모든 사소한 것들일 수도 있다. 같은 소풍 날 먼저 차지하기 위해 애썼던 김밥 도시락이나, 참고서를 사자마자 책의 옆면에 자기 이니셜을 먼저 써넣고는 어머니에게 등짝을 맞았던 기억들…… 그리고 공항근처에서 살았던 한 때, 병희의 악몽을 쫓아 밤마다 맨발로 나가 바라보던 베란다 바깥의 어둠, 그런 것들.

생각해보면 김포벌판에 외따로 떨어져 있던 연립주택에서의 몇 달은 그들이 가장 먼 곳, 혹은 가장 높은 곳을 바라보며 살았던 시기였는지도 모른다. 봄 벼가 푸르게 익던 평야와, 그 평야 위로 높이 날아오르던 비행기는 지금도 눈에 선하다. 그리고 베란다의 난간 위에 올려져 있던 그들 세 형제의 흰 손등도. 오랜 세월 후, 병숙은 비행기에서 그들이 한때 살았던 곳이라고 짐작되는 벌판의 어느 한 지점을 내려다본 적이 있다. 그때 어쩌면 그녀는 비행기에서 떨어져 그때까지도 벌판을 달리고 있는 어린아이를, 아니 이제는 중년이 되어 어깨가 구부정해진 한 사람을 보았을지도 모른다. 어린 시절 병희가 보았던 그 어린 아이는 승욱일 수도 있지만, 어쩌면 자신일 수도 있다. 그때부터 지금까지 비행기를 쫓아 달리느라 그래서 이토록 발이 아픈 것일지도.

길이 다시 풀리기 시작하자 병숙은 얼마쯤 차를 몰다가 갓길로 빠져나왔다. 여전히 맹렬하게 아픈 발바닥보다도 중요한 것을 잊은 것이 새삼스레 떠올랐기 때문이었다. 차를 세우고 핸드폰을 꺼내 병숙은 승욱의 병실로 전화를 걸었다. 같은 병실을 쓰는 환자가 잠깐 기다리라고 하는 사이, 병숙은 룸미러에 비친 자기 얼굴을 바라보며 나지막이 말을 했다.

"생일 축하해."

생각해보면, 그녀는 승욱에게도 자신에게도 진심으로 생일축하를 해본 적이 없다. 그것은 나이가 들면 들수록 더욱 그러해서, 이제 와서는 누군가가 굳이 자기 생일을 기억해주는 일조차 귀찮게 여겨졌

다. 그러나 생의 어느 한 지점쯤에서는 진심으로 자기의 생일을 축하
해주는 어느 하루가 있는 것도 나쁘지는 않을 것이다. 그녀는 그 생
일축하의 말을 그녀의 쌍둥이 형제에게 듣고 싶었다. 여보세요, 승욱
의 목소리가 건너왔다. 그리고 병숙은 흠흠, 기침소리를 냈다. 세상
에서 가장 낯간지러운 말을 해야 하기 때문이었다. 오늘이 단오인 걸
알고 있니? 말을 하기도 전에 맹렬하게 아프던 발바닥의 통증이 조
금쯤 가시는 듯 했다. 입 속의 말이 입 밖으로 나오기도 전에 스스로
위로받았기 때문일지도 몰랐다.

새로운 생명의 생산, 새로운 존재 세우기

정호웅 | 홍익대 교수·문학평론가

1

김인숙의 「어느 찬란한 오후」는 "병숙과 승욱은 단오에 태어났다."라는 문장으로 시작된다. 두 사람은 쌍둥이 남매라는 것이다. 어머니의 좁은 자궁 안에 함께 깃들었다가 가난한 집안의 장남 장녀로 같은 날 세상에 나온 이들 쌍둥이 남매의 관계는 어떠할까? 이 작품 속 중심 구성소의 하나는 이 질문과 관련되어 있다.

30분 먼저 태어난 승욱은 가난한 집안의 장남이라는 티켓을 손에 쥐고 태어난 아이처럼, 순하고 내성적이었다. 병숙은 달랐다. 그녀는 아무 것도 양보하려고 하지 않았고, 지독하게 고집이 셌다. 양보할 것이 없는데도 늘 양보를 강요당하는 여자아이가 자기 이외의 모든 것과 싸울 수 있는 무기란 사실 고집밖에는 없었다.

여동생은 어떤 것도 양보하려 들지 않았다. '영토본능'이 그렇게 만들었다. 그녀는 이후에도 계속하여 그처럼 그악스런 인간으로 살았다. 나이 마흔이 넘어설 때는 제법 산다는 소리를 들을 정도까지 됐으니 '비교적 성공한 삶'을 산 셈이다. 오빠는 정반대였다. 그는 동생이 원하는 것은 무엇이든 주었다. 가난한 집이기에 사실은, 여동생이 가지고 싶어 가는 것을 거의 가질 수 없었음에도 불구하고 그랬다. 가지고 싶은 것을 가질 수 없는 현실 속에 있는 사람은 대체로 자기 손에 들어온 것에 집착한다. 그는 전혀 달랐는데 무엇 때문일까? 집착하지 않는 성격을 타고났기 때문에? 인용문이 넌지시 암시하듯 가난한 집안의 장남이라는 조건 때문에 순하고 내성적이어서? 아니면 늘 양보를 강요당하는 동생의 처지를 안쓰러워하는 어진 마음 때문에? 또 아니면 동생의 강한 성격에 눌려서?

유감스럽게도 우리는 이 소설 속에서 답을 찾을 수 없다. 독자는 때로 작가의 불친절에 항의하고 싶어진다. 직접 들이댈 수는 없으니까, "뭔가 빠져 있다. 조금 허술하지 않은가" 정도로는 말해볼 수 있겠다.

2

그러나 작가는 아마도 독자의 이런 푸념에 대해 이렇게 말할 것이다. "이 소설에서 문제삼고 있는 것은 그런 게 아니라 주인공인 병숙의 심리이다"라고. 이 작품의 한복판에 놓여 있는 캄캄 어둠의 동공과도 같은 공포의 이미지를 검토할 차례이다.

> 병희의 말에 의하면 날아가는 비행기에서 쿵하고 뭔가가 떨어졌는데 그것이 벌떡 일어나더니 엄마를 부르며 달려가기 시작하더라는 것이다. 몸집이 아주 작은 아이였다고 했다. 아이는 너무 작고 비행기는 너무 빨리 날아갔기 때문에 아이는 그때부터 지금까지 비행기를 쫓아 달리느라고 쉴 틈이 없다고도 했다.

이 소설 전체를 지배하는 핵심은 넓은 들판을 달리는 아이의 이미지이다. 공항 근처에 살던 시절의 이야기이다. 13살이나 어린 막내 여동생이 환각 속에서 본 것이다. 사방으로 열려 아득한 벌판 한복판이다. 하늘을 나는 비행기에서 떨어진 어린 아이가 엄마를 부르며 비행기를 쫓아 달린다. 절대로 따라갈 수 없다. 아득한 공포감이 비행기와 아이 사이에, 아이의 마음속에 가득가득 차오른다. 무섭다. 무서움 때문에 뒤도 옆도 볼 수 없다. 다만 앞을 향해 달릴 뿐이다. 가닿을 수 없는 곳, 붙잡을 수 없는 곳을 향한 달리기. 마침내는 가닿고자 했던 곳도 붙잡고자 했던 곳도 사라진다. 공포감으로부터 벗어나기 위한 맹목의 달리기만이 존재하는 시공간. 손에 쥐었던 것은 놓쳤고 잡고자 하는 것은 잡을 수 없는 텅 빈 상실의 현실.

어떤 심리 기제의 작동 때문에 그 어린 소녀가 환각 속에서 그런 공포의 이미지를 보게 되었는지 알 수 없다. 그것은 이 소설이 문제 삼고자 한 것이 아니기 때문에 부차적인 것이다. 핵심은 병숙이, 오빠인 승욱과 동생인 병희를 비행기를 쫓아 달리는 그 어린 아이와 동일시했다는 점이다. 병숙의 눈에는 승욱과 병희의 삶이 어둠 속을 달리는 공포에 쫓기는, 텅 빈 상실의, 불모의 삶으로 비쳤다. 그 같은 의식의 한쪽에는 자신

은 볕바른 양지를 순조롭게 걸어가는 충만한 인생을 살고 있다는 의식
이 놓여 있다. 나는 행복한데 그들은 불행하다는 생각, 그러므로 그들을
안쓰럽게 여기고 도우는 것이 당연하다는 생각이 자연히 솟아나온다.
요컨대 그녀는 '나는 그들과 다르다'라는 자기 확인의 의식을 지니고
있다. 실제도 과연 그러한가? 이 작품의 맨 아래에 놓인 질문은 바로 이
것이다.

3

　병숙은 자신은 행복하고 승욱과 병희는 불행하다고 생각했다. 그녀가
빚 진 느낌에 시달리면서 그들을 도우려 마음 쓰는 것은 이에서 비롯된
것이다. 여기에 멈추었다면 이 작품은 어디에서든 만날 수 있는 따뜻한
인정 미담에 그쳤을 것이다. 물론 그렇지 않다.

　오랜 세월 후, 병숙은 비행기에서 그들이 한 때 살았던 곳이라고 짐
작되는 벌판의 어느 한 지점을 내려다본 적이 있다. 그때 어쩌면 그녀
는 비행기에서 떨어져 그때까지도 벌판을 달리고 있는 어린 아이를,
아니 이제는 중년이 되어 어깨가 구부정해진 한 사람을 보았을지도 모
른다. 어린 시절 병희가 보았던 그 어린 아이는 승욱일 수도 있지만,
어쩌면 자신일 수도 있다. 그때부터 지금까지 비행기를 쫓아 달리느라
그래서 이토록 발이 아픈 것일지도.

　병숙 자신의 양지쪽 충만한 인생/승욱과 병희의 어둠 속 텅 빈 인생의
이분법이 근전에서 무너지는 순간이다. 그들은 모두가 그 어린 아이였
던 것이니, 저 아득한 공포감에서 벗어나고자 텅 빈 어둠의 벌판을 내달

리는 맹목의 달리기를 계속하고 있는 불행한 존재들이다.

생각해보면 누구라 그렇지 않겠는가. 여기에 이르러 우리는 인간의 일반적인 존재 형식 하나를 새삼 깨우친다. 어둠의 들판을 필사적으로 달리는 어린 아이의 섬뜩한 이미지는 독자를 그런 존재의 깊은 진실 앞에 문득 세운다.

모두가 텅 빈 어둠의 벌판을 달리는 존재라는 이 섬뜩한 발견 앞에서 작중 인물은 물론이고 읽는 이들도 함께 불모의 폐허 위에 선 느낌, 막막한 상실의 허방에 빠진 느낌에 사로잡힌다. 고통스럽다. 스스로 위로하지 않으면 감당할 수 없다.

> 병숙은 흠흠, 기침소리를 냈다. 세상에서 가장 낯간지러운 말을 해야 하기 때문이었다. 오늘이 단오인 걸 알고 있니? 말을 하기도 전에 맹렬하게 아프던 발바닥의 통증이 조금쯤 가시는 듯 했다. 입 속의 말이 입 밖으로 나오기도 전에 스스로 위로받았기 때문일지도 몰랐다.

쌍둥이 오빠에게 오늘이 그들의 생일날임을 알리는 장면이다. 그것은 또한 그녀 자신에게 오늘이 생일날임을 알리는 것이기도 할 터이다. 생일날을 확인하고 기념하는 것은 그 생명이 온전하게 싹트고 꽃으로 피어나길 바라는 간절한 마음의 표현이다. 그 속에는 어떤 생명이든 그 자체로 귀중하다는 의식이 들어 있다. 오늘이 생일날임을 알리는 병숙의 행위는 그들 모두가 귀중한 생명의 존재임을 스스로 깨우치고 확인하는 것이다.

그 깨우침과 확인은 또한 자신의 근원을 부정하고자 했던 의식을 스스로 해체하는 것이기도 하다.

　　나는 이런 생각을 해요. 병숙은 엑셀을 밟으며 말했다. 내가 다시 어린 시절로 돌아갈 수 있다면, 그래서 뭐든지 다시 한 번 시작해볼 수만 있다면, 그런 기회가 주어진다면 나는 (……) 나는 잘 태어나고 싶어요. 나는 자궁 속까지 돌아가서 아주 잘 태어나고 싶어요.

　그녀는 쌍둥이 그것도 동생으로 태어난 자신의 운명을 저주하며 살아왔다. 근원의 저주는 곧 존재에 대한 저주일 터인데, 그녀의 삶은 존재의 부정 위에 세워진 것이었다. 스스로를 부정하는 의식 위에 세워진 삶이니 헛것일 수밖에 없다.

　그녀가 이룬 모든 것들, 성공했다는 자기만족, 가난한 형제들에게 이제는 베풀어야겠다는 선의도 헛것에 지나지 않는다. 그녀는 헛것에 지나지 않는 삶을 살아온 유령일 뿐이었다.

　오늘이 생일날임을 알려 자신이 귀중한 생명의 존재임을 깨우치고 확인하는 병숙의 마음 움직임은 스스로를 이 같은 헛것의 존재로부터 귀중한 생명의 존재로 바꾸는 것이다. 새로운 생명의 생산, 새로운 존재 세우기. 이 소설의 제목이 '어느 찬란한 오후'인 것은 참으로 적절하다. ❋

김중혁

◈ 약 력 ◈

1971년 경북 김천 출생.
계명대 국어국문학과 졸업.
2000년 《문학과 사회》 겨울호에 「펭귄뉴스」로 등단.
「무용지물박물관」 「바나나주식회사」 「회색괴물」 등의 단편 발표.

에스키모, 여기가 끝이야

김중혁

소포를 받은 것은 1주일 전이었다. 캐나다에 살고 있는 삼촌으로부터 도착한 것이었다. 그때는 연구실과 어머니가 입원해 있는 병원의 중환자실이 내가 감당할 수 있는 세계의 전부였기 때문에 소포를 열어볼 마음조차 들지 않았다. 어쩌면 소포를 뜯을 수 있는 힘이 없었는지도 모르겠다. 나는 어머니와 함께 거의 죽어가고 있었고, 미래라는 건 내가 그릴 수 있는 지도의 영역 바깥에 위치한 것이었다. 삼촌을 마지막으로 본 것이 언제였을까 생각해 봤지만 생각이 나질 않았다. 삼촌의 얼굴도 어렴풋이 떠오를 뿐이었다. 눈 앞에 떠오른 삼촌은 나보다 훨씬 어린 모습이었다. 나는 삼촌보다 더 오래 산 것 같은 기분이었고, 절대적인 나이가 아닌 마음의 나이는 실제로 그랬는지도 몰랐다. 나는 늙어가고 있다는 생각이 들었다.

나흘 전에 어머니가 돌아가셨다. 어디로 돌아가셨는지는 알 길이 없지만, 지금 이곳에 없다는 생각을 해보면 여전히 실감이 나질 않았다. 배신을 당한 것 같은 생각이 들기도 했다. 함께 전속력으로 백 미터 달리기를 하다가 뒤를 보니 아무도 없다, 그런 느낌이었다. 사라져버린 것이다. 다시 출발지점으로 돌아가서 달리기를 시작하기엔 너무 지쳤고 너무 늙었다는 생각이 들었다. 게다가 함께 달릴 만한 사람도 없다. 어머니는 이제 레이스를 마친 것이다. 장례식 내내 어머니는 이제 없다,라고 중얼거려 봤지만 현실의 일처럼 느껴지질 않았다. 그렇지, 없지. 내 안의 누군가 그렇게 대답을 한다. 눈물조차 나지 않는다. 눈물이란 것은 반사신경의 일부일 뿐 진짜 슬픔과는 아무런 상관이 없는 것이 아닌가, 하는 생각이 들기도 했다. 물론 병석에 누워 있는 어머니를 오랫동안 봐왔기 때문에 그런 것일 수도 있었다. 차곡차곡 쌓여 있는 슬픔을 덮어버리기엔 내 몸의 수분이 턱없이 부족한 모양이다. 늙고 낡은 고목의 등걸처럼 말이다.

고향의 강가에 어머니를 뿌려 드렸다. 어머니는 무덤도 싫고 납골묘도 싫다셨다. 그냥 어디에라도 뿌려 달라고 하셨다. 뭐라도 이 세상에 흔적이 남는 게 싫었던 걸까? 아니, 어쩌면 버려지는 게 싫었을는지도 모른다. 어딘가 자리를 틀어잡고 앉아 오지 않는 나를 기다리는 게 싫었을지도 모르겠다. 존재가 없으면 버림받을 일도 없다. 어머니는 이제 강물과 레이스를 펼치고 계실 것이다.

해변의 오차

모친상을 당한 사람에게 주어지는 휴가 기간은 1주일이다. 하지만, 나는 닷새를 쉬고 연구소로 출근했다. 할 일이 많았고, 일을 하고 있는 게 그래도 낫겠다 싶었다. 1주일 만에 추스를 수 있는 슬픔이 아닌 이상 닷새나 1주일이나 차이가 없었다. 출근하면서 만난 사람들에게 위로의 말을 수 차례 들었지만 무덤덤했다. 그렇다고 웃고 있을 수도 없는 노릇이어서 나는 나대로 표정관리하기가 쉽지 않았다.

책상 앞에서 일을 시작하려고 할 때 소포가 눈에 들어왔다. 소포는 1주일 동안이나 똑같은 자리에서 얌전히 나를 기다리고 있었다. '네가 준비될 때까지 언제라도 기다려 줄게'라고 말하는 듯했다. 나는 테이프를 뜯고 종이 상자를 열었다. 종이 상자 안에는 충격보호패드로 싸인 나무 조각이 하나 들어 있을 뿐, 아무런 메시지도 없었다. 잘 있냐는 안부인사도 없었고 잘 있다는 근황도 없었다. 나무 조각은 기이한 모습이었다. 심심한 누군가 아무렇게나 나무를 깎은 것처럼 균형감이 없었고 어딘가 모르게 만들다 만 것 같은 모습이었다. 옆에 있는 후배는 나무 조각을 보더니 어떤 예술가의 작품일지도 모른다고 했지만 내 눈에는 그런 아름다움이 보이질 않았다. 어쩌면 어딘가에서 아름다움을 찾아낼 만큼 내 마음이 여유롭지 않아서일지도 모른다.

책상 앞에 세워놓고 한참을 바라보았더니 조금씩 나무 조각이 다르게 보였다. 나무 조각의 형태에는 이상하게 사람의 마음을 끄는 데가 있었다. 약간 멀리 떨어져서 보면 사람의 옆얼굴을 닮은 듯하고, 가까이 다가가 보면 시냇물의 흐름을 깎아놓은 듯한 그 모양을 바라보고 있으니 괜스레 마음이 편안해지기까지 했다. 감촉도 좋았다. 바다에 씻기고 바람에 깎인 표면을 만지면 마치 어머니의 손을 만지고 있는 것 같았다.

아무리 떠올리려고 해도 떠오르지 않았던 어머니의 실체가 갑자기

생생해졌다. 어머니의 살가죽을 닮은 표면을 만지고서야 어머니를
기억할 수 있다는 것이 스스로 한심했다. 어째서 기억이란 것은 매개
체에 의존할 수밖에 없는 것일까. 온전하게 모든 것을 기억할 수는
없는 것일까. 나무 조각이 없었더라면 나는 어머니 손등의 감촉조차
기억하지 못했을는지도 모른다. 시간의 순서가 맞지 않지만, 게다가
어머니와 삼촌의 관계에도 어울리지 않지만, 삼촌이 보낸 그 나무 조
각이 어머니의 마지막 유품이라는 생각이 들었다. 삼촌에게 전화를
걸어볼까 싶은 생각이 잠깐 들기도 했지만 이런 힘없는 목소리를 들
려주고 싶진 않았다. 삼촌에게만은 강해보이고 싶었다.

　나는 나무 조각이 엄청나게 진귀한 고고학적 유물이 아니길 바랐
다. 만약 값비싼 골동품이라면, 나는 그것을 팔아치워 돈을 마련할
궁리를 할 수밖에 없을 것이다. 삼촌이 보내준 선물로 돈을 마련하고
싶지는 않았다. 나는 나무조각을 가방에 넣어두었다.

　연구소는 수라장이나 다름없었다. 연구소 내에는 에어컨디셔너가
돌아가고 있었지만 사람들이 움직이는 모습을 보고 있으면 갑자기
더워졌다. 측량팀은 측량팀대로 발등에 불이 붙었고, 지도 제작팀은
지도 제작팀대로 눈 깜빡일 새 없이 바빴다. 좀 더 쉬고 오지 그랬나
며 위로의 말을 던졌던 팀장도 은근히 내가 출근한 것을 다행으로 생
각하는 눈치였다. 새로운 오차측정의 결과를 업데이트해야 하는 날
짜가 10일밖에 남지 않았다. 나는 측량팀 소속이다. 측량팀은 두 명
이 조를 이뤄 움직이기 때문에 한 명이라도 결원이 생기면 일정에 차
질을 빚을 수밖에 없다. 한 사람은 맵핑카를 운전해야 하고, 한 사람
은 지도 측정기계를 확인해야 한다. 한 사람은 다리가 되고, 한 사람
은 눈 역할을 하며 일을 해나가는 것이다. 그러니 한 명이라도 빠지

면 곤란해진다. 내가 자리를 비운 며칠 동안 팀장이 내 역할을 대신했는데 팀장과 팀원의 일을 동시에 하다 보니 꽤나 힘들었던 모양이다.

연구소의 정직 명칭은 〈해수면 오차 측정과 침수 지역 예상 및 지도 제작 전문 연구소〉이다. 참으로 긴 이름이지만 하는 일은 간단하다. 지도와 실제 지형 사이의 오차를 찾아내고 그걸 수정해 나가는 것이다. 처음 만난 사람들에게 연구소에서 하고 있는 일을 얘기하면 모두들 똑같은 질문을 한다. '그게 오차가 있나요?' 라는 것이다. 아니 그러면, 오차도 없는데 〈해수면 오차 측정과 침수 지역 예상 및 지도 제작 전문 연구소〉라는 긴 이름을 달았겠어요, 라는 울부짖음이 목젖까지 치밀어오를 때가 많지만, 연구소 이름이 너무 긴 관계로, 대체로 입 밖에 꺼내지는 않는다. 그렇다고 차근차근 설명하기도 힘들다. 그 질문에 대답을 하면 얘기가 길어진다. 질문과 대답이 꼬리에 꼬리를 물게 되고, 전문적인 용어들을 쉽게 설명하려고 노력하다 보면 머리까지 지끈지끈 아파온다. 그래서 아예 처음부터 '하하, 당연히 오차가 없죠. 그래서 저희는 땅을 마구 깎아내서 오차를 만든 다음 그걸 지도에 반영한답니다' 라는 허무맹랑한 농담을 할 때도 있다. 웃기려는 의도가 전혀 없는, 자포자기의 심정이 빚어낸 유머인 것이다. 한 번은 '아, 굴착기 기사시군요?' 라는, 나의 농담보다 더욱 허무맹랑한 답변을 듣기도 했지만 말이다.

오차와 오류는 어디에나 있다. 지도에도 있고, 자동차에도 있고, 사전에도 있고, 전화기에도 있고, 우리에게도 있다. 없다면 그건, 뭘랄까, 인간적이지 않은 것이다.

지도 특기생

달리는 자동차 안에서 오차 측정과 지도 제작을 할 수 있는 시스템이 만들어진 건 고작 20~30년밖에 되지 않는다. 원리는 간단하다. 자동차에 장착된 CCD카메라로 영상을 찍으면, 그 영상이 3차원 지도로 변환되어 모니터에 나타난다. 모니터에다 손가락을 갖다 대고 있으면 위도, 경도, 고도를 한 눈에 알 수 있다. 참으로 편리한 세상이다.

"선배, 많이 힘들었죠?"

자동차 오른편으로 드리워진 바다를 멍하니 바라보면서, 3차원 지도로 표현하기엔 저 바다가 너무 막막하고 비현실적이구나, 라는 생각을 하고 있을 때, 운전을 하고 있던 후배가 물었다. 그녀는 대학 후배이자 〈아틀라스〉라는 지도 연구 동아리의 후배였다. 연구소에 들어오게 된 것도 나 때문이라고 하는데 사실인지 아닌지는 알 수 없다.

"아니 별로. 예상했던 일이니까."

나의 대답이 뜻밖이었는지 후배는 말을 잇지 못했다. 그녀는 계속 운전을 했고, 나는 계속 바다를 바라보았다. 사실 나의 답변은 잘못된 것이었다. 힘들 걸 예상한다고 해서 고통이 덜해지는 것은 아닐 텐데 말이다. 조용한 시간이 이어졌다. 날씨는 더웠지만 바닷바람이 있어 견딜 만했다. 파도 소리와 바람 소리와 자동차 소리가 공평한 비율로 공기 중에 뒤섞여 있었다. X40지역에 거의 도착했을 즈음 후배가 다시 입을 열었다.

"참, 아까 그 나무 조각 말예요. 뭔가 대단한 걸지도 모른다는 생각 들지 않아요?"

“그럴 리 없어. 삼촌은 그렇게 부자가 아니거든.”

“뭐 하시는 분인데요?”

“문화인류학인지 인류문화학인지 뭐 그런 걸 연구하고 있을 거야. 내 기억이 맞고 전공을 바꾸지 않았다면 말야.”

“그러면 뭔가 얘기가 들어맞잖아요. 보물일지도 몰라요. 삼촌에게 전화해서 물어보면 어때요?”

“보물? 꿈 깨라. 요즘 세상에 보물이 어디 있어?”

“좋아요. 제가 조사해볼 테니까 나중에 딴말 말아요.”

“갖고 싶어? 너 줄까?”

“아뇨. 선배가 선물 받은 걸 왜 날 줘요. 그냥 궁금하잖아요. 어쩌면 그 보물이 선배의 궁핍한 경제 사정에 한 줄기 따스한 햇살이 될지 누가 알겠어요.”

“눈물나겠다 야. 만약 엄청난 보물이면, 자료조사 비용으로 너 반 때 줄게.”

“음, 반은 너무 많고 30퍼센트만 떼 줘요.”

“40퍼센트. 더 아래론 안돼.”

“하, 이상한 거래네. 좋아요. 40퍼센트.”

약간의 장난을 칠 정도로 나의 기분이 그럭저럭 괜찮다는 걸 알아차린 그녀는 말이 많아지기 시작했다. 주로 팀장과 함께 일했던 나흘 동안의 이야기였다. 팀장이 얼마나 사람을 힘들게 하는 성격의 소유자인지, 또 얼마나 다른 사람의 의견을 무시하는지, 가 이야기의 주제였지만 나는 그녀의 이야기를 귓등으로 들으면서 계속 바다를 바라보았다. 지도에서는 바다의 깊이를 푸른색의 농도로 표현한다. 얕은 바다는 하늘색에 가깝도록 칠하고, 짙은 바다는 보랏빛이 감도는 짙푸른 색으로 표시한다. 하지만 그런 인위적인 색으로 바다의 깊이를 표현한다는 것은 불가능하다. 지도 속의 모든 그림이 그렇듯, 바다를 표현한 색 역시 기호에 불과한 것이다.

넌 취미가 뭐니? 라고 누군가 물었을 때 내 대답은 한결같았다. 지도 그리기요. 아마 초등학교 때부터 그랬던 것 같다. 이상한 취미로구나? 지도 같은 걸 그려서 뭐 하는데? 몰라요. 그냥 그려요. 정말로 그냥 그렸다. 어느 순간부터 나는 주위의 세상과 친해지는 방법으로 지도 그리기를 선택했다. 지도를 처음 그릴 때만 해도 방위나 기호 따위를 알 턱이 없는 나이인 관계로 지도가 아니라 약도에 가까웠지만 시간이 지날수록 취미는 특기로 바뀌었다. 중학교 1학년 때 그린 〈자전거 도로 지도〉는 지금 다시 보아도 대단한 작품이다. 그 지도를 그리기 위해 나는 배낭을 메고 전국일주 자전거 여행을 하는 기분으로 동네의 자전거 도로를 몇 바퀴나 돌았다. 지도 특기생 같은 게 있었다면 최고 명문대학에 장학생으로 입학했을는지도 모른다.

한 번은 지도를 그리다 길을 잃은 적도 있었다. 중학교 2학년 즈음, 새로 이사 간 동네의 지도를 그리고 있을 때였다. 이건, 정말, 말도 안 돼, 라고 생각하면서도 길을 찾을 수가 없었다. 하하, 이럴 수는 없지, 하면서 점점 미궁속으로 빠져갔다. 내 손에는 지도가 있었지만 그건 내가 그린 지도였기 때문에 나를 믿고 지도를 믿을수록 길을 찾기는 더욱 힘들어졌다. 나는 길을 찾으면서도 계속 지도를 그렸고 지도는 점점 오리무중, 첩첩산중으로 변해가고 있었다. 결국 나는 경찰의 도움을 받아 집으로 돌아왔다. 동네에 익숙해지자 나는 지도가 어디서부터 잘못되었는지를 알아낼 수 있었다. 골목 하나의 차이였을 뿐인데 모든 길이 어긋나고 말았다. 지도가 위험하다는 걸 그때 처음 알게 됐다.

오차측량원

X40지역의 상황은 심각했다. 지도상으로는 해안습지가 있어야 할 곳이었지만 그곳에는 바닷물이 들어차 있었다. 해안 구석구석에는 바다에서 밀려온 침전물이 언덕을 이루고 있었고, 해수면이 상승하면서 해안습지는 육지쪽으로 한참 후퇴해 있었다.

가장 큰 문제는 해수면이 빠른 속도로 상승한다는 것이었다. 해수면이 수 천 년에 걸쳐 천천히 상승한다면 걱정할 필요가 없다. 잠식되는 해안습지와 새롭게 만들어지는 해안습지의 면적이 똑같을 테니 플러스 마이너스 제로가 된다. 하지만 빠른 속도로 해수면이 상승하면 습지가 점점 줄어들 수밖에 없고 해안습지가 줄어든다는 것은 오염물을 정화할 수 있는 지구의 방어막이 옅어진다는 얘기다.

후배와 나는 휴대용 기기를 들고 습지 쪽으로 향했다. 나에게 밟힌 부드러운 진흙들이 내 신발을 감싸안았다.

"선배, 이상한데요?"

"뭐가?"

"해수면은 이상이 없어요."

"그렇다면 땅이 내려앉은 거겠지."

"땅이 내려앉다뇨?"

"흔한 현상이야. 자 봐. 여기 신발 옆으로 삐죽삐죽 튀어나온 진흙들이 보이지? 이 진흙이 우리가 살고 있는 땅이고 내 발이 빙하야. 이렇게 발을 들면 진흙이 아래로 내려가지? 빙하가 녹기 때문에 땅이 아래로 가라앉는 현상이 생기는 거야.”

X40지역의 70퍼센트 정도가 지도와 큰 차이가 있었다. 대부분 육지가 침하된 상태였다. 나는 지도와 차이나는 부분들을 확인하고 그 구역을 붉은색으로 칠했다. 아직까지 주민을 대피시켜야 할 정도는 아니었다. 하지만 머지않아 이곳의 땅은 바다 아래로 가라앉을 것이다. 이게 그걸 막을 수 있는 사람은 아무도 없다. 모두들 수영이나 배워야 할 시간이다. 아주 잠깐 걸었을 뿐인데 땀이 흘렀다. 빙하가 녹는 게 당연하다는 생각이 들 정도로 더운 날씨였다.

병원의 보호자 대기실에서 보았던 코미디 프로그램이 생각났다. 멀쩡하게 양복을 입은 남자 코미디언 두 명이 이러쿵저러쿵 만담 스타일의 얘기를 주고받았는데, 아직도 잊혀지지 않는 내용이 있다. 모든 부분이 자세하게 기억나지는 않지만 요지는 이렇다. 하유, 힘들어요, 빚더미에 올라앉았어요, 그래요, 그럼 내리시구랴. 장난해요? 미안해요. 그럼 내가 좋은 사업 하나 가르쳐드릴까? 아니, 그런 게 있어요? 있죠. 남극 하늘 오존층에 구멍 뻥 뚫린 거 아시죠? 아, 알죠. 남극의 얼음이 녹아서 그렇다잖아요. 잘 아시네. 그러면 지구에서 가장 큰 대형 냉동용 에어컨을 만듭시다. 만들어서는요? 남극과 북극의 얼음이 녹을 새가 없도록 에어컨을 빵빵 돌려대는 거죠. 그 에어컨을 팔아먹는 거예요. 누가 사요? 누구든 사요. 요즘은 환경 문제, 오존층 하면 사람들이 다 깜빡깜빡 넘어가요. 지금 장난해요? 아니 왜 화를 내요? 이봐요, 오존층을 망가뜨리는 주범이 뭔데요. 뭔데요? 바로 에어컨에서 나오는 프레온 가스 아녜요. 그렇게 에어컨을 틀어대면 남극과 북극의 얼음이 더 빨리 녹을 거 아녜요. 잘 됐네요. 잘 되다뇨? 얼음이 녹으니까 에어컨이 더 많이 팔릴 거 아녜요. 그런

가요? 그렇죠, 떼돈 벌 수 있다니까요. 해볼까요? 해봅시다.

웃기자도 만든 코미디였겠지만 나는 두 사람의 코미디를 보고 슬퍼졌다. 빚더미에 올라앉았어요, 그럼 내리시구랴, 라는 부분이 가장 가슴에 와 닿았다. 내 상황이 그랬기 때문일 것이다. 그냥 아무렇지도 않게 내릴 수 있는 상황이라면 얼마나 좋을까, 그런 생각이 들었다. 하지만 언제나 상황은 그렇게 단순한 것이 아니었고, 내릴 수 있다고 내리면 되는 그런 문제가 아니었다. 지구와 에어컨과 빙하와 프레온 가스의 문제는 그 다음이었다.

일을 하면 기분이 나아질 것이라고 생각했지만 힘이 나질 않았다. 뭔가 생산적인 일을 하는 것이 아니라 이렇게 흔적들을 찾아내는 것이 내 일의 전부라는 생각이 들자 힘이 빠졌다. 오차측량원이라는 직업이 있다는 말을 처음 들었을 때 나는 그 단어의 미묘한 울림이 마음에 들었다. 무언가 정의롭고 올바른 일이라는 생각이 들었고, 세상을 안전하게 보호하는 직업이라는 생각이 들었다. 하지만 오차측량원은 말 그대로 오차를 측량할 뿐이었다. 오차를 되돌릴 수도 없고 수정할 수도 없다. 물론 오차측량원이라는 단어를 너무 깊이 생각한 내 잘못이다.

지도학을 전공하겠다고 마음먹었을 때 삼촌이 다른 나라로 떠났다. 항공사진기능사로 근무하고 있을 때 지상에서 아버지가 돌아가셨고, 지상기준점을 측량하기 위한 밀착인화사진을 만들고 있을 때 어머니가 병원으로 실려갔다. 그리고 오차측량원으로 일하고 있을 때 어머니가 돌아가셨다. 이제 혼자서 살아가야 하지만 나는 너무 늙어버린 듯하고 아무것도 가진 게 없었다. 어쩐지 억울하다는 생각이 들었다. 뭔가 단단히 어긋나 있었지만 나는 그 원인을 알아낼 수가 없었다. 명색이 오차측량원인 주제에 말이다. 모든 일에는 반드시 원인과 결과가 있는 것일까? 원인이 없는 결과도 있지 않을까?

지도의 중심

나흘이 시계의 초침처럼 지나가 버렸다. 눈을 들어 시계를 보면 하루가 지나갔고, 다시 시계를 보면 또 하루가 지나갔다. 그 동안 후배와 나는 잠자는 시간과 밥 먹는 시간만 빼고는 측량에 매달렸다. 잠이 오지 않는 밤에는 헤드라이트를 켜고 작업을 진행했다. 다른 팀의 작업 속도에 맞추기 위해서라는 이유가 있긴 했지만 무엇보다 후배와 나는 둘 다 달리 할 일이 없었다. 후배는 아직 미혼인데다 남자친구도 없었다. 다행이라고 하기엔 좀 미안하지만 내게는 정말 다행이었다. 다른 팀원들에게 가족과 휴식과 삶이 필요했다면, 나에게 필요한 것은 돈뿐이었다. 야근 수당이라도 받아야 했다. 어머니의 죽음 덕분에 이틀 정도 작업 속도가 뒤처져 있었지만 쉬지 않고 매달린 결과 닷새째에는 오히려 우리가 앞서게 되는 기현상이 벌어지게 됐다. 팀장이 후배와 나를 불러 좀 천천히 일을 진행하라고 말할 정도였다. 우리는 조금 속도를 줄여 천천히 작업을 진행하기로 했다. 팀장의 충고 때문이 아니라 말도 못 하게 피곤했기 때문이다.

지도를 오랫동안 들여다보고 있으면 어느 순간 현실의 물건들이 기호나 표식으로 보일 때가 있다. 나도 모르게 지상의 어느 지점을 연결시키면서 등고선을 그리고 있거나 커다란 빌딩을 단순한 사각형으로 생각할 때가 있다. 산이 삼각형으로 보이고 강물은 선으로 보인다. 그럴 때면 되도록 빨리 쉬어야 한다.

나는 해가 떨어지자마자 집으로 돌아가서 오랜만에 밀린 청소를 했다. 간이 청소기로 구석구석의 먼지를 빨아들이고 다섯 번이나 걸레를 빨아서 방 안을 훔쳤다. 걸레질이 끝나고 난 다음에는 방안을 기어다니면서 미처 청소하지 못한 작은 먼지들을 손으로 쓸어 담았다. 10평 남짓의 좁은 집이었지만 청소를 마치고 나니 1시간 30분이 지나 있었다. 방이 아니라 마음이 깨끗해진 것 같았다. 나는 내친김에 서랍 정리까지 하자고 마음먹었다. 서랍에는 자질구레한 물건들로 가득했다. 어머니의 입원 비용을 마련하기 위해 지금의 원룸으로 이사를 하면서 많은 것들을 팔아치웠지만 여전히 쓸모없는 것들이 많았다. 나의 처지와는 어울리지 않을 정도로 커다란 실바 나침반도 있었고 전문가용 줄자, 망원경 등의 물건이 서랍 속에 가득했다. 나는 나침반을 꺼내 좌우로 흔들어 보았다. 나침반의 자침은, 마치 그곳이 내가 가야할 길이라는 듯 고집스럽게 한 방향을 가리켰다. 나는 나침반을 상자 안으로 던졌다. 물건들은 하나씩 하나씩 서랍에서 상자로 이동했다. 중고용품 사이트를 통해 물건을 팔면 몇십만 원은 건질 수 있을 것 같았다. 한 시간이 지나자 상자가 그득해졌다. 나를 상자를 닫고 테이프로 봉했다.

책상 맨 아래칸 서랍을 정리하다 종이 상자 하나를 발견했다. 상자 안에는 그 동안 내가 그렸던 지도가 차곡차곡 쌓여 있었다. 중학교 때 그렸던 자전거 도로 지도도 있었고 이사를 다닐 때마다 그렸던 동네의 지도들이 가지런히 쌓여 있었다. 순서대로 지도를 펼쳐놓으니 나이가 들면서 지도 그리는 실력도 향상됐다는 것을 알 수 있었다. 버려야 할지 말아야 할지 알 수가 없었다. 그 지도들은 내게 일기장이나 다름없었다.

지도를 한 장씩 들춰보다가 나는 이상한 사실을 하나 알아냈다. 모든 지도에는 공통점이 있었다. 모든 지도의 중심에는 내가 살고 있던 집이 그려져 있었다. 어찌 보면 당연한 일이었다. 나를 먼저 그리고 내 주위의 것들을 그리는 게 당연하지, 라고 생각해봐도 이상한 공통점이었다. 커다란 빌딩을 한가운데 그릴 수도 있을 것이고 동네에서 가장 큰 학교를 중심에 둘 수도 있었을 텐데 지도 한가운데는 언제나 내가 살던 집이 있었다. 모든 골목이 우리집에서 뻗어나갔고 거리를 측정하는 기준점 역시 우리집이었다. 세계의 중심은 언제나 나였다.

지도를 한 장씩 빠른 속도로 넘겨보았다. 그러자 이상한 착각이 들었다. 내가 살던 집은 한 번도 이사를 한 적이 없고, 주위의 건물과 길들만 계속 바뀌고 있었던 것은 아니었을까 싶은 생각이 들었다. 지구는 언제나 제자리에 있는데 별들이 계속 자리를 바꾸면서 풍경을 만들어내고 있다는 착각과 비슷한 것이었다. 나는 지도를 종이 상자 안에 다시 넣어 두었다. 아무래도 버리지 않는 편이 좋을 것 같았다.

나는 책상 앞에 앉은 다음 새하얀 종이 한 장을 펼쳤다. 원룸으로 이사 온 다음에는 지도를 그린 적이 없었다. 지도를 그려야겠다는 생각도 나지 않았고, 생각이 났다 하더라도 그릴 시간이 없었을 것이다. 나는 머릿속에 동네의 윤곽을 떠올려 보았다. 머릿속에 펼쳐진 지도의 중심에는 역시 내가 있었다. 나는 머릿속에 펼쳐진 지도를 모두 지웠다. 그리고 종이 왼쪽 귀퉁이에다 내가 살고 있는 원룸을 표시했다. 자, 이젠 어쩌지? 나는 원룸을 표시한 다음에는 아무것도 그릴 수가 없었다. 원룸에서 뻗어 나가는 길을 그리고 싶었지만 도대체 어떤 방향으로, 어느 정도의 길이로 선을 그어야 할지 알 수 없었다.

　　다음 날 연구소에 도착하자마자 나는 상자에 담았던 물품들의 리스트를 중고물품 사이트에 등록시켰다. 조건은 상자에 든 물품을 한꺼번에 사야 한다는 것이었다. 쉽지 않은 조건이었지만 달리 방법이 없었다. 따로따로 내놓아야 훨씬 빨리 팔리겠지만 귀찮아질 것이 분명했다. 돈을 조금 적게 받더라도 귀찮지 않은 쪽을 택할 수밖에 없었다.

　　완료 버튼을 누르고 의자에서 일어나려는 순간 후배가 나타났다. 후배는 뭔가 좋은 일이라도 있는 듯한 표정이었다. 오랜만에 푹 쉬었기 때문일 것이라고 생각했다.

　　"선배, 알아냈어요."

　　"뭘 알아내?"

　　"그 나무 조각이 어디에 쓰이는 물건인지 알아냈다고요."

　　"보물은 아니지?"

　　"글쎄요, 그것까진 모르겠지만 어디에 쓰이는 물건인지는 알아냈어요. 그건 지도예요, 지도. 어디 있어요? 얼른 꺼내 봐요."

　　"집에 두고 왔는데? 도대체 무슨 소리야. 지도라니."

　　"어제 일찍 집에 들어가서 이것저것 검색해 보다가 선배의 삼촌이 캐나다에 있다는 게 생각났어요. 게다가 문화인류학을 전공하고 있다면서요. 캐나다 지역 검색사이트에 가서 몇 시간 뒤졌더니 바로 답이 나오던데요? 에스키모들은 나무를 깎아서 지도로 쓴대요."

　　"그럼 그 나무 작대기를 보면서 친구 집을 찾아간단 말야? 아니면 거기에 무슨 GPS기능이라도 달렸대?"

"선배, 에스키모들의 생활을 한 번 생각해봐요. 그 사람들이 그 지도를 보면서 아, 여름 휴가는 어디로 가지? 같은 생각을 하고 있을 거 같아요?"

"그럼 그걸로 뭘 할 수 있는데?"

"그 나무 조각은 해안선의 입체 지도예요. 에스키모들이 카약을 탄 채 한밤중에 고래잡이를 나섰다고 생각해봐요. 종이에 그려진 지도란 건 아무런 소용이 없을 거 아녜요. 플래시 같은 게 있을 리도 없죠. 에스키모들은 그 나무 지도를 손으로 더듬으면서 해안선의 윤곽을 알아내는 거예요."

"나무로 만들었으니 물에 젖을 일도 없겠군."

"바로 그거죠."

전체 회의가 있었기 때문에 후배와 나의 대화는 거기서 끝이 났다. 회의가 없었다 하더라도 나는 더 물어볼 말이 없었다. 머릿속이 뒤죽박죽이었다. 그 나무 조각이 지도라는 것도 믿어지질 않았고 그게 만약 지도라면 삼촌이 그걸 왜 내게 보냈는지도 알 수 없었다. 삼촌의 퀴즈 같은 것일까, 아니면 어떤 암시였을까.

삼촌은 어린 시절 나의 스승이자 친구였고, 아주 가느다란 실로 서로 연결돼 있는 듯한 유일한 동료였다. 그건 마치 실로 이어져 있는 장난감 전화기 같은 것이었다. 내 마음에서 파동이 일어나면 삼촌은 즉각 그 파동을 감지한 후 내게 답을 제시했다. 하지만 그 반대는 불가능했다. 나는 도무지 삼촌이 무슨 생각을 하고 있는지, 마음속의 어떤 부분이 떨리는지를 알아챌 수 없었다. 삼촌이 캐나다로 간다는 소식을 들었을 때 나는 갑자기 미래라는 게 두려워졌다. 무엇인가가 내 곁을 떠날 수 있다는 생각이 그때 처음 들었다. 예감은 틀리지 않았다. 삼촌이 사라진 다음 하나둘 내 곁에 있던 것들이 없어지기 시작했다.

아버지가 죽었을 때도 어머니가 죽었을 때도 삼촌은 오지 않았다. 그랬군. 힘들어도 잘 참아야 해. 그것밖에는 우리가 할 수 있는 일이 없잖아. 삼촌은 그렇게 나를 위로했지만 나는 내가 할 수 있는 유일한 일조차 잘해 나갈 수가 없었다.

나는 그런 생각들을 하느라 회의에 집중할 수가 없었다. 작업 진행 속도에 대한 보고를 하기 위해 잠깐 일어섰을 때 외에는 삼촌과 나무 지도가 머릿속에서 떠나질 않았다. 머나먼 캐나다에서 실 전화기를 통해 삼촌이 무슨 말을 하려고 하는지 알아내고 싶었지만 여전히 아무것도 감지할 수 없었다. 어쩌면 아무런 의미도 없는 단순한 선물에 불과할지도 모른다. 해변을 거닐다 나무 조각 하나를 주웠고 갑사기 내 생각이 나서 선물을 보낸다. 간단한 이야기일 수도 있다.

회의가 끝나자마자 나는 후배에게 그 사이트 주소를 알아내서는 그 안에 들어 있는 정보들을 하나씩 읽어갔다. 사이트의 첫 화면에는 이런 글이 씌어 있었다. 〈달이나 별을 보지 않고서는 누구도 자기 위치가 어디쯤인지를 알 수 없다. 위를 올려다보지 않으면 아래에 뭐가 있는지 절대 알 수 없다.〉

사이트를 〈지도의 기억〉이라는 제목을 달아놓고 세계 여러 곳의 지도 이야기를 담고 있었다. 정부나 학술단체가 운영하는 곳은 아닌 것 같았고 개인의 홈페이지 같은 곳이었다. 하지만 저작권 표시도 없었고 글을 어디서 퍼왔다는 언급도 없었다. 정체를 알 수 없는 사이트였다.

대부분의 글은 논점이 제대로 정리되어 있지 않아서 아마추어라는 느낌이 물씬 풍겼다. 자신의 생각을 장황하게 나열해놓았지만 설득력이 부족했고, 그나마도 추측이 많아 어디까지를 믿어야 할지 알 수 없었다. 하지만 열의만큼은 대단해서 사이트 곳곳에 엄청난 분량의 정보가 담겨 있었다. 지리학을 빛낸 거장을 비롯해 잘못 제작된 지도의 폐해, 지도 제작법, 지리학의 여러 이론 등 책으로 엮는다면 수십 권이 될 정도로 방대한 분량이었다. 모니터에 떠오른 정보들은 삼촌과는 아무런 상관이 없는 이야기들이었지만 어쩐지 그 모든 내용들이 삼촌이 내게 보낸 편지 같다는 생각이 들었다.

후배가 내게 했던 이야기들은 〈에스키모의 지도〉라는 챕터에 모두 들어 있었다. 나무 지도를 찍은 사진도 몇 장 등록돼 있었는데 한결같이 특이한 형태였다. 삼촌이 보내준 것보다 더 널찍한 판자 모양의 지도도 있었고 막대처럼 길쭉하게 생긴 것도 있었다. 사진 아래에는 나무 지도를 읽는 법에 대한 설명이 적혀 있었다.

이것은 눈으로 보는 지도가 아닙니다. 이것은 상상하는 지도입니다. 손가락을 나무 조각의 틈새에 넣은 다음 그 굴곡을 느껴야 합니다. 그 굴곡을 느낀 다음에는 깜깜한 어둠 속에서 해안선의 굴곡을 상상해야 합니다. 촉각과 상상력이 완벽하게 일치해야만 당신은 당신의 길을 찾을 수 있을 것입니다.

설명을 몇 번이나 읽었지만 나는 그 의미를 이해할 수 없었다. 손가락으로 느낀 형태를 눈앞에 그려본다는 것은 말처럼 쉬운 일이 아니었고, 눈앞에 그릴 수 있다 하더라도 제대로 된 길을 찾을 수 있을 것 같지 않았다. 나무 지도 읽는 법 아래에는 에스키모들이 지도를 만드는 방법이 적혀 있었다.

에스키모들은 해변의 지도를 그리기 위해 눈을 감습니다. 그리고 해변에 부딪히는 파도 소리에 귀를 기울입니다. 그리고 그들은 지도를 그리기 위해 자신의 기억을 모두 동원합니다. 소리와 기억으로 지도를 만들지만 그들이 제작한 지도는 항공 사진으로 제작한 지도와 거의 차이가 없습니다. 에스키모들은 언제나 자신이 어디에 있는지를 잘 알고 있습니다.

에스키모를 실제로 만나본 것이 아니고, 그들이 실제 그런 방식으로 지도를 제작하는지 알 수 없으므로 모든 얘기를 백 퍼센트 믿기는 힘들지만 기억과 소리만으로 지도를 만든다는 것은 놀라운 일이다. 에스키모들을 오차측량원으로 스카우트 할 수 있다면 엄청난 비용을 절감할 수 있겠지만 시원한 곳의 에스키모들이 이렇게 더운 곳으로 올 리가 없다.

훌륭한 지도

일을 마치고 집으로 돌아왔을 때 나는 이상하리 만치 잔뜩 흥분해 있었다. 연구소에서 일을 하고 있을 때에도 나무 지도를 빨리 만져보고 싶다는 생각뿐이었으니 그럴 만도 했다. 나는 방에 들어서자마자 서랍에 있는 나무 지도를 꺼냈다. 이것이 지도, 라는 생각을 하고 나무의 표면을 만져보았지만 느낌이 변하지는 않았다. 역시 어머니의 손등 같은 거칠한 느낌뿐이었다. 하지만 손가락으로 나무 조각을 더듬자 조금씩 새로운 것이 느껴졌다. 에스키모가 거닐었던 해변의 굴곡이 손끝으로 느껴졌다고 하면 아무래도 과장이겠지만 어떤 공간이 느껴지기 시작했다. 나는 방안의 불을 끄고 다시 한 번 지도의 굴곡을 느껴보았지만 그 이상의 감각은 없었다.

나는 하얀 종이를 꺼내고 그 위에다 나무 지도를 놓았다. 그리고 연필로 나무 지도의 굴곡을 따라 그려보았다. 아무래도 내게는 입체 지도보다 평면이 이해하기 쉬웠다. 종이에 그린 나무 지도는 제법 지도 같은 모양새를 하고 있었다. 나는 책상 앞에다 종이를 붙여 두었다. 그려놓고 보니 정말 사람의 옆모습과 비슷했다. 나는 고개를 오른쪽으로 90도 꺾고 지도를 보았다. 지도 속의 사람은 울고 있는 것 같기도 했고 웃고 있는 것 같기도 했다.

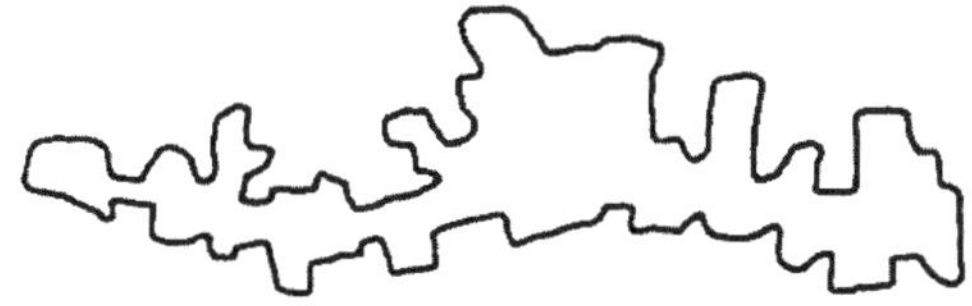

나는 한참을 망설인 끝에 삼촌에게 전화를 걸었다. 지금 이곳은 밤이지만 그곳은 한낮일 것이다. 몇 번의 시도 끝에 수화기로 삼촌의 목소리가 들려왔다.

"전화할 줄 알았다. 소포는 잘 받은 게냐?"

"네. 오늘에야 지도란 걸 알아냈어요."

"그래. 난 좀더 걸릴 줄 알았는데…… 일은 할 만하니?"

"그런데 왜 이걸 보내신 거예요?"

"그야 네가 좋아할 것 같아서지. 어렸을 때부터 지도라면 자다가도 벌떡 일어났잖니. 그 나무 지도를 보는 순간 네 얼굴이 떠오르더구나."

"전 삼촌이 하는 일은 늘 어떤 의미가 있다고 생각했어요. 나무 지도를 저에게 보낸 건 어떤 메시지가 있는 게 아닐까, 그런 생각이 들었어요."

"메시지라…… 뭐 메시지를 담았다면 담았달 수도 있겠지. 네가 지쳐 있을 것 같아서 생각할 시간을 주고 싶었다. 잊고 있었던 것들, 지나치고 만 것들, 그런 생각들 말야. 넌 지도가 뭐라고 생각하니?"

"삼촌, 그건 너무 어려운 질문이에요."

"이 녀석아, 내가 언제 쉬운 질문 한 적 있냐? 내가 어려운 질문을 해도 넌 꼬박꼬박 대답을 잘해왔어."

"제가 그랬어요?"

"그럼, 그랬지. 네가 지도를 공부하고 싶다고 말했을 때 내가 뭐라고 했는지 기억나냐?"

"네, 그걸 어떻게 있겠어요. 시시하게 세계 지도 따위 만들지 말고 은하계 지도나 한 번 만들어봐, 그러셨잖아요."

"하하, 그래, 기억하는구나. 그때 네 대답이 걸작이었지. 그런 건 죽은 다음에 천국에 있는 지도 제작소에서 만들게요, 그랬잖니. 어찌나 그 대답이 재미있던지……."

"삼촌, 그때와 지금은 달라요. 많은 게 바뀌었어요."

"아니야, 별로 바뀌지 않았어. 이곳으로 와라. 나와 함께 있자꾸나."

"제가 거기 가서 뭘 할 수 있겠어요?"

“아무 것도 하지 않아도 돼. 어떤 때는 공간을 옮기는 것만으로도 많은 게 바뀌는 법이란다. 네가 할 일은 거기에서 여기로 이동하는 것뿐이야.”

“그런다고 뭐가 바뀌겠어요?”

“내가 연구하고 있는 곳이 어딘지 아니? 툴레란 곳이야. 세상의 끝이란 뜻이지. 세상의 끝에 와보는 것도 훌륭한 공부가 되지 않겠니?”

“잘 모르겠어요. 전 지금 여기가 세상의 끝 같은 걸요?”

“난 여기에서 에스키모를 연구한 다음 많은 걸 깨달았다. 에스키모들에게는 〈훌륭한〉 이라는 단어가 필요 없어. 훌륭한 고래가 없듯 훌륭한 사냥꾼도 없고, 훌륭한 선인장이 없듯 훌륭한 인간도 없어. 모든 존재의 목표는 그냥 존재하는 것이지 훌륭하게 존재할 필요는 없어. 에스키모의 나무 지도를 보는 순간 그런 생각이 들었다. 아, 이 지도에는 〈훌륭한〉 이라는 수식어가 없구나. 이 지도 속에는 인간이란 존재가 스며 있지 않구나. 그냥 지도이구나. 지도를 전공하고 있는 네 앞에서 주제넘은 소리인지 모르겠지만 그런 생각이 들었단다. 나는 네가 에스키모의 지도를 연구해보면 어떨까 하는 생각이 들었어. 그래서 그걸 보냈단다.”

“무슨 얘길 하시려는 건지 알겠어요. 생각해볼게요.”

“네가 거기 혼자 있다고 생각하면 늘 마음이 아프단다.”

나는 인사를 하고 전화를 끊었다. 머릿속에서 자동거품기를 넣고 골고루 휘저은 듯한 기분이었다. 모든 게 뒤섞여 있어서 정리하기가 쉽지 않았다. 나는 가만히 앉아서 거품이 차분하게 가라앉기만을 기다렸다. 책상 앞에 붙여놓은 나무 지도 복사본을 보면서 나는 중얼거렸다. 이런 게 훌륭한 지도란 말이지. 아니, 훌륭한 지도가 아니라 그냥 지도란 말이지. 삼촌의 말은 설득력이 있었다. 어쩌면 내가 고민하고 있는 문제가 바로 그것이었는지도 모르겠다는 생각이 들었다. 하지만 세상의 끝으로 간다고 해서 모든 것이 바뀔 것이라고는 생각하지 않는다. 세상의 끝은 지구가 네모라고 생각했을 때에야 가능한 장소이다. 지구가 둥근 이상 모든 곳이 세상의 끝이다.

삼촌의 말은 귓속에 들어온 모기처럼 작은 소리로 끝없이 윙윙거리고 있었다. 아니야, 별로 바뀌지 않았어, 나와 함께 있자꾸나. 어쩌면 삼촌 말이 맞는지도 모른다. 아무것도 변한 건 없는지도 모른다.

나는 구석으로 밀어 놓았던 상자를 꺼냈다. 그리고 그 위에 두텁게 봉했던 테이프를 뜯었다. 테이프로 상자를 봉한 지 하루밖에 되지 않았는데 상자 속의 물건들은 몇십 년 만에 보는 것처럼 낯설었다. 나는 상자에서 나침반을 꺼낸 다음 팽이를 치듯 몇 바퀴 돌려보았다. 자침은 위태롭게 흔들렸지만 언제나 같은 방향을 가리키고 있었다. 도대체 자침을 붙드는 이 힘은 무엇일까? 무엇이 우리를 이끌고 가는 것일까? 나는 계속 나침반을 돌려댔다. 자침이 다른 방향을 가리킬 때까지는 멈추지 않겠다는 듯이.

내면의 오차 지도 그리기

김 현 숙 | 이화여대 교수 · 문학평론가

> "오차와 오류는 어디에나 있다. 지도에도 있고, 자동차에도 있고,
> 사전에도 있고, 전화기에도 있고,
> 우리에게도 있다.
> 없다면 그건, 뭐랄까,
> 인간적이지 않은 것이다." (본문 중)

1. 발견의 서사

작가 김중혁의 소설은 기교도, 필요 이상 소설의 창작 기법도 보이지 않는 쉽게 읽히는 소설이다. 그러나 소설의 독서가 끝났을 때 책을 쉽게 내려놓게 하는 것이 아니라, 다시 작품을 들여다보게 하는 끌림이 있다. 그것은 화려한 문체나 작가의 의도적인 논리의 집합체여서가 아니라 오히려 그 반대이기 때문이다. 그러면서도 이 작품은 읽을수록 작가가 보는 세상의 느낌을 알게 한다. 뿐만 아니라 작중 인물은 가장 일상적인

것들에서 지금까지 알지 못했던 것들을 독자들에게 드러내어 보게 한다. 그것은 새로운 것이 아니다. 그리고 대단한 것도 아니다. 그러나 무시할 수 없는 문제이다. 그래서 이 소설은 발견의 소설이라 할 수 있다. 다음처럼 세상을 발견하고, 의미를 발견하고 자신을 발견하며,

어머니의 죽음으로 인간이 죽어 돌아가는 곳을,
삼촌이 보낸 에스키모 지도는 세상의 끝이 아님을,
내 중심의 세상만 있는 것이 아니라는 것을,
인간 세상에도 오류가 있다는 것을,
지도는 안전함과 위험의 양면성을 가지고 있음을,
중심이 없듯 훌륭함도 사실은 없음을,
자신의 오차측량원이라는 직업의 실체를,
이 세상에서 가장 소중한 것은 인간이라는 것을 알게 되는 서사이다.

2. 지도의 상징성

이 소설은 6개의 소제목 '해변의 오차', '지도 특기생', '오차측량원', '지도의 중심', '기억의 지도', '훌륭한 지도'로 되어 있다. 이 작품은 삼촌에게서 소포를 받는 일주일 전부터가 작가의 서술 시간이다. 그리고 소설은 일주일 동안의 일을 썼다. 소설을 쓰게 된 직접적인 계기는 어머니의 죽음이며, 어머니의 죽음은 지금까지의 주인공을 되돌아보는 기회를 만들어 준 셈이다. 초등학교 시절부터 줄곧 지도 만들기를 즐겨왔고 어느 정도 성장한 후에는 처음보다 훨씬 발전된 지도를 만들 수 있게까지 되어온 것이 나와 지도의 인연이다. 지도란 길을 찾고 건물의 위치를 찾는데 도움을 주기 위해 만들어진 것이다. 따라서 지도란 건물

이나 길의 위치를 정확하게 나타내 주는 것이며 인간이 자연과 소통하고 자연에 닮아 갈 수 있도록 열어주는 매개물이다. 주인공은 어려서부터 지도 그리기를 좋아하며 또 지도를 그리기 위해 자전거를 타고 길을 나서기도 한다. 그러나 주인공은 자신이 만든 지도 때문에 길을 잃고 헤매게 되는 어려움을 겪게 되면서 지도는 안전함과 위험함의 양면성이 있음을 알게 된다. 그리고 오차의 시작은 길 한 굽이를 잘못 알게 된 데서 발생된 문제인 것도 확인한다. 그러나 작중 인물이 만드는 지도는 걸어서, 아니면 자전거를 타고, 실제 눈으로 보고 확인하면서 만드는 것이다.

성인이 되어 가진 직업은 자연의 변화로 인해 발생하는 오차를 측량하는 기사이다. 그가 하는 일은 지적도면과 실제 해수면 사이에서 오차의 정도를 찾아내 이미 만들어져 있는 지도를 수정하는 것이다. 이 일을 하는 연구소의 정식 명칭은 〈해수면 오차 측정과 침수 지역 예상 및 지도 제작 전문 연구소〉이다. 이 직업은 일반인들에게는 낯선 것이지만 사람들을 위험으로부터 지키기 위해서는 필요한 것이다. 사람들의 삶 속에는 드러나지는 않지만 늘 오차는 있는 것이다.

캐나다로 떠난 삼촌은 지도를 좋아하는 조카에게 에스키모인들의 나무 지도를 보낸다. 이것은 눈으로 보고 만든 지도가 아니라 감각의 기억으로 만든 지도임을 후에 알게 된다. 이 나무 지도는 에스키모인들이 한밤중 고래잡이 나갈 때를 위해 만들어진 것으로 손의 감각으로 지도를 읽어 해안선의 윤곽을 아는 것이다.

이 세상에는 눈으로 만든 지도가 있고, 감각으로 만든 지도도 있고 오차와 오류를 포함하는 지도도 있다. 우리의 삶도 정확한 것만 아니다. 우리는 자신이 늘 지도의 중심에 있다고 생각하는 오류 속에 살고 있는 것이다.

3. 떠나는 인물들

이 작품의 제목은 「에스키모, 여기가 끝이야」이다. 흔히 내가 사는 곳으로부터 멀리 떨어진 곳은 끝이라 생각한다. 나는 중심이고, 내가 있지 않는 곳은 끝일 뿐이다. 작가는 작품을 통해 가까움과 멀어짐, 중심과 끝을 대비시키고 있다.

처음 떠남과 비워짐의 시작은 삼촌이 캐나다로 떠나는 것에서부터 시작한다. 주인공은 삼촌이 떠난다는 소식을 들었을 때

> (……) 나는 갑자기 미래라는 게 두려워졌다. 무엇인가가 내 곁을 떠날 수 있다는 생각이 그때 처음 들었다. 예감은 틀리지 않았다. 삼촌이 사라진 다음 하나둘 내 곁에 있던 것들이 없어지기 시작했다.

삼촌이 캐나다로 떠난 후에 아버지가 죽었고, 어머니도 죽었다. 주변의 모든 것은 사라져버렸고, 아무도 없다. 자신은 혼자다. 혼자 남겨진 것에 대한 배반감, 하지만 과거에 자신은 항상 모든 것의 중심이라고 생각했었다. 자신이 중앙이라는 것에 대한 인식조차도 없었다. 지도를 그릴 때도 자신의 집은 늘 중앙에 그렸고 그것에 주변을 맞추어 그리듯 모든 세상은 나를 중심으로 존재한다고 생각했었다. 그러나 모두가 나를 버리고 떠나버린 후 나는 타인의 존재를 생각하게 되고, 자신을 생각한다. 그리고 내가 버림받았다고 생각하는 것은 타인을 인정하기에 생기는 감정임을 알게 된다. 존재가 없으면 버림받는 일도 없다고 생각한다.

작중 인물의 그러한 생각을 도와주는 것이 삼촌이 보내준 에스키모의 나무 지도이다. 지금까지 생각해온 중앙과 끝의 의미가 과연 무엇인가

를 생각하게 되는 것이다. 나를 중심으로 한 세상, 그것은 나의 세상일 뿐이다. 우리들의 일상사는 나만 중심으로 이루어져 있는 것이 아니라 함께 공존하는 것이며, 또한 내 주변에 채워져 있던 모든 것들이 떠나고 비워짐을 보여주고 있다.

4. 가벼운 소재 무거운 주제

위에서도 말했듯 이 소설은 쉽게 읽히는 소재로 되어 있다. 그러나 그 주제는 결코 가볍지 않다. 이 작품을 정밀하게 읽은 독자라면 이 글이 자연과 인간이 어떻게 조화를 이루며 살 수 있는가를 이야기하기 위한 작품이라는 것을 알 것이다.

소설은 캐나다에 가 있는 삼촌에게서 소포를 받는 장면에서 시작한다. 하지만, 어머니 간병을 하고 있어 소포를 열어볼 엄두를 내지 못하고 밀어둔다. 그러던 중 어머니가 '돌아가신' 다. 어머니의 죽음을 '어디로 돌아가셨는지 알길 없지만' 으로 표현하고 있으나 어머니는 죽어 한 줌 재로 '고향의 강가' 에 뿌려져 '강물과 레이스' 를 펼치고 있다는 표현은 어머니가 인위적인 묘나 납골당이 아니라 '자연' 으로 돌아갔음을 표현한 것이다. 그리고 삼촌이 보낸 나무토막도 돈이 될 만한 귀중품이 아니라 단순한 자연물이다. 에스키모인들이 감각으로 그려내는 해안선의 지도, 물에도 젖지 않고, 어두운 밤, 손의 감각으로 해안선의 위치를 확인시켜주는 지도는 촉각으로 자연에 다가가도록 하는 것이다.

뿐만 아니라 작가의 어머니에 대한 기억도

어머니의 살가죽을 닮은 (나무지도) 표면을 만지고서야 어머니를 기억할 수 있다는 것이 스스로 한심했다. (……) 나무 조각이 없었더라면 나는 어머니 손등의 감촉조차 기억하지 못했을는지도 모른다.

이렇게 자연으로 돌아간 어머니를 자연의 감촉을 통해 기억해 낼 수 있듯 자연친화적인 글이다.

날씨는 더웠지만 바닷바람이 있어 견딜 만했다. 파도 소리와 바람 소리와 자동차 소리가 공평한 비율로 공기 중에 뒤섞여 있었다.

차곡차곡 쌓여 있는 슬픔을 덮어버리기엔 내 몸의 수분이 턱없이 부족한 모양이다. 늙고 낡은 고목의 등걸처럼 말이다.

기억과 감각과 육체의 표현이 자연의 언어로 되어 있다. 이러한 표현만으로 생태 소설이라 말하기는 어렵지만 작가는 많은 부분 자연친화적인 생각을 하면서 이 작품을 썼음을 알 수 있다. 일일이 언급하지는 않았지만 남극과 북극의 빙하가 녹아서 생기는 해수면의 상승현상, 프레온가스로 인한 대기의 오염, 오존층의 파괴 등 요즘 많이 논의되는 자연 재해의 문제들을 언급하고자함을 알 수 있다.

작가 김중혁은 작품 「에스키모, 여기가 끝이야」를 통해 세상에는 오류와 오차가 이미 있는데 단지 알지 못하고 있을 뿐이며 오차는 불편하기는 하지만, 수정하기 위해 노력해야 하는 것이고 오차는 가장 인간적인 것임을 인정하며 살아가야 하는 자신의 내면을 찾는 지도 만들기의 작품이라고 말하고 싶다. ✤

박민규

❧ 약 력 ❧

1968년 울산 출생.
중앙대 문예창작학과 졸업.
장편소설 『지구영웅전설』 『삼미 슈퍼스타즈의 마지막 팬클럽』 외.
문학동네 작가상 수상. 한겨레문학상 수상.

코리언 스텐더즈

박민규

농촌農村이란 단어가 있다.

누구나 아는 단어지만, 누구도 모르는 단어라고 나는 생각한다. 6시 내 고향 같은 거 아닌가요? 올해 갓 여상을 졸업한 김하늘 양孃은 그렇게 대답했다. 커피를 내려놓던 그녀가 피싯, 한다. 웃음소리이거나, 웃음을 감추는 소리이다. 고마워. 절대 나하고도 상관이 없단 투로, 나는 진지하게 대답한다. 마치 9시 뉴스데스크, 같다. 다른 무엇보다, 그런 분위기를 풍겨야 할 나이다. 커피를 마신다. 헤이즐넛이다.

농촌에서 걸려온 전화를 받은 것은 오늘 오전의 일이었다. 주간회의를 마치고, 따로 부장과 이런저런 대화를 나누던 참이었다. 전화벨이 울렸다. 여보세요. 전화를 받은 부장의 표정이 어리둥절해지더니,

자네 전화군 하며 수화기를 건네주었다. 신석현입니다. 여보세요 같
은 말은 부장 정도가 할 수 있는 말이고 ― 얼떨 결에, 그래서 전화를
받았다. 어 석현아, 그래 석현이냐? 느닷없이, 대한민국의 사회생활
과 전혀 무관한 목소리가, 크고 민망하게 수화기 저편에서 터져나왔
다. 고개를 돌리고, 그래서 전화를 고쳐 받았다. 여보세요.

기하 형이었다.

운동권運動圈이란 단어가 있다. 누구나 아는 단어지만, 누구도 모
르는 단어이다. 마치 농촌처럼, 그렇다. 알아요, PD수첩 같은 거죠?
입사 2년차, 정희정 양孃은 그렇게 알고있다. 전화를 부장님방으로
돌리면 어떡해. 그분이 워낙 급하다고 하셔서. 그럼 번호를 받던가
했어야지. 자리로 돌아온 나는 집으로 전화를 걸었다. 뚜뚜. 아내는
전화를 받지 않았다. 휴대폰 번호를 다섯 자리 정도 누르다가, 수화
기를 내려 놓았다. 두 가지 경우의 수가 있었다. 까르푸에 있거나, 운
전 중이거나. 어느 쪽도 운동권과, 농촌과, 기하 형에 관한 얘길 나누
기엔 부적절하단 생각이 들었다, 그래서였다. 나는 달력을 체크했다.
여름휴가까지 일주일 정도의 시간이 남아 있었다. 잠시 정지해있던
에어컨이, 다시 힘차게 돌기 시작했다.

정말?

눈을 동그랗게 뜬 아내의 모습을 본 것이 얼마만인지 모르겠다. 그
날 밤 아내와 모처럼 술자릴 가진 것도 그 때문이었다. 한국의 표준

이라 봐도 무방한 34평의 아파트에서, 부엌에서, 식탁에서, 우리는 맥주를 마셨다. 까르푸에서 경품과 함께 사온 여러 병의 맥주가, 그래서 동이 났다. 초등학교 2학년인 딸아이는 코를 골면서 자고 있었다. 세 군데의 학원을 돌고 돌아오므로, 아이는 곧 녹초가 되어버린다. 얘기를 끝내고, 함께 담배를 나눠 핀 후 우리는 오랜만에 관계를 가졌다. 씻고 와요 하는 아내를 엎드리게 하고, 조금은 거칠게, 공격이라도 하듯 아내의 몸을 파고 들었다. 그런 나를, 아내는 순순히 받아들였다. 제법 비만인 살찐 둔부 속이, 세 군데의 학원처럼 멀고 벅차게 느껴졌다. 17년 전의 아내는 이렇지 않았다. 깡마른 여학생이었고, 기하 형의 애인이었다.

아내를 만난 것은 대학 2학년 때였다. 86년인가? 아마도 그럴 것이다. 운동권 그룹의 연합모임이 있었는데 아내는 그날 세미나의 발표자였다. 한 눈에 반했다고, 말할 수 있다. 누구지? 두근두근한 가슴으로, 나는 끝까지 자리를 뜨지 않았다. 이어진 뒤풀이 자리에서, 비로소 그녀가 기하 형의 애인임을 알 수 있었다. 기하 형은 내가 속한 그룹의, 이른바 스타 플레이어였다. 수배자 명단에도 몇 번씩 이름이 오른 투사의 말 한마디에, 그녀는 이미 넋을 빼앗긴 눈치였다. 갑자기, 동지는 간 데 없고 깃발만 심히, 나부끼는 심정이었다.

그래서 더욱, 나는 기하 형을 따랐다. 묘한 심리지만, 그랬다. 운동권의 향방 같은 건 누구나 아는 일일테고, 결국 구속된 기하 형은 오랜 수감收監생활을 해야 했다. 세상은 문민文民으로, 또 민주民主란 이름으로 변해갔다. 베를린 장벽이 무너지고, 레닌의 동상이 철거되고, 그 사이 깡말랐던 그 여학생은 나의 애인이 되어 있었다. 잘된 일이다. 결국 면회를 가서 사실을 털어놓은 나에게, 기하 형은 그런 대답을 들려주었다. 수희를 잘 부탁한다. 나는 고개를 끄덕였다. 왜 그랬을까. 죄송하다는 말을 하려했는데, 고맙다는 말이 튀어 나왔다. 왜, 그랬을까?

삶의 향방은 크게 달라졌다. 입사入社를 하고, 7년간 맞벌이를 해서, 신도시에 지금의 아파트를 마련할 수 있었다. 은근히, 세상이 변하기보다는 직급이 변하길 바라는 사람이, 되어갔다. 어느 가을날인가, 깊이 담배 한 모금을 들이키다 그 사실을 알 수 있었다. 이미 삶은, 돌이킬 수 없는 것이었다. 마흔이었다. 동지가 간 데를 알아도, 깃발은 나부끼지 않았다. 신도시에 온 아내는, 급격히 살이 찌기 시작했다.

기하 형은 딱 한번 우리 집을 찾은 적이 있었다. 한창 맞벌이에 열중하던 전세 시절의 일이었다. 갓 출소出所를 해서였고, 함께 복역을 마친 정鄭선배와 함께였다. 니들이 보고싶어 왔다. 방문의 이유는 오로지 그것이었다. 게다가 형의 손에는 초라해서 더 아름다운 꽃다발이 들려 있었다. 모쪼록 형은 그런 인물이었다. 꽃이 시들 때까지 우리는 술을 마셨다. 죄송해요 형. 고맙다는 말을 하려했는데, 죄송하다는 말이 튀어 나왔다. 왜 그랬을까. 화장실에 들어간 아내는 한참을 기다려도 나오지 않았다.

그런 방문이 가능했던 것은 기하 형의 순수함 때문이었다(아내는 처녀였었다). 누가 뭐래도, 나는 그렇게 생각했다. 앞서서 나가리, 산 자여 따르라. 만취한 정鄭선배의 열창 때문에 나는 주인으로부터 심한 타박을 들어야 했다. 하지만 쓰러진 자의 뒤를 따르는 산 자는 아무도 없었다. 열창을 했던 정鄭선배는 훗날 학원가의 유명강사가 되었고, 그 외의 선후배들도 각자의 살길을 모색하고 마련해 갔다. 남은 것은, 오로지 기하 형 뿐이었다.

기하 형답다. 정치권의 권유를 뿌리친 형이 노동 현장에 들어갔다는 소식을 들은 것은 딸이 태어난 직후였다. 붓기가 미처 빠지지 않은 아내와 함께, 그런 대화를 나누었다. 무렵엔 형의 후원회가 조직되어 있었다. 형이 언젠가 국회의원이 될 거라 믿는 이들이 반이었고, 끝까지 국회의원 따위는 되지 않길 바라는 이들이 반이었다. 아내와 나는 양측의 기대 모두를 반반씩 가지고 있었다.

농촌을 살려야 합니다. 언젠가 온 후원회의 소식지엔 그런 헤드라인이 적혀 있었다. 요약하자면 ― 이제 노동운동을 접고 농촌운동에 투신하겠다는 형의 입장표명이었다. 형이 주장하는 공동체 마련을 위해, 몇몇 선배들이 팔을 걷어붙이고 나섰다. 우리로선 아마도 마지막 중도금인지 잔금인지를 치러야했을 무렵이었다. 그동안 많이 냈잖아요. 먼저 그런 말을 꺼낸 것은 아내였다. 말은 하지 않았지만, 그렇다는 생각이 나도 들었다.

그것이 마지막이었다. 형은 점점 언론에서도 다루지 않는 잊혀진 인물이 되었고, 후원회의 활동도 거기에 비례해 뜸해져만 갔다. 정치인이 된 — 함께 운동을 이끌던 김金과 곽郭에 비하자면 너무나 대조적인 양상이었다. 신도시로 이사를 온 후로, 우리는 농촌에 간 기하 형을 잊고 있었다. 아니 딱 한 번, 나는 정鄭선배와 가진 술자리에서 기하 형의 얘길 들은 적이 있었다. 내 제자들 중에 말이야, 학교를 관둔 괴짜가 하나 있어요. 아 걔가 글쎄 기하가 한다던 그 공동체, 거기서 살다 왔대지 뭡니꾸아? 하대下待를 해달란 청에도 불구하고, 정鄭선배의 말투는 바뀌지 않았다. 아마도, 그 이상한 꾸아?로 꽤나 이름을 떨치는 모양이었다. 학원가의 스타 강사는 이미 룸살롱의 귀빈이 되어 있었다. 걔도 6개월을 버티다 도망을 쳤대요, 얘길 들어보니 막혀도 그렇게 꽉 막힐 수가 없대. 현실성이 있어야지, 현실성이. 그렇지 않습니꾸아? 그건 그렇고 니들 뭐 하나?

버젓이 내가 보는 앞에서, 아가씨 하나가 정鄭선배의 바지를 벗기고 그의 샅을 파고 들었다. 질세라 나의 파트너도, 내 몸을 더듬어 나갔다. 자리라도 옮겨야 하는게 아닌가 생각했는데, 갑자기 정鄭선배가 하대를 했다. 얌마, 여기선 같이 하는거야. 섹스라기 보다는, 그래서 공중화장실에 앉아있는 기분이었다. 두 번씩 파트너를 바꿔 올라타며, 나는 내내 칸막이가 없다는 중국의 화장실을 떠올렸다.

어쩔 거야? 담배를 물며 아내가 말했다. 글쎄, 일주일이나 시간이 있으니 천천히 생각해보지 뭐. 그리고 천천히 나도 담배를 꺼내 물었다. 빨리 결정해, 콘도 예약도 걸려있고 하니까. 아, 알았어. 그 순간 나는 17년 전의 여학생이 기하 형의 아내가 되었다면, 이란 상상을 하고 있었다. 문득 아내의 뱃살을 들춰 올리면, '그럴 리가' 라는 문신이 새겨져 있을 것 같았다. 왠지 모르게 중국의 공중화장실에 나란히 앉아 담배를 피는 기분이었다.

　와서

도와달라고 하던 기하 형의 목소리가, 그래서 자꾸만 생각이 났다. 참 어렵게 하는 부탁이다, 석현아. 라는 말이, 그래서 무거운 연기처럼 방안 가득 깔리는 기분이었다. 나는 일어나 창을 열었다. 아이 추워. 17년 전에 여학생이었던 살찐 여자가, 마치 여학생처럼 여름이불 속을 파고 들었다. 어둠 속에서, 신도시의 불빛이 야광夜光의 깃발처럼 나부끼고 있었다. 부아아아앙, 머플러를 제거한 스포츠카 한 대가, 도시의 하단에 중요해 − 밑줄을 치는 연두색 형광펜처럼 빠르게 시야를 가로 질렀다.

　말하자면 그것이

내가 농촌을 찾게 된 배경이다. 열거한 일 중에서 하나라도 빠진 것이 있다면, 나는 정중히 기하 형의 부탁을 거절했을 것이다. 즉 그 여학생을 좋아하지 않았더라면, 또 아내가 후원금을 내자고 했더라면, 그 순간 지나간 것이 스포츠카가 아니라 구청의 청소차였다면, 말이다. 나한테 연락을 할 정도면 그 많던 사람들이 다 떠났다는 얘기 아니겠어? 모자를 바투 쓰며 나는 아내를 설득했다. 딸 아이는 학원에서 '아빠 너무해' 란 문자를 보내왔다. 결국 제주도로 떠나는 동생 식구들 편에 아내와 딸을 묻어보내기로 했다. 같이 가는 건 어때?

어디? 기하 형한테. 나와 있던 아내의 입이 말꼬리를 흐리느라 우물 거렸다. 농촌에 뭐 볼게 있다구. 아내와 딸은, 나보다 이틀 먼저 제주 도를 향해 출발했다.

나는 한 번도 농촌을 찾은 적이 없다. 돌이켜보니, 그랬다. 과연 '6시 내 고향'에서 몇 번 농촌을 보았거나, 국도를 달리면서 그 풍경을 잠시 지나쳤을 뿐이었다. 영동고속도로에 오른 나는, 그래서 조금 불안한 마음이었다. 심해로 거처를 옮기게 된 열대어처럼, 그래서 나는 만반 의 준비를 갖추고 또 갖추었다. 등산복과 등산화를 챙기고, 각종 구 급약과 붕대를, 또 이런저런 공구들과 사냥총을, 또 충분한 탄환을, 트렁크에 실었다. 그리고 무엇보다 돈을, 상당한 액수의 현금을, 구 비했다. 돈만큼 사람의 마음을 안심시키는 것은 없었다.

도와달라는 일의 성격에 대해, 기하 형은 끝끝내 입을 다물었다. 가벼운 농사일에서 혹 멧돼지라도 쫓아야 하는게 아닌가라는 생각 에, 나는 마음이 복잡했다. 구제역인가 그런 질병이라면 인체에도 해 가 오는게 아닐까, 짐짓 언짢은 기분이 드는 것도 사실이었다. 그러 고보니 조류독감과 광우병 같은 단어도 생각이 나는 것이었다. 도대 체 무슨 일일까. 휴게소의 벤치에서 헤이즐넛을 마시며, 나는 담배를 피웠다. 이상하게 겨우 한 모금을 빨았을 뿐인데, 독감에 걸린 닭처 럼 연신 재채기가 나왔다. 그 폭풍暴風에 − 제주도의 바다 같은 푸른 하늘이, 썰물처럼 밀려가는 느낌이었다. 기압의 변화를 느낀 열대어 처럼, 그래서 나는 아내와 딸을 떠올렸다. 문득, 그랬다.

실상리失像里에 도착한 것은 정오를 넘겨서였다. 인제麟蹄에 이르러 기하 형의 설명은 이미 효력을 상실했고, 지도를 보고, 또 물어물어 나는 겨우 실상리를 찾을 수 있었다. 마을, 이라곤 해도 몇 채의 빈집이 있을 뿐 사람의 그림자는 보이지 않았다. 대신 나는 어마어마한 오솔길과 대자연을 볼 수 있었다. 이건 뭐, 내셔널 지오그래피잖아. 차를 세운 나는 오솔길 옆으로 이어진 개천에서 손을 씻었다. 물은 차고 서늘했으며, 몇 마리의 민물고기가 녹음綠陰에 물든 이마를 흔들며 몰려다니고 있었다. 놀라웠다. 서울에서 몇 시간 거리에 이런 자연이 있었다니. 즉 농촌의 초입에서 기지개를 키며, 나는 가물가물한 오솔길의 끝을 오오래 바라보았다. 고작 몇 시간 거리일 뿐인데, 마치 울릉도 동남쪽 뱃길 따라 이백 리 정도의 해표海豹에 홀로 서 있는 느낌이었다. 파도 소리 같은 바람 소리가, 그래서 귓전을 파고들었다. 설명대로라면, 저 오솔길을 지나 가파른 언덕을 하나 끼고 돌면 기하 형의 공동체가 있을 터였다. 몇 년 만일까, 녹음이 물든 손가락으로는 얼른 계산이 되지 않았다. 17년 전의 강으로 돌아온 민물고기의 표정으로 나는 다시 차에 올랐다.

계십니까?

계십니까. 몇 번의 계십니까를 반복해도 돌아오는 대답이 없었다. 결국 나는, 공동체의 시설을 둘러보기로 마음 먹었다. 시설이라곤 해도 몇 채의 건물과 창고, 작은 강당 같은 것이 전부였지만 땅의 규모가 커서 족히 십 분 정도는 걸리는 일이었다. 우선 오는 길에 논이 보였고, 몇 채의 비닐하우스를 경계로 드넓은 옥수수밭이 언덕 아래까지 이어져 있었다. 건물은 숙소로 보이는 두 개의 동棟과 본관이 있었으며, 창고와 강당이 따로, 또 어딘가 축사畜舍가 있어 바람에 희석된 소의 울음이 희미하게 들려왔다. 그러니까 '어딘가' 축사가 있을 만큼의 규모였던 것이다. 계십니까? 나는 다시 계십니까를 연호하기 시작했다.

석현이냐? 그래, 석현아. 기하 형이 온 것은 내가 한 대의 담배를 거진 태웠을 무렵이었다. 정말이지 경운기가 소리를 내며 올라왔고, 정말이지 기하 형이 경운기에 앉아 있었다. 오래 기다렸니? 축사를 손보고 오느라 그리고 기하 형은 말을 맺지 못했다. 수희도 잘 지내지? 잘, 지냅니다. 애는 잘 크고? 예. 그래, 고맙다. 잡은 손을 놓지 못하고 기하 형은 눈물을 글썽였다. 그 눈을 쳐다볼 수 없어 나는 땅을, 즉 형의 그림자를 애꿎게 바라보았다. 형의 머리는 반백이 되어 있었다. 그림자처럼 그은 피부 때문에, 그것은 더욱 눈부신 것이었다. 지나간 세월이, 그래서 눈부시게 기억의 수면 위로 떠올라 왔다.

먹어봐, 내가 직접 기른 것들이다. 푸성귀와 된장으로 이뤄진 밥상이었지만, 기하 형의 자부심이 담긴 성찬이었다. 밥을 먹으며, 나는 이곳의 근황에 얽힌 이런저런 얘기를 들을 수 있었다. 간추려 말하자면, 기하 형 정도니까 버티고 있는 상황이었다. 우선 총무란 인간이 남은 후원금과 그간 공동체가 벌어들인 수익금 전액을 들고 튀어버렸다. 3년 전의 일이었다. 결국 빚을 얻어 그해의 농사를 지었는데 흉년이었다. 게다가 빚이 세 배로 늘어났다. 정부의 말을 믿고 특수작물을 제배한 게 화근이었다. 정책은 6개월만에 바뀌었고 아무런 보상도 이뤄지지 않았다. 연수생들과 함께 축사를 지었다. 양계를 시작했다. 양계 자체는 성공이었지만, 닭의 가격이 폭락했다. 조류독감 때문이었다. 얼마 후 닭들이 집단으로 폐사했다. 겨우 누군가의 후원으로 젖소 열 마리를 들여 놓았다. 연수생들이 대거 공동체를 떠났다. 남아있던 연수생들은 의견 차이가 심했다. 이견異見은 좁혀지지 않았다. 그나마 청정미淸淨米와 흑미黑米로 간신히 버텨오는 형국이었는데, 쌀개방 조약이 기습적으로 발표되었다. 석 달 전, 남아있던 연수생들도 공동체를 이탈했다.

그럼, 지금은 아무도 없는 겁니까? 아니, 한 명이 남았는데 석石이라고 내가 운전면허증이 없잖니. 그래서 개가 봉고를 몰고 읍으로 나갔어. 장도 보고, 이래저래 사료나 장비도 알아보고 그러는 중일 게야. 참 네가 왔는데, 고기라도 좀 사오라고 해야겠다. 아니 괜찮아요. 아니다, 그래도 여기 고기가 달라. 전화를 걸었으나 석이란 친구의 휴대폰은 꺼져있었다. 고기보다도, 나는 커피가 마시고 싶었다. 식당의 찬장을 뒤졌으나 나온 것은 말라비틀어진 몇 개의 당근이 전부였다. 석이라는 친구에게라고 말을 꺼냈다가 아니, 아닙니다라고 나는 얼버무렸다. 사와봐야 맥심이란 생각이 들어서였다.

그런데 형, 제가 도울 일이 어떤 겁니까? 응, 그게 기하 형은 잠시 골똘한 표정을 짓더니 일단 축사로 가보자며 자리를 일어섰다. 난생 처음 경운기를 타고, 그래서 나는 언덕 위의 축사를 찾았다. 심약한 젖소들이 음메와는 전혀 다른 소리로 울고 있었다. 지금 며칠째 젖이 안나온다. 아닌게 아니라, 소들의 눈은 뻘겋게 충혈되어 있었다. 이

것이 병病이라면 수의사나 그런 관계기관을 찾아야 할 게 아닌가, 나는 고개를 갸웃거렸다. 여길 좀 보겠니? 기하 형이 가리킨 곳은 축사의 한 쪽 기둥이었다. 뭐랄까, 기둥의 중심부에 지름 10cm 정도의 구멍이 경사진 각도로 뚫려 있었다. 드릴 같은 걸로 순식간에 뚫은 느낌이었다. 아니, 하지만 구멍의 내부가 마치 유리처럼 매끄러웠다. 이게 뭡니까? 아무튼 뭐냐고 나는 물었다. 대답 대신 기하 형은 축사 부근의 덤불과 그 언저리의 땅들을 보여 주었다. 확실히 어떤 부분이 누렇게 말라있거나 검게 그을려 있었다. 척 보기에도 초록草綠의 주변과는 상이하게 다른 풍경이었다. 이게 뭡니까? 나는 다시 물었다. 기하 형의 안색이 차갑게 굳어 있었다. 몇 번의 긴 한숨이 병든 젖소의 젖처럼 가늘고 뿌옇게 스며나왔다. 요즘 말이다.

외계인의 습격을 받고 있다.

젖소들이 또다시 울기 시작했다. 일단 나는 기하 형의 얘기를 들었다. 이해가 되는 얘기기도 했고, 이해할 수 없는 얘기기도 했다. 습격이 시작된 것은 보름 전부터였다. 처음엔 개가 죽어 있었다. 개의 시체는 마치 미이라처럼 수분이 전혀 남아 있지 않았다. 굳이 개를 죽였다기 보다는, 개가 있던 자리를 중심으로 어떤 착륙이 있었다는게 기하 형의 추측이었다. 반경 6미터 정도의 풀들이 누렇게 말라있었거든, 이렇게. 그리고 다음 날, 비행물체를 목격했다. 10미터 정도의 상공에 떠있는 원반을, 다른 누구도 아닌 기하 형이 발견했다. 원반은 5초 정도 머물러 있다가 순식간에 사라졌다. 그것이 시작이었다. 연이어 원반들이 출현했고, 이상한 습격이 그때부터 시작되었다. 말 그대로 이상한 습격이었다. 하룻밤 사이에 배추밭이 다 파헤쳐져 있는가 하면, 잘 여물어 가던 벼의 일부가 한 순간에 쭉정이로 변해 있었다. 비닐하우스 속의 특용작물들은 줄기와 잎이 재灰처럼 바스라졌고, 석이가 읍에 나간 어젯밤에는 아예 축사 위에서 섬광 같은 걸 발사하기도 했다. 원반을 보고 날뛰던 소들은 어제 일로 눈에 울혈鬱血이 생겼고, 축사기둥의 구멍도 그때 생긴 것이었다. 대략 그런 내용의 자초지종을, 나는 고개를 끄덕이며 끝까지 들어주었다. 의외로 침착한 나의 반응에 기하 형도 점차 안정을 되찾는 눈치였다. 불혹이란 나이가, 그래서 편안하게 느껴졌다. 거짓은 요만큼도 없다, 내가 어떤 인간인지 누구보다 네가 알잖니. 거짓이라고는 나도 생각지 않았다. 살아오면서 44kg의 여자가 72kg이 되는 것을 지켜보기도 했다.

이곳에도 경찰이나, 그런 공권력은 있지 않나요? 내 입장에선 말이다, 이런 얘길 꺼내기가 쉽지 않아. 게다가 내가 반체제 인사였다는 게 알려져 시선도 곱지가 않고. 그렇겠군요. 농협이나 축협의 관계자들도 있긴 하다만, 마찬가지다. 심지어 석이 같은 놈에게도 말을 못했으니까. 서울의 친구들도 마찬가지야. 아마 강기하가 농촌에서 좌절하더니 고문후유증이라도 앓나보다 여기겠지. 그렇군요. 문득 이 세계가 외계外界처럼 느껴졌다. 기하 형의 뒷모습이, 그래서 더욱 외로워 보였다. 인간은 서로에게, 누구나 외계인이다.

그때 갑자기 음메에 가까운 소리가 공기를 가르는 느낌이 들었다. 앗! 기하 형이 소리쳤다. 고개를 들자 과연 비행물체가 옥수수밭의 상공에 강렬한 빛을 발하며 떠있었다. 묘한 기분이었다. 44kg의 여자가 72kg이 되어 하늘에 둥실 떠있다면 저런 느낌일까, 아무튼 나는 담배를 꺼내 물었다. 비행물체는 몇 차례 타원을 그리며 창공을 선회하더니, 불규칙한 움직임을 보이며 어디론가 사라졌다. 이상하게도, 위험하다는 느낌은 전혀 들지 않았다. 섬광을 쐈다는 얘기가 떠올랐지만, 전체적으로 그런 분위기였다. 빠르군요. 나는 그렇게만 얘기했다. 목적이 뭘까? 형도 그렇게만 얘기하는 것이었다. 그리고 우리는 아무 말도 하지 않았다. 음메와는 전혀 다른 소리로, 소들이 울부짖고 있었다.

저녁을 먹고나서도, 우리는 줄곧 습격에 대한 토론을 나누었다. 세미나의 그 분위기가 나는 좋았다. 다시 대학시절로 돌아간 느낌이 힘차게 드는 것이었다. 그래서, 아무래도 네가 방송 쪽에 있으니 말이다 어렵게 기하 형이 말문을 열었다. 체질적으로 남에게 아쉬운 소릴 못하는 인물이었다. 맺지 못한 말의 뒷부분이, 그래서 쉽게 짐작되었다. 취재 같은 걸 원하시는 겁니까? 너도 분명히 봤잖니. 그래요, 분명 기삿거리는 기삿거리죠. 라고 말은 했지만 속으론 웃음이 나왔다. 형이 방송국으로 알고 있는 나의 직장은, 실은 제작 하청을 전문으로 하는 프로덕션이었다. TV와 연관이 없는 건 아니지만, 쥐꼬리만큼의 결정권도 가지고 있지 못했다. 게다가 몇 다릴 건너 취재를 한다해도, 결코 기하 형에게 좋은 일이 아닐 것 같았다. 언론의 특성상 가십으로 다루기 십상인 내용이다. '세상에 이런 일이' 같은 곳에 기하형의 얼굴이 나온다는 건, 외계인의 습격 만큼이나 끔찍한 일이었다. 게다가 원반이 또 다시 나타날 거란 보장이 없다. 몇 다릴 건널 수 있었던 그 다리가, 자칫 잘못하면 끊어질 수도 있다. 그런 생각이, 원반처럼 번쩍이며 머리 속의 창공을 가로 질렀다.

기삿거리라니, 이보다 중요한 일이 또 어딨다는 게냐? 이제 겨우 우리 전통의 유기농법이 그 결실을 보려던 참인데, 지금 그게 습격을 받고 있단 말이다. 쭉정이가 된 그 벼들이 몇 년 만에 나온 건지 아니? 형은 잠시 감정에 겨워하더니, 곧 평상시의 차분한 말투를 되찾았다. 그래서 석현아, 니 도움이 필요한 거다. 내가 이대로 무너지면 앞으로 누가 농촌을 위해 투신하겠니? 세미나까지가, 나는 좋았다. 그런 생각이 들었다. 당장 중계차가 왔으면 하는 기하 형을 - 그래서 최선을 다해보겠다, 취재에도 여러 절차가 필요하다는 말로 어물쩡 달래 주었다. 그나저나 피해가 크시겠군요. 글쎄다, 피해가 크긴 해도 또 결과적으론 다들 마찬가지여서. 네? 그럼 다른 마을에도 습격이 있었던 겁니까? 아니, 그건 아니고 대부분 정부정책에 대한 항의의 표시로 밭을 엎고 작물을 태우고 그랬지. 어차피 팔아도 돈이 안 되니.

그것 참. 하고서 나는 담배를 꺼내 물었다. 평화로운 마을이나 외계인의 습격을 받은 곳이나 상황이 비슷하다니. 농촌은 생각할수록 알 수 없는 곳이었다. 석이라는 친구도 오지 않고, 아무런 소동도 일지 않아 우리는 일찍 이불을 덮고 누웠다. 오랜만에 맡는 모기향의 냄새가 매케하게 눈과 코를 찔러왔다. 석현아 자니? 기하 형의 목소리가 달빛을 받아 반짝였다. 아니, 안 잡니다. 그래, 그나저나 고맙다. 나는 대답을 하지 않았다. 기하 형의 고맙다는 말 속에, 미안함이 숨어 있어서였다. 나는 고개를 돌렸다. 달빛을 받은 기하 형의 옆 얼

굴이 새삼 늙어 보였다. 푸르른 솔처럼 곧고 강인했던 남자의 눈에
서, 그러나 그 순간 눈물 같은 것이 반짝였다. 나는 숨을 죽였다. 그
러나 눈물은 흘러내리지 않고, 다시 형의 눈 속으로 스며들었다. 표
면장력이 강한, 투사의 눈물이었다. 요사이 정말 외로웠다. 감옥에
있을 때도 이토록 외롭진 않았어. 그랬을 것, 같습니다. 그랬을 것,
같습니다라고 마치 '17년 전의 나' 같은 것이 내 입을 빌려 얘기했
다. 곧게 펴오르던 모기향의 연기가, 짐짓 달의 언저리에 도달하는
눈치였다. 창 너머의 달이, 그래서 더 가깝게 느껴졌다.

　형, 지금이라도 정치를 하시는 건 어때요. 문득 그런 말이 튀어나
왔다. 그런 얘긴 꺼내지도 마라. 이거 말이예요, 제가 볼 땐 답이 없
습니다. 솔직히 그래요. 그리고 나는 김金과 곽郭의 이야기를 늘어놓
았다. 정鄭선배의 이야기도 물론 빠트리지 않았다. 또 비교적 근황을
알고있는 이李와 윤尹과 양梁과, 기奇, 박朴 그런 이름들을 차례차례
거론했다. 잘, 살고 있구나. 기하 형이 얘기했다. 잘 살아서, 정말 다
행이다. 그래서 형, 하는 내 말을 끊고 기하 형이 또 다시 말을 덧붙
였다. 하지만 석현아, 누군가는 말이다.

　지양止揚해서, 지양해야 하는 것 아니겠니.
　그렇지만.

　두런두런 잠을 설친 끝에, 또 운전의 피로가 겹쳐 나는 늦잠을 자
고야 말았다. 그 사이 기하 형은 축사와 논과 밭을 모두 둘러보고 돌
아온 눈치였다. 석이란 친구는 아직도 안 왔나요? 으응, 늘 함흥차사

같은 놈이라 아마 읍내의 피씨방에 있을 게다. 피씨방이요? 게임인가 뭔가 하느라 정신 없는 놈이야. 농꾼 체질도 아니고 그런데, 하고서 나는 화장실을 찾았다. 기하 형이 일러준 곳엘 가보았지만 그곳은 말하자면, 재래식이었다. 다른 곳은 없나요? 여긴 변소가 그거 하나야. 그리고 장황한 유기농의 원칙, 똥과 밥의 연결고리, 그 순환의 중요성에 대한 일장연설을 듣다 못해 이를 악물고 변소에 들어갔다. 후끈, 했다. 담배를 물었다. 지금이라도 차를 몰아 읍내의 피씨방으로 달려가고 싶은 심정이었다. 쪽창 너머의 해가, 그래서 더 멀게 느껴졌다.

늦은 아침을 먹고, 논에 물대는 작업을 거들고 나자 이내 정오가 되었다. 허드렛일을 잠시 했을 뿐인데 이상하게도 나는 농촌이 지긋지긋해지기 시작했다. 내일 아침 출발이다. 흙 묻은 손을 씻으며 나는 이미 속셈을 끝낸 상태였다. 체면치레로 저녁에 술 한잔은 해야겠지. 물은 차고 투명했으나 온도조절이 되지 않았다. 그 모든 것이, 나는 불편했다. 또 다시 형이 정치를 했더라면 하는 생각을, 나는 했다. 적어도 국회의원 정도는 했을 텐데. 아니 적어도, 외계인에게 시달리지는 않았을 텐데. 이상한 꾸아?로 돈을 가마니째 쓸어담는 인간을 생각하면 더더욱 그런 것이었다.

오후엔 캠코더로, 쭉정이가 되버린 이삭과 하얗게 바스라진 작물의 잔해를 촬영했다. 기하 형이 열심히 설명을 붙였으나 내가 볼 땐 그냥 텅빈 이삭에 불과한 것이었다. 캠코더는 밧데리가 충분했고, 그 정도의 성의는 예의라는 생각이 들었다. 죽은 개의 시체는 확실히 이

상했다. 아무리 조작을 한다해도 힘들 정도의 몰골이었다. 개의 사진을 다시 캠코더에 옮겨 담으며, 그래서 혹 원반을 찍을 수 있다면 하는 욕심이 나는 들었다. 증거만 있다면, 문제는 달라진다. 특종의 차원이 되고, 형이 생각한 성격의 보도도 잘 하면 가능하다. 혹시 몰라, 나는 캠코더를 점검해 보았다. 늘 그랬듯 아무 문제가 없었다.

그러니까 작동이 잘 되는 캠코더처럼, 아무 문제가 없는 오후였다. 어제 촬영한 오후의 영상을, 다시 돌려보는 느낌이 들 정도였다. 잠시 승용차를 몰고 나타난 인물 하나가 혹 땅을 팔 생각이 없냐 물었고, 물론 거절을 당했고, 추후 연락을 달라며 '대한 자유부동산연합 종합국토개발위원회'라는 명함을 주고 돌아갔다. 그것이 전부였다. 전부였으며, 나는 기하 형과 가볍게 막걸리를 한 잔 했고, 몇몇 선배들에게 전화를 걸었고, 여기 사정이 참 힘들군요(물론 비행물체 같은 얘긴 빼고), 소식을 전하고 나도 요즘 도통 정신이 없다, 그런 얘기를 들었다. 들었으며, 다들 힘들지? 잠깐 기하 형과 세상살이에, 또 한국사회의 문제점에 대한 얘길 나누다가 ― 그래서 평상에서, 잠시 낮잠을 잤다, 그랬다는 생각이다. 그리고 얼마를 잔 걸까. 음매와는 정말 거리가 먼 소들의 울부짖음에, 우리는 눈을 떴다. 어스름한 언덕의 어둠을 배경으로, 강렬한 형광색의 발광체가 떠있었다.

원반이었다.

타세요. 경운기에 올라서던 형의 손을 잡아 끌고, 나는 힘차게 4륜구동의 시동을 걸었다. 이미 오른손엔 캠코더가 들려 있었고, 문득

44kg이라도 된듯 몸이 가볍게 느껴졌다. 원반은 여전히 그 곳에 머물러 있었다. 발광 때문인지 대낮에 봤을 때완 확연히 다른 느낌이었다. 나는 버튼을 눌렀다. 깜박깜박, 캠코더의 녹화 등燈이 보편적인 지구인의 심장처럼 뛰기 시작했다. 저런! 기하 형이 비명을 질렀다. 아니 그것은, 나도 비명을 지르고 싶을만큼이나 괴이한 풍경이었다. 원반의 아래 쪽이 크게 열려 있고, 그 곳을 통해 빛의 기둥 같은 것이 축사 쪽으로 곧게 뻗어 있었다. 그리고 그 기둥을 통해 젖소 한 마리가 원반 속으로 끌려 올라가고 있었다. 뛰쳐 나가려는 기하 형을, 그래서 나는 제지해야 했다. 동료를 잃은 소들이 마치 우주괴물처럼 큰 소리로 울부짖었다.

그리고 모든 것이 잠잠해졌다. 젖소를 끌어들인 원반이 사라지고 나자 소들은 거짓말처럼 울음을 딱 그쳤다. 비로소 기하 형이, 문을 열고 뛰쳐나갔다. 그 뒤를 나도 따라 뛰었다. 그리고 우리는 결코 봐서는 안 될 풍경을 보고야 말았다. 그것은 끔찍한 광경이었다. 소들은 모두 죽어 있었고, 검게 그슬린 몸들은 뒤집혀 풍선처럼 거대하게 부풀어 있었다. 찍, 찌직. 체내의 어떤 압력에 의해, 소들의 유두에서 분수처럼 젖이 솟구치고 있었다. 털썩 기하 형이 주저앉는 장면까지도, 그래서 나는 찍고 말았다. 황급히 스톱버튼을 눌렀다. 아니 스톱버튼을 누르기도 전에, 이미 세상은 정지해 있었다. 그런 느낌이었다.

가빠진 숨을 고르며, 나는 파일을 재생해 보았다. 어떻게 된 거지. 분명 원반이 있어야 할 자리엔 온통 허공과, 어둠만이 찍혀 있었다. 오로지 축사와, 울타리와, 소들의 절규만이 어두운 화면을 가득 채우고 있었다. 혹시나 하는 마음에 콘트라스트를 조정해봤지만 결과는 마찬가지였다. 펑. 그때 축사의 구석진 곳에서 시체 하나가 폭발을 일으켰다. 매케한 가스와 우주괴물의 유충 같은 내장들이, 그래서 터져나왔다. 나는 기하 형을 데리고 급히 축사를 빠져 나왔다. 숙소로 돌아갈 생각을 한 것은 연이어 두 대의 담배를 태우고 난 후였다. 일단 돌아가 대책을 세웁시다라고 말은 했지만, 기하 형은 대답이 없었다. 대책 따위 있을 리 없다는 사실을 기하 형도 나도 알고 있었다. 여기 모기가 많아요. 새 담배를 꺼내 물며 나는 그렇게 중얼거렸다. 밤길은 어두웠고, 숙소의 불은 꺼져 있었다.

관내의 경찰은 비교적 친절하게 전화를 받았다. 위치와 피해현황을 소상히 묻고 체크하더니, 아무래도 외계인의 습격 같다는 말에 이내 심드렁해진 눈치였다. 아, 외계인이요. 그리고 더 이상 질문을 하지 않았다. 어쨌거나 내일 현장을 들르겠습니다. 그제서야 외계인 운운한 걸 후회했지만, 이미 엎질러진 물이었다. 또 경찰이 온다한들, 무슨 소용이겠냐는 생각도 절로 드는 것이었다. 정신을 차릴 수 없었다. 엎질러진 찬물같은 느낌으로 기하 형은 누워있었다. 중복中伏의 방바닥이, 그래서 모처럼 서늘하게 느껴졌다.

그런데 석이라는 친구는 오늘도 안 오는군요. 꼼짝않고 누워있던 기하 형이 그제서야 몸을 일으켰다. 그러고보니 이렇게 오래 나가있은 적이 없었다. 늦어도 다음날엔 꼬박꼬박 들어오던 애였어. 기하 형과 나는 동시에 침을 삼켰다. 습격이란 단어가, 그리고 젖소가 끌려올라가던 모습이 순간 강하게 머리를 강타했다. 나는 다시 경찰에 전화를 걸었다. 이번엔 실종자 신고였다. 나 좀 바꿔주련. 수화기를 낚아챈 기하 형이 석이란 친구의 인적사항과 차량번호, 차종 등을 자세하게 일러 주었다. 내국인의 사건에는 비교적 민감한 경찰이, 즉각 수사에 착수하겠다며 통화를 마무리지었다. 경찰의 전화가 걸려온 것은 그로부터 30분이 지났을 무렵이었다. 강 선생님, 선생님께서 신고하신 차량이 지금 인제 중고차 매매소에 있습니다. 그런데 정상판매가 이뤄진 차량으로 등록되어 있는데 설명을 좀 해주시겠습니까? 판매라니요? 그러니까 이틀 전에, 차를 그곳에 파신 걸로 나와있는데요. 설명은 나의 몫이었다. 괜찮다. 사람이 중요하지 그깟 차가 뭔 소용이냐. 나즈막하게, 기하 형은 옆에서 그렇게만 중얼거리는 것이었다.

초침소리가 들렸다. 5년 전 유럽을 다녀온 제작팀의 부원 하나가 선물로 가져다준 시계였다. 밀레니엄 특수特需란 말이 나올만큼 해외제작이 많던 시절이었다. 경비가 남더라구요. 돈을 써보니, 또 일을 진행할수록 지구촌이란 말이 실감났습니다. 아마도 스위스의 시계산업을 취재한 프로였을 것이다. 백발의 장인이 세공을 마치는 모습을, 아내와 함께 지켜본 기억이 떠올랐다. 이 시계가 그 시계야. 즉, 그 시계의 초침소리를 나는 5년 만에 처음으로 듣게된 셈이었다. 지구촌이, 그래서 그 순간 적막해진 느낌이었다. 일을 진행할수록, 일이 진행될수록. 일을 진행할수록, 일이 진행될수록. 일을 진행할수록, 일이 진행될수록. 정확히 예정된 초침 소리를 따라, 나는 막연한 상념에 빠져 들었다. 나는 갑자기, 유럽까지는 아니더라도 서울이 그리웠고, 그리고 배가 고팠다. 식사를 하셔야죠. 기하 형이 손을 내저었다. 뜨는 둥 마는 둥 혼자 밥을 차려 먹은 후, 나는 모기향을 피웠다. 숙소에도 모기가 많았다. 말 없이 앉은 두 사람 사이의 공간을, 말 없는 한 줄기의 연기가 서서히 장악해가고 있었다. 그때 휴대폰이 울렸다. 아내였다.

당신이야? 응. 목소리의 배경에 온통 시끄러운 소음이 넘쳐나, 아내는 이쪽의 목소리가 잘 들리지 않는 눈치였다. 농촌은 어때? 필요 이상의 큰 목소리로, 아내가 물었다. 응, 그게 좋아. 라고 나는 대답했다. 우린 지금 호텔 노래방이야. 그리고 당신이 깜짝 놀랄 일이 있어. 우리 혜인이 노래 들어본 적 없지, 그렇지? 그래. 여기 지금 혜인이 때문에 뒤집어졌다니까. 자 한 번 들어봐. 그래서 그 순간, 나는 딸의 노래를 들어야 했다.

어머나 어머나 이러지 마세요. 여자의 마음은 갈대랍니다. 안 돼요, 왜 이래요 묻지 말아요. 수화기 너머의 외계에서, 딸의 목소리가 들려왔다. 그리고 다시 아내의 호들갑이 시작되었다. 어때, 죽이지? 애가 춤도 보통이 아니야. 여보, 아무래도 우리 혜인이 가수시켜야 될 것 같아, 그지? 아무래도 목소리가 기하 형의 귓전까지 스밀 것 같았다. 그래그래. 나는 재빨리 고개를 끄덕였다. 들고있던 휴대폰의 무게가, 그래서 마치 74kg처럼 느껴졌다.

석현아. 통화를 끝내고 나자 기하 형이 말문을 열었다. 예. 기하 형은 의외로 초연한 얼굴이었다. 올라 가라. 아니 그러면 이란 말이 절로 나왔지만, 그 말의 끝을 나는 맺을 수 없었다. 아니, 오히려 내가 미안하다. 애초 부탁을 하는 게 아니었어. 내일 아침이면 경찰도 오고 할테니 걱정 말고 올라 가거라. 이미 열 시를 넘긴 시각이기도 해서, 나는 일단 이불을 깔았다. 내일 아침에 가는 한이 있어도, 지금 일어서는 건 도리가 아니란 생각이 들어서였다. 마음이 복잡했다. 달은 밝고, 달빛에 잠긴 기하 형의 얼굴이 이상할 정도로 평온해 보여 나는 견딜 수 없었다. 형 괜찮으세요? '17년 전의 여학생' 같은 것이, 그래서 내 입을 빌려 얘기했다. 17년 전과 하나 다름없는 목소리가, 그래서 어둠을 건너왔다. 괜찮을 리가 있겠니. 이제 어쩌실 생각이세요?

모르겠다.

그리고 한동안 우리는 말이 없었다. 뻥 하고, 소의 시체 터지는 소리가 산울림으로 들려왔다. 모르겠다, 그 소리를 듣고나자 나 역시 그런 생각이 드는 것이었다. 더듬더듬, 기하 형의 손이 어둠 속에서 내 손을 찾아 쥐었다. 17년 전과는 너무 다른, 크고 투박한 손이었다. 석현아, 내일 잊지 말고 쌀을 좀 가져가거라. 실은 아까 정오에 미리 한 가마를 꺼내놓았다. 내가 정신이 없을까 싶어 미리 해두는 얘기야. 그 쌀 말이다 줄 게 쌀 뿐이라 미안하긴 하지만, 정말 좋은 쌀이다. 알겠지? 한 가마의 쌀에 가슴이라도 눌린듯 나는 말이 나오지 않았다. 외계인의 습격 속에서 길러낸 쌀을, 차마 목으로 넘길 수 없다는 생각도 들었다. 다시 뻥 하는 소리가, 차마 준봉峻峰을 넘지 못한 채 산울림으로 돌아왔다.

모르겠다.

나는 노력해 잠을 청했다. 두 번 다시, 이제 농촌을 찾을 일도 없을 테지. 스위스 시계의 초침소리를, 나는 경청했다. 일을 진행할수록, 일이 진행될수록. 일을 진행할수록, 일이 진행될수록. 잠을 깬 것은 새벽녘이었다. 기하 형이 격하게 내 몸을 흔들었다. 방 전체가 환하고 눈부셨지만, 햇살과 같은 느낌은 절대 아니었다. 정신을 차리고 안경을 찾아쓰니, 창을 통해 거대한 발광체의 일부가 엿보였다. 원반이었다. 길고 완만한 곡선의 기체機體가 정말로 눈앞에 떠있었다. 우리는 숨을 죽였다. 원반은 한참을 그렇게 머물러 있다가 점점 이동을 시작했다. 우웅우웅. 이번엔 하나가 아니었다. 무려 일곱 대의 원반이 멀리 논 위의 상공으로 한꺼번에 모여들었다. 캠코더를 찾아 나는 다시 그 광경을 담아 보았지만, 결과는 마찬가지였다. 마냥, 그래서 원반의 움직임을 우리는 지켜볼 수밖에 없었다. 원반들은 커다란 동심원을 이룬 모습으로 편대를 유지하더니, 이윽고 각자의 중심부를 열어 빛을 발사하기 시작했다. 불길했다. 그리고 빛이 논의 전역을 훑는다는 느낌이 들었을 때 기하 형이 뛰쳐나갔다. 엉겁결에, 나도 기하 형을 따라 뛰었다. 잠깐 차의 시동을 걸었다가, 나는 시동을 끄고 내려왔다. 자동차라면 왠지 들킬 것 같다는 생각이 들어서였다. 나는 대신 사냥총을 거머쥐었다. 그리고 이미 한참을 앞서있는 기하 형을 따라 뛰었다.

숨을 헐떡이며 논둑에 다다랐을 땐 이미 모든 것이 종료된 느낌이었다. 손에 쥔 한 움큼의 이삭을 뭉쳐 쥐며, 기하 형은 울고 있었다.

이삭 한 움큼을, 그래서 나도 훑어보았다. 잘 여문 청정미의 감촉은 전혀 느껴지지 않았고, 이삭의 속은 청결할 정도로 깨끗하게 비워져 있었다. 휘이 휘이, 마치 새떼를 쫓는 사람처럼 기하 형이 논의 이곳저곳을 헤집기 시작했다. 몇 개의 물꼬를 건너 우리는 흑미의 이삭들도 훑어 보았다. 역시나 알갱이는 잡히지 않았다. 이삭의 속은 완벽한 어둠 뿐이었다.

등 뒤에서 기하 형의 웃음소리가 들려왔다. 아니 웃음소리 같기도 하고, 우는 소리 같기도 한 이상한 소리가 들려왔다. 나는 차마 돌아볼 용기가 나지 않았다. 그리고 대신, 고개를 들어 원반을 노려보았다. 빛이 약간 약해진 느낌으로, 여전히 원반들은 자리를 맴돌고 있었다. 왜 그랬을까. 나는 사냥총을 들어 조준을 했고, 그와 동시에 논 전체가 울릴 정도의 '이 새끼들아' 란 고함을 질러버렸다. 왜, 그랬을까?

그리고 '17년 전의 나' 같은 것이 방아쇠를 당기는 순간, 나는 얼른 총구의 각도를 5도 정도 왼쪽으로 틀어버렸다. 순간 나와 상관없는 일, 보복, 죽으면 나만 손해 등의 플래시 셔터가 연속으로 머리 속에서 터졌기 때문이었다. 그래서 당연히, 허공을 가르는 탄환의 소리를 나는 들어야 했다. 휘유~ 안도의 한숨을 닮은 그 소리가, 그래서 정확히 내 고막에 명중되었다. 우웅우웅. 순간 원반들이 선회하기 시작했다. 비록 총성이 들린 후의 반응이었지만, 총성 따위와 아무런 상관이 없다는 게 피부로 느껴졌다. 마치 뒷걸음을 치듯 원반들이 서서히 물러서기 시작했다. 안 돼, 다시 내가 소릴 질렀다. 원반들이 물러선 그곳은 바로 옥수수밭이었다. 누가 먼저랄 것도 없이, 우리는 옥수수밭을 향해 뛰기 시작했다. 인간이 최선을 다하는 이유는, 무력하기 때문이었다. 그 사실을, 나는 달리면서 알 수 있었다.

　어슴푸레 동이 터오고 있었다. 키 큰 옥수수의 군집이, 그래서 몰살당하기 직전의 슬픈 새떼처럼 느껴졌다. 스스로의 직감으로 위기를 알아차렸는지, 옥수수밭이 하나의 물결로 술렁이고 있었다. 어느새 우리는 밭의 어귀에 뛰어 들어와 있었다. 이유는 알 수 없고, 다만 그것이 그 순간의 최선이었다. 촤아아. 갑자기 어디선가 파도소리 같은 것이 일기 시작했다. 원반들은, 확실히 아까와는 다른 움직임을 보이고 있었다. 맴을 도는구나,라는 생각을 하는 순간 갑자기 나는 어떤 힘에 떠밀려 바닥으로 쓰러졌다. 몇 걸음 떨어져 있던 기하 형도 마찬가지였다. 정신을 차리고보니 휘어진 한 무더기의 옥수수대가 우리를 누르고 있었다. 만만치 않은 무게였다. 겨우 힘을 합해 옥수수 더미를 빠져 나오자, 이미 원반들은 보이지 않았다. 원반들이 사라진 하늘 저편에서, 희끄무레 아침 해가 떠오르고 있었다.

　눈앞의 풍경은 그야말로 괴이한 것이었다. 일정한 패턴을 이루며 옥수수들은 완전히 휘어져 있거나 서있거나 그랬다. 보기에 따라, 그것은 정확한 비례의 선線을 이루고 있는 느낌이었다. 형, 이거 크롭 서클(Crop Circle)일지도 몰라요. 가쁜 숨을 몰아쉬며 내가 말했다. 크롭 서클? 어떤 다큐멘터리에서 본 적이 있어요. 높은 곳에서 보면 도형이나 기호가 그려져 있는데, 그게 외계인의 메세지라는 학설이 있어요. 메세지? 역시 숨을 몰아쉬며 기하 형이 대답했다. 창고로 돌아가는 두 명의 허수아비처럼, 터벅터벅 우리는 숙소로 돌아왔다. 타세

요. 나는 시동을 걸었다. 겁 먹은 풍뎅이처럼, 심한 공회전 소음을 일
으키며 4륜 구동이 언덕의 급경사를 올라섰다. 차에서 내린 우리는
언덕의 끝으로 걸어갔다. 그리고 그곳에서 — 비로소 자신의 위치를
찾은 허수아비처럼, 두팔을 허하니 벌린 마음으로 옥수수밭의 전경
을 확인할 수 있었다. 거기엔

가 그려져 있었다. 놀랍도록 정확한 비례의, 거대한 KS였다. 이놈들
하고 기하 형이 말문을 열었다. 우리를 너무 잘 알고 있구나. 아, 하
고 나는 그래서 담배를 꺼내 물었다. 해는 이미 떠오를 만큼 높이 떠
버린 느낌이었다.

박민규의 이야기 방식과 현실인식

남송우 | 부경대 교수 · 문학평론가

박민규 소설의 서사구성은 조금은 별난 데가 있다. 별나다는 의미는 기존의 소설에서는 만나기 힘든 낯선 장면과 맞닥뜨리게 된다는 말이다. 이는 박민규의 소설이 지닌 개성을 의미한다. 이 개성은 그가 이야기를 풀어가는 방식의 색다름에서 비롯된다. 젊은 시절 운동권으로 활동하다 농촌운동가로 변신하여 살아가고 있는 기하 형이란 한 인물의 삶을 다루고 있는 「코리언 스텐더즈」 역시 이러한 이야기 방식을 그대로 나타낸다.

우선 이야기를 구성해 가는 서술 방식에 있어, 단락구분을 분명하게 해둠으로써 영화의 장면 전환과 같은 시각적 효과를 보인다. 「코리언 스텐더즈」는 전체 64개의 단락으로 구성되어 있는데, 그 단락 구성은 한 단어에서부터 한 문장, 하나의 기호, 그리고 여러 문장으로 엮어진 서사 단위 등 다양한 형태로 나타난다. 이러한 단락 구분의 형식적 틀은 이야기의 전개에 속도감을 부여하는 기능을 갖는다. 서사구성에 있어서도 장면전환이 빠른 편인데, 이는 짧은 문형의 사용이란 특징과 쉼표를 가능한 한 많이 사용하고 있다는 점에서 비롯되는 측면도 있지만, 서술이나 표현 대상을 속도감 있게 전환해 가는 화법의 활용에서 빚어지는 측면도 무시할 수 없다. 「코리언 스텐더즈」 첫 장면을 읽어보면, 이런 서사구성의 특징을 쉽게 확인할 수 있다.

농촌農村이란 단어가 있다.

누구나 아는 단어지만, 누구도 모르는 단어라고 나는 생각한다. 6시 내 고향 같은 거 아닌가요? 올해 갓 여상을 졸업한 김하늘양孃은 그렇게 대답한다. 커피를 내려놓던 그녀가 피씻, 한다. 웃음소리이거나, 웃음을 감추는 소리이다. 고마워. 절대 나하고도 상관이 없단 투로, 나는 진지하게 대답한다. 마치 9시 뉴스데스크, 같다. 다른 무엇보다, 그런 분위기를 풍겨야 할 나이다. 커피를 마신다. 헤이즐넛이다.

두 단락으로 구성되어 있는 소설의 첫 장면은 빠른 장면 전환이 이루어지고 있다. 농촌이란 단어를 제시하고, 그 단어에 대한 김하늘양의 반응과 행동, 그녀에 대한 화자의 반응, 그리고 나의 커피 마시는 행위가 이어지면서, 그 서술의 전환은 단문 속에서 경쾌하게 진행된다. 전통적인 소설 화법에서 있음직한 간접이나 직접 인용의 대화법은 무시된다. 비약에 가까울 정도로 서사의 진행은 빠르지만, 개연성을 잃지는 않고 있다. 이것이 박민규의 서사문법이다.

그러면 이 소설이 보여주는 이러한 서사구성의 특징과 함께 문제적인 인물로 등장하는 기하 형의 삶의 모습에서 우리는 무엇을 생각할 수 있는가? 이 문제를 풀어가기 위해 손쉽게 선택할 수 있는 두 단어가 이 작품의 앞 부분에 등장하는 '농촌'과 '운동권'이다. 이 두 단어를 지목하는 이유는 작가 스스로가 이 두 단어에 대해 "누구나 아는 단어이지만, 누구도 모르는 단어"라고 단정하면서 이야기를 풀어가고 있으며, 작품의 전개가 이 두 단어가 함축하는 영역을 중심으로 이루어지기 때문이다. 작가의 몫이란 누구에게나 보편적으로 알려져 있는 사항에 대해 보편을 넘어서는, 누구도 모르는 특수한 사항을 풀어내는 일이다. 그러므로 누구나 아는 단어이지만, 누구도 모르는 단어가 지닌 삶의 의미를 캐묻는 작업이 이 작품의 중심 내용이다. 즉 이 두 단어는 기하 형의 삶의 전부를 함의하고 있는 중심 단어란 말이다.

한 때 우리 문단에도 운동권의 후일담이 쏟아진 적이 있다. 그러나 이 작품은 그런 유형 속에 묶어둘 수 없는 독자성을 지닌다. 화자의 눈을 통해 보여지고 입을 통해 들려지는 기하 형의 삶은 운동권에 속했던 자들이 세월 따라 각자의 살길을 모색하고 변신해 갔지만, 유일하게 남은 자로 형상화 되고 있기 때문이다. 그가 정치권의 권유를 뿌리치고 노동현장으로 들어가 노동운동가로 활동하다가, 다시 농촌운동에 투신하여 살아가는 모습은 운동권으로서 순수하게 자기동일성을 유지하고 있는 모습이다. 그 모습의 순수성과 정직성은 현실성을 갖지 못할 정도로 극단적인 양상을 보인다. 젊은 날 한때 운동권에 속했던 기하 형 외의 자들은 현실 속에서 현실과 타협하며, 소위 제도권 속에서 삶의 안위를 누리며 살아가고 있는데, 기하 형은 그런 삶과는 거리가 먼 곳에 위치해 있음을 이 작품은 매우 선명하게 보여준다.

이 대조적인 삶의 모습을 화자의 삶과 과거엔 기하 형의 애인이었으나 이제는 화자의 아내가 된 그녀의 삶, 그리고 학원가의 스타 강사가 되어버린 정 선배의 삶을 통해 읽게 된다. 이들의 삶 속에서 별나게 도드라져 보이는 기하 형의 삶의 자세는 이 작품이 지닌 주제의식과 맞닿아 있는 부분이다. 기하 형의 인간형은 너무 순수하기 때문에 현실성이 없는 삶을 살아가고 있는 별난 인물로 그려지고 있는데, 이 부조리하고 획일화되어가는 현실에 어떻게 대응하고 있는지를 흥미롭게 보여주고 있기 때문이다.

운동의 정신은 근본적으로 사회체제에 대한 저항이며, 부조리한 현실에 대한 저항이다. 이러한 저항은 인간적인 삶을 박탈하는 부조리한 현실에 대한 부정도 있지만, 획일화 되는 체제에 대한 거부가 더 근원적이다. 그래서 획일화된 삶을 요구하는 사회 속에서는 언제나 운동적인 요소가 존재하기 마련이다. 기하 형이 펼쳐온 학생운동, 노동운동, 농촌운동은 이런 맥락에서 이해해 볼만하다.

그런데 이 작품 속 중심 이야기인 농촌 운동에서 보이는 기하 형의 삶의 양태는 조금은 다른 차원에서 해석해 볼 수 있는 의미망을 형성하고 있다. 기하 형이 이룩한 농촌 공동체가 허물어지는 과정이 현실적인 농촌정책의 실패에서 비롯되는 점도 있지만, 외계인의 습격에 의해 초토화되는 약간은 환상적인 이야기 구조 속에 놓여 있기 때문이다. 화자가 기하 형이 사는 실상리를 방문하여 직접 들은 현실은 공동체를 이루고 살았던 모든 자들이 떠나고, 농사, 가축사육, 특수작물 재배 등 모든 사업이 실패로 돌아간 상황이었다. 그러한 현실 상황 속에서 마지막 남은 소와 논의 벼와 옥수수 밭이 외계인의 습격을 받는 이야기로 이어짐으로써 소설이 갖는 의미는 다른 차원으로 나아가고 있다.

즉 이 작품 속에서 외계인의 침입을 받는다는 사실을 어떻게 해석해야 할 것인가 하는 문제가 제기된다. 이를 해석하기 위해서는 옥수수밭을 휩쓸었던 원반들이 남겨놓은 거대한 KS 마크에 주목할 필요가 있다. 이 모습에 대해 기하 형이 "이놈들 하고 말문을" 여는 강한 반응을 보였을 뿐만 아니라, 이 작품의 주제를 함축하는 마지막 장면으로 처리되고 있기 때문이다.

농촌의 붕괴는 현실적으로 내부의 문제도 있지만, 외계인이란 외부의 문제가 더 크고 근원적인 문제라는 인식을 보여주고 있다. 그러므로 외계인의 존재란 국경 밖에서 침입하는 거부할 수 없는 세계화의 거대한 물결로 해석해 볼 수도 있다. 모든 것이 표준화되고 획일화되어 가는 소위 세계화의 흐름 속에서 내부적인 순수한 운동이 어떤 의미를 지니는지를 생각하게 하는 장면이다. 그러므로 농촌 운동을 통해 기하 형이 대응하는 삶의 모습은 국내의 체제문제나 노동문제를 넘어서는 다른 차원의 문제를 제기하고 있다. 그것이 세계화의 문제이다. 세계화의 문제를 외계인의 존재를 통해 보여주고 있는 것이다. 그래서 소설의 공간은 현실공간을 넘어 환상공간으로의 확대를 보인다. 외계인을 등장시킴으로써 우주적인 상상의 공간을 확보하고 있는 셈이다.

그런데 이 외계인의 실체를 화자가 확인하고, 캠코더로 촬영을 시도했지만, 그 실체가 재생되지 않는다는 점에서, 이 소설 속에서 외계인의 존재는 세계화의 본질을 상징하는 매개체로서 또 다른 의미망을 형성하고 있다. 실체는 분명 존재하지만, 그 본질은 잘 드러나지 않는다는 점이 그것이다.

> 원반은 여전히 그 곳에 머물러 있었다. 발광 때문인지 대낮에 봤을 때완 확연히 다른 느낌이었다. 나는 버튼을 눌렀다. 깜박깜박, 캠코더의 녹화 등燈이 보편적인 지구인의 심장처럼 뛰기 시작했다. (……)

가빠진 숨을 고르며, 나는 파일을 재생해 보았다. 어떻게 된 거지. 분명 원반이 있어야 할 자리엔 온통 허공과, 어둠만이 찍혀 있었다. 오로지 축사와, 울타리와, 소들의 절규만이 어두운 화면을 가득 채우고 있었다. 혹시나 하는 마음에 콘트라스트를 조정해봤지만 결과는 마찬가지였다.

농촌의 현실을 붕괴시키고 있는 외계인이 캠코더에 나타나지 않는다는 것은 세계화의 한 측면을 보여준다. 세계화의 특징의 하나는 일상 속에서 다양한 형태로 접하거나 체험되지만, 막상 그 실체가 무엇이냐고 물으면, 분명하게 규명하기는 힘들다는 것이다. 실체를 규명할 수 없는 어둠 속에 자리한 존재이기에 더욱 가공할만하다. 가시화되지 않기 때문에 더욱 무서운 존재가 된다. 그래서 기하 형도 옥수수밭을 휩쓸고 간 원반들이 남겨놓은 거대한 KS 마크를 보고는 "우리를 너무 잘 알고 있구나"라고 무서움에 가까운 놀라움을 드러내고 있는 것이다. 본질은 당장 드러나지 않지만, 결국 모든 것을 하나로 획일화 시켜버리는 놀라운 힘을 지닌 것이 세계화이다. 운동을 통해 획일화와 규격화에 저항해온 기하 형도 이제는 더 저항할 수 없는 힘으로 밀려오고 있는 외계인의 침입 앞에 무력함을 그대로 드러내고 있다. 지금까지 운동의 대상은 구체적인 실체와의 싸움이었지만, 외계인과의 싸움은 그런 차원을 넘어서 있기 때문이다.

더욱 놀라운 것은 우리는 캠코더로도 그 실체를 확인하지 못하고 있는 단계이지만, 외계인은 우리의 실체를, 현실을 너무나 잘 알고 있다는 현실에 대한 비극적 인식이다. 즉 우리 농촌이 붕괴되고 있는 현실은 우리 내부의 문제도 있지만, 이제 국경의 의미가 허물어져버린 세계화의 물결로 인해 거부할 수 없는 현실로 변해버렸다는 것이다. 이 작품의 마지막 구절인 "해는 이미 떠오를 만큼 높이 떠버린 느낌이었다"는 그래서 더욱 절망적인 현실인식의 어조로 들려온다. 이렇게 현실적인 문제를 외계인이라는 매개를 통해 풀어가는 이야기 방식의 적절성에 대한 논의는 다른 차원에서 제기되어야 할 문제로 남겨져 있다. ✤

박정규

～약 력～

1946년 서울 출생.
고려대 국문과와 동 대학원을 졸업하고 한양대 대학원에서 박사학위를 받음.
현재 서울산업대학교 문예창작학과 교수, 인문사회대 학장으로 재직중.
1991년 월간 《문학정신》으로 문단에 나옴.
소설집으로 『로암미들의 겨울』 『에코르체, 혹은 보이지 않는 남자』,
장편소설로 『흔적』 등이 있음.

한나절의 수수께끼[1]

박정규

데 키리코의 그림은 오늘날 우리가 흔히 이 단어에 부여하는 의미에 입각하여 말한다면 그림이라고 할 수 없을 것이다. 오히려 그의 그림은 몽상의 기록이라고 정의할 수 있을 성싶다. …(중략)… 그는 거대함이라든가 고독, 부동성, 정체성 등을 표현해내고 있다. 그가 보여주는 이러한 감정들은 때때로 우리가 어떤 광경을 대할 때, 그 광경이 우리의 기억을 슬쩍 건드림으로써, 잠들어 있다시피 한 우리의 영혼에 솟아나는 감정이라고 할 수 있는 것이다.

– 아르덴고 소피치 Ardengo Soffci, 『라 체르바 La Cerba』誌에서[2]

여기 두멍골인데요, 어머니가 돌아가셨어요. 오늘 새벽에요. 알려

---

1 「한나절의 수수께끼」는 죠르지오 데 키리코Goorgio De Chirico의 1913년 작. 런던, 개인 소장.

2 페리에Jean Louis Ferrier 편저, 김정화 역, 『20세기 미술의 모험』에서 필자가 임의로 발췌, 재인용한 것임.

드려야 할 것 같아서 전화 드립니다. 잠이 덜 깬 내 귓속으로 앳되고
가녀린 목소리가 환청처럼 스며들었다. 아…… 예…… 알…… 았어
요. 미처 사태를 파악할 겨를도 없이 잠결에 튀어나온 어눌한 내 대
답이 끝남과 동시에 절교를 선언하고 돌아서는 여자의 하이힐 소리
처럼 뚜 뚜 뚜 하는 기계음만 남긴 채 목소리는 끊어졌다. 커튼 사이
로 햇살이 들어와 컴컴한 방바닥에 이승과 저승의 대비만큼이나 선
명한 선을 긋고 있었다. 몇 시나 되었을까. 휴대전화의 액정화면을
들여다보았다. 10:12A. 나는 상체만 반쯤 일으킨 자세로 담뱃갑을 찾
아 두리번거렸다. 그것은 구겨진 채로 방바닥에 뒹굴고 있었다. 어제
저녁 무렵에 뜯은 새 담뱃갑을 오늘 새벽녘에 마지막 한 개비를 피워
물고 구겨 던졌던 것이 생각났다. 사투리를 능숙하게 구사하는 작가
의 작품을 번역하는 일은 여간 고역이 아니다. 윌리엄 사로얀William
Saroyan도 그런 종류의 작가에 속한다. 그의 희곡『네 인생의 한 때
The time your life』의 번역 작업에 새벽까지 매달려 있다가 담배가 떨
어지면서 일을 중단하고 늦은 잠자리에 들었던 터였다. 나는 재떨이
에서 꽁초를 찾아 피워 물고는 걸려온 전화의 내용을 정리해보았다.
그 여자가 죽었다는 것이다. 그날 이후 이십여 년 간 내 삶의 한 귀퉁
이를 틀어쥐고 있던 그 여자가 오늘 새벽 죽었다는 것이다. 술에 취
해 들어오는 밤이면 어김없이 찾아와 그 능란한 손길과 보드라운 속
살로 나를 몸부림치게 해 놓고 아침이면 내 옆자리에 체온조차 남기
는 법 없이 올 때처럼 그렇게 홀연히 사라져버리던 그 여자가 죽었다
는 것이다. 삼촌이 죽은 지 석 달만에 그녀도 세상을 떠나버린 것이
다. 그 석 달은 내가 마음을 정리하고 그 결과를 행동으로 옮기기에
는 턱없이 짧은 시간이었다. 이십여 년 동안 뻗어온 깊고 굵은 뿌리

가 있었으니까. 오늘 새벽에 운명했다면 모레가 발인 날짜다. 번역 원고를 넘겨야하는 날짜는 그 다음 날이다. 일의 진척도로 보아 이 시점에서 사흘간의 공백은 치명적이다. 그러나 내 목을 베어간다 해도 어쩔 수 없는 일이었다. 나는 그 여자가 떠나는 자리만은 꼭 지켜주어야 할 것 같았다. 그 여자를 마지막 본 것은 불과 서너 달 전이었다. 그때만 해도, 구체적으로 형언하기는 힘들지만 어떤 초자연적인 생명의 신비감 같은 분위기를 품고 있어서, 혹시 전설 속의 마녀처럼 영원히 늙지 않는 아름다운 얼굴로 평생을 살아갈지도 모른다는 동화 같은 생각을 하게 하던 그 여자가 죽었다는 것이 좀처럼 믿어지지 않았다. 혀가 갈라졌는지 가시가 돋은 것처럼 입 속이 깔깔하다. 우유를 듬뿍 넣은 커피로 아침식사를 대신하고 외출할 채비를 했다. 평소의 버릇처럼 점퍼차림으로 나섰다가 다시 들어와 검은 양복에 검은 넥타이 차림으로 바꾸었다. 평소 안 하던 정장 차림이어서 몹시 부자연스러웠다. 운전석에 앉아 다시 한 번 정신을 가다듬었다. 햇살은 맑은데 목덜미를 스치는 바람은 차가웠다. 머릿속이 사흘쯤 설거지가 밀려 있는 개수대처럼 뒤죽박죽으로 어수선했다. 길모퉁이를 돌아서자 날아와 꽂히는 햇살에 눈을 뜰 수가 없었다. 맞은편 편의점 대형 유리문이 커다란 거울이 되어 햇빛을 반사하고 있었다. 커다란 거울. 그랬다. 그 여자는 내게 등을 보이며 커다란 거울 앞에 앉아 있었다. 그 좁은 방에 어울리지 않는 커다란 거울이었다. 두 손으로 콜드크림 바른 얼굴을 문지를 때마다 여며지지 않은 블라우스 앞섶으로 그녀의 흰 젖가슴이 드러났다 감춰졌다 했다. 나는 팽팽하게 부풀어오르는 아랫도리를 트레이닝 바지 주머니에 손을 넣고 지그시 누르고 있었다. 열일곱 살의 나에게 그것은 참기 힘든 고문이었다. 졸

리면 거기 누워서 자. 괜……괜……찮아요. 술에 곤드레만드레 취해
서 코를 골고 있는 삼촌의 머리맡에 앉아서 통금이 해제되기를 기다
리며 곁눈질로 거울에 비친 젖가슴을 훔쳐보고 있던 나는 그 여자의
목소리에 도둑질하다 들킨 사람처럼 화들짝 놀라 말을 더듬으며 고
개를 숙였다. 어서 거기 누워, 불 끌게. 가제수건으로 콜드크림을 닦
아내던 그 여자는 벽 쪽으로 돌아누워 코를 골고 있는 삼촌 옆자리를
가리켰다. 이렇게 코나 골고 있을 거라면 삼촌은 왜 통금 시간이 다
되어서 구태여 이곳을 찾은 것일까. 내가 삼촌을 부축하고 따라 나선
것은 너무 술이 취해 몸을 못 가누는 그를 염려해서였을까 아니면 이
곳에, 아니 이 여자에게 한 번 와 보고 싶은 마음에서였을까. 아무튼
나는 삼촌과 그 여자 사이에 눕게 되었다. 좁은 방이어서 거의 어깨
가 닿을 지경이었다. 나는 삼촌의 코고는 소리 사이로 간간이 들리는
그 여자의 고른 숨소리와 그리고 그 여자에게서 풍겨오는 살 냄새인
지 콜드크림 냄새인지 모를 조금 비릿한 향기가 무엇이든 상상이 가
능한 캄캄한 어둠 속에서 둥둥 떠다니고 있었다. 그리고 내 감은 눈
속으로 조금 전에 보았던 그 여자의 풍만한 가슴과 함께 짙은 보라색
으로 반짝이던 그 여자의 유난히 무성한 음모가 비집고 들어왔다. 내
가 그 여자의 나신을 보게 된 것은 삼촌이 그 여자를 모델로 해서 그
림을 그리기 시작한 둘째 날이었다. 일요일이었던 그날 나는 망설이
다가 그 여자의 집을 찾아 나섰다. 토요일이었던 그 전날 화구에 이
젤에 이십 호짜리 캔버스까지 한꺼번에 나르기에는 손이 부족했던지
삼촌은 내가 하교하기를 기다리고 있었다. 그 때 캔버스를 들고 삼촌
을 따라왔던 집이 이 집이었다. 월요일까지는 보충수업비를 꼭 내야
한다는 말을 삼촌에게 미처 하지 못했던 것이 화근이었다. 화구를 옮

기턴 날 집에 들어오지 않았던 삼촌이 며칠간 집을 비울지도 모른다
는 생각에 몇 번을 주저하다가 삼촌을 찾아 나선 것이었다. 세 번이
나 길을 잘못 들었지만 결국 집을 찾아냈다. 슬며시 출입문을 밀어보
았다. 소리 없이 열렸다. 방에는 좀 높은 촉광의 전등불을 켜 놓았는
지 창호지 바른 방문에 손바닥만하게 박혀있는 유리를 통해 방안의
일부가 들여다보였다. 언뜻 맨살이 어른거리는 듯했다. 나는 침을 꿀
꺽 삼키며 자신도 모르게 발소리를 죽여 방문으로 다가가서는 유리
에 눈을 대고 방안을 들여다보았다. 그리고 흑 하고 숨이 막혔다. 붓
을 들고 있는 삼촌의 등허리와 캔버스에 가려서 여자의 얼굴을 비롯
한 윗부분은 볼 수 없었지만 문 쪽을 향해 비스듬히 누워 있는 여자
의 아랫도리는 선명하게 눈에 들어왔다. 통통하고 흰 허벅지 사이에
무성한 음모가 불빛을 받아 짙은 보라색으로 반짝이고 있었다. 나는
숨이 막혔다. 온 몸의 피가 한꺼번에 가슴으로 흘러 들어와 그 쿵쾅
거리는 소리가 방 안까지 들릴 것 같아 나는 발소리를 죽여 도망치듯
그 집을 빠져 나왔다. 그 후 그 벗은 아랫도리는 여자와 관련된 내 모
든 상상의 원천이었다. 그런데 상상 속의 이미지가 아니라 그 실체가
바로 옆에 나란히 누워 숨소리를 쌔근거리고 있는 것이다. 가슴은 뛰
고 숨은 차오르는데 부스럭 소리가 날까봐서 돌아누울 수도 없었다. 그
녀의 이불 속으로 자신도 모르게 몇 번이나 손이 가려는 것을 눌러
참았다. 여자가 소리라도 지른다면 삼촌이 벌떡 일어날 지도 모른다
는 두려움이 그 인내심에 큰 도움을 주었다. 피가 한꺼번에 머리를
향해 흘러 들어오는 것 같았다. 머릿속이 멍멍하고 어지러워졌다. 그
러다가 깜빡 잠이 들었던가. 나는 내 아랫도리를 쓰다듬는 부드러운
손길을 느꼈다. 그 손은 내 헐렁한 트레이닝 바지를 벗기고 속옷도

156

벗겼다. 내 아랫도리는 탱탱하게 부풀어올랐다. 나도 그 여자의 풍만
한 가슴과 그 무성한 음모를, 그 보드라운 속살들을 손끝으로 느끼며
내 입술로 그 여자의 입술을 더듬었다. 그리고 내 몸에 가해지는 중
량감과 내 몸의 일부가 다른 몸 속으로 삽입되어지는 느낌을 받는 순
간 내 몸 속의 모든 것들이 한꺼번에 빠져나가는 듯하면서 나는 우주
의 무중력 상태로 떠올랐다가 블랙홀에 빨려들어가는 소행성처럼 끝
모를 속도감과 함께 한없이 추락하고 있었다. 그러다가 갑자기 몰려
온 피로감으로 아득하게 정신을 놓았다. 뭔지 모를 불안감 때문에 나
는 퍼뜩 눈을 떴다. 창밖이 훤히 밝아 있었다. 내 배 위에 올라와 있
는 삼촌의 다리를 내려놓았다. 삼촌은 술 냄새를 풍기며 여전히 코를
골고 있었다. 옆자리는 비어 있었다. 달그락거리는 소리가 들리는 것
으로 보아 그 여자는 부엌에 있는 모양이었다. 휙 스쳐지나가는 허무
감이 가슴을 저릿하게 했다. 나는 그 밤이 영원히 밝지 않기를 바랐
는지도 모른다. 아랫도리가 축축했다. 나는 얼른 일어나서 겉에 입은
트레이닝 바지까지 젖은 것은 아닌지 살펴보았다. 다행히 겉옷은 말
짱했다. 몽정을 한 모양이었다. 나는 살그머니 방문을 열고 도둑처럼
그 집을 빠져 나왔다. 집에 오면서도 나는 꿈이라기에는 너무 생생한
느낌들을 되새기며 얼굴이 벌겋게 달아올랐다. 그 밤 이후, 그 여자
는 지난 이십여 년 동안 내가 술이라도 거나하게 취한 날이면 스무
살의 그 모습으로 홀연히 나를 찾아와 소년시절 그 밤의 설렘을 다시
떠안기고는 흔적도 없이 떠나곤 했다. 그 여자는 저승의 그 끝없이
황량한 들판을 가로질러 다시 나를 찾아올까. 포천 시내를 우회해서
만세교를 건너고 거사리 쪽으로 꺾어져 차 한 대가 겨우 지나갈 만한
좁은 길을 따라 산속으로 사오 킬로미터쯤 들어서자 큰 항아리 속처

럼 바위로 둘러싸인 두멍골 입구에 닿았다. 출고한 지 십여 년이 지
난 중고차를 구입해서 벌써 이 년째 타고 다니지만 그래도 명색이 지
프여서 움푹움푹 패인 구덩이와 주먹만한 자갈과 마른 잡초들이 널
려 있는 오솔길을 큰 어려움 없이 지날 수 있었다. 석 달 전 삼촌이
남긴 주소를 들고 처음 이곳을 찾아 올 때 들렸던 면사무소의 젊은
직원이 행정지도를 뒤적이며 그런 곳이 없다고 했던 것으로 보아 두
멍골이 행정구역상의 지명은 아닌 것 같았다. 다행히 나이 지긋한 무
슨 계장이라는 사람이 옆에서 듣고 있다가 길을 알려주어서 겨우 찾
아 올 수 있었다. 두멍골에는 항아리 속 같은 아늑한 평지에 텃밭을
갖춘 대여섯 채의 집들이 옹기종기 모여 있었지만 맨 가 쪽에 자리잡
고 있는 그 여자의 집을 빼놓고는 오랫동안 비어 있었던 듯 퇴락할
대로 퇴락하여 몹시 을씨년스러운 분위기를 풍기고 있었다. 마을 어
귀 길 옆에 차를 세우고 밭두둑을 가로질러서 그녀의 집으로 향했다.
빈 밭에는 발목을 덮는 누렇게 마른 바랭이와 허리까지 닿는 마른 도
깨비엉겅퀴가 지천으로 널려 있었다. 대문은 조금 열려 있었는데 상
가喪家답지 않게 인기척조차 없이 조용했다. 조등弔燈 밑에 놓인 짚신
한 켤레와 사자밥이 상가임을 알리는 증표인 양 덩그러니 놓여 있었
다. 집 안으로 들어서자 전에 왔을 때 본 적이 있는, 얼굴 한쪽에 심
한 화상 흉터가 있는 사내와 양손이 의수이던 사내가 나와서 목례로
맞아 주었다. 나는 그들에 의해 빈소로 안내되면서 신당神堂 쪽에 힐
끗 눈길을 던졌다. 닫힌 문틈으로 향내가 새어나왔다. 빈소에 걸려
있는 검은 리본이 드리워진 사진 틀 속에서 조금 긴 콧날 때문에 모
딜리아니의 그림에 나오는 사람들처럼 선량해 보이는 인상의 그 여
자가 갸름한 얼굴에 푹 꺼진 눈자위 속 쌍꺼풀진 동그란 눈으로 나를

내려다보고 있었다. 삼십 대에 찍은 사진인 듯했다. 증명사진을 확대했는지 사진은 흐릿했다. 마땅한 사진이 없기 때문이었을까. 궤연几筵에 놓을 영정을 준비할 경황도 없이 그녀는 서둘러 세상을 하직한 것이라고 생각하니 가슴이 아릿했다. 흰 상복 차림을 한 그 여자의 딸 혼자서 다소곳이 고개를 숙이고 서서 빈소를 지키고 있었다. 나는 망자에게 예를 갖추고 나서 빈소를 지키고 있는 그녀와 마주 앉았다. 우리는 구면이지요. 예, 그때는 부끄러운 모습을 보여드려 송구스럽습니다. 아닙니다. 누구나 병을 앓을 수 있는 거지요. 그런데 평소 어머님께서는 어디 편찮으신 곳이 있으셨나요. 서너 달 전에 제가 뵈었을 때만 해도 건강하신 듯 했는데요. 한 이틀 누워 계셨을 뿐이에요. 눈을 내리깔고 있는 그녀의 표정을 정확히 짚어 낼 수는 없지만 그 앳되고 가녀린 목소리는 감정을 자제한 듯 차분하고 또렷했다. 하지만 어머니는 당신이 돌아가실 것을 알고 계셨던 모양이에요. 돌아가시기 일주일 전쯤 당신 사후의 문제들을 유언처럼 남기셨어요. 선생님의 전화번호도 어머니가 알려 주셨지요. 그랬군요. 제 전화번호를 기억하고 계셨군요. 늘 그 여자의 그림자만을 옆에 두고 살던 내가 그 여자와 직접 대면한 것은 술 취한 삼촌 옆에서 함께 밤을 지낸 1981년 10월 그 밤 이후 이십여 년이 지나서였다. 내가 6년 동안 유학 생활을 끝내고 돌아온 뒤 막연한 기대감을 가지고 옥수동 산동네에 찾아가 보았지만 철거된 판잣집 터에 아파트들이 대신 들어서 있었다. 임립林立해 있는 시멘트 건물의 숲 속에서 올망졸망 늘어서 있던 판자촌의 기억을 더듬는 것은 무리였다. 삼촌에게 그 여자의 행방을 묻고 싶었지만 차마 입이 떨어지지 않았다. 삼촌은 그 무렵 이미 진행되던 말초신경염 증상이 심해져서 입원과 퇴원을 반복하고 있었다. 주변의 권유에도 불구하고 삼촌은 고엽제 피해자에게 주어지는 국가로부터의 수혜를 막무가내로 거부하고 있었던 모양이었다. 그러나 이미 경제적으로도 영락해서, 방 세 개 중 하나는 자신의 거처로 쓰고 나머지 방 두 개의 월세를 받아 생활하던, 낡은 목조주택인 상계동 집에 은거하다시피 하며 나의 방문도 꺼려했다. 몸이 불편한 삼촌에게 너무 무심한 것 같아서 나와 함께 살자고 했지만 삼촌은 극구 반대였다. 각자의 삶의 몫이 다르다는 것이 그 이유였다. 내가 대학에 들어가 기숙사 생활을 시작하면서 삼촌과 함께 했던 생활은 사실상 끝났던 것이다. 당시에는 딱히 그런 생각을 한 것은 아니었지만 돌이켜 보면 기숙사 생활이나 유학까지도 어쩌면 내가 삼촌에게서 벗어나고 싶어 택한 길이었을 지도 모른다. 삼촌과 나 사이에는, 아니 어쩌면 내 쪽에서 느끼는 일방적인 감정이었을 수도 있겠지만, 구체적으로 짚어 낼 수 없는 묘한 거리감이 자리잡고 있었다. 그 여자의 주소를 알고 있었던 것으로 보아 삼촌은 그런 중에도 그 여자와 연락이 닿고 있었던 모양이었다. 결국 삼촌의 유언대로 그 여자에게 유품을 전해주기 위해 나는 이십여 년 만에 그 여자와 만났다. 세월은 그 여자에게도 흔적을 남기고 지나갔지만 여자는 사십 대 중반이라고는 믿어지지 않을 만큼 여전히 고운 피부와 편안한 아름다움을 간직하고 있었다. 기억하시겠어요. 이십 몇 년 전…… 그럼요. 기억하고 말고요. 꼭 이십사 년 전이지요. 먼 곳을 향하는 그녀의 시선이 조금 아스라해진다고 느끼며 나는 서둘러 삼촌의 부음을 알렸다. 그것은 삼촌과의 애틋한 과거에 몰입하려는 듯한 그녀를 삼촌이 부재하는 현실로 속히 이끌어내려는 심리였는지도 모른다. 삼촌의 부음을 들은 그녀는 의외로 담담했다. 이십 년도 더 된 병이지요. 처음 만날 때부터 병을 앓고 있었지요. 장례 당일 저녁에 자리걷이를 했어야 하는 건데…… 주소를 몰라서 연락을 못했습니다. 장례가 끝난 후에 삼촌의 유서를 발견하고서야……. 유서라니요. 그럼……. 예, 삼촌은 자진自盡하셨습니다. 집 주변 등산로 근처에서 시신이 발견되었지요. 내게는 변명의 기회도 주지 않고 끝내 그렇게 가버리셨군요. 그 여자는 혼잣말처럼 낮게 중얼거리며 삼촌이 보낸 물건의 포장을 뜯었다. 손잡이가 달린 무쇠로 만든 방울이었다. 한 눈에도 무구巫具임을 알 수 있었다. 나는 왜 삼촌이 그 무구를 지니고 있었으며 그것을 유품으로 그 여자에게 전하게 되었는지 그 경위를 묻지 않았다. 그 물건이 삼촌의 병과 연관된 일종의 부적과 같은 용도로 쓰였을지도 모른다는 생각이 언뜻 들었기 때문이었다. 여자는 방울을 들고 신당으로 향했다. 나도 뒤를 따랐다. 여자는 방울을 신당의 탁자 위에 놓고 절을 했다. 절이 끝나고 참선하듯이 앉아 있는 여자의 얼굴은 한없이 평안하고 만족한 표정이었다. 입가에 번진 엷은 미소 때문에 여자의 얼굴은 마치 환하게 빛이 나는 듯 했다. 그것은 신비한 아름다움이었다. 잠시 후 여자는 자리에서 일어섰다. 착한 분이니 극락으로 가셨겠지요. 우리는 신당에서 나와 다시 방으로 들어왔다. 애야 이리 나와서 인사드려라. 그 여자가 나지막하게 이르자 방문이 열리면서 스무 살 남짓해 보이는 처녀가 조신한 걸음걸이로 들어와 목례를 하고 여자 옆에 한 무릎을 세운 자세로 시선을 내리 깔고 다소곳이 앉았다. 딸아이입니다. 이렇게 큰 따님이 있으셨군요. 그래, 올해 나이는. 스물넷입니다. 칠월 생입니다. 그녀의 목소리는 가녀리고 앳되었다. 이제 나가 봐라. 예. 대답을 하고 일어서서 서너 발자국 떼던 그녀는 갑자기 픽 쓰러졌다. 나는 깜짝 놀라서 벌떡 일어섰다. 그러나 그 여자는 조금도 놀라는 기색이 없었다. 역시 낮은 목소리로 김 서방, 하고 부르자 사내 두 명이 들어섰다. 한 사람은 얼굴 한 면이 화상자국으로 완전히 일그러져 있었고 다른 한 명은 두 손에 모두 쇠갈고리를 달고 있었다. 화상 있는 사내가 들쳐업고 의수를 단 사내가 부축을 하고 나갔다. 말 한마디 없이 일을 처리하는 두 사내의 몸놀림이 매우 익숙했다. 한동안 괜찮더니…… 잠깐 자고 나면 곧 괜찮아집니다. 병원에는……. 누구에게 들으니 잠이 오는 병이라더군요. 아, 예, 그렇다면 병이라기 보다는…… 흔히 기면증이라고 하지요. 제가 알기로는 건강에 그리 치명적인 것은 아닙니다. 그런가요. 내가 저 아이를 낳고 삼칠이 되기 전에 무병巫病을 앓았지요. 내림굿을 치를 때까지 어린것이 변변히 얻어먹지를 못했지요. 그래서 몸이 부실합니다. 따님이 신을 불러 온 셈이군요. 아마도 그랬던 게지요. 그런데 저 남자 분들은…… 다들 불쌍한 사람들이지요. 어찌어찌 인연이 닿아 한 삼 년 전부터 저를 도와주고 있지요. 나는 그날 몇 번이나 기회를 엿보다가 끝내 내가 하고 싶은 말은 하지 못하고 그 여자와 헤어졌다. 지난 이십여 년 동안 품고 있던 것이었지만 삼촌의 장례를 치른 지 며칠 되지도 않은 때여서 차마 그 말을 꺼낼 수 없었던 것이다. 그러다가 기회를 기다리며 석 달이 훌쩍 지나갔고 나는 졸지에 그 여자의 부음을 들은 것이었다. 그런데 여자는 왜 나를 자신의 영전에 다시 불러온 것일까. 다른 말씀은 없으셨나요. 잠시만요. 선생님께 전해 드리라는 물건이 있습니다. 그녀가 자리에서 일어서자 나는 그 물건이 무엇일까 궁금해서 따라 일어서고 싶은 심정이었다. 잠시 후 그녀는 흰 보자기에 싸여진 물건을 얼굴에 화상 자국이 있는 사내에게 들려 가지고 왔다. 대략 신문지 한 장을 활짝 펼쳐 놓은 크기에다가 두

께는 의외로 얇아 삼사 센티가 될까 말까한 물건이었다. 나는 건네주
는 물건을 받아 들었다. 생각보다는 훨씬 가벼웠다. 건네 받은 물건
을 대충 살펴보았다. 손의 촉감으로 보아 보자기 속의 물건은 창호지
같은 것으로 겹겹이 싸여 있는 듯했다. 당장 풀어 보고 싶었다. 어머
니께서 이 물건을 전해 드리라면서 장례식이 끝나고 난 후에 풀어보
도록 부탁하라 하셨어요. 내 마음을 훤히 들여다보고 있는 것 같은
그녀의 말에 나는 찔끔해서 그 물건을 조심스럽게 한 쪽으로 밀어 놓
았다. 장례는 어떻게 모시기로 했나요. 화장해서 이 집 주위에 산골
散骨하라 하셨어요. 그러셨군요. 약주라도 대접해야지요. 어서 준비
해주세요. 그녀는 물건을 들고 왔던 사내에게 일렀다. 그녀의 목소리
는 앳되고 가녀렸지만 아랫사람을 부리는 묘한 위엄과 무게 같은 것
이 담겨 있었다. 이미 준비가 되어 있었던지 사내는 이내 술상을 내
왔다. 상에는 몇 종류의 전과 주전자가 놓여 있었다. 썰렁한 빈소에
떠도는 향을 사르는 냄새에 가슴 한 구석이 아릿해져서 나는 술상 앞
에 다가앉으며 상을 들고 왔던 사내에게 함께 하자고 권했다. 내 권
유를 받고도 사내는 쭈뼛거리며 서 있었다. 손님 좀 대접해 드리세
요. 그녀의 말이 떨어지자 사내는 얼른 상 앞으로 다가와 내게 술을
따랐다. 나도 사내의 잔에 술을 따라 주었다. 사내는 집배執杯만 하고
는 술은 마시지 않았다. 나도 굳이 권하지는 않았다. 감국甘菊 향기가
은은히 풍기는 약주였다. 잔을 비우자 사내는 내 잔에 술을 따르고
자리에서 일어섰다. 어서 드시지요. 저는 일이 있어 나가 봐야겠습니
다. 사내가 나가자 그녀가 낮은 목소리로 내게 말했다. 제가 권해드
릴 형편이 못 되니 죄송하지만 자작自酌 하셔야 하겠습니다. 세운 한
쪽 무릎을 두 손으로 감싸고 다소곳이 앉아 있는 그녀의 언행은 매우

의젓해서 어린 시절부터 예의 범절을 제대로 배운 듯했다. 그녀는 말을 하면서도 눈을 내리깔고 있어서 나는 그녀와 눈길을 마주칠 수 없었다. 그녀의 용모는 콧날이 조금 날카로운 것 말고는 사진 속의 그 여자를 빼다 박은 듯이 닮았다. 스물네 살이면 1982년생이다. 생일이 7월이라고 했다. 집안에서 평소 사용하는 대로 필시 음력일 것이다. 그렇다면 1981년 시월 경에 임신이 되었다는 이야기다. 그 시기면 삼촌이 그 여자의 집에 한참 드나들 때였다. 내가 그 여자의 집에서 그 잊지 못할 밤을 지낸 것도 그 무렵이었으니까. 그녀가 삼촌의 핏줄이라면 나와는 사촌간이 아닌가. 그리고 나는 지금 숙모의 빈소를 지키고 있는 것이다. 그 여자가 나의 숙모……. 나는 술상을 물리고 정좌해 앉았다. 삼촌은 자신의 딸의 존재에 대해서 알고 있었을까. 그 동안의 교류로 보아서 알고 있었을 가능성이 높다. 그렇다면 아이까지 낳고서 삼촌은 그 여자와 왜 헤어져 살아온 것일까. 삼촌이 그 여자의 집에 발길을 끊은 것이 지금 따져보니 대충 그 여자의 출산이 가까울 무렵이었다. 그렇다면 삼촌은 여자가 아이를 갖는 것을 원하지 않았던 것일까. 그렇다고 해도 삼촌은 자신의 아이를 낳은 여자에게 등을 돌릴 만큼 무책임한 사람은 아니다. 그렇다면 두 사람 사이에는 무슨 일이 있었던 것일까. 그 여자가 삼촌에게 변명할 일은 무엇이었을까. 그 무렵 나는 미술대학으로 진학하기 위해 방과후엔 미술학원에서 살다시피 했다. 밤늦게 집에 돌아와 보면 삼촌은 하루종일 술을 마신 듯 흩어진 술병 사이에 누워서 잠들어 있거나 아니면 메모 한 장 달랑 남겨 놓고 낚시터에 가서 며칠만에 돌아오곤 했다. 그림도 접었는지 화구에는 먼지가 수북했다. 그리고 내가 대학에 들어가면서 기숙사로 옮겼고 방위근무를 마치고 뉴욕으로 가서 미술사학을 전공하다가 다시 영문학 쪽으로 방향을 전환하면서 길어진 6년간의 유학을 마치고 돌아와 보니 삼촌은 육체와 정신이 모두 피폐해 있었고 그 여자의 행방은 묘연했다. 나는 그때까지만 해도 삼촌도 그 여자의 행방을 모르는 줄 알았다. 생각할수록 의문만 커져갔다. 나는 밖으로 나와 신당 옆에 쌓아놓은 화목더미 위에 앉아 담배를 피워 물었다. 두 명의 사내들은 헛간과 부엌으로 드나들며 부지런히 움직이고 있었다. 사내들을 보면서 나는 문득 요즘 번역하고 있는 『네 인생의 한 때』에 등장하는 톰을 떠올렸다. 톰은 인생의 탐구자인 조를 상전처럼 모시며 부하처럼 따라다닌다. 조 역시 톰의 선량하고 소박한 사람됨을 좋아한다. 두 사람의 인연은 삼 년 전 굶주림에 지친 톰을 조가 도와주면서 맺어진 것이었다. 톰은 창녀를 사랑하여 결혼을 약속하는데 그녀는 직업과는 달리 자신에 대한 긍지와 순수한 마음을 가지고 있는 여인이다. 그리고 톰은 키티 듀발이라는 사람에게서 일자리까지 얻게 된다. 이러한 인물설정은 착하고 선량한 사람에 대한 작가의 배려라고나 할까. 이 집의 사내들도 육체적으로는 손상되어 있지만 마음바탕은 선량해 보였다. 소설에서 인물의 창조는 작가의 삶 속에서 터득된 인생관, 세계관, 가치관에서 비롯된 것일 게다. 캘리포니아의 가난한 아르메니아계 이민 집안에서 태어난 작가 사로얀은 15세까지 고학을 하다가 그도 힘에 겨워 학업을 중단하고 어린 나이에 심한 육체노동을 비롯해 온갖 직업을 전전하며 독학으로 작가가 된 사람이었지만 그의 작품에는 유머와 페이소스가 풍부하다. 희곡 『네 인생의 한 때』가 퓰리처상 수상작으로 결정되었는데도 수상을 거부했던 것은 그의 작품 속에 담긴 미국문화와 교양에 대한 날카로운 풍자와 비판에서 이미 예견된 것인지도 모른다. 나는 분주히 움직이는 사내들 쪽으로 다가갔다. 담배나 한대씩 태우고 하시지요.
아, 예. 저희들은 담배를 끊었는데요. 아 그러셨군요. 양손에 의수를
한 사내는 전혀 못 들었는지 하던 일만 계속했다. 그 어른이 돌아가
셨다지요. 이번에도 얼굴에 화상을 입은 사내였다. 사내는 아주 안되
었다는 표정으로 말을 이었다. 참 좋은 분이셨는데. 아, 삼촌을 아시
나요. 예, 돌아가신 만신님 심부름으로 제가 두어 차례 찾아뵈었지
요. 그러셨군요. 그 고엽제 병인가 뭔가 때문에 그렇게 홀몸으로 사
시다가…… 참 안되셨어요. 삼촌이 젊었을 때는 병이 없으셨어요. 아
니, 그 병이 그렇다고 하데요. 겉으로는 멀쩡한데 속으로는 온 몸으
로 퍼져서 제구실을 못하게 한다지요. 글쎄요. 그런가요. 다른 사내
는 말참견도 하는 법 없이 의수를 능숙하게 놀려서 작은 물건을 옮기
기도 하고 새끼줄을 감기도 했다. 저분은 말수가 적네요. 말도 못하
고 귀도 절벽이지요. 그래서 사고로 두 손이 저렇게 되었어요. 아, 그
러셨군요. 말도 못하고 듣지도 못하는 데다가 양손까지 저러니 얼마
나 불편하시겠어요. 그래도 저렇게 오래 살다보면 익숙해져서 남이
보는 것만큼 그렇게 불편하지는 않은가 봐요. 아, 예, 그렇겠군요.
자, 그럼, 일 보세요. 저는 이만 들어가 보겠습니다. 나는 사십 대 후
반은 되었음직한 두 사내의 뒷모습을 다시 돌아보며 헛간을 나섰다.
날이 어둑해지고 있었다. 빈소에는 그녀가 똑같은 자세로 그림같이
앉아 있었다. 여기는 내가 지킬 테니 좀 쉬고 오도록 해요. 그러다 병
나겠어요. 그녀는 고개를 숙이고 잠깐동안 가만히 있더니 자리에서
일어섰다. 그럼 잠시 쉬고 오겠습니다. 내가 처음 만났던 날처럼 그
녀가 또 그렇게 푹 쓰러져버릴 것 같아 나는 조마조마한 마음으로 그
녀의 뒷모습을 지켜보았다. 다행히 그녀는 아무 일 없이 방문을 나섰

다. 기면병에 대해서 어디에선가 읽은 기억이 있었다. 그렇게 푹 쓰러지는 것은 탈력발작증세 때문인데 이 증세는 기쁨, 놀람, 분노 같은 급작스러운 감정적 자극에 의해서 유발된다는 것이다. 그날 그녀에게 탈력발작을 유발한 원인은 무엇이었을까. 문이 열리면서 화상 자국이 있는 사내가 상을 들고 들어왔다. 육개장 한 대접과 밥 한 주발, 김치 한 보시기, 전 몇 쪽, 간장 한 종지, 술잔 하나와 술 주전자가 놓여 있었다. 밥을 보니 시장기가 돌았다. 반쯤 들어 있던 술 주전자도 비웠다. 포만감과 함께 거나한 술기운이 야간기습을 감행한 적군들처럼 내 몸뚱이를 점령하며 순식간에 무력화시켰다. 나는 상을 물리고 벽에 비스듬히 기대앉아 자꾸 흐려지는 눈으로 여자의 영정을 올려다보았다. 삼촌과 여자와는 정말 어떤 관계였을까. 그 여자가 삼촌에게 변명해야 할 일이 혹시 딸의 출산과 관계 있는 것은 아닐까. 그 여자가 만약 삼촌의 여자였다면, 그리고 딸이 삼촌의 핏줄이 아니었다면, 변명이라는 어휘는 턱없이 부적절하지 않은가. 적어도 속죄 정도는 되어야 하는 것 아닌가. 그렇다면 삼촌은 그 때 이미 여자와 함께 살 수 없을 만큼 병이 진행되었던 것일까. 그래서 여자의 딸은 삼촌과 아무런 관련도 없는 다른 남자의 핏줄이고 여자는 한 때 삼촌의 누드모델이었을 뿐 별다른 관계가 없었던 것이었을까. 그 여자는 어떤 사연으로 옥수동 산동네의 판잣집에 혼자 살고 있었을까. 삼촌은 갓 스물의 처녀를 어떻게 설득하여 자신의 누드모델이 되게 했을까. 착실한 초등학교 선생님이었다는 삼촌을 술주정꾼으로 변하게 한 것은 무엇이었을까. 이런 의문들에 대답해줄 장본인들은 모두 떠나버렸다. 그 여자가 살던 옥수동 산동네의 판잣집과 그 연탄냄새가 고여 있던 좁고 지저분한 골목길들을 떠올렸다. 삼촌은 화구를 챙겨들고 나가서 이삼 일씩 그 집에 묵었다 오곤 했다. 그 이전까지 삼촌과 나는 서로가 서로에게 유일한 위안이었고 통로였다. 내 나이 열세 살 되던 해 봄. 아버지가 병으로 돌아가시고 어머니가 말없이 집을 나간 후 나는 할아버지의 배려로 삼촌과 함께 청구동의 조그마한 이층 양옥집에서 살게 되었다. 미라처럼 뼈만 앙상한 몸과 창백한 얼굴로 늘 누워서 앓던 아버지와 수척한 얼굴에 그늘이 드리워진 표정의 어머니 모습이 부모님에 대한 내 기억의 전부였다. 형제가 없는 나는 삼촌에게로 오기 전까지는 언제나 혼자였다. 교육대학을 졸업하고 초등학교 교사로 있었다던 삼촌은 군대에서 제대한 후에는 복직을 하지 않고 교직을 떠났던 듯하다. 나와 함께 살 무렵의 그는 세상사에는 전혀 관심이 없는 사람 같았다. 신문조차 읽는 법이 없이 화구를 챙겨들고 교외로 스케치를 나가거나 아니면 하루 종일 말없이 방에 틀어박혀 술을 마시곤 했다. 그림을 전공한 것은 아니었지만 삼촌의 그림 실력은 아마추어로서는 상당한 경지였던 듯 싶다. 내가 후에 미술대학에 가게 된 것은 전적으로 삼촌의 영향 때문이었다. 전북 이리에서 무슨 사업을 한다는 할머니와 할아버지는 명절 때조차도 얼굴을 볼 수 없는 외동아들과 고아가 된 손자를 보기 위해 일 년에 한두 번씩 불시에 서울로 오시곤 했지만 삼촌은 그 분들과의 대면이 그리 탐탁하지 않은 표정이었다. 술에 절어 있는 아들과 말수가 적은 손자를 번갈아 쳐다보며 푹푹 한숨을 내쉬던 할아버지가 끝내 한 마디 했다. 정신차려라. 그렇게 살다간 이 험한 세상 목구멍에 거미줄치기 십상이다. 제 걱정은 마세요. 아버지나 그 불쌍한 애들 피 빨아먹는 짓 그만 하세요. 이젠 돈도 보내지 마세요. 저런, 저런 고이연…… 돈은 너 술 퍼마시라고 보내는 게 아니고 저 아이 때문에 보내는 게여, 저런 고이연…… 할아버지는 불같이 역정을 내셨고 할머니는 그런 할아버지를 진정시키느라 쩔쩔매셨다. 내가 할아버지와 할머니를 뵌 것은 그것이 마지막이었다. 내려가신 지 한 달쯤 후인 1977년 11월 11일 밤 이리역 폭발 사고가 났고 할아버지 내외는 창인동의 무너진 건물더미 밑에서 모습을 알아보기 힘든 시신으로 발견되었다. 나는 삼촌을 따라 이리로 내려갔다. 피해자 유족들은 모임을 갖고 보상문제와 장례 절차 등을 논의하고 있었지만 삼촌은 그것과 상관없이 우선 할아버지의 장례를 치르겠다고 했다. 개별적 행동에 반대하는 목소리도 있었지만 삼촌은 막무가내였다. 빈소를 지키다가 잠시 소변을 보러 나왔던 나는 화장실 옆에서 담배를 피우며 모여 서 있던 사람들이 수군거리는 소리를 들었다. 우리처럼 하춘화쇼나 보러 갔으면 죽지는 않했잖여. 아 돈버는 재미가 더 좋았던 개비지. 아녀, 이젠 장사 그만 둔다고 지난 달 말에 애들도 다 내보냈다잖여. 돈 좀 벌었능개벼. 꽤 많을걸. 이 바닥에서 보낸 세월이 벌써 얼만디. 근디 첫째는 죽었다지. 그려 아까 상주노릇 하던 젊은이가 둘째고 그 어린애가 첫째가 남긴 손자랴. 근디 언젠가 노인네한테 들으니께 그 둘째는 국민핵교 선생인가 하다가 월남 파병 갔다 오드만 술만 퍼마신다데. 월남에서 뭔 몹쓸 일을 겪었남. 누가 안댜, 그나저나 노인네가 색시장사해서 번 돈에 죽어서 보상받는 돈에 모두 젊은 아들놈이 술값으로 다 탕진하겠구먼. 세상, 참…… 나는 소변을 보면서 들려오는 그들의 이야기에 귀를 기울였다. 그 이야기 속에는 이제까지 내가 미처 모르고 있었던 사실들이 많이 담겨져 있었다. 그리고 삼촌이 할아버지에게 했던, '그 불쌍한 애들 피 빨아먹는 짓 그만 하세요.' 하던 말뜻을 비로소 이해할 수 있었다. 장례식을 끝내고 서울로 돌아온 삼촌은 몹시 술에 취해서는 이 모두가 죗값이라며 주먹으로 눈물을 닦았다. 그 후 한동안 삼촌은 술을 입에 대지 않았다. 그림에도 열심이었다. 그리고 삼촌 방에는 늦게까지 불이 켜져 있었다. 마음을 다잡고 이듬해 새 학기에 복직하여 선생님이 되었던 삼촌이 학교를 그만 두고 도로 술에 젖어 살게 된 것은 1980년 겨울방학 때, 광주에서 올라온 친구와 귓속말을 나누며 밤새워 술을 마시고 난 다음 날부터였다. 그날 밤을 꼬박 새운 두 사람은 흘러내리는 눈물을 닦을 생각도 하지 않고 마주앉아 얼추 점심 무렵까지 말없이 술잔만 주고받았다. 그 며칠 후 삼촌은 학교에 사표를 내고 새 학기가 되어도 출근하지 않았다. 그리고 술에 취해 살았다. 그렇게 한 해를 보내더니 삼촌은 다시 자리를 털고 일어나 화구를 챙겨들고 나섰다. 그러나 전처럼 풍경화는 그리지 않고 금호동이나 옥수동 산동네로 가서 게딱지처럼 다닥다닥 붙어 있는 판잣집들을 그리곤 했다. 삼촌의 캔버스엔 더러 그 동네에 살법한 허름한 차림의 할머니나 할아버지들의 인물화도 들어 있었다. 삼촌이 그 여자를 처음 만난 것이 그 어름이었던 듯하다. 늦더라도 잠자리만은 꼭 지키던 삼촌의 외박이 잦아진 것이 그 무렵이었으니까. 길지 않은 일생을 무엇인가에 붙잡혀 몸부림치며 살아온 삼촌을 생각 하다가 나는 문득 그가 남긴 유서를 떠올렸다. 근무력증으로 글쓰기가 힘들었던 듯 A4용지에 삐뚤삐뚤한 필체로 쓰여진 삼촌의 유서는 이렇게 시작되고 있었다. 나는 이제 고통으로 얼룩진 내 삶을 정리하려고 한다. 더러운 전쟁은 밤마다 나를 찾아와 불길 속에 아우성치는 아이들과 부녀자들의 환영幻影을 앞세우고 나를 지옥의 밑바닥까지 끌고 다닌다. 그리고 뼈마디가 녹아나는 육체적 고통으로 밤낮을 가리지 않고 내게 죽음보다 못한 치욕의 삶을 강요한다. 이 모두가 내 전생의 업보라 여기지만 이제는 정말 감당이 되지 않는다. 그만 정리해야 할 때가 된 듯싶구나. 이 물건을 아래 주소로 전해 다오. 이십여 년 동안 미뤄 오던 일을 결국 네게 부탁하는구나. 못난 삼촌이 쓴다. 잔인한 전쟁의 상흔은 삼촌의 몸과 마음을 서서히 공략하다가 끝내 그 피폐해진 삶을 송두리째 무너뜨린 것이었다. 이젠 들어가셔서 좀 쉬시지요. 그녀가 흉터가 있는 사내의 부축을 받고 들어오며 내게 말했다. 벽에 기대어 생각에 잠겨 있던 나는 그녀의 목소리에 몸을 일으켜 세웠다. 신당에다가 선생님 잠자리를 좀 봐 드리세요. 잠시라도 가서서 쉬시지요. 빈소를 차린 안방과 사내들이 거처하는 허름한 방을 제외하면 쉴 만한 곳은 신당밖에 없으리라. 내가 신당에서 쉬는 동안 그녀도 빈소에서 편하게 다리라도 펴고 앉게 해야겠다는 생각에 나는 사내를 따라 일어섰다. 삐거덕 소리가 유난히 요란한 신당의 여닫이문을 열고 들어서자 제단 위의 촛대에 새로 켜놓은 듯한 굵은 양초 두 자루의 불꽃이 바람에 팔랑거리는 모습이 먼저 눈에 들어왔다. 이어서 술기운으로 어릿어릿한 머리 속으로 방안의 모습들이 꿈결처럼 스며들어왔다. 일렁이는 불빛의 움직임에 따라 표정을 바꾸며 부릅뜬 눈으로 나를 내려다보고 있는 무신도巫神圖 밑에 누워서 나는 삼촌과 그 여자를 그리고 그 여자의 벗은 몸과 그 밤의 현실 같은 몽정의 순간을 생각했다. 그 삽입의 순간은 여자 경험이 전무하던 내게 어떻게 그런 생생한 느낌을 줄 수 있었을까. 이런저런 세상사를 겪은 후에 얻어진 경험들이 시간을 역류하여 그 꿈속의 구체적인 느낌을 만들어낸 것은 아니었을까. 나는 지금까지 독신으로 살아오면서 적지 않은 여자들과 관계를 가졌지만 늘 머릿속에는 그 밤의 그 느낌을 갈구했고 결과는 항상

실망뿐이었다. 그러면서 욕구도 능력도 잃어가고 있었다. 삼촌의 죽음 후에 나는 오랫동안 마음속 깊이 묻어놓을 수밖에 없던 일을 결행하고자 결심했다. 그리고 기회를 엿보고 있었다. 그러나 그 여자는 지금 허망하게도 이 세상에 없다. 내가 그 여자에게 청혼했다면 그 여자는 어떤 표정을 지었을까. 나를 꼼짝할 수 없게 만드는 그 조용한 미소로 내 말을 막아 버렸을까. 삼촌은 왜 그 여자와 결합하지 않았던 것일까. 무슨 이……유……. 비가 내리고 있었다. 사방이 깜깜했다. 나는 벌거벗은 채였고 내 성기는 잔뜩 발기된 상태였다. 저 편 숲 속에서 인기척이 나는가 싶더니 어느새 내 한 발자국 앞에 사람이 서 있었다. 머리는 흩어지고 눈에서 파란 불꽃이 뻗쳐 나오는 듯한 남자는 역시 벌거벗은 채였는데 자세히 보니 삼촌이었다. 그런데 뼈만 앙상한 삼촌은 한 손으로는 생식기가 모두 떨어져나간 자신의 사타구니를 가리키고 한 손은 어깨위로 치켜들었는데 그 손에는 날이 시퍼렇게 선 칼이 들려 있었다. 그 파란 불꽃이 뻗쳐 나오는 듯한 삼촌의 시선은 마치 손에 든 칼로 당장 잘라내기라도 하겠다는 듯 내 발기된 성기에 고정되어 있었다. 나는 기겁을 하고 달아나기 시작했다. 마음만 급할 뿐 발이 잘 움직여지지 않았다. 삼촌은 손만 뻗으면 내 뒷덜미를 낚아챌 만한 거리를 두고 나를 쫓아오고 있었다. 내 목덜미에 삼촌의 거친 숨결이 느껴지는 순간 옆에서 희고 작은 손 하나가 불쑥 나와서 내 손을 잡고 뛰었다. 나는 그 손에 이끌려 바람같이 달릴 수 있었다. 내 손을 잡고 뛰어가는 벌거벗은 몸뚱이는 유백색으로 희고 풍만했다. 바람에 휘날리는 긴 머리칼이 마치 나부끼는 수천 개의 깃발 같았다. 뛰는 발걸음에 따라 흔들리는 유방 끝에 잘 익은 산머루 같은 유두가 솟아 있었다. 내 쪽으로 고개를 돌리고 미소를 지었다. 그 여자였다. 나는 힐끗 뒤를 돌아다보았다. 삼촌의 모습은 보이지 않았다. 여자는 내 손을 잡고 늪 속으로 이끌었다. 따뜻한 점액질의 늪은 사해의 소금물처럼 우리의 몸을 둥둥 뜨게 했다. 나는 그녀의 손을 잡은 채 마치 구름 위를 떠가듯 그 늪을 헤엄쳐 건넜다. 막 건너편 언덕에 오르는데 눈앞에 시커먼 그림자가 가로막았다. 삼촌이었다. 나는 질겁하고 한 걸음 뒤로 물러섰다. 그런데 삼촌의 눈에서는 파란 불꽃이 피어 나오지도 않았고 손에 칼을 들고 있지도 않았다. 남루하지만 옷도 걸치고 있었다. 삼촌의 눈은 퀭하니 초점을 잃고 있었다. 몸을 가누기 힘든지 비틀거렸다. 나는 어찌해야 좋을지 몰라 옆에 선 그 여자에게 고개를 돌렸다. 내 옆에는 아무도 없었다. 나는 다시 삼촌을 쳐다보았다. 내가 눈길을 돌린 사이에 삼촌은 간 곳이 없고 앙상한 백골만 땅에 누워 있었다. 비가 쏟아지는 캄캄한 숲 속에서 나는 어쩔 줄 모르고 우왕좌왕하다가 귀청을 찢을 듯한 천둥소리에 퍼뜩 눈을 떴다. 내 흐릿한 시야에 막 신당 문을 열고 들어오는 흉터 있는 사내의 모습이 들어왔다. 문소리가 시끄러워 깨셨군요. 촛불을 갈아 놓으려구요. 사내는 잠을 깨워 미안해하는 눈치였다. 아닙니다. 잠깐 누워 있겠다는 것이…… 제가 그만 잠이 깊이 들었나 보군요. 허 참……. 밖은 훤히 밝아 있었다. 머리맡에 둔 휴대전화를 집어들고 시간을 확인했다. 7시 10분을 넘어서고 있었다. 며칠 동안 작업을 하느라 잠을 설친 데다가 술기운까지 합해져서 정신없이 잠에 빠졌던 모양이었다. 꽤 긴 시간을 자고 났는데도 꿈에 시달려서 그런지 몸은 개운하지 않았다. 나는 이부자리 개는 것을 거드는 사내게 물었다. 젊은 분은 요즘 건강이 괜찮은가요. 거동할 때 부축을 받는 것을 보니 별로 안 좋아 보이던데요. 건강 때문이 아니구요,

아, 참 모르고 계시는 모양이군요. 앞을 못 봅니다. 아, 그랬군요. 언제부턴가요. 어려서부터 그랬다지요. 나는 신당에서 사내가 차려다 주는 조반상을 받고 앉아서 그녀의 안맹眼盲에 대해 생각했다. 어려서부터라면 혹시 안맹으로 태어난 것은 아닐까. 그렇다면 삼촌의 고엽제 후유증 때문에? 고엽제 후유증이 자식에게 유전되어 안맹이 되게 할 수도 있는지 어쩐지 알 수 없었다. 하지만 태어날 때부터 그랬다면 그럴 수도 있겠다 싶었다. 그렇게 생각하니 꼭 그럴 것 같기도 했다. 빈소에 가니 그녀는 여전히 그림같이 다소곳한 자세로 앉아 있었다. 불편하시지는 않으셨는지요. 편히 잘 잤습니다. 그런데 이렇게 쉬지 않다가 병이라도 나면 큰일입니다. 예, 법도에는 어긋나지만 저도 잠시 눈을 붙였습니다. 잘하셨습니다. 전번의 그 증세는 이제 다 낫나요. 요즈음에는 별 증세가 없습니다. 그날 선생님을 처음 뵈었던 날은 아침부터 기분도 이상했고 몸 상태도 갑자기 나빠졌었지요. 어머니도 젊었을 때 몽유병 증세가 있으셨는데 신이 내리고 난 후 건강해 지셨다고 하더군요. 저도 곧 괜찮아지겠지요. 그래야지요. 그런데 눈은 언제부터 그렇게 되었나요. 아, 알고 계셨군요. 열네 살 때이지요. 한 쪽 눈을 다쳤는데 치료시기를 놓쳐서 두 눈을 다 못 보게 되었지요. 하지만 시력을 잃고 난 후 저는 신령님을 모시게 되었지요. 그래서 신령님은 제 육신의 눈을 가져가시고 대신 사람들의 지난 일과 앞일을 볼 수 있는 마음의 눈을 열어 주셨지요. 그랬군요. 나는 무거운 짐 하나를 내려놓은 기분이었다. 그러나 또 다른 의문이 내 덜미를 틀어쥐고 놓아주지 않았다. 평소 어머니께서 아버지에 관한 얘기는 없으셨나요. 제가 어렸을 때 나는 왜 아버지가 없느냐고 물은 적이 있었지요. 꿈에 신령님을 모시고 나서 너를 가졌으니 너는 신령님

174

의 딸이니라 하시더군요. 그녀는 오랜 침묵 끝에 말문을 열었는데 나는 왠지 더 이상 말을 이을 수가 없었다. 문상객도 없는 상가에서 또 그렇게 하루를 보내고 그 여자의 시신은 텅 빈 영구차에 실려 벽제 화장장으로 향했다. 그녀는 어머니의 시신을 담은 관이 화덕 속에서 몇 조각의 타다 만 뼛조각이 되어 나왔다는 말을 전해들으며 딱 한 번 눈물을 보였다. 나는 내 차에 그녀와 두 사내와 오동나무 상자에 골분이 되어 들어앉아 있는 그 여자를 태우고 해가 뉘엿뉘엿할 무렵 두멍골로 돌아왔다. 그녀는 어머니의 골분함을 신당에 당분간 모셨다가 차후에 산골을 하겠노라고 했다. 나는 수몰마을처럼 어둠 속에 잠기는 두멍골에 그들을 남겨두고 떠나왔다. 만세교를 지나면서부터 차가 밀리기 시작했다. 나는 시디의 스위치를 켰다. 날카로운 얼음조각으로 비애의 촉수를 훑어내리는 듯한 바이올린 선율이 흘러나왔다. 비탈리의 〈샤콘느〉였다. 나는 타오르는 욕망의 불길을 잡기 위해 오랜 세월 동안 내 가슴속으로 이 선율을 부어넣곤 했었다. 음표 하나하나가 날선 창끝이 되어 과녁이 된 내 기억을 향해 날아와 박혔다. 집에 들어서면서 우선 그 여자가 내게 남긴 물건의 포장지부터 급히 벗겨내었다. 내용물은 변형 사이즈인 20P 캔버스였다. 캔버스에 그려진 것은 여인의 누드화였다. 구도는 왼쪽 상단 모서리에서 오른쪽 하단까지 가로지르는 대각선을 이룬 마네의 〈올랭피아〉와 흡사한데 모델의 포즈는 양손을 올려 뒷머리를 받치고 있는 고야의 〈나체의 마하〉를 닮은 그림이었다. 우측 하단엔 82라는 제작연도와 삼촌 특유의 바밀리언 색깔의 사인이 선명했다. 그림 속 여자를 보며 그날 삼촌을 찾으러 갔다가 옥수동 산동네 판자집 방문에 박힌 손바닥만한 유리 너머로 내가 훔쳐본 벌거벗은 여자의 아랫도리를 떠올렸다. 그 여자는 왜 내게 이것을……. 캔버스의 뒤쪽 프레임 부분에서 무엇이 만져졌다. 흰 봉투 하나가 스카치 테이프로 붙여져 있었다. 봉투를 여니 창호지에 세필로 단아하게 쓴 붓글씨가 보였다. 저는 신령님을 모시는 사람이지만 불경을 자주 읽습니다. 어느 날 화엄경을 읽다가 마음에 들어왔던 아래 구절을 여기 적어둡니다. "문수보살의 물음에 재수보살이 답했다. 지혜가 밝은 분은 항상 적멸寂滅의 행함을 원합니다. 내 몸을 안에서 관찰해 볼 때에 내 몸에 무엇이 있겠습니까. 육체의 모든 부분을 샅샅이 살펴보면 어디에도 그 근본이 될 만한 곳은 없습니다. 몸의 형편을 이렇게 알고 있는 사람은 몸의 어디에건 집착하지 않을 것입니다. 또 이런 사람은 모든 것이 무상하다는 것을 알기 때문에 그 마음에도 집착하지 않습니다. 인연으로 생기는 업은 꿈과 같아 그 결과도 모두 허망한 것입니다. 세상 일은 마음을 중심으로 움직입니다. 그러므로 자기 주관에 의해 판단을 내리는 것은 그 견해가 뒤바뀌기 쉽습니다. 생멸 변천하는 세계는 모두 인연으로 일어나 순간순간 소멸하고 있습니다. 지혜로운 사람은 모든 존재는 덧없이 흘러가 버리고 텅 비어 그 자체가 없는 것이라고 관찰하여 집착하지 않습니다." 저의 육신이 불에 타 없어지고 나면 이 그림도 태워 없애주십시오. 그리고 그 불길을 지켜보아주십시오. 떠나면서 제 삶의 흔적들을 모두 가져가고 싶습니다. 어려운 부탁을 드립니다. 나는 몇 번이나 편지를 고쳐 읽었다. 그 여자는 내가 그녀 자신에게 집착하고 있었다는 사실을 알고 있었던 듯하다. 어떻게 알았을까. 신령스런 마음의 눈으로 본 것이었을까. 혹시 그 여자는 삼촌을 정말 사랑했었고, 그래서 나의 접근을 예견하고 스스로 목숨을 끊은 것은 아닐까. 나는 한 시간쯤 머리를 두 다리 사이에 파묻고 벽에 멍하니 기대앉아 있었다. 칼에 베인 상처 속으로 소금물이 스며들듯이 가슴 한구석이 아려왔다. 아무튼 여자는 떠났다. 그렇다. 그 여자는 이제 더 이상 세상에 존재하지 않는 것이다. 나는 두 개비의 담배를 연달아 피운 후 그림과 편지를 한쪽 벽으로 밀어 놓고 번역작업을 시작했다. 화장장에서 그 여자의 시신이 화장될 순번을 기다리는 동안에 출판사에 전화를 걸어 사흘 간의 말미를 얻어 놓은 터였다. 나는 사흘 동안을 잠은 물론 먹고 마시는 시간까지 줄여가며 겨우 작업을 마치고 전자우편으로 출판사에 원고를 보낼 수 있었다. 그 후 거의 만 하루를 죽은 듯이 잠에 빠져버렸다. 일어나 보니 저녁 무렵이었다. 머릿속이 먹먹한 중에도 심한 허기가 느껴졌다. 어제 점심부터 먹은 게 없었다. 라면이라도 끓여야겠다고 생각하며 자리에서 몸을 일으키는 내 눈으로 한 쪽 벽에 세워 놓았던 그 여자의 누드화가 뛰어들어왔다. 순간 나는 두멍골을 떠올렸다. 그리고 눈먼 그 여자의 딸이 떠올랐다. 꿈, 꿈속에서…… 그래 그것은 꿈이 아니었을 지도 모른다. 나는 그림을 싣고 서둘러 두멍골로 차를 몰았다. 두멍골에 도착했을 때에는 땅거미가 질 무렵이었다. 활짝 열려 있는 대문 안으로 들어섰다. 인기척이 없었다. 신당도 빈소가 차려졌던 안방도 사내들의 방도 모두 텅 비어있었다. 오랫동안 비어 있었던 주변의 다른 폐가들처럼 마치 사람이 살았던 흔적을 싹 지운 듯이 비어 있었다. 다만 안방과 신당에서 어슴프레한 기억처럼 희미한 향내가 감돌 뿐이었다. 그녀와 사내들은 어디로 떠나버린 것일까. 나는 멍하니 서서 지난 며칠간 내가 생시같이 선명한 꿈을 꾼 것은 아닐까 하는 생각을 했다. 집 주변을 돌며 산골散骨한 흔적이라도 찾아보려 했지만 짙은 어둠 때문에 그것도 헛일이었다. 만약 산골을 하

지 않고 떠났다면 고인의 유언을 지키기 위해 그들이 언젠가는 다시
이 곳에 올지도 모르는 일이다. 나는 안마당에 쭈그리고 앉아 담배
를 피우며 그림을 태웠다. 그림은 활활 불길을 내며 타오르는데 내
기억 속의 그 여자는 질 좋은 불연 소재처럼 좀처럼 불이 붙지 않았
다. 나는 두멍골을 나서며 몇 번이나 차를 세우고 어둠 속으로 자취
를 감춰버린 그 집을 돌아다보곤 했다. 달도 없는 하늘에서 별이 서
럽도록 촘촘했다.

원 장면이 담긴 나체화에 대한 보고

김한식 | 상명대 교수·문학평론가

> 어린 아이가 부모에 대해 느끼는 사랑과 증오의 욕망의 조직 전체, 이른바 그 콤플렉스의 양성적 형태는 오이디푸스 왕의 이야기에서처럼, 경쟁자인 동성 부모의 죽음을 욕망하고 이성 부모에 대한 성적 욕망으로 나타난다. 부정적 형태는 역으로 동성 부모에 대한 사랑과 이성의 부모에 대한 질투와 증오로 나타난다. 소위 완전한 형태의 오이디푸스 콤플렉스는 실제로 그 두 가지 형태가 다양 정도로 병존한다.
>
> — 정신분석 사전

꿈 혹은 무의식의 중요성을 우리에게 일깨워 준 이는 빈(Wien)의 프로이트(Freud)이다. 그에 의하면 꿈은 일종의 '소원성취'이고 무의식은 의식이라는 일각을 받치고 있는 빙산의 몸통이다. 꿈은 그러한 무의식이 드러나는 대표적인 통로이고, 농담이나 실수, 행동 습관 등도 유사한 역할을 할 수 있다. 무의식은 압축과 전이 등의 작업을 통해 변형되어 나타나는 것이 보통이어서 그것의 해석을 위해서는 상당한 문학적 상상력이 요구된다. "정신분석은 문학이다"라는 유명한 말도 여기에서 비롯된 것이라 할 수 있다. 무의식은 현재의 제반 증상의 원인을 확인할 수 있는 곳이라는 점에서 매우 중요하며 그래서인지 무의식에 대한 현대 인문학의 관심은 현실에 대한 관심만큼이나 높다.

프로이트의 신경증 사례 연구서 『늑대인간』에서 구체적인 모습을 보이는 '원(초적) 장면'은 인간의 무의식을 추적하는 데 매우 중요한 개념이다. 이 글을 통해 프로이트가 찾아낸 원 장면은 "어린아이가 실제로 관찰하거나, 몇 가지 단서로 추측하고 상상하는 부모의 성관계 장면"이다. 이 장면을 통해 어린 아이는 아버지의 공격성을 보고 거세 불안의 근거를 제공 받는다고 한다. 문학에서 '원 장면'은 외상의 근본적 원인이라든지 환상을 만들어 내는 최초의 경험 정도로 원용된다. 이청준의 소설에 자주 등장하는 '전짓불 체험'이나 김승옥 소설의 '다락방'을 '원 장면' 혹은 '원 환상'으로 평가하는 것이 그 예이다.

박정규의 소설 「한나절의 수수께끼」는 원 장면 자체를 소설적 제재로 삼고 있는 작품이다. 삼촌과 화자 '나' 사이에 거의 완전한 형태로 존재한다고 할 수 있는 오이디푸스 콤플렉스에 대한 보고로 읽을 수 있다. 물론 이 보고가 솔직한 고백의 형식을 취하고 있는 것은 아니다. 의식과 이성의 세계로 번역하기 어려운 몽상과 기억 그리고 꿈에 대한 이야기로 변형되어 있다. 문단을 나누지 않고 한 단락만으로 소설을 짠 것도 현실과 몽상, 의식과 무의식을 굳이 분리해 보여주지 않으려는 작가의 의도로 보인다.

이 소설의 서사 구조는 추리 소설의 그것을 닮아 있다. 사건의 전개를

통해 결과를 보여주는 것이 아니라 벌어진 사건의 결과를 먼저 제시해
주고 이후에 그 원인을 추적해 가는 방식이기 때문이다. 우리 단편 소설
의 경우 짧은 분량 안에서 이야기의 입체성을 확보하기 위해 이러한 구
조를 자주 차용한다. 추리 서사는 이야기 자체의 완결성을 확보하기 쉬
울 뿐 아니라 문제를 풀어낸 화자나 인물의 감상도 무리 없이 풀어놓을
수 있다는 장점을 가지고 있다.

「한나절의 수수께끼」는 화자인 '나'에게 걸려온 한 통의 전화로 시작
한다. 삼촌의 누드모델이었던 한 여인의 죽음을 알려오는 전화이다. 공
교롭게도 한때 그녀와 동거하던 삼촌은 석 달 전에 자살하였다. 그녀의
유족이 '나'에게 전화를 걸어왔다는 사실에서 삼촌과 여인 그리고 나의
평범하지 않은 관계를 짐작할 수 있다. 여기에 전화를 걸어온 여인의 딸
까지 포함하면 네 명의 인물이 만들어내는 구조가 성립된다. 사건을 통
해 인물들의 숨은 관계가 밝혀지는 과정이 소설의 중심 서사가 된다.

이 소설에서 독자들의 궁금증을 자극하는 '사건'은 두멍골의 무녀(전
화를 걸어온 여자)가 과연 화자 '나'의 딸인가 아닌가 하는 점이다. 죽
은 '그 여자'는 삼촌의 누드모델이었고 삼촌과 동거 비슷한 것을 하고
있었다. 우연히 그녀의 나체를 보게 된 어린 '나'는 그녀에게 참을 수
없는 욕망을 품게 된다. 삼촌이 술에 취해 쓰러진 어느 날 그녀와 함께
누운 '나'는 그녀와 관계하는 꿈을 꾸고 지독한 몽정을 하게 되는데
'나'는 어른이 되어서도 그 때의 경험이 꿈이었는지 현실이었는지 확신
하지 못한다. 매우 통속적일 수 있고 충분히 문제적일 수 있는 소재라
할 수 있다. 그러나 작가의 의도에 따라 한없이 복잡해질 수 있는 이 소
재는 아주 싱겁게 풀려 버린다. 삼촌이 고엽제 후유증으로 젊은 시절부
터 정상이 아니었다는 사실, 여인의 딸이 출생한 시기와 지독한 꿈을 꾼

시기의 일치, 여인의 딸이 '나'를 처음 보았을 때 탈력발작증세를 보였다는 점, 여인이 '나'에게 편지와 유품을 남겼다는 점 등을 통해 사실을 짐작할 수 있기 때문이다. 결정적으로 그 여자는 삼촌의 죽음에 대해 "내게는 변명의 기회도 주지 않고 끝내 그렇게 가버"렸다고 말한다. 친아버지 찾기라는 문제는 너무 쉽게 정답을 들켜 버려 작품 전체를 받쳐줄 힘을 잃게 된다.

이런 쉬운 '범인 찾기'를 통해 우리가 주목해야 할 것은 이해하기 어려운 화자의 태도이다. 그는 여러 증거에도 불구하고 무녀가 자신의 딸일 수 있다는 생각을 하지 않는다. "현실 같은 몽정의 순간"을 이야기하고는 있을 뿐 그것이 현실일 수 있다는 생각을 애써 피하고 있는 것이다. "그 시기(임신한 시기)면 삼촌이 그 여자의 집에 한참 드나들 때였다. 내가 그 여자의 집에서 그 잊지 못할 밤을 지낸 것도 그 무렵이었으니까"라고 말하면서도 결정적인 가능성에는 접근하려 하지 않는다. 자신이 보낸 밤의 의미를 애써 축소하고 삼촌과 그녀의 관계를 강조하고 있는 셈이다.

이처럼 명확해 보이는 사실을 굳이 받아들이려 하지 않는 태도에서 우리는 그 여자에 대한 자신의 욕망을 인정할 수 없는 '나'의 정신 상태를 읽어낼 수 있다. 어린 시절 삼촌은 '나'에게 '유일한 존재'였다. '나'는 어린 나이에 아버지와 어머니를 동시에 잃고 할아버지의 배려로 삼촌과 함께 살았기 때문이다. 그 여자의 등장은 이런 둘의 관계를 복잡하게 만들었다. 외박이라고는 하지 않던 삼촌이 집에 들어오지 않는 날들이 많아졌고, '나'는 그 여자에게서 이성과 모성을 함께 느끼게 된다. 다시 말해 '나'에게 삼촌은 동성의 부모로, 그 여자는 이성의 부모로 자리 잡게 되었던 것이다. 이 삼각관계에서는 사랑과 증오의 복합적인 감정이 발생하게 된다. "구체적으로 짚어 낼 수 없는 묘한 거리감이 자리 잡고 있다"던 삼촌과 나 사이의 균열이 여기에서 발생한다.

삼촌과의 애증에 비추어 볼 때 그날 밤의 경험은 '나'에게 꿈일 수밖에 없고 또 꿈이어야 했다. 이성 부모에 대한 성적 욕망의 실현은 꿈속에서나 이루어질 수 있는 것이기 때문이다. 이성 부모에 대한 성적 욕망은 동성 부모에 대한 살해 욕망과 이어지기도 한다. 그날 밤 이후 벌어진 삼촌의 퇴락과 자살을 생각할 때 그날의 사건이 꿈이어야 하는 이유는 더욱 분명해진다. 그렇다고 그녀에 대한 '나'의 욕망이 사라진 것은 아니다. 삼촌의 죽음 전 20년 동안 그녀에 대한 욕망은 꿈을 통해 유지되고 있었고, 삼촌의 죽음 이후 '나'는 청혼까지 생각하게 된다.

물론 그날 밤의 사건이 우연히 발생한 것은 아니다. 이미 '나'는 그녀와 삼촌과 관계된 원 장면을 경험한 후였다. 나체로 누워 삼촌 그림의 모델이 되어 있는(곧 삼촌의 여자가 되어 있는) 그 여자의 모습을 문틈으로, 그것도 아랫도리만을 훔쳐 본 경험이다. 이런 원 장면을 지니고 있는 '나'에게 그녀와의 잠자리는 소원 성취이고 현실에서 이루어지기 어려운, 이루어져서는 안 되는 꿈이었다.

세 사람의 이러한 불편한 관계는 두 사람의 죽음을 통해 자연스럽게 해소된다. '나'의 입장에서 불편함의 해소는 거세 공포에서의 해소이기도 하다. '나'는 회상을 통해 그날 밤 잠자리에서 "여자가 소리라도 지른다면 삼촌이 벌떡 일어날지도 모른다는 두려움"을 느꼈다고 고백하는데, 그 두려움의 구체적인 내용을 거세라고 보아도 무리는 없을 것이다. 신당에서 꾼 꿈에도 이 공포는 살아 돌아온다. 꿈속에서 생식기가 떨어져나간 삼촌은 칼을 들고 그를 잡으려 한다. 도망을 가기 위해 몸부림치는 그를 구해준 이는 그녀이고 그 앞에 다시 나타난 삼촌은 그렇게 무서운 얼굴을 하고 있지 않았다. 무섭기는커녕 앙상한 백골이 되어 있었다. 앙상한 백골의 모습은 죽은 삼촌의 모습임과 동시에 그가 기억하는 삼촌의 모습이기도 하다.

삼촌과 '나'의 화해는 삼촌에 대한 애정의 회복을 의미하기도 한다. 삼촌은 견뎌내기 어려운 정신적 외상을 입고 있었다. 월남전에서 보았던 "불길 속에 아우성치는 아이들과 부녀자들의 환영"이 내내 삼촌을 따라다녔다. 월남전에서의 이 경험은 광주를 통해 반복되고 두 번이나 교사직을 그만두게 하고 폐인과 같은 생활로 그를 이끌어 갔다. 비교적 상세히 서술된 삼촌의 삶에 비추어볼 때 그를 극복하고 살해해야 하는 인물로 상상하기는 어렵다. 소설 어디에서도 삼촌에 대한 증오를 찾아볼 수 없다. 오히려 어린 시절 그가 이해하지 못했던 삼촌의 인생을 이해하여 가는 과정이 소설의 서사를 통해 진행된다고 볼 수도 있다. '나'는 삼촌이 왜 할아버지를 미워했는지, 왜 교사를 할 수 없었는지, 왜 현실에 적응할 수 없었는지를 어른이 되어가며 서서히 이해해 간다.

작품 말미에 그녀의 나체화를 태우는 장면은 원 장면에서 비롯된 콤플렉스의 해소를 상징적으로 보여준다. 흔히 그림(특이 어린 아이의 그림)에는 억압된 정신이 표현된다고 한다. 그림을 그리게 해서 정신적 상처의 원인을 추적하는 정신과 치료법이 존재하는 이유도 여기에 있다. 두 사람의 죽음 때문이기는 하지만 이제 그에게 자신의 무의식을 지배하는 그림은 필요하지 않게 되었다. 자신에게는 원 장면과 같았던 그림은 태우면서 '나'는 어린 시절의 억압에서 풀려나게 되고 진정한 어른으로 성장하게 된다. ✕

이무기 사냥꾼

손홍규

❧ 약 력 ❧

1975년 전북 정읍 출생.
동국대 국어국문학과 졸업.
2001년 《작가세계》 신인상을 수상하며 등단.
2004년 대산창작기금 받음.
소설집 『사람의 신화』가 있음.

이무기 사냥꾼

손홍규

택시가 빵, 빠앙, 성급하고 짜증 섞인 경적을 울리며 추월해 갔다. 건짜증이 난 용태는 평소 습관처럼 잇새로 침을 찍 뱉으려다, 자신이 지금 운전중이라는 사실을 깨닫곤 그만두었다. 사실 침을 뱉을 기운도 없었다. 온 신경은 오로지 자신의 샅으로 향하고 있었다.

눈앞에 작두가 있다면 배꼽 아래를 썩둑 잘라내고 싶을 지경이었다. 처음에는 쓰라리기만 하더니 이제는 급기야 그 부위를 칼로 도려낸 듯 쩌릿한 통증이 밀려왔다.

거웃에 괴상한 벌레가 살고 있다는 걸 그가 알게 된 건 이틀 전이었다. 불두덩이 따가울 정도로 맹렬히 가려워도 괴춤에 손을 집어넣고 벅벅 긁어대기나 했지, 눈으로 확인할 생각은 없었다. 시간이 지나면 사라질 피부병인 줄만 알았다. 그러다 용태는 부신 햇살이 옥탑방으로 비집고 들어오던 한낮, 시도 때도 없이 가려운 그놈의 불두덩을 관찰할 마음이 생겼다. 그러지 않아도 가려워 긁으려는데 손끝에 모기 물린 자국처럼 도톰하게 솟아오른 게 만져졌다. 그는 팬티를 내리고 손가락으로 거웃을 헤치며 더듬어보았다. 부스럼을 찾아 손톱으로 따작거렸다. 벗겨낸 딱지 아래 희끄무레한 것이 눈에 띄었다. 그가 손가락으로 살짝 찍어 눈앞에 대고 보니 그것은 반투명의 조그맣고 앙증맞은 벌레였다.

용태는 벌레를 하늘색 페인트칠이 된 창틀에 내려놓았다. 창문으로 들이치는 햇살에 눈살을 찌푸리던 그는 손갓을 만들어 벌레를 주시하였다. 일종의 보호본능이랄까. 벌레는 꼼짝도 않고 한동안 그대로 있었다. 죽은 체하는 게 분명했다. 용태는 피식 웃었다. 힘없고 나약한 것들은 일쑤 이처럼 죽은 체하기 마련이었다.

아버지도 그랬다. 마을에서 사람들이 올라오면 숨부터 헐떡거렸다. 깊은 산에서 곰이나 범을 만난대도 눈썹조차 꿈틀거리지 않을 아버지였다. 그러나 그때만은 비루먹은 개와 다르지 않았다. 사람들의 매질이 어느 정도 무르익으면 아버지는 너구리처럼 웅크리고 죽은 듯이 꼼짝도 하지 않았다. 그러면 사람들은 한 무더기의 가래를 아버지의 몸에 뱉어놓고 마을로 내려갔다. 용태는 이제 그쯤이면 아버지의 연기, 죽은 시늉도 끝날 것이라 여겼다. 그러나 아버지는 사람들이 이미 마을에 돌아가 밥상을 받고 그날의 무용담을 식구들에게 떠벌리고 발을 닦고 이부자리에 들어가고도 남을 만큼의 시간이 지난 뒤에야, 야행성 길짐승과 날짐승의 눈동자가 달빛에 번들거릴 즈음에야, 그 시늉을 멈추고 일어났다. 이따금 용태는 정말로 아버지가 죽은 게 아닐까 싶어 부지깽이로 아버지의 옆구리를 찔러보기도 했다. 용태는 그런 겁쟁이 아버지가 미웠다. 어머니 역시 미웠다. 어머니는 어둑신한 흙집 안에서 시체처럼 누운 채 아버지가 마을 남정네들에게 두들겨맞는 소리를 들으며 눈물이나 흘리고 있을 거였다. 그는 밤마다 마을에 내려가 은신처로 이용하는 폐가에서 아이들을 모아놓고 괴롭혔던 일도 떠올렸다. 말을 듣지 않거나, 부모에게 이르거나, 은신처에 나오지 않은 적이 있거나, 그런 아이들에겐 어김없이 주먹질을 했다. 씨벌놈이 멀 꼬라봐, 눈깔을 쑤셔벌랑게! 침을 뱉듯 이렇게 으르렁거리면 마을 아이들은 꼼짝도 못 했다. 잇새로 찍 소리를 내며 침을 뱉는 습관을 가지게 된 것도 그때부터였다. 고등학교에 다니는 형들이 용태의 버르장머리를 고쳐주겠다며 떼로 몰려온 적도 있으나 용태는 낯빛도 바꾸지 않고 면도칼로 제 배를 그었다. 그뒤로는 누구도 그를 건드리지 않았다.

그가 잠시 멍해 있는 동안 이 작은 벌레가 꿈틀거렸다. 안쪽으로 모으고 있던 더듬이와 다리를 바깥쪽으로 쭉 뻗더니 꼬물꼬물 움직이기 시작했다. 머릿니와는 달리 몸통도 작고 연한 우윳빛을 띠는 이 반투명의 벌레가 창틀을 따라 달팽이처럼 기어갔다. 그는 손가락으로 그 조그만 벌레를 건드렸다. 시야에서 사라졌다 싶어 살펴보니 손가락 끝에 묻어 있었다. 그는 잃어버릴세라 조심스레 벌레를 떨어냈다. 벌레는 다시 꼼짝도 않고 죽은 시늉을 했다.

거웃을 살피니 털마다 흰빛을 띠는 것들이 매달려 있었다. 엄지와 검지로 털 한 올을 뽑아놓고 그 흰빛을 띠는 것들을 떼어내니 마치 쉼표처럼 생겼다. 벌레의 알이었다. 그는 서캐를 바닥에 놓고 손톱으로 눌렀다. 진저리를 치는 그의 온몸에 소름이 돋았다. 손톱 아래서 미세한 저항이, 툭, 서캐의 몸통이 터지는, 폭발이 느껴졌다.

들창을 통해 볕이 비치는 마루 위에서 그렇게 아버지도 사면발이를 잡고 있었다. 아버지는 그 벌레를 가랑니라고 불렀다. 머릿니만 알고 있던 용태는 가랑이에도 그런 이가 산다는 게 신기하기 짝이 없었다. 대체 가랑니란 어떻게 생겨먹은 것일까 궁금해 그가 다가갈라치면 아버지는 냉큼 일어나 솥뚜껑 같은 손으로 그의 따귀를 갈기곤 했다. 그럴 때의 아버지는 묘하게도, 수치를 견디는 표정을 짓고 있었다. 그러고 보면 그게 꼭 아버지의 속곳이랄 수는 없었다. 허연 허벅지를 드러낸 어머니 곁에 쭈그리고 앉아 무언가에 골똘하던 아버지의 모습도 떠올랐다.

어둑어둑해질 때까지 한나절을 잡았으나 서캐와 벌레는 끝없이 나왔다. 옥탑방 창문 아래 골목길은 야간 근무 교대를 위해 발걸음을 서두르는 외국인 노동자들로 북새통을 이뤘다. 용태는 창문 밖으로 고개를 길게 늘이고 그들의 머리 위로 악다구니를 퍼부었다. 술티! 레베카! 칼리! 개호로잡년들아! 거저 줘도 다시는 안 먹을 허벌창들아! 용태는 엄지를 집게와 가운뎃손가락 사이에 넣고 주먹을 쥔 채 을러댔다. 고개를 쳐들고 바라보던 몇몇 외국인 노동자들도 용태를 따라 했다. 꼴두기짓은 만국공통어였다. 술티, 레베카, 칼리, 제법 육덕들이 푸짐해 그중 하나쯤은 붙잡고 살림을 차려도 좋겠다고 생각했던 용태였으나 그 순간만은 포달을 떨지 않을 수 없었다.

거웃은 말할 것도 없이 겨드랑털이며 머리털이며 털이란 털은 다 밀어버려야 할지도 몰랐다. 용태는 군대 시절 사면발이에 걸려 온몸의 털을 다 밀어버린 고참을 본 적이 있다. 물론 직접 눈으로 본 건 처음이었으나 이 작은 벌레가 사면발이라는 걸 모를 만큼 미욱하지는 않았다. 그는 치를 떨며 슈퍼로 달려가 에프킬러를 구입해 불두덩에 뿌렸다. 얼마나 많이 뿌렸는지 에프킬러 액이 허벅지를 타고 내려가 무릎에 걸린 팬티를 흥건히 적셨다. 하루를 기다렸으나 기대한 만큼의 효과는 없었다. 어쩔 수 없이 그는 약국에 가서 사면발이, 옴에 특효라는 린단로션을 사왔다. 급한 마음에 그는 거의 반 통에 가까운 양을 한 번에 뿌렸다. 온몸에 돋은 소름은 좀체 사라지지 않았다. 그의 머릿속에는 오로지 이 벌레를 한시라도 빨리 박멸해야 한다는 생각뿐이었다.

약이 피부에 스며들면 물로 씻어내야 하는데 그럴 틈이 없었다. 알리가 혀 짧은 소리로 그의 이름을 부르며 재촉한 탓이었다. 사면발이란 녀석들이 죽었는지 살았는지는 알 수 없으나 집을 나서자 불알과 샅이 화끈거리기 시작했다. 처음엔 견딜 만했다. 그러나 시간이 지날수록 화끈거림을 넘어 회칼로 살갗을 얇게 저민 듯 고통스러웠다.

그는 담배를 빼물고 습관처럼 조수석을 힐끔거렸다. 알리가 멀쩡하다면 그의 입에 담배가 물릴 새도 없이, 아니 담배를 피우고 싶다는 기색이 드러나기만 하면, 제가 불을 붙여 건네줬을 것이다. 그러나 알리는 식은땀이 송글송글 맺혀 있는 이마로 방아를 찧으며 졸고 있다.

이따금 엄지로 관자놀이를 누르던 용태는 에어컨을 끄고 운전석의 차창을 내렸다. 습기 머금은 바람이, 아니 자동차가 달려가면서 끌어들이는 후텁지근한 공기의 덩어리들이 왁살스럽게 차 안으로 밀려들어와 그의 머리칼을 날린다. 기분 탓인지, 담배를 피우니 통증이 조금 가라앉는 듯하다. 벌린 입으로 쑤시고 들어오는 습한 공기에 담배 연기도 뭉텅 밀려들어와 사레가 들린 그가 재채기를 한다. 알리가 실눈을 뜨더니 고개를 들고 입가의 침을 후루룩 빨아들인다. 생기 없이 머르레한 알리의 눈동자가 이쪽저쪽으로 움직인다. 알리는 열없는 웃음을 지으며 손등으로 이마를 쓱 훔친다. 알리의 손등에는 땀에 희석된 핏물이 묻어 있다.

"꿈, 꾸었어요. 내 고향, 우리 식구, 다 함께 달을 먹었어요. 맛있어요, 달."

용태가 고개를 돌려 알리의 옆얼굴을 물끄러미 본다.

용태는 자신의 생김새가 친탁이 아닌 외가 내림인 걸 퍽 다행스럽게 여기고 있었다. 그는 만약 아버지를 닮았더라면 유랑극단 따위에 납치 당해 철창에 갇힌 원숭이 신세가 되었을지도 모른다고 늘 생각했다. 유난히 커다란 모공 탓에 얼굴 전체가 곰보처럼 얽어 보이는데다 한가운데 자리잡은 뭉툭한 주먹코, 툭 불거진 광대뼈, 각진 턱, 입을 살짝만 벌려도 드러나는 누런 대문니와 시뻘건 잇몸, 세 살배기가 찰흙으로 빚어놓은 듯한 게 바로 아버지의 얼굴이었다. 낯빛은 석탄처럼 시커멓고 눈썹은 숯으로 그린 듯 검고 두꺼웠으며 눈두덩은 움펑 꺼져 있어 그의 아버지는 몽골로이드보다는 차라리 니그로에 가까웠다.

아버지에게 물려받은 게 있다면 동물적인 감각뿐일 것이다. 오소리, 노루, 멧돼지 등 산짐승은 아버지의 손아귀를 벗어나지 못했다. 산은 아버지의 목장이었으며 아버지는 그곳에 정착한 유목민이었다. 산에 사는 야생동물들은 이름만 야생이지 아버지는 마음만 먹으면 마치 우리에 갇힌 가축을 끄집어내듯 손쉽게 잡을 수 있었다. 아버지는 그 뭉툭한 코를 바람이 불어오는 바람과 비끼게 한 뒤 커다란 콧구멍을 벌름거리며 짐승의 냄새를 맡았다. 그때의 눈빛은 영락없는 사냥꾼의 그것이었다. 할아버지부터 이어져온 그 사냥꾼의 내림은 용태에게도 이어져 어린 시절의 그 역시 꿩, 토끼를 곧잘 잡았다.

그는 아버지가 마을 이장집의 보리타작에 놉으로 팔려갔던 날을 생생히 기억하고 있었다. 마을에서 평소 노름꾼으로 호가 난 작자가 산에 올랐다. 열병을 앓고 있던 그의 어머니를 덮치려던 노름꾼은 오히려 작살에 목덜미와 팔에 두 치 길이의 상처를 입었다. 대신 그의 어머니는 노름꾼의 발에 차여 잉태했던 아이를 핏덩이로 쏟았다.

보리타작을 마치고 돌아온 아버지의 목덜미와 팔뚝에는 까끄라기가 들러붙어 있었다. 학교에서 돌아와 이미 그 꼴을 보았던 용태는 어머니 곁에서 울다 쓰러져 선잠들어 있었다. 어머니를 조심스레 끌어안아 마루 위로 올려놓는 아버지를 그는 흐리멍덩한 눈으로 쳐다보았다. 아버지는 멧돼지를 잡을 때 쓰던 손때 묻은 작살을 쥐고 성큼성큼 산을 내려갔다. 아버지는 노름꾼의 멱을 겨냥했으나 작살은 그 작자의 목덜미를 스치고 땅바닥에 꽂혔다. 며칠 뒤 마을 남정네들이 몽둥이를 쥐고 산으로 올라왔다. 그들은 불문곡직하고 아버지를 두들겨팼다. 그의 눈에 비친 아버지는 비굴하지 않았다. 꼿꼿이 선 채로 몽둥이를 견디다가 정신을 잃으며 고목처럼 쓰러졌을 뿐이다. 죽은 체를 한 게 아니었다. 상피붙은 자식이 도둑질까지! 사람들은 이렇게 으르렁거리며 아버지의 몸에 가래를 뱉고 내려갔다. 며칠 뒤 그의 아버지는 피오줌을 쌌고 어머니는 눈으로 피고름을 흘렸다. 어머니는 눈을 잃었고 아버지는 생식능력을 잃었다.

용태는 문득 이러다 생식능력을 잃는 건 아닌지 하는 걱정이 들었다. 차는 여전히 천변도로를 달리고 있었다.

"덥쟈?"

"우리 고향 그리쇼깔, 한국보다 더해요. 더워서, 숨도 쉬기 어려워요. 이건, 괜찮아요."

하긴 더운 나라에서 왔으니 이깟 더위쯤이야 아무렇지도 않겠지. 용태는 고개를 주억거린다. 알리는 더이상 피를 흘리지는 않는다. 병원 이야기를 꺼내보았자 알리는 고개를 저을 게 분명하다. 함께 지내는 여섯 달 동안 그는 알리가 병원에 가는 걸 본 적이 없다.

용태의 가슴에 잠복해 있던 부아가 슬그머니 일어난다. 술티? 그는 고개를 젓는다. 제법 얼굴에서 색기가 흐른다지만 술티는 그럴 배짱도 숫기도 없다. 혜련? 그래, 혜련이 유력한 용의자다. 위장결혼으로 한국에 왔다가 애까지 싸질러놓고 도망쳐나온 배짱이라면 뭇 사내들과 몸을 섞고 있더라도 대수로울 게 없다. 아니다. 언젠가 혜련은 몸 파는 여자들을 경멸하는 말을 한 적이 있다. 그럼 레베카일까? 방글라데시는 빠구리데시냐? 는 농담의 의미를 설명해주자 배시시 웃던 레베카. 그는 푼더분한 얼굴에 눈웃음을 잘 치는 레베카에 혐의를 둔다. 아니, 칼리일지도 모른다. 처녀라고 우기더니 요분질을 하면서 그의 등에 손톱자국을 내지 않았던가. 이렇게 따지고 보니 새삼 용태는 피부가 시커먼 이민족 여자와 너무 많은 동침을 했다는 생각이 들었다. 그저 술기운에, 여자가 그리워서, 마지못해 한국남자의 기개를 보여준 것뿐이다. 이럴 때면 차라리 손바닥 같은 곳에 여자 성기가 달려 있어 색정이 들끓을 때마다 홀로 해결할 수 있는, 자웅동체 따위로 태어났으면 얼마나 좋을까 하는 생각이 들었다. 혜련은 그나마 동포니 덜 께름칙하지만 방글라데시 여자들과 잠을 잔 건 실수다.

그의 가슴에서 한번 치민 화는 쉽사리 잦아들지 않는다. 알리가 아니었다면 그런 방글라데시 여자들을 알게 될 일도, 잠을 자게 될 일도 없었을 터이다. 용태는 알리와의 첫 만남을 더듬어보았다.

세 해 전이었다. 그즈음 고향에 있던 용태는 카드빚이 이천만 원을 훌쩍 넘어가고 있었다. 오입으로 진 빚도 꽤 되었으나 그보다 노름에 손을 댄 게 화근이었다. 아버지는 여전히 석산 저수지에서 살다시피 했고 집 안 구석구석을 뒤져도 동전 한 닢 나오지 않았다.

결국 그는 사채를 빌려 카드빚을 막고 캐나다 밴쿠버로 갔다. 그러나 캐나다의 입국 심사는 생각보다 까다로웠다. 한국인 통역관은 입국동기가 불분명하다며 고개를 저었다. 그는 다음날 한국행 비행기로 밴쿠버를 떠나라는 강제추방 명령서를 쥔 채 지하의 보호실로 끌려갔다.

낯빛이 시커먼 사내 셋이 쌍꺼풀 짙은 눈으로 그를 올려다보았다. 말이 통할 리 없으니 용태도 구석에 자리를 잡고 앉았다. 입국은 고사하고 아까운 비행기 삯만 날리게 되어 속이 부글부글 끓었다. 씹어 먹을 캐나다 새끼들 어쩌고 욕을 해댔으나 시간이 흐를수록 염치불구하고 뱃속에서는 꾸르륵 소리가 났다. 캐나다인 공안은 쇠창살 너머에서 마치 그들을 벌레 보듯 했다. 지하 보호실에 끌려올 때도 그들은 용태와 몸이 부딪치자 더러운 걸 떨어내듯, 손을 마구 내저었던 것이다. 용태도 잇새로 침을 찍 뱉는 것으로 울분을 표했다.

그는 하룻밤을 함께 보내게 된 사내들 쪽을 보았다. 그러자 기다렸다는 듯 그중 한 명이 갑자기 신음을 내며 입에 게거품을 물더니 픽 고꾸라지는 게 아닌가. 다른 사내들이 그를 보고 다급하게 손짓을 했다. 보아하니 숨넘어가기 일보 직전인 듯했다. 용태는 이국만리에 와서 이게 웬 날벼락인가 싶었다. 조금 뒤 그 사내는 숨조차 쉬지 못하고 온몸을 부르르 떨더니 그걸로 끝이었다. 용태는 영화에서 보던 대로 손가락을 그 사내의 인중에 대는 둥 귀를 가슴에 대보는 둥 했으나 숨결이나 박동은 느껴지지 않았다. 워낙 보호실이 썰렁한 탓도 있으나 사내의 몸은 차갑게 식어 있었다. 캐나다인 공안들은 용태의 침 뱉는 재주가 신기했는지 그를 흉내냈으나 그들의 침은 자신들의 아랫입술에 간당간당 매달릴 뿐이었다. 그렇게 보호실의 미개인들에게는 관심도 없던 캐나다인 공안들이 창살문을 열고 들어왔다. 그들은 어디론가 전화를 하고 뭐라뭐라 지껄이며 소란을 피웠다. 조금 뒤 가운을 입은 사람들이 오더니 들것에 그 사내를 싣고 나가버렸다. 그러자 금방 대우가 달라졌다. 비록 마른 빵과 우유, 찐달걀에 불과했지만 보호실에 남은 셋이 실컷 먹고도 남을 음식물이 들어왔다. 죽었는지 살았는지 알 게 뭐여. 용태만 그렇게 여기는 것 같지는 않았다. 들것에 실려간 사내와 동료인 듯한 나머지 두 명 역시 전혀 걱정하는 기색이 아니었다. 역시나 동방예의지국과는 다른 족속들이었다. 용태는 끌끌 혀를 찼다. 배가 부르자 슬슬 사내의 생사가 궁금해졌다. 용태는 그들과 함께 게걸스럽게 먹어댔다는 사실이 부끄러웠다. 비록 강제추방되는 신세인 건 피차일반이라 해도 더럽고 못생긴 작자들과 한 보따리로 취급된다는 게 못내 억울했다.

그러나 그런 걱정과 억울함 따위는 쏟아지는 잠에 밀려 슬그머니 꼬리를 감췄다. 자신을 부르는 소리에 깨어난 그는 얼른 손목시계부터 보았다. 어느덧 서울행 비행기 시간이 코앞에 다가와 있었다. 보호실을 나서던 그는 지난밤 들것에 실려갔던 사내와 눈이 마주쳤다. 사내는 싱긋 웃었다. 뽀레 데카 허베!(다음에 또 만나요) 사내가 이렇게 외치자 용태도 엉겁결에 손을 흔들었다. 죽다가 살아난 건지, 아니면 어린 시절 아버지가 그랬던 것처럼 죽은 시늉을 한 건지 헷갈렸다. 그러나 그건 쉽게 흉내낼 수 있는 게 아니었다. 예수처럼 부활한다는 게 말이 될 법한 소린가. 허나 분명 그는 그 사내의 숨이 멎은 걸, 심장이 뛰지 않는 걸, 온몸이 차갑게 식어가는 걸, 직접 보고 만지지 않았던가. 그 탓에 캐나다에서 쫓겨난다는 수치와 모멸의 감정은 뒷전으로 밀려나고 한국으로 돌아오는 비행기 안에서 내도록 깊은 의혹에 빠져 있어야 했다.

한국에 돌아온 그는 고향 근처조차 얼씬거릴 엄두도 내지 못하고 부천에서 한 해 동안 택배 기사로 일했다. 술을 끊고 담배를 줄이고 더더구나 오입은 생각도 않고 제법 성실하게 돈을 모았다. 조그만 셋방을 얻어 옛 친구의 자취방에 빌붙은 생활도 청산했다. 명절 혹은 휴일이면 더러 고향 생각에 한숨이 나와 소주 한 병을 마시곤 바보처럼 눈물을 찔끔 흘리기도 했다. 어머니가 보고 싶었다. 비록 흙집 마루에 누워 자리보전이나 하는 어머니였을지라도 막상 타향살이의 설움이 목구멍까지 치솟아오르면 가장 먼저 떠오르는 사람은 바로 어머니였다. 어머니의 무덤 가에 앉아 오래도록 울고 싶었다. 아버지는 지금도 석산 저수지에 앉아 이무기를 잡겠다며 진물이 흐르는 눈을 슴벅거리고 있을 게다.

노름꾼의 황소가 사라졌다. 며칠 동안 마을은 소도둑 때문에 뒤숭숭했고 그의 아버지가 소를 끌고 가는 모습을 본 적이 있다는 누군가의 말 한마디에 마을 사람들은 탕개가 풀리듯 자리에서 벌떡 일어났다. 며칠째 뜬눈으로 밤을 지새며 언제 출몰할지 모를 소도둑에 시달

린 사람들은 누구랄 것도 없이 손에 몽둥이를 쥐고 그의 집으로 올라
갔다.

그의 고향집은 석산 저수지가 굽어보이는 산 중턱에 자리잡고 있
었다. 마을로 내려가는 실오라기 같은 한 가닥 오솔길만 없다면 속세
와 완전히 절연된 공간이었다. 무너진 흙담과 여기저기 널린 구들돌
만이 오래 전 그곳에 다른 몇 채의 집이 있었음을 알려줄 뿐이었다.
그러나 무엇보다 커다란 절연은 마을 사람들의 마음속에 있었다. 그
들은 먼발치라도 그의 아버지를 보게 되면 침을 뱉었다. 상피붙은 자
식. 마을 사람들은 오누이였던 그의 아버지와 어머니가 부부가 된 걸
용납하지 못했다. 아버지가 피오줌이 흥건히 고인 웅덩이 앞에서 넋
두리를 읊기 전까지는 용태도 그런 줄만 알고 있었다. 쩌그 무내미
말여, 왜 거서 물 먹지 말라고 헌 줄 아냐? 무내미서 빨갱이들이 몰
살당해갖고 핏물로 그득했을 때 말여, 너그 외할배 피도 있었어야.
너그 외할배, 장헌 냥반이었다. 빨치산 대장이었은게. 그 냥반이 너
그 할배헌티 애를 하나 맡겼어야. 그것이 너그 어메여. 할배는 화전
갈고 먹덜 않힜다. 유명짜헌 포수였어. 너그 어메 맡고는 개새끼맨
키로 납작 엎져서 살았어. 그렇게 우덜을 키운 것이여.

두 달 사이 다섯 마리의 소가 사라졌다. 그의 아버지는 엉뚱하게도
소도둑으로 석산 저수지의 이무기를 지목했다.

빨갱이가 몰살당허고 얼마 안 됐을 것이여. 잔뜩 성이 난 이무기
한 마리가 쩌그 저수지에서 물기둥맨키로 솟아나와갖고 송아치 한
마리를 몸뚱이로 뚤뚤 말아서 저수지 저 짚은 디로 *끄져가는* 걸 봤
야. 그의 아버지는 그렇게 확신에 찬 어조로 말했다. 용태는 코웃음
만 쳤다. 이무기 따위가 있을 리는 없었다. 소도둑의 정체는 도둑맞

은 소들의 임자였다. 그들은 스스로 자신들의 외양간에 들어가 소를 끌고 나와 쇠살쭈에게 넘겨주었고 떼지어 산으로 올라와 그의 아버지에게 소도둑이라는 누명을 씌웠다. 그의 할아버지 때부터 푼돈을 모아 장만한 산밭의 주인이 바뀌었다. 그들은 마치 원래 자신들의 것이었으나 누군가에게 강탈당한 재산을 되찾기라도 하듯, 무척 당연한 일을 치르듯 태연하기 짝이 없었다.

아버지의 이무기 사냥법은 그보다 어처구니가 없었다. 저수지를 굽어보는 둔덕의 아름드리 소나무 두 그루에 도르래가 달린 밧줄을 묶고, 밧줄의 다른 쪽을 자신의 양쪽 어깨와 허리에 엇갈려 묶었다. 마을 아낙들은 아버지의 탄탄한 가슴을 먼발치에서 훔쳐보거나 부러 다가와 힐끔거리곤 했다. 마을 남정네들이 아버지에게 품고 있던 적개심의 근원도 어쩌면 그 탄탄한 근육질 몸뚱이였는지도 모른다.

한 팔에 쇠토시를 낀 아버지는 어망을 벗어난 물고기처럼 저수지에 들어가는 순간 자맥질을 시작했다. 길고 긴 꼬리처럼 밧줄만이 느슨하게 드리워져 있었다. 신호를 보내면 밧줄을 끌어당기라 했다. 아무리 기다려도 신호는 오지 않았다. 이무기가 쇠토시 낀 팔뚝만 뭉텅 잘라 삼켰는지도 모를 일이다. 그런 상상을 할 때쯤 그의 아버지는 저수지 가운데 부표처럼 머리통만 내놓고 숨을 쉬다가 다시 사라졌다.

그렇게 한 해가 지나고 두 해가 지나도 이무기는 코빼기도 내비치지 않았으며 여전히 소도둑은 기승을 부렸고 마을 사람들은 몽둥이를 들고 산으로 올라왔다.

노령산맥의 산그리메가 천망처럼 뒤덮고 있는 석산 저수지는 한여름에도 깊은 우물에서 길어올린 물처럼 맑고 차가웠다. 밧줄과 도르래는 낡아갔다. 그는 밧줄이 묶인 소나무 아래 누워 도망치고 싶은 충동과 싸웠다. 아버지는 다른 고기는 거들떠보지도 않고 오로지 이 무기만을 사냥했다. 단 한 번, 솥뚜껑만한 자라 한 마리를 겨드랑이에 끼고 나온 적이 있다. 일제 시대에 제방을 쌓은 뒤 한 번도 바닥을 드러낸 적이 없는 저수지였다. 팔뚝만한 잉어, 붕어, 메기에 관한 소문은 소문 축에도 들지 못했다. 그러나 냄비뚜껑도 아니고 여 년 묵어 솥뚜껑만한 자라를 직접 눈으로 본 건 마을 사람들도 처음이었다. 많은 사람들이 군침을 흘렸다. 낚시 금지가 해제되어 찾아온 도시의 낚시꾼들은 시퍼런 지폐를 막무가내로 아버지의 주머니에, 그게 여의치 않자 그의 주머니에 꽂아주곤 했다. 더러는 방생해야 한다고, 이 저수지의 터줏대감이라고 우기는 이도 있었으나 그의 아버지는 피식 웃고 말았다. 아버지는 자라의 입에 나뭇가지를 물렸다. 나뭇가지를 당기자 자라의 모가지가 고무줄처럼 늘어났다. 자라의 모가지는 작둣날 아래 싹둑 동강이 났다. 그는 사기대접을 자라의 잘린 모가지 아래 갖다댔다. 첫번째 사발의 피는 아버지가 후루룩 마셨고 두 번째 피는 어머니가 알사탕을 문 채 마셨다. 자라 대가리와 몸통은 고깃국을 끓여 먹었고 등껍질은 잘 다듬어 빗물받이로 썼다.

택배 기사를 그만둔 뒤로는 염색공장의 원단 운반 기사로 아홉 달을, 가구공장의 기사로 열 달을 보냈다. 그리고 성남 근처의 아파트 공사장에서 일당 잡부가 되었다.

염색공장에서 트럭을 몰 때는 신기하기만 했다. 어디에 그토록 많은 깜둥이들이 숨어 있었는지 알 수가 없었다. 피부 색깔이 다른 인종들만 있는 건 아니었다. 겉으로 봐서는 구분하기 힘들 만큼 똑같은 조선족들까지 골목마다에서 쏟아져나왔다.

염색공장을 그만둔 건 자의가 아니었다. 기숙사에서 생활하는 외국인 노동자들이 밀린 두 달치 월급을 달라며 파업을 하는 바람에 한동안 부산스럽더니, 임금을 지불하고 회사가 부도를 내버렸다. 결국 그마저 일자리를 잃었다.

가구공장에서는 용태 역시 까대기나 다름없는 가건물 기숙사에서 살았다. 불행히도 조선족 한 명을 제외하곤 스무 명 남짓이 모두 시커먼 외국인 노동자들이었다. 그나마 피부색 비슷하고 말투는 달라도 의사소통에 아무런 문제가 없는 조선족이 고향 사람처럼 살갑게 여겨졌다. 그 한 명의 조선족은 서른일곱의 장웅이라는 노총각이었다. 금강산 관광특구에서 판매원으로 있는 자신의 약혼자에 대해 아무 때나 떠벌리지만 않는다면 그런대로 괜찮은 동료였다. 장은 이따금 얼굴을 찌푸리곤 했는데 그럴 때마다 왼쪽 배를 손으로 움켜쥐었다.

가구공장도 마찬가지였다. 체불된 임금을 달라며 외국인 노동자들이 파업을 했다. 외국인 노동자들은 사무실을 점거한 채 그곳에서 숙식을 해결했다. 파업 노동자들의 눈을 피해 기숙사를 찾아온 사장 뒤에 장이 서 있었다. 자네들은 저런 놈들과는 다르지 않은가. 우리는 배달민족이잖어. 사장은 그에게 격려금이라며 봉투를 건넸고 장에게도 밀린 월급 가운데 일부를 먼저 주었다.

얼굴이 환해진 장은 그를 기숙사 근처의 먹자골목으로 데려갔다. 식탁 네 개가 고작인 조붓한 고깃집마다 사람들이 그득했다. 가구공장의 노동자는 눈에 띄지 않았다. 다른 공장의 기숙사에서 나온 듯 시커먼 외국인 노동자들이 한국인들과 다름없이 삼겹살을 안주 삼아 소주를 마시고 있었다.

술에 취해 서로 주먹질을 하는 외국인 노동자들을 보며 그가 눈살

을 찌푸리자 장이 정색을 하며 말했다. 용태 아우, 재들 너무 미워하
지 말라우. 외국인이란 것만 빼면, 고향 떠나 밥 빌어먹고 사는 이주
노동자인 건 아우나 나나 재들이나 한가지 아니갔어. 그와 장은 얼큰
하게 취해 고깃집을 나섰다. 그러던 장이 기숙사 앞에서 갑자기 배를
움켜쥐며 마른 짚단처럼 힘없이 쓰러졌다.

기숙사에, 약, 약, 있으니까이, 약 좀 갖다달라우……

그도 평소에 장이 알약을 먹는 걸 몇 번 본 적이 있다. 그는 기숙사
로 뛰어들어가 약병을 찾아왔다. 장은 약을 목구멍으로 넘기긴 했으
나 곧이어 고깃집에서 먹은 걸 모두 게웠다. 식은땀 맺힌 이마를 시
멘트 바닥에 비벼대며 끙끙대는 장을 보며 그는 어린 시절의 아버지
를 떠올렸다. 농성장을 나와 담배를 피우던 몇몇 가구공장의 외국인
노동자들이 달려오더니 구급차를 불렀다.

다음날 오전, 장은 싸늘한 시체가 되었다. 그는 믿을 수가 없었다.
이보쇼, 성님, 웅이 성님, 참말로 뒈진 거요? 응? 눈 좀 떠보소, 응?
지난밤, 맹장파열로 쓰러진 장은 다시 복막염이라는 진단을 받았다.
오한과 고열로 시달리던 장은 점차 맥박이 약해지고 숨소리가 거칠
어지더니 급기야 헛소리를 지르며 할근거렸다. 의사는 복막염 때문
에 생긴 패혈증이라고 했다. 그 동안 진통제만으로 견뎠다는 게 기적
이라고 덧붙였다. 다 죽여버리갔어! 싹 쓸어버리갔어! 투지이 이호우
우!(돌격, 앞으로) 그는 장의 마지막 절규가 무슨 뜻인지 알고 있었
다. 장의 시신이 안치된 영안실을 나오던 그의 귓불에 장의 목소리가
는질는질 매달려 있었다. 고깃집에서 얼큰하게 취한 장은 물기 가득
한 벌건 눈으로 이렇게 말했다. 중국에서 뭘 했냐고 물었지? 이래봬
도 인민해방군 장교이지 않았갔어! 장은 북조선과 남조선이 전쟁을

하면 다시 인민군에 들어가서 북을 도와 남을 쓸어버리고 싶다고 말
했다. 남조선은 사람이 사는 곳이 아니라고 했다. 짐승도 이보단 낫
지 않갔어? 보라우, 우리는 배가 고파도 사람을 그렇게 짐승 취급은
안 해.

　아파트 공사장에서 철근을 나르거나 각종 공사쓰레기를 포대에 담
아 나르는 일을 한 지 보름째 되는 날이었다.
　아파트 앞에서 건물이 무너지는 듯한 굉음이 들려왔다. 외벽을 마
감하지 않아 온통 잿빛인 아파트는 신과의 전쟁에서 패배한 거인 같
았다. 비계로 쓰던 철봉이며 남은 철근을 쌓아둔 게 허물어졌던 모양
이다. 국적을 알 수 없는 시커먼 노동자 두 명이 쓰러져 있었다. 그들
얼굴 주위로 피가 흥건히 고여 있었다. 몰려든 인부들이 웅성거렸고
알아들을 수 없는 이국의 언어들이 피어오른 먼지와 더불어 흩날렸
다. 그는 손으로 입과 코를 가리며 사고 현장으로 다가갔다.
　현장소장이며 감독관들이 달려왔다. 피투성이 외국인 노동자들은
구급차에 실려갔다. 구급차의 경보 소리가 아련해질 즈음 사람들은
여전히 쓰러져 있는 또 한 명의 사내를 발견했다.
　"야 인마, 정신 차려. ……어? 이 자식, 숨도 안 쉬네!"
　감독관 가운데 한 명이 흠칫 놀라며 여전히 쓰러져 있는 사내 곁에
서 떨어져나왔다.
　"죽은 거 아냐?"
　삽시간에 군중들이 술렁거렸다. 숨조차 쉬지 않고 있던 사내가 조
금 뒤 두 손으로 머리를 감싸쥐며 막 잠에서 깨어난 사람처럼 일어났
다. 사람들은 낮도깨비를 만난 듯 저마다 놀라며 한 걸음씩 뒤로 물

러났다. 사내는 비틀비틀 몇 걸음 걷더니 쓰러졌다. 그리고 다시 일어나 머리를 감싸쥐고 어지럽다는 듯 도리질을 했다. 그 꼴을 지켜보던 소장이 손전화를 하더니 사내에게 다가갔다.

"야, 괜찮아? 머리 괜찮아?"

"괜찮아요. 조금, 어지러워요."

한국인 잡부들이 소곤거리는 소리가 들려왔다. 내 조카는 말여, 교통사고를 당했는디 집으로 전화를 했다네, 사고가 났다고. 다들 그놈은 살았구나 싶어서 안심했는디, 그놈이 전화를 끊자마자 죽은 거여. 맞어, 머리를 다치면 아픈 줄도 모르다가 어느 순간 골로 간다대. 대가리에 피가 고여서 그렇다지? 어쩌고 하는 소리를 현장소장도 들었는지 눈살을 찌푸렸다.

현장 사무소 쪽에서 양복쟁이가 헐레벌떡 뛰어오더니 소장에게 봉투를 건넸다. 소장은 그 봉투를 사내의 손에 쥐여주었다.

"머리 계속 아프면, 병원에 가봐, 알지? 사진, 병원, 말야."

사내가 힘없이 고개를 끄덕이더니 엄지로 관자놀이를 꾹꾹 눌렀다.

"내일부터는 안 나와도 돼, 그러니 지금 돌아가. 알았어?"

"해고?"

"아니, 아니. 일당 잡부에 해고가 어딨냐? 그냥 너 아픈 것 같으니까 쉬라고, 알았어?"

비틀비틀 현장을 빠져나가는 사내는 바람에 날리는 종이 같았다. 현장소장이 봉투를 건넬 때 용태는 이미 그 사내가 누군지 기억해냈다. 캐나다에서 하룻밤을 보낸, 죽은 시늉으로 보호소 사람들의 굶주린 배를 채워줬던 그 사내였다. 저 사내를 따라잡아야 한다는 생각이 그의 머릿속을 스치고 지나갔다. 죽은 시늉을 저렇게 완벽하게 해낼 수 있는 사람은 달리 없었다. 어린 시절의 아버지조차 저 사내만큼 완벽하지는 않았다. 예상대로 사내는 공사장에서 보이지 않는 곳에 이르자 뒤를 한번 힐끔 보더니 똑바로 걷기 시작했다. 봉투를 꺼내 내용물을 확인하는 품이 여축없이 하루 일을 마치고 일당을 확인하는 노동자처럼 태연하기 그지없었다. 사내를 노려보는 용태의 눈빛은 영락없는 사냥꾼의 그것이었다.

"옛날, 프레스공장, 월급 같아요. 하루에 열네 시간, 일, 했어요. 오십만 원 받았어요."

가까이에서 보니 알리도 제법 호감이 가는 얼굴이었다. 짙은 눈썹과 쌍꺼풀 탓에 느끼하긴 했지만, 이국에서 노동으로 사는 녀석치고는 해반주그레한 낯이었다. 현장소장이 건넨 봉투에는 현금으로 오십만 원이 들어 있었다. 캐나다에서의 인연을 알리도 모른 체하지 않았다. 나이가 몇이냐는 그의 물음에 알리는 손가락 열 개를 두 번 쥐었다 펴더니 네 손가락만 다시 세웠다. 용태보다 세 살 적었다. 그는 대번에 환히 웃으며 알리의 형님이자 보호자를 자처했다. 그들은 의기투합하였고 일주일 뒤 용태는 아파트 공사장의 함바에 딸린 지옥 같은 숙소를 박차고 나와 알리의 자취방으로 거처를 옮겼다. 알리의 남다른 재주를 알고는 있었으나 딱히 그 재주를 어떤 식으로 써먹어야 할지 도통 떠오르지가 않았다.

그와 알리는 오랜 동료처럼 함께 날품팔이를 했다. 알리는 생각보다 오달졌다. 잔꾀를 부리거나 눈치를 보기는커녕 감독자가 없어도 빈둥거리지 않았다.

용태는 뭔가 자신의 기대만큼 일이 풀리지 않는다고 여겼다. 그렇게 알리와 함께 잡부로 막노동판을 전전한 지 달포쯤 되던 날, 그는 각목에 박혀 있던 못에 발바닥을 찔렸다. 파상풍 주사를 맞으러 간다면, 그날 일당을 못 받는 건 둘째치고 하루 일당이 고스란히 주사비로 날아갈 판이었다. 알리는 숫제 통곡을 터뜨리기라도 할 듯 슬픈 표정으로 그의 발바닥을 살폈다. 그는 십장의 권유대로 성냥을 태웠다. 성냥에 불을 붙여 흔들어 끄면 성냥 대가리가 붉게 달아 있었다. 그러면 그 대가리를 상처에 쑤셔박았다. 그래야 녹이 타 없어진다는 것이다. 열 개비까지는 무척 고통스러웠으나 그뒤로는 묘한 쾌감까지 느꼈다. 그렇게 성냥을 오십 개비쯤 태운 뒤에야 걸을 수 있었다. 그사이 알리가 약국에 갔다 왔는지 마이신 두 알을 건넸다.

"우리, 다치면, 이거 먹었어요. 형, 먹어요."

그날 밤 그는 입술을 꾹 깨물고 자신의 삶에서 무언가 극적인 반전이 있어야 한다고 생각했다. 그렇게 여기자 그런 반전이 눈앞에 기다리고 있는 것만 같았다.

며칠 전 밤샘 작업에서 제외된 한국인 노동자들이 술을 마시고 와서는 행패를 부린 일이 있었다. 그들은 알리의 멱살을 붙잡고 시룽시룽 콧김을 뿜으며 주먹을 을러댔다. 좆만헌 새끼야, 여기가 어디라고 뭉개고 있어? 너희 나라로 꺼져, 개새끼들아. 밤샘 작업은 힘은 들망정 이틀치 일당을 쳐주기 때문에 누구나 바라는 일이었다. 허나 외국인 노동자들은 하루치 일당만 쳐줘도 묵묵히 밤샘 작업을 했다. 그 탓에 한국인 노동자들은 찬밥 신세였다. 용태도 그들의 심정은 충분히 이해했지만 그놈의 불뚝성 때문에 한국인 노동자들과 맞대거리를 했다. 이런 씨벌놈들이, 그렇게 아쉬우면 너그도 하루치 일당만 받고 하면 되잖어? 뭐, 이 새끼야? 너는 어느 나라 놈이길래 깜둥이들 편을 드는 거여? 한바탕 주먹다짐 끝에 공사장에서 쫓겨나기는 했지만, 그뒤 알리는 용태를 친형처럼 여기는 눈치였다.

그는 자신의 이마를 툭 치며 옆에서 잠들어 있던 알리를 흔들어 깨웠다.

"알리, 너 한국에 돈 벌러 왔쟈? 응?"

알리는 방금 깨어난 녀석답지 않게 힘차게 고개를 끄덕였다.

"너, 동생 학비 대고 싶다매? 하세월에 그 돈 벌래? 형 말대로만 허면 그까짓 거 금방 벌 수 있다. 어뗘?"

그가 만나본 외국인 노동자들은 '돈'이라는 말을 들었을 때 마치 '꿀' 혹은 '키위'란 말을 들은 것과 비슷한 반응을 보였다. 그 말에 침을 꼴깍 삼키는 건 알리도 마찬가지였다.

"월급 못 받고 쫓겨난 게 여러 번이라고 했쟈? 그거 형이 다 받아줄랑게 형이 시키는 대로만 혀."

알리는 연수생 신분으로 입국했다가 여권을 빼앗겨 불법체류자가 된 경우가 아니었다. 세 해 전 캐나다 밴쿠버에 갔던 것도 캐나다 입국이 목적이 아니었다. 미국으로 가려 했으나 밀입국이 여의치 않아 밴쿠버를 경유했던 것이다. 그러나 미국이란 나라가 그리 쉽게 가난한 나라의 못생긴 녀석들을 받아들일 리가 없었다. 밀입국에도 많은 돈이 들었다. 한국 돈으로 오백만 원가량을 들여서 왔다고 했다. 밀입국자 신분이다보니 다른 불법체류자처럼 인권단체나 상담소에 도움을 청하기가 어려웠다. 그런 단체들도 밀입국자 신분으로는 법적 구제를 받기 어렵다며 난색을 표할 뿐이었다. 알리는 한국에서 지낸 두 해 동안 다섯 군데나 공장을 옮겼지만 어디에서도 제대로 된 월급을 받아본 적이 없었다. 위조 여권마저 첫번째 공장에서 빼앗기고 말았다.

지난 여섯 달 동안 그와 알리의 사업은 순조로웠다. 알리가 못 받은 임금을 받으러 간 척 실랑이를 벌이다 상대방이 가볍게 밀치기만 하면 일은 끝난 셈이었다. 그는 알리의 동행 혹은 목격자를 위장해 알리의 시체를 처리하거나, 못 본 체하는 대가로 돈을 받아냈다. 그가 한국인이라는 점이 상대방에게 그 순간만은 놀라울 정도의 신뢰감을 부여했다. 알리의 전 고용주들을 모두 희생양으로 삼은 뒤에는 교통사고를 위장하거나, 폭력사고를 위장하였다. 그렇게 모은 돈으로 비록 옥탑이지만, 닭장 같던 알리의 자취방을 벗어났고 비록 고물이지만 소형차도 한 대 장만하였다. 물론 옥탑방의 계약자와 고물차의 소유주는 용태였다. 이게 바로 그가 노린 것이었다.

용태와 알리는 자신들의 옥탑방이 있는 주택가 골목 어귀에 도착했다. 후끈한 공기가 골목을 빠져나가지 못한 채 맴돌고 있었다. 용태는 잇새로 침을 찍 뱉었다. 살이 끈적거렸다. 그 부근의 통증은 잦아들 줄을 몰랐다. 한시라도 빨리 올라가 찬물을 끼얹고 싶었다.

그는 알리를 부축해 옥탑방으로 올라갔다. 알리는 살금살금 다리를 절었다. 옥탑방에 들어섰을 때에는 용태와 알리 모두 온몸이 땀으로 범벅이 되어 있었다. 용태는 욕실에 들어가 바지를 내렸다. 팬티를 벗어보니 안쪽에 사면발이의 시체가 무수히 들러붙어 있었다. 그는 욕실에 들어가 샤워를 했다. 통증은 쉬이 사라지지 않는다. 절로 몸이 배배 꼬였다. 입으로는 후아, 후아, 가쁜 숨을 내쉬었다. 알리가 조심스럽게 욕실 문 앞에서 물었다.

"용태 형, 괜찮아요? 왜, 그래요?"

"난 괜찮아. 옷장 안에 구급약 있은게 너, 약이나 발라라."

용태는 물 받은 대야에 얼음을 넣은 뒤 엉덩이를 뭉개고 앉았다. 오늘은 모처럼 멀리 원정을 나갔건만, 재수없게도 모범시민을 만났다. 공항 근처의 차량과 인적이 드문 네거리 횡단보도에서 교통사고를 가장했는데, 알리가 진짜로 다쳤다. 당황한 알리는 죽은 시늉을 못 하고 횡단보도에서 바르작거렸다. 그가 다가가 눈짓을 하자 그제야 알리는 죽은 시늉을 시작했다. 운전자는 자신의 차에 알리를 싣고 가려 했다. 놀란 그가 알리를 빼앗아 트렁크에 싣고는 돈을 요구하자, 운전자는 눈을 화등잔만 하게 뜨더니 도망가버렸다.

용태는 이를 응등그려문 채 그대로 앉아 있었다. 축 늘어져 주름살이 오글오글 잡혀 있던 불알이 탱탱해졌다. 조금 뒤 방문 열리는 소리가 나더니 알리의 나지막한 목소리가 들려왔다. 그가 알아들을 수 없는 방글라데시 말이었다. 조금 뒤 알리는 성이 난 듯 으르렁거렸고 여자의 훌쩍거림도 들려왔다. 가만히 들어보니 그건 칼리의 목소리였다. 칼리는 알리의 사촌누이다. 이따금 찾아와 알리에게 돈을 빌려가곤 했다. 칼리와 잠을 잔 뒤로 용태도 몇 푼씩 쥐여주곤 했다.

불알과 샅이 얼얼할 지경이었다. 얼음도 거지반 녹았고 통증도 숙지근해졌다. 사면발이는 박멸되었고 통증도 사라졌다. 용태는 헤벌죽 웃으며 방으로 들어갔다. 그는 선풍기를 켜고 알리 옆에 누웠다.

"괜찮냐?"

"조금, 아파요. 다리가."

"병원허고 원수졌냐? 내일은 병원에 가보자. 근디, 아까 온 게 칼리냐?"

"네. 칼리, 왔어요. 돈 달랬어요. 화가 나서 다 줬어요."

불 꺼진 방 안을 은은하게 채운 달빛에 두 사람의 피곤해 보이는 얼굴이 드러났다. 알리가 소리 죽여 울었다. 용태는 개의치 않았다. 가끔 알리는 그렇게 잠자리에 들면 울곤 했다. 왜냐고 묻자 누나 때문이라고 했다. 알리의 누나는 소 다섯 마리와 맞바꿔져 인도로 팔려 갔다. 알리는 자신의 누나가 콜카타나 뭄바이의 사창가에 있을 거라고 했다. 특히 오늘처럼 칼리와 다툰 날에는 엄살이 더 심했다.

선풍기 바람은 미지근했다. 용태는 일어나 반쯤 열린 창문을 활짝 열었다. 후락한 주택가 위로 웃자란 쑥부쟁이마냥 십자가들이 솟아 있다.

"오늘도 어김없이 저놈의 십자가들이 하느님헌테 똥침을 주고 있구나!"

용태는 마치 지금까지 포기했던 자신의 꿈의 숫자를 헤아리듯 십자가를 셌다. 가구공장 기숙사에서도 창을 통해 대여섯의 십자가가 보였다. 흥, 십자가? 내레 남조선에 와서 제일 놀란 게 있다면 그거야. 용태 아우는 알지 모르갔는데, 십자가보다 꼭대기에 있는 게 뭔지 알갔어? 하느님 똥구멍 아뇨? 그거이 아니야. 그럼 뭐요? 피뢰침. 피뢰침 없는 십자가 봤어? 우리 머리 꼭대기에도 그런 것이 꼭 있는 것 같단 말이야. 죽은 장의 목소리가 용태의 귓가에서 웅웅거렸다.

그의 머릿속에서 질정 없는 생각들이 맴돌았다. 이짓도 그만둘 때가 되었다. 택배 시절의 돈도 다 허물어져 따로 챙겨둔 돈이라야 푼돈에 불과했으나, 헌털뱅이 차 한 대, 이 옥탑방의 보증금 이천만원이면 충분했다. 알리에게는 조금 미안하지만, 녀석은 한국말도 잘하고 세상살이의 요령도 깨쳤으니 죽지 않고 견딜 것이다.

어둑새벽, 용태는 알리의 헛소리에 잠에서 깼다. 패혈증으로 고통스러워하던 장의 모습이 겹쳐지면서 그의 가슴 한쪽을 섬쩍지근한 냉기가 훑고 지나갔다. 불을 켜고 알리의 다리를 살폈다. 외상은 없으나 은결이 들었는지 퉁퉁 부어 있었다. 알리를 병원으로 옮긴 그는 응급실 의자에 앉은 채 깜박 잠이 들었다. 눈을 떠보니 어떻게 알고 왔는지 칼리가 그의 옆자리에 앉아 있었다. 용태는 은근슬쩍 요즘 아픈 데 없냐고 떠보았지만 칼리는 배시시 웃으며 고개를 저을 뿐이다. 칼리가 아니라면 레베카인가?

"나, 꿈꿨어요. 용태 형, 고향."

비영비영한 낯의 알리가 뜬금없이 이렇게 말했다.

"내 고향 꿈을 니가 왜 꾼다냐?"

알리가 입원한 병실에는 당뇨를 앓는지 얼굴에 황달기 가득한 노인 한 명이 더 있었다.

"이무기, 이무기 맞죠? 그거 잡으러 가자고, 형, 그 말, 떠올랐어요. 밤새 앓으면서."

용태는 알리에게 아직도 이무기를 잡겠다며 저수지에서 살다시피 하는 아버지에 관한 이야기를 해준 적이 있다.

"나, 그거 믿어요. 이무기. 우리 고향에도 호랑이, 벵골 호랑이, 밤이면 와서, 사람들 잡아갔어요. 그런데 아버지, 호랑이 오면 죽은 척, 숨도 안 쉬고, 동생 잡혀가도, 그랬어요. 그래서 형, 아버지, 부러웠어요."

병원을 나온 용태는 이제 알리와 헤어져야 할 때가 왔다고 여겼다. 앞으로 더 정을 붙이면 헤어지기 어려울지도 모른다. 나, 그거 믿어요. 용태는 진저리를 쳤다. 우스갯소리로 한 말이었다. 아니, 사실은 누구라도 믿어주길 바라고 한 말이었다. 그러나 지금까지 용태의 말을 믿어준 사람은 알리밖에 없다. 한 사람 더 있기는 했다. 죽은 조선족 노총각 장웅은 그의 말을 믿어주었다.

언젠가 그는 알리에게 죽은 시늉을 어쩌면 그렇게 기막히게 할 수 있느냐고 물은 적이 있다. 그때의 알리의 목소리가 귓가에 대고 속삭이듯 또렷하게 떠올랐다. 파키스탄, 우리, 원래 하나였어요. 우리 독립할 때, 파키스탄 군인, 사람 많이 죽였어요. 우리 할아버지, 죽은 척해서 살아났어요. 인도군 들어올 때도, 사람 많이, 죽었어요. 우리 아버지, 죽은 척해서 살아났어요. 신의 뜻으로, 살아났어요. 내 동생 호랑이, 죽을 때, 나도 아버지 옆에서, 죽은 척했어요. 죽는 거, 부끄럽지 않아요. 언젠가, 모두, 죽어요. 나, 카펫 만드는 공장, 사슬로 묶였어요. 잠도 못 자고, 도망도 못 가고, 열여섯 시간, 네, 잠도 못 자고, ……죽으니까 풀려났어요. 죽으니까 공장 안 가도 됐어요. 죽으면, 고통에서, 풀려나요. 그래서 살아남아요. 죽고, 살고, 다 하나예요.

옥탑방에 돌아온 용태는 알리와 자신의 옷가지를 모두 옥상의 빨랫줄에 걸었다. 그리고 알몸이 되어 방 한가운데 누웠다. 땀이 흘러 등이 장판에 들러붙다시피 했다. 조금 뒤척일 때마다 쩌억 소리가 났다. 온몸의 힘을 풀고 숨을 멈추었다. 나슨한 상태로 몰입해갔다. 생각처럼 쉽지는 않다. 어머니가 떠올랐다. 노름꾼은 기어이 어머니를 범했다. 그리고 사면발이를 옮겼던 게 틀림없다. 어머니가 그 작자에게 강간을 당했던 날 아버지는 여느 날처럼 이무기 사냥에 실패하고 물이 뚝뚝 듣는 몸으로 돌아왔다. 아버지가 흙집의 문을 열자 어머니가 고개를 돌려 그쪽을 보았다. 아니, 어머니는 이미 아버지가 오는 걸 눈이 아닌 온몸으로 느끼고 있었을 테니 이미 문을 향해 고개를 돌리고 있었을 거였다. 아버지가 흙집 안으로 한 걸음 들어서자 어머니의 가느다란 목소리가 아버지의 발치에 툭 떨어졌다.

여보……

그 한마디에 모든 게 들어 있었다. 지나온 세월의 한과 고통, 아버지와 어머니가 함께 나누었던 그 모든 기쁨과 슬픔의 편린들이. 그로부터 며칠 뒤 아버지는 들창을 통해 햇살이 비치는 마루 위에서 가랑니를 잡고 있었다. 한 놈 한 놈 잡아 손톱으로 꾹꾹 눌러 세상살이의 원한과 고통, 가슴 깊은 곳에 자리잡은 울분을 툭, 툭, 터뜨리고 있었다.

아무나 흉내낼 수 있는 게 아니구만. 용태는 참았던 숨을 터뜨리며 후텁지근한 공기를 흠뻑 들이켰다. 슬슬 집주인과 연락을 취해 보증금 빼내갈 요량을 마련해야 한다. 그 돈만 있으면 헌털뱅이 차를 몰고 고향에 내려갈 수 있을지도 모른다. 물론 고향의 틀박이 사채업자 눈에 띄면 반죽음은 당하겠지만, 노름판에서 함께 굴러먹기도 하고, 궂은일을 해준 적도 있으니, 그 돈으로 목숨은 건사할 수 있을 게다. 그러면 아버지 대신 한 번쯤 몸에 밧줄을 두르고 팔에는 쇠토시를 끼고 스스로 미끼가 되어 이무기 사냥에 나설 수도 있을 것이다.

용태는 감았던 눈을 뜨고 이제 마지막이 될 방 안을 둘러보았다. 그때 용태의 눈에 옷장 옆 구석에 서 있는 약병이 들어왔다. 그는 일어나 구석에 손을 넣고 약병을 꺼냈다. 린단로션. 그건 자신이 사용하던 약병이 아니다. 그는 알리의 병실 전화번호가 적힌 쪽지를 꺼내 전화를 건다. 전화기의 단추를 누르는 그의 손끝이 떨린다. 병실을 나올 때 그를 향해 앗살라무 알라이꿈!(안녕) 하고 외치던 알리가 떠올랐다.

늙은이의 갈근거리는 숨소리가 흘러나왔다. 병실에서 언뜻 보았던 당뇨환자가 분명했다.

"알리라는 환자 좀 바꿔주십쇼."

"알리? 그 방굴라데시 총각? 그 총각 아까 퇴원했는디."

그의 잇새로 침 대신 웃음이 비어져나온다. 하긴 사면발이란 녀석이 피부색 따져가며 피를 뽑지는 않겠지? 옥상으로 올라오는 발소리가 들리자 그는 눈을 감는다. 여러 명이다. 안에 누구 없냐고 외치면서 방문을 두드린다. 오늘까지 방 빼주겠다더니 여태 있는가보네. 빨래까지 널어놨구만. 내가 여기 안 살다보니 미처 확인을 못 했수. 아주머니, 그래도 어떻게 해주셔야죠. 저희는 방 빼서 왔단 말예요. 미안해요, 미안해. 그나저나 여기 총각들은 아직도 안 나가고 뭐 하는 거야.

방문이 왈칵 열렸다. 집주인과 이 옥탑방을 계약한 듯한 여자 둘이 동시에 소리를 질렀다.

"에그머니나!"

그들은 알몸의 용태를 보고 고개를 돌렸다. 그러나 그는 꼼짝도 하지 않았다.

"이봐, 총각! 살았어, 죽었어?"

집주인이 부엌의 빗자루로 용태의 발끝을 건드렸다. 그러나 용태는 꼼짝도 하지 않았다.

"아주머니, 저거 보세요. 입가에 저거! 피, 아닌가요?"

그와 동시에 집주인은 비명을 질렀고 여자들도 뒷걸음치기 시작했다. 용태는 실눈을 뜨고 그들을 보았다. 입술을 깨물었더니 살점이 떨어져나갔는지 입술과 그 언저리가 얼얼하다. 언제까지 이렇게 죽은 시늉을 해야 할지 알 수가 없었다. 당분간 이무기 사냥은 작파다.

용태는 어머니의 관을 내릴 때 보았던, 저 아래 석산 저수지에서 물기둥처럼 솟아오르던 이무기의 추억을 애써 기억에서 밀어냈다.

부신 햇살이 쏟아지는 옥탑방 창틀 위로 살아남은 사면발이 한 마리가 달팽이처럼 느릿느릿 기어가고 있었다.

비루먹은 신화, 되살아나려는 신화

정 혜 경 | 순천향대 교수 · 문학평론가

좌절된 꿈, 빼앗긴 꿈의 대명사인 아기장수 설화가 오늘날 어디까지 곤두박질칠 수 있을까? 비상한 능력을 가지고 태어났으나 그 비범함을 펼치지 못하고 죽임을 당하는 아기장수 설화의 현대적 변용은 지금껏 이상, 김동리, 김승옥, 황석영 등에 의해 여러 형태로 전개되어 왔다. 이는 2000년대 들어 손홍규의 소설 「이무기 사냥꾼」에서 다시 한번 갱신된다. 이제 현대판 아기장수는 죽은 척해서 목숨을 부지하고, 거웃에 들러붙은 가랑니(사면발이)를 잡는 것이다.

이 소설의 인물이 아기장수 설화의 계보를 잇고 있다는 것을 보여주는 것은 일단 비범한 힘이다. '용태'의 '아버지'는 "탄탄한 근육질 몸뚱이"에 "깊은 산에서 곰이나 범을 만난대도 눈썹조차 꿈틀거리지 않을" 담대함을 가졌고 동물적인 감각이 있어 마음만 먹으면 산짐승을 "마치 우리에 갇힌 가축을 끄집어내듯 손쉽게" 잡을 수 있었다. 그러나 아기장수 설화의 비극성은 아기장수의 능력 자체에서 나오는 것이 아니라, 사회적 관계 속에서, 다시 말해 아기장수의 평범하지 않음이 관습이나 체제에 위협을 가할 수 있다는 가능성에서 발생한다. 소설 속 '아버지' 역시 그러하다. 마을 사람들의 매질과 배척에 이유가 되어주었던 "상피붙은 자식"이라는 것은 근친상간 금지라는 인류의 오래된 금기를 위반했다는 죄목이다.

작가는 여기에서 역사적인 배경을 개입시켜 설화와는 다른 소설의 육체를 마련한다. 근친상간이라는 표면적인 이유 뒤에 마을 사람들에게 숨기려고 했던 진실이 있었으니 그것이 바로 '빨갱이'와의 혈연관계이다. 아버지와 오누이로 알려졌던 어머니는 실은 용태 할아버지의 친구가 맡긴 여식이었다. 용태 외할아버지가 빨치산 대장으로 활동하다 몰살당했다는 사실은 분단시대의 최대 금기인 체제 전복과 관계된 것이며 이는 역적이 될 것이라 손가락질 받으며 살해당했던 아기장수 비극의 본질에 닿아 있다.

이렇게 아기장수 설화와 이어지면서도 「이무기 사냥꾼」이 다른 길을 택하게 되는 것은 현대판 아기장수의 생존 전략에서 비롯된다. 온갖 누명을 쓰고 몰매를 맞으며 마을사람들과 절연된 공간에서 산다는 것이 물론 상징적인 죽음을 뜻하지만, '아버지'는 진물 흐르는 눈을 슴벅거리며 '살아있다'. 손홍규 소설의 현대판 아기장수는 장렬하게 죽지 않는다. 다만 죽은 시늉을 해서 '산(生) 죽음'으로 살아간다. 비루먹은 개와 같이 "죽은 체하기." 사람들이 매질을 하고 한 무더기 가래를 뱉고 갈 때까지, 아니 그들이 모두 돌아가고 달이 뜰 때까지도 죽은 시늉을 하는 것, 그것이 영웅의 비장한 결말이 용납되지 않는 시대에 비루먹은 목숨으로 살아남는 방법이었던 것이다.

이 소설에는 서로 다른 처지지만 죽은 체함으로써 살아남는다는 공통점을 가지고 있는 인물이 또 있다. 외국인 노동자 '알리'는 밀입국하여 쫓겨 다니며 임금도 제대로 받지 못한 채 공장을 전전한다. 죽은 척하여 겨우 연명하는 알리가 그 시늉을 하게 된 데는 방글라데시의 비극적인 역사와 이주 노동자의 비참한 현실이 가로놓여 있다. 파키스탄 군인과 인도군의 학살이 행해지던 때 알리의 아버지는 죽은 척해서 살아났고, 한국에 밀입국한 알리 역시 사슬에 묶여 공장에서 노예처럼 일할 때 죽은 시늉을 하고서야 비로소 풀려났다는 것이다. 숨이 멎고 심장 박동이 멈추고 온몸이 차갑게 식는 알리의 완벽한 연기演技를 비범한 능력이라고 할 순 있겠지만, 죽은 척해서 목숨을 부지하는 이 비참한 행위는 설화의 전락이자 엽기 버전이라고 할 만하다.

그러나 그들의 행위가 문제적인 것은 비루한 모습으로 이 시대 생존의 현실을 반증한다는 점 때문이다. 영웅의 드라마를 애당초 포기하고 생존에 골몰할 수밖에 없는 이 시대 배제된 자들의 현장을 보여주기 때문이다. '빨갱이'와 연루된 사실을 감추는 대신 근친상간의 누명을 쓰고 격리되는 '아버지'나 밀입국자로 법망을 피해 다녀야 하는 '알리'는 모두 한국 사회가 만들어놓은 경계 바깥의 국외자로서 경계 안의 현실을 문제 삼는 거점이 된다. 곰보처럼 얽어 보이는 얼굴에 뭉툭한 주먹코, 불거진 광대뼈, 각진 턱, 누런 대문니와 시뻘건 잇몸, 석탄처럼 시커먼 낯빛에 움평 꺼진 눈두덩을 가진 아버지의 "몽골로이드보다는 차라리 니그로에 가까"운 외모는 알리의 낯선 외모와 통하며 이는 그들이 사회와 조화할 수 없는 국외자임을 보여주는 표지가 아니겠는가.

작가 손홍규는 이 희생양들에게 곧바로 도덕적 우위와 연민의 시선을 주지는 않는다. 가난하고 박해당하는 자들을 거의 늘 선한 인간으로 보여주었던 것이 사회적 약자를 그리는 소설의 병통이었다면, 그 점에서 손홍규는 각박한 현실 속으로 좀더 파고 들어가는 신중함을 보여준다. 석산 저수지에 붙어사는 아버지에게서 도망치고 싶어 했던 아들 용태는 오입과 노름으로 큰 빚을 지고 도시로 도망 나와 택배기사에서 염색 공장과 가구 공장 노동자로 전전하다 일당 잡부가 되었다. 그는 죽은 시늉을 완벽하게 해내는 알리와 합작하여 사고를 가장하고는 고용주로부터 그동안 못 받은 임금을 받아내더니 이후에는 교통사고나 폭력사고를 위장하여 합의금을 갈취한다. 이렇게 해서 그들은 옥탑방과 중고차를 마련하는데 그들의 사기행각은 서로에 대해서도 예외가 아니었다. 처음부터 옥탑방과 고물차를 가로챌 것을 노렸던 용태가 알리 몰래 그것들을 가지고 고향으로 도망가려고 했을 때는 이미 알리가 옥탑방의 전세금을 빼내어 가지고 병원을 빠져나간 뒤였다.

이 사태에 직면한 용태의 태도에서 이 작품은 세태소설을 비껴간다. 여태도 방을 빼지 않았다며 투덜거리면서 새로 계약한 여자들과 옥탑방에 올라온 주인여자 앞에서 용태가 '죽은 시늉'을 하는 것이다. 그리고 "물기둥처럼 솟아오르던 이무기의 추억을 애써 기억에서 밀어"낸다. 죽은 시늉과 '이무기 사냥'은 아버지가 평생 해온 두 가지 일이다. 다시 아버지와 겹쳐지는 순간이다. 이 장면은 아버지를 벗어나려 했으나 다시 아버지를 닮아가는 부자父子의 서사 위에 신화적 상상력이 살짝 비치는 순간이다. 제목 '이무기 사냥꾼'이 암시하는 신화적 상상력을 살펴보기 전에 주목해야 할 것이 아버지의 '죽은 시늉'이라는 행위의 이면이다.

죽은 시늉은 행위 자체로서는 비루한 것이지만, '아버지'의 '죽은 척하기'가 궁극적으로는 자기만의 목숨을 위한 것이 아니라 '어머니'를 위한 것이었다는 점에서 고귀한 것이라 할 수 있다. 근친상간이 아니라는 사실을 마을사람들에게 알리려면 어떻게 해서 오누이로 자라게 되었는지를 말해야 할 것이고 그렇게 되면 아내가 빨치산의 딸이라는 사실을 밝혀야 했을 것이다. 분단의 역사에서 '빨갱이'라는 것은 근친상간보다도 더한 '역적'이어서 그녀는 아마 목숨을 부지할 수 없었을 것이다. 어머니에 대한 아버지의 묵묵한 사랑은 소설 곳곳에서 발견된다. 그는 그녀를 강간한 작자를 작살로 겨냥한 대가로 동네 사람들에게 몰매를 맞았지만 그때만큼은 죽은 척하지 않고 꼿꼿이 선 채로 매를 견뎠고, 세상살이의 원한과 울분을 터뜨리듯, 강간당한 아내에게 옮겨 붙은 가랑니를 잡았던 것이다. 또, 죽은 시늉이 다른 사람을 구하는 것이기도 했다는 것은 알리가 캐나다 공안에게 잡혀있을 때 죽은 척함으로써 결과적으로 보호소에 갇힌 다른 사람들의 굶주린 배를 채워줬다는 데서도 확인할 수 있다.

죽은 시늉의 이면은 이른바 '이무기 사냥'으로 심화된다. 마을의 소가 여러 마리 없어진 것은 실은 소 임자들이 소를 팔아넘기고서는 도둑맞았다고 소문내고 아버지를 모함한 것이지만, 그는 소도둑이 석산 저수지의 이무기라고 지목한다. 승천하는 용이 되려다 실패한 이무기를 보았다는 것이다. 합리성의 임계점에서 신화적 상상력은 솟아오른다. '빨갱이'가 몰살당하고 난 후 "잔뜩 성이 난 이무기 한 마리가 쩌그 저수지에서 물기둥맨키로 솟아나와갖고 송아치 한 마리를 몸뚱이로 똘똘 말아서 저수지 저 짚은 디로 끄져가는 걸 봤"다는 아버지. 핏물 그득한 학살의 현장을 목격한 그의 분노와 공포가 "잔뜩 성이 난 이무기"로 옮겨갔을지 모른다. 혹은 자신의 힘을 비루하게 죽이면서 살 수밖에 없는 그가 '물기둥처럼 솟아오르는 이무기'에 자신을 투사했을지도 모른다.

어쨌거나 아무도 그 존재 자체를 믿지 않는 이무기를 확신하고, 자신이 보았다는 것을 스스로 굳게 믿고 있는 것이다. 이무기를 잡으려고 겨우 소나무에 도르래를 달고 팔뚝에는 쇠토시를 끼고 스스로를 미끼삼는 허무맹랑한 행위가 믿음의 방식을 통해 그에게는 자기 존재 증명과도 같은 것이 된다.

작가도 그를 '이무기 사냥꾼'이라 칭하여 신화를 복원할 꿈을 비치지만 황석영이 「장사壯士의 꿈」의 결말에서 행했던 시적詩的 비전보다는 훨씬 절망스럽게 처리하고 있다. "내 살이여 되살아나라. 그래서 적을 모조리 쓰러뜨리고 늠름한 황소의 뿔마저도 잡아 꺾고, (중략) 무엇보다도 성나서 뒤집혀진 바다 가운데 서 있고 싶었지. 그때에 기적이 일어났지. 내 자지가 호랑이의 앞발처럼 억세게 일어났어"라는 외침(「장사의 꿈」)과 "언제까지 이렇게 죽은 시늉을 해야 할지 알 수가 없었다. 당분간 이무기 사냥은 작파다. 용태는 어머니의 관을 내릴 때 보았던, 저 아래 석산 저수지에서 물기둥처럼 솟아오르던 이무기의 추억을 애써 기억에서 밀어냈다"는 진술 간의 거리를 보라.

아버지에 이어 물기둥처럼 솟는 이무기를 보았다는 용태, 그리고 응급실에서 밤새 앓으면서 이무기 사냥을 떠올렸다던 알리까지 합세하면 '이무기 사냥'을 믿는 한 무리의 사람들이 독자들의 눈앞에 떠오른다. 그들은 모두 이 사회의 바깥으로 밀려난 사람들이며 그래서 비루먹은 목숨을 겨우 이어가는 사람들이다. 바로 그들이 햇살이 쏟아지는 옥탑방 창틀 위를 느릿느릿 기어가는 "살아남은 사면발이"인 것이다.

손홍규의 이러한 소설적 인식은 예측할 수 없는 압도적 현실의 위력 앞에서 무력해진 주체를 감내하는 2000년대 소설군과 맞닿아 있다. 그럼에도 불구하고 「이무기 사냥꾼」에서 신화적 상상력을 감행할 수 있었

던 것은 앞에서 보았듯이 손홍규의 인물들이 도시인의 상실이나 우울과
는 다른 체험을 하고 있기 때문이며 이는 그의 첫 창작집 『사람의 신화』
의 연장선 위에 있다. 최근 많은 소설들이 주체의 무기력함을 존재론적
운명으로 받아들이는 상황을 떠올리면 손홍규의 작업은 소중한 가능성
이라고 말할 수 있다. 그러나 이는 한편으로는 주체를 압도해 버리는 지
금 시대의 가혹한 세부를, 인물들의 고투를 더욱 혹독하게 파헤쳐야 할
과제를 안고 있다. 개인의 인식 능력을 무참하게 만들어 버릴 만큼, 그
많은 사람들을 존재론적 허무로 몰아갈 만큼, 가슴으로 빚어낸 성긴 틀
로는 잘 잡히지 않는 복잡하고 불확정적인 2000년대의 현실 속에 작가
가 서 있기 때문이다. ✗

그 강변, 야생 키니네 꽃

유금호

약 력

1942년 전남 고흥 출생.
현재 목포대 국문과 교수.
1964년 《서울신문》 신춘문예 소설 「하늘을 색칠하라」 당선으로 등단.
장편 「내 사랑, 풍장」 「만적 1,2부」 「열하일기」,
소설집 「새를 위하여」 「허공중에 배꽃 이파리 하나」 등
한국소설문학상, 펜 문학상, 만우 박영준 문학상 등 수상

그 강변, 야생 키니네 꽃

유금호

한 여자 이야기를 이제 털어놓으려 한다.

이름 홍태연, 나이 30대 초반, 민속학民俗學에 대한 취향, 취미로 오일 페인팅 작업.

마지막 만난 것이 3년 전 남미 페루에서였고, 처음 본 것은 그 보다 2년 전.

현재는 그 여자에 대해서 전혀 알지 못한다.

안데스 산기슭 잉카 원주민 후예들 속에 섞여 있다가 6월 24일, 태양의 축제가 열리는 날, 잉카 왕녀로 분장, 잉카의 칼, '투미'로 라마의 심장을 꺼내 태양을 향해 '인티 라이미'를 외치는 퍼포먼스에 끼어 있을지, 한국의 작은 화실에 돌아와 나이프에 흰색 오일물감을 듬뿍 묻혀 화폭을 덧칠하고 있는지조차 알 수가 없다.

그러나 그녀 크고 검게 일렁이는 눈이 가끔 나를 지켜 보는 듯한 느낌이 그녀에 관한 이야기를 쏟아 내버리면 사라질지 모른다는 생각을 한다.

　여자는 그림 앞에서 '덮는다' 라는 말을 자주 썼다.
　두 번째 만났을 때 여자는 나를 그녀 작은 화실에 데려 갔고, 거기서 40호 남짓의 흰 색 화폭 한 개를 보았다.
　그때 여자는 맥주 컵에 반쯤 위스키를 채워 내게 주고, 자기 잔을 홀짝거리면서 흰 물감으로 그 화폭 위쪽 부분을 덧칠하기 시작했다.
　"눈이 계속 내려 덮는다고 생각해요. 덮고, 또 덮어가고…… 그럼 세월이 묻히고…… 삶이란 게 그렇지 않나요?"
　캔버스는 흰색을 여러 번 덧칠해서 전등 불빛에 미세한 음영을 드러냈다.
　나이프를 내려놓고 잔을 내 잔에 부딪친 여자는 위스키를 한 입에 털어 넣어 버렸다.
　"볼래요? 덮인 눈을 걷어내면……"
　작은 나이프로 이번에는 두껍게 덧칠된 흰색을 위에서 아래로 몇 번 거칠게 긁어내렸다. 마른 물감 조각들이 떨어져 내리면서 화폭 군데군데 얼룩이 드러났다. 너무 힘을 많이 준 부분 한 곳은 작은 구멍이 생겼다.
　"다른 세계로 통로가 생겼네…… 카오스와 코스모스가 교차하는…… 이승과 저승이 교차하는 관문……"
　깔깔거리고 나서 그녀는 위스키를 다시 따랐다.

　그녀와 첫 대면은 아버지 장례를 치른 후 심한 두통에 시달리고 있을 때였다.

여자는 불쑥 '천도제薦度祭'에 대해 아느냐고 물었다.

들어본 적은 있지만 내용은 알지 못한다고 했다.

"간단한 부탁 하나 드렸으면 하구요."

여자는 잠시 망설이다가 자기 어머니도 한 달 전 세상을 떴다고 했다. 며칠 후 49제때 작은 암자에서 망자를 위한 '천도제'를 지낼 생각이라 했다.

민속에서는 사람이 죽은 후, 49일째 날 염라대왕 앞에서 심판을 받는데, 영혼이 저승으로 가는 관문이어서 자식들이 그때 사자死者를 위해 올리는 의식이 '천도제'라는 설명이었다.

"이승 얽힌 한限이 있으면 좋은 곳으로 못 가고 구천을 떠돌 수 있거든요."

"그런데요?"

"그래서 청을 하나 하려구요."

"'천도제'와 내가 무슨 상관이 있는데요?"

"직접 관계는 없어요."

나는 그 무렵 신경이 꽤 날카로워 있을 때였다.

"밥을 한 그릇…… 그래요. 그냥 밥 한 그릇 더, 우리 어머니 밥 그릇 곁에 나란히 올려놓고 싶어서요."

여자는 조금 뜸을 들였다가 더 이상한 이야기를 했다.

옛날 젊은 남녀가 있었다. 얼마나 깊이 사랑했는지, 속된 말로 진도가 얼마나 나갔는지 알 수 없지만, 둘은 각각 다른 사람하고 결혼을 했다. 여자는 일찍 청상이 되었고, 오랜 세월 그 첫 남자를 잊지 못해 가슴에 안고 살았다. 둘 다 80이 넘어 남자가 세상을 곧 뜰 것 같다는 풍문을 들은 여자는 남자가 사는 동네를 찾았다고 했다. 그러나 남자네 집 주위를 맴돌다가 외간 남자 집안에 들어갈 수 없어 그대로 집에 돌아와 누워버렸다.

얼마 후 남자의 부음을 듣고, 여자는 정한수 한 그릇을 방 윗목에 떠놓고, 머리를 풀어 산발한 채 소리 죽여 곡을 하더니, 며칠 뒤 세상을 떴다.

"허락하실 거지요?"

"그럼 댁의 어머니가 우리 아버지를?"

"나 혼자 상상해본 일일지도 몰라요."

종잡을 수 없는 여자 이야기를 잊어갈 무렵 민속관계 세미나 안내장 한 장이 우편으로 배달되었다.

봉투에서 '홍태연' 이라는 이름을 발견했고, 나는 전혀 알지 못하는 한 여인네와 나란히 앉아 있는 내 아버지 모습을 떠올리면서 한참 실소를 했다.

그것이 두 번째의 만남이었다

강의실 뒤쪽 청중들 사이에 끼워 앉아 그 날 오후, 나는 평소 관심도 두지 않았던 무속세계며, 이승과 저승, 사람들 영혼에 관한 이야기들을 귓가로 흘려들었다.

······ '천도제薦度祭' 는 죽음의 부정不淨을 풀고 사자의 넋을 위로하여 저승으로 인도하기 위한 의식인데, 가족 단위가 일반적이지만 집단희생자들의 혼을 위로하는 천도제도 있습니다.

대표적인 것으로 '진오기굿' (서울·경기도), '시왕굿' (평안도·황

해도), ‘망무기굿’(함경도), ‘씻김굿’(전라도·충청도), ‘오구굿’(동해안), ‘시왕맞이’(제주도) 등, 무당이 주관하는 이 의식의 내용은 비슷합니다.

……충족된 삶을 살고 적당한 나이에 집에서 죽는 경우, 호상好喪이라 해서 ‘천도제’를 지내지 않아도 영혼이 저승으로 들어가 조상신祖上神이 되는데, 요절이나, 횡사, 객사, 미혼사, 자살이나 타살로 인한 죽음, 교통사고, 해상사고의 혼령들은 쉽게 저승에 들지 못하고 이승을 떠돌면서 살아 있는 사람들을 괴롭히는 원귀가 됩니다. 자식 없는 무주고혼無主孤魂, 물에 빠져 죽고, 불에 타죽고, 배고파 죽은 수귀水鬼, 화귀火鬼, 아귀餓鬼, 손말명이라고 불리는 처녀귀신, 몽달귀신이라고도 불리는 총각귀신 등, 원귀가 된 사령은 ‘천도제’를 해주어야 저승에 들 수 있습니다. 따라서 ‘천도제’는 죽은 사람보다 자손들이 재해를 막고 복을 받기 위한 의식의 의미도 포함됩니다.
49제를 중요시 여기는 것은 명부冥府의 염라대왕이 49일째 되는 날 직접 심판을 하기 때문인 것입니다.

그리고는 2년 여, 내 기억 속에서 그녀는 가물거리다가 완전히 지워져 있었다.
흰 물감으로 덧칠되고, 또 덧칠되듯 내 기억의 캔버스에는 그녀 흔적이 남아 있지 않았다.
정말 예기치 않았던 우연이었다.
브라질 출장길에 페루에 잠시 들리기로 확정하고 난 후, 그 홍태연이 페루에 체류하고 있다는 말을 들은 것이다.

……남미에 가서 잉카를 안 보고 올 수 있나? ……고광문이라고 기억 나제?…… 나는 친구 후배라며 한 번 술자리를 같이했던 태권도 사범 출신의 페루 교민을 떠올렸다. ……내가 팩스 넣어 놓을 기니, 리마 들어가기 전, 전화 한 번만 그 쪽으로 직접 하그라. 그래도 갸, 신의 하나는 있는 놈이다….

사흘쯤 시간 여유도 있었고, 잉카 유적을 스쳐볼 수 있겠다 싶어, 고高라는 여행사 사장에게서 중고자동차 수출가능성에 대한 자료를 받아 오라는 친구 부탁에 동의하고 난 다음이었다.

친구는 악수까지 하고 몇 걸음을 가다가 내게로 다시 돌아왔던 것이다.

"어찌 생각할지 모르겠다만 홍태연이라는 여자, 고 사장 여행사에 관계하고 있는 거를 확인했다."

"누구?"

"돌아가신 아버님 짝사랑했다는 여자 딸……."

"그 여자가 거기 왜?"

나는 같이 마셨던 술이 확 깨어 버렸다.

"자세한 거는 나도 마 모른다. 고 사장하고 통화 하다가 안 알았나? 페루 가면 그 미스 홍이 자네 에스코트 해줄끼다."

해발 3,300m.

쿠스코(Cuzco)는 고도 때문에 고산병 증세가 올 수 있다고 해서 천천히 몸을 움직였지만 공항 청사를 빠져 나오자 스페인 풍 건물들이 물 속 풍경처럼 흔들리면서 구토감이 왔다. 그러나 쿠스코에서도 홍태연의 모습은 보이지 않았다. 무의식적으로 나는 덧칠된 내 기억의 캔버스를 그녀가 나이프로 긁어내듯 긁어내고 있었는지 몰랐다.

"마추픽추 관문이 쿠스코인기라요. '케추아' 말로 배꼽입니더. 세계의 배꼽이 여기다, 중심이다, 한 거 아니겠십니꺼? 스페인한테 멸망했지만도 한때 잉카 제국 수도였던 쿠스코에 선생님들이 발을 들어 놓으신거라예……."

고高라는 여행사 사장은 자기소개를 하기 바쁘게 큰소리로 너스레부터 떨었다.

호텔로 향하는 버스에서도 그는 '코리칸차(Qoricancha)'의 모습을 직접 보기라도 한 듯 떠벌리는 것을 잊지 않았다.

"스페인 군인들 정신이 여기 와서 하나도 없었실깁니다. 갸들 앞에 '코리칸차'가 딱 버티고 선거라, 예……. 금으로 치장한 샘에서 맑은 물은 흐르지, 예……. 금돌 깔린 밭에는 금으로 만든 옥수수나무에 금으로 된 옥수수들이 달려 있는 거라, 예……. 그 옆에 금으로 만든 라마가 풀을 뜯는 시늉을 하고 예……. 정신이 하나도 없었실겝니다……. 금으로 만든 재단 위에 금으로 만든 큰 태양상太陽像이 햇빛에 번쩍번쩍 하는 기라예……."

버스는 100년을 걸려 세웠다는 아르마스 광장을 지났고, 아르마스 광장에서 '라콤파냐' 교회 옆으로 난 좁은 '로레토' 거리에서 잠시 멈추어 섰다. 돌과 돌이 맞물린 잉카시대의 석벽이 200m 정도나 계속되는 '로레토' 골목으로 어깨에 판초를 두르고 모자를 쓴 원주민들이 오가고 있었다.

"안 되겠십니다. 다들 좀 쉬어야겠십니다."

버스 뒤쪽에서 일행 하나가 갑자기 호흡 곤란을 호소하는 바람에 우리는 일단 호텔로 옮겨가기로 했다.

두통과 구토, 호흡 곤란 등 고산병 증세는 이곳을 찾는 외지인들이 공통적으로 겪는 고통이라고 했다. 나도 가벼운 불쾌감을 계속 느끼고 있었다. 스페인풍 호텔 로비에서 무료로 제공되는 '코카차(Mate de Coca)'를 두어 잔씩 마시고 나서야 한결 기분이 나아졌다.

"이게 코카인 차인게라요. 서울서 마싯다하문 구속되는기라 예."

이 친구가 계속 느물거리는 바람에 나는 결국 점심을 마치고 쿠스코 동쪽 '사크사이와만(Sacsayhuaman)' 요새에 갈 때까지 그녀 홍태연에 대해 물어 볼 엄두를 내지 못했다.

"리마에서 비 오는 것을 보셨다는 말씀 전해 들었십니다. 운이 엄청 좋으신기라 예."

홍태연이 자취를 감추기 며칠 전 초겨울 새벽, 내 숙소의 방문을 두드렸던 그녀 발이 맨발이었음을 나는 한참 시간이 흐른 후에야 기억해 냈었다.

첫 대면 때 그녀 두 눈이 일렁이는 느낌이었던 것도 세상의 인연들과 삶과 죽음, 특히 그녀 어머니에 향하는 애증의 깊이였음을 한참 후에야 나는 짐작으로 받아 들였다.

페루에 입국하던 리마 국제공항의 마중도 초면의 미스 최라는 가이드였다. 사장은 개인적인 일로 쿠스코 공항에서 만날 것이라고 했고, 홍태연에 대한 언급은 그녀 역시 하지 않았다.

리마 박물관에서는 여러 구의 미라들을 만났고, 뇌수술 흔적이 있는 잘 보존된 미라 앞에서, 나는 뇌수술을 받은 후 돌아가신 내 아버지 생각을 잠시 했다.

적어도 400년이라는 시간 저편에서 두개골 뼈를 잘라내고 시술을 한 다음 구멍 뚫린 두개골을 엷게 편 금박金箔으로 봉합한 미라의 주인공은 누구였을까. 수술은 성공적으로 끝났을까.

브라질에서 동행이 된 일행 여섯 명은 리마 국립박물관을 나와 15분쯤 거리에 있는 라파엘 '라르코 에레라 박물관(Museo Arqueologico Rafael Larco Herrera)'을 찾았다.

'라파엘 라르고' 개인 수집품인 모치카(Mochica), 치무(Chimu), 나스카(Nazca)의 토기들과 의류, 별도로 마련된 황금의 방을 나와 별동에 전시된 성性과 관련된 토기와 도자기의 엄청난 양과 그 에로틱함에 완전히 질려 있던 시간, 비가 내리지 않는다는 리마에 비가 내렸다.

정교하게 만든 남자의 성기性器가 도자기, 주전자, 찻잔에 달라붙은 채 500여 년 세월을 건너 유리관 안쪽 선반에 늘어 놓이고, 성행위를 표현한 수십 점의 토기와 도기들이 도전적으로 관람객들 앞에 드러나 있던 시간이었다.

"조금 전 우리는 차빈, 파카스, 나스카, 모티카의 프레 잉카, 그리고 잉카 시대의 유물들을 개략적이나마 확인 하셨습니다……. 엄청난 황금 유물들에 놀라셨을 거예요. 쿠스코에 있는 '코리칸차太陽神殿'의 황금으로 된 내벽이나 등신대의 황금 라마들을 모두 녹여 정복자, '프란시스코 피사로'가 스페인 본국으로 가져가고, 1532년 당시 잉카 황제 '아타와르파'를 석방하는 조건으로 황제가 유폐되었던 방을 가득 황금으로 채워 그 모두를 가져갔다는데도 여기 남아 있는 황금 유물의 양이 우리를 질리게 합니다. 당시 직물과 염색 기술, 이미 보신대로 두개골 절개의 뇌수술을 받은 미라나, 이빨 하나, 하나를 수정으로 깎아 끼울 만큼 놀라운 의술은 그러나 불행히도 문자가 없어서 모든 것을 짐작해야하는 형편입니다. 그런데 여러분은 지금 이 전시실에서 또 하나 놀라운 잉카의 얼굴을 보고 계십니다. 설명이 필요 없이 잉카인들의 성에 대한 찬미와 열정은 생산을 기원하는 다른 지역의 일반적인 성에 대한 인식과는 다르다는 느낌이 오지 않으셨는지 모르겠어요.”

가이드는 시선을 전시물 쪽에 고정하고 입만 움직이고 있었다. 자연스럽게 흐트러진 그녀 머리칼 뒤로 커다란 남자 성기들이 놓여 있어서 언뜻 그 성기 주변에 무성하게 음모가 돋아있는 착각이 왔다.

창백한 얼굴빛 때문이었는지 그녀 나풀거리는 머리칼과 그 너머로 보이는 커다란 남자 성기의 조화에서도 외설적인 느낌은 전해지지 않았다.

“비가 와요. 세상에 리마에 비가…….”

갑자기 가이드도, 설명을 듣던 관람객들도 순간 창문 쪽으로 몰려가 버렸다.

후드득대며 떨어지는 빗방울 소리와 흙먼지 냄새가 창틈으로 기어 들었다.

“참말 비가 오네요.”

가이드의 얼굴이 활짝 밝은 색으로 변했다. 5년 만에 처음이에요. 5년 되었거든요. 리마에 온 지 5년인데, 한 번도 리마에 비 오는 걸 못 보았는데……. 그녀 목소리가 조금 전과는 전혀 다른 사람처럼 밝아졌다.

“리마에도 비가 와요.”

360m를 거석들로 빈틈없이 쌓아 올린 ‘사크사이와만’ 석조 성곽 아래에는 기념품을 파는 아낙네와 풀을 뜯고 있는 라마 몇 마리, 외국 관광객 두어 팀이 모두였다.

한 시간 동안 사진도 찍고 구경도 하라고 일행을 풀어놓은 다음, 고 사장이 내게로 왔다.

“희한하제 예? 이 큰 돌더미로 우찌 두부 모 맞추듯이 성벽을 쌓았는지 통 짐작이 안 가지 예? ……멀미 증세는 이제 괜찮지 예? ……이거 둘이 한잔 하입시더. 우리 서울 선배님이 예, 장 선생님 잘 모시라고 전화에다, 팩스에다 무시로 연락을 해 오는 기라 예. 참 좋은 선배지 예.”

생각지도 않게 그가 가방 속에서 팩 소주 두 개를 꺼내 내 앞에 한 개를 내밀었다.

“이 풀밭이 지금은 아무 것도 없지 예? 하지만도 여긴 잉카의 피와 혼이 많이 서려 있는 곳이라 예.”

1536년 5월, 스페인에 반역을 시도했던 잉카 병사 2만 명의 피가 이 언덕에 뿌려졌다는 설명이었다.

“이 광장에서 6월 24일이면 해마다 ‘태양의 축제(Inti Raimi)’가 열리는 거라 예. 그 날 하루는 다시 잉카로 돌아간다, 아입니꺼? 황금 왕관의 왕도, 왕비도, 태양의 처녀들도 그 날은 다 살아나서 해를 향해 옥수수 술로 제사를 지내고……. 잘 생긴 라마를 잡아 심장을 꺼내 하늘에 안 바칩니꺼?…… 그걸 보고 있으면 잉카족들이 사라진 게 아니라, 원주민 피 속에 잉카의 혼맥으로 스며있는 거라, 예.”

고산지대의 알코올은 반응이 빨랐다. 내게 잠시 누워 쉬라고 해 놓고 그는 버스 쪽으로 내려갔다.

나는 팔베개를 하고 망연히 거대한 바위와 바위들로 기하학적으로 쌓아 올린 성벽으로 시선을 보냈다. 쿠스코행 비행기에서 영상물로 보았던 '태양의 축제' 장면이 빠르게 되살아나고 있었다.

정확하게 4개월 후면 저 성벽 사이, 어느 통로에서인지 태양에 반사하는 창검과 방패로 무장한 잉카 병사들이 수백 명 북소리를 울리며 광장으로 쏟아져 나올 것이다. 빨간색이 주조를 이룬 색색으로 단장한 수백 명 태양의 처녀들이 원무를 추며 광장을 가득 메우리라. 짐승 가죽을 뒤집어 쓴 몇 명의 병사가 머리 위의 뿔을 흔들며 광장 한가운데로 끼어 들고, 활과 창을 든 사냥꾼 역의 병사가 뒤엉키는 '수렵무狩獵舞'가 뒤이어 시작될 것이다.

나는 눈을 감은 채 망막 안쪽에서 진행되는 잉카의 태양 축제를 떠올리고 있었다.

태양이 광장을 정면으로 내려 쪼이기 시작할 때, 갑자기 긴 여운의 뿔피리와 단조롭고도 신비한 타악기들의 유현한 음률이 초원 위를 덮어 들다가, 그 신비한 음률이 잦아들면서 강렬한 북소리 속에 황금 관에 황금의 홀을 든 잉카의 황제가 번쩍이는 갑옷의 병사들에 에워싸여 단 위에 오를 것이다. 금년 수확한 제일 좋은 옥수수 '코클로(Choclo)' 술이 황금 병에 담겨 제단에 놓이고, 왕은 드디어 술병을 높이 치켜들어 태양을 향해 외친다.

'인티…… 라이미…… 인티 라이미…… 디오스파 가인쵸…….' 해가 서쪽으로 기울어지면서 이 날을 위해 준비한 성스러운 라마 한 마리가 제단 앞으로 끌려온다. 이어서 날카로운 잉카의 칼 '투미(Tumi)'

로 도려내어진 라마의 심장이 황제의 손에 움켜쥐어져 서쪽으로 기우
는 시뻘건 태양을 향하여 높이 들린다. 순간 온 세상은 라마의 핏빛과
석양의 노을빛으로 빨갛게 채색되고, 북소리가 전 산야를 흔들면서
병사들과 태양의 처녀들, 군중들이 함께 쏟아내는 함성이 폭풍 소리
처럼 온 지상을 뒤엎어 든다. 인티…… 라이미…… 인티…… 라이
미…….

"아린 카샨키? (안녕 하세요?)"
귀에 익은 음색에 나는 태양 축제의 환영 속에서 후다닥 뛰쳐나왔다.
망막 속에 태양 축제의 잔영이 남아 있어서 나를 내려다보고 있는
한 여자의 모습은 환영 속에 출연을 보류에 두었던 왕녀의 얼굴이 되
었다.
"리마에 어제 비가 뿌렸다면서요? 그건 대단한 사건이에요."
홍태연의 눈빛은 장난기로 차 있었고 어조도 낮고 여유롭게 전해
왔다.
약간 검은 피부였던 외모는 별로 변한 것 같지 않았다. ……로 내
려 오이소. 울루밤바에서 오늘 밤 묵고 예, 내일 아침 쿠스코에서 출
발해 들어가는 마추픽추 기차를 탈겝니다.…… 고 사장이 몸을 흔들
고 언덕을 내려가자 우리 사이에 잠시 침묵이 왔다.
"비가 뿌리니까 가이드도 정신을 못 차리고…… 마침 그때 박물관
의 흉칙한 물건들 앞에 서 있었는데……."
고개를 갸웃하더니 그녀가 깔깔거리며 웃기 시작했다.
"왜, 그거요? 이곳 거리에서 젊은 아이들 입 맞추고, 포옹하고 하
는 거 안 보셨어요?…… 나도 길가에서 키스하는 거, 옛날에는 유럽

쪽에서만 있다고 생각했거든요."

"그림 그려요? 지금도……."

잠시 그녀의 눈을 마주 보다가 물었다.

"나이프로 긁다가 캔버스에 구멍이 뚫린 것 보고는 요사이 생각 중이이요. 물감으로 덮고, 또 덮다가, 깎아내다 보니까 삶이라는 게 원래 복잡한 게 아닌데…… 그런 생각이 들어서요."

뱀처럼 구불거리는 길을 버스로 한참 내려가자 잉카인들이 성스러운 계곡이라는 뜻으로 부른다는 '우르밤바(Urubamba)'의 거칠고 급한 계류가 나타났고, 계곡 양쪽으로 원주민들의 가옥과 좁은 계단식 밭들이 눈에 들어왔다.

쿠스코보다 1,000m가 낮다는 우르밤바 강줄기는 마추픽추까지 연결되고, 만년설의 5, 6천 미터 안데스 여러 봉우리들이 겹겹이 계속되고 있었다.

그 날 일행은 코스모스와 접시꽃이 뒤덮인 강가 로지에서 하룻밤을 지냈다.

우르밤바 로지에서 그 날 저녁 고 사장이 베푼 파티에서 나와 태연은 무슨 한풀이라도 하듯 꽤 많은 술을 들이켰다.

'쿠스케냐(Cusquena)'라는 이름의 쿠스코 맥주가 세계 맥주 대회에서 2위를 차지했노라고 고 사장은 자랑했지만 그곳 습관대로 미지근하게 마시는 그 맥주 맛이 좋다는 느낌은 없었다. 그보다는 그가 준비해둔 한국산 소주가 더 인기였다. 피망 안에 고기를 넣은 '로코토 레쥬노', '투루차'라고 부르는 송어 요리, 옥수수를 곁들인 '초크로’, ‘치차로’ 라고 부르는 돼지고기 튀김들의 맛은 일품이었다.

태연은 소주를 많이 마셨고, 어두워지면서 다변이 되어 갔다.
리마는 여름 날씨였는데 우르밤바의 밤은 늦가을 날씨만큼 서늘했다.
두 사람은 잔뜩 취한 채 어둠이 오면서 더욱 세차게 소리를 질러대
는 물가의 넓은 바위 위에 널브러지듯 나란히 누웠다. 태연이 언제
준비했는지 뚜껑을 딴 위스키 병을 내게 건넸다.
“……어머니 떠나보내고는 할 일이 갑자기 없어지고, 더 머물 공
간이 없다는 느낌…… 그렇게 떠나온 게 2년 되었네요. 벌써…… 태
어난 곳에서 가급적 멀리 떨어진 공간, 줄곧 그 한 생각만 했으니까
요……. 마추픽추에서 잉카의 흔적을 보시게 되겠지요……. 그런데
그토록 외세에 버티며 살던 잉카인들은 어느 날 갑자기 어디로 갔을
까요? 영생의 나라로? 다른 차원의 세계로? 그런데 그건 또 무슨 의
미가 있지요?……”
“저쪽 산허리가 잉카 후예들 현재의 삶터예요. 흙벽돌로 벽을 만
들고 돼지, 라마, 양, 닭이 한 지붕 밑에서 살아요. 옥수수와 고구마
를 먹으며 맨발로……. 라마와 양털로 옷을 짜고, 조롱박 위에 작은
칼로 자기들 전설을 새기기도 하고……. 문제는 그걸 관광객들에 팔
고 그 돈으로 코카콜라나 오토바이를 사요. ……작년 ‘태양의 축제’
를 구경하면서 ‘천도제’ 생각을 했는데…… 이네들 축제 역시 저희
들 정체성과는 상관없는 것이 아닌가, 어차피 관광객들을 위한 상품
이 아닌가, 의문이 들더라구요. ……굉장하긴 해요. 어디에서 민속
의상을 차려 입은 원주민들이 저렇듯 쏟아져 나올까, 그 열정들이 무
섭지만 사실 그건 유희거든요……. 축제 동안 관광객들에게서 달러

를 벌어 잉카의 후예들은 미국제 전자 제품을 사요……."

"비행기를 타면서 홍태연이라는 여자를 다시 만날 수 있을까…… 혹시 태연이와 내 아버지가 같지는 않을까, 엉뚱한 생각도 하고……."

"금지된 사과가 더 단 것 알아요?"

그녀가 깔깔 웃어대더니 긴 팔로 내 목을 감싸 왔고, 나는 키니네 꽃 냄새를 맡은 것 같았다.

"나는 내 엄마가 아니에요."

환영 속 태양 축제의 한 장면, 높다란 황금 의자에 버티고 앉은 원색의 의상에 휘감긴 잉카 왕녀 생각을 하면서 나도 그녀 어깨를 깊이 감싸 안았다. 그녀 입술은 옛날 일렁이던 그녀 눈빛처럼 뜨거웠다.

주변은 무리 지어 핀 노란빛의 작은 꽃들이 어둠 속에서 반딧불처럼 보였다. 야생 키니네의 꽃이라고 했다. 그 꽃들이 한 순간 날개를 달고 움직이는 것 같더니 머릿속으로 강물이 휘젓고 달려가기 시작했다. 우리 어머니, 그리고 당신 아버지는 지금…… 그래요. 일생 한 남자만 가슴에 묻고 살아온 우리 어머니 불쌍하기도 하고…… 대견하기도 하고…… 천년이 지나도 썩지 않은 미라도 많고, 살아서도 그림자로 살아가는 사람도 있고……. 아, 참, 그 동안 결혼하셨지요? 내가 고개를 끄덕였다. ……그래요. 잘 했어요……. 나는 한 순간, 나를 지탱하고 둘러싸고 있던 것들, 그보다 훨씬 더 이전 전생前生의 어느 시기, 나를 구성해 왔던 것들까지 나를 떠나 흐트러지고 있는 것을 느꼈다. ……눈 밭 위에 누워 있는 나의 시신을 오일 나이프로 잘게 조각내고 있는 태연의 모습이 환영으로 떠오른다. ……우리 씻어요. 갑자기 그녀가 훌훌 옷을 몽땅 벗어 바위 한쪽에 밀어 놓더니 바위 틈 사이로 내려갔다. 나도 옷을 벗어 밀어 놓고 물에 몸을 담갔다. 차가운 냉기가 덤벼들었다. 벗고 있는 육신에 쏟아져 내리는 별빛이 내 몸을 작은 알갱이로 부숴가고 그 위로 달려가는 바람, 그 바람 속에서 미세한 입자로 흩날리고 있던 내 아버지의 영혼 역시 작은 조각들이 되어 뒤섞이는 것이 보였다. 나와 아버지의 영혼 조각들, 태연이와 그 어머니의 조각들……. 그 작은 입자들이 뒤섞이고 흩어져 가면서 내는 소리, 우리는 차가운 강물 속에서 빈틈없이 서로를 안았다. 내 아버지와 그 여자의 어머니가 안고 있는 모습을 본다. 아버지와 그녀 어머니가 내는 달콤한 신음소리가 우르밤바 계곡의 물결 소리가 섞여 간다. 그러다 한바탕 회오리 속에 모든 조각들이 우주 속으로 흩어져 가는 것을 본다. 언제였을까, 두 사람 다 작은 조각들로 흩어져 시공을 넘는 회오리 속에 한꺼번에 섞여 날아가는 것을 느낀다.

이튿날 아침 우리는 마추픽추행 열차를 타기 위해 역까지 걸어 나갔다. 부근 계곡에서 맨발의 원주민 아이들이 목걸이며 열쇠 꾸러미, 원색 무늬의 스웨터 등속을 들고 우리 쪽으로 몰려 왔다.

태연은 두 손으로 내 팔을 붙든 채, 저 애들 세수나 목욕을 안 해요……. 여기서 살려면 그게 당연하게 느껴져야 하는데……. 그녀 눈에서 옛날 일렁이던 불덩이의 흔적이 스치는가 하더니 스러져 버렸다. 민속품 꾸러미를 든 원주민 여자들이 우리를 향해 몰려들었을 때 그녀는 나이든 여자에게서 라마털로 짠 원색의 작은 벽걸이 한 개를 사서 내게 내밀었다.

"저 아주머니가 두 사람 신혼여행 중이냐고 묻네요."

240

마추픽추는 역시 불가사의였다.

잉카의 마지막 황제 '투팍 아마루'의 스페인에 대한 마지막 반란이 실패한 후, 쿠스코 광장에서 네 마리 말에 찢겨 죽으면서도 마추픽추의 비밀만은 지켰다고 한다. 정확한 건설 연대도 목적과 기능 역시 베일에 가려진 채, 무게 1백 톤에서 3백 톤에 이르는 거석을 맞은편 산에서 잘라다 세운 작은 도시, 그러나 이 요새의 건설이 잉카의 때였는지, 그 이전 시대 것인지도 밝혀진 바가 없다고 한다.

……여기는 해발 2280m의 산정입니다. 유적 주위의 높이가 5m. 두께 1.8m.…… 1911년 '하이람 빙검'에 의해서 '잃어버린 도시'로 불리게 된 이곳은 높이 솟은 절벽과 산, 열대 우림 정글에 묻혀 적어도 4-500년 세월을 침묵 속에 싸여있던 곳이지요. ……입구에서 보셨던 오두막 전망대는 복원한 초가지붕이 얹혀 있습니다만 이 비밀의 도시가 한창 번성했을 때의 모습은 알 수가 없습니다. ……수많은 수로와 계단식 밭을 만들어 감자나 옥수수 같은 것을 재배했던 것은 짐작되지만 몇 사람이나 이곳에 상주했는지는 추정이 어렵습니다. 보세요. 저 건너편의 '와이나픽추' 가파른 절벽에도 계단식 밭이 보이지요? ……이쪽은 태양 신전으로 쿠스코에 있는 것과 비슷한 양식을 가지고 있습니다. ……자, 자리를 옮깁시다. 여기 마추픽추 최고점에 있는 '인티와타나'는 큰 돌을 깎아 만든 해시계로 동짓날, 태양이 돌 각주의 각 모서리가 동서남북을 가리키게 되어 있어요……. 1911년, 지금 우리 발 아래, 급경사면의 계단식 밭을 기어올라 '하이람 빙검'이 이곳으로 올라 왔던 것으로 기록되고 있습니다.

리마에서부터 동행했던 미스 최의 친절한 설명이 계속되었다.

"우리 미스 최, 우리 회사 보배라 예…….

　한 걸음 물러서서 고 사장은 연신 목덜미의 땀을 닦아가며 흐뭇한 얼굴이었다.

　"서울 강 선배님이 한국 중고차 관계 부탁 건은 리마에서 조사가 끝났다고 연락이 왔십더. 걱정 안 하셔도 될깁니다. 인자 마, 마음 놓고 구경이나 실컷 하시면 안 되겠십니꺼?"

　태양의 문을 나와 외따로 있는 오두막 곁에 커다란 고인돌 부피의 다듬어진 넓은 돌이 하나 놓여 있었다. 장의석葬儀石이라고 했다. 시신을 이 돌 위에 안치해 두고 이승과의 석별 시간을 가졌던 모양이었다. 일행에서 떨어져 나와 나는 표면을 매끄럽게 깎은 그 돌 위에 온몸을 뻗고 잠시 눈을 감았다.

　"'천도제'의 공간이었던 셈이지요."

　장의석 한쪽에 로프가 통과할 수 있도록 뚫린 구멍은 제물로 썼던 라마를 매달아 두었을 것이라는 설명이었다. 건너편 언덕이 묘지였다고 했다. 173구의 미라가 거기 언덕에 누워 있었는데, 그 중 150구가 여성들의 미라였다고 했다.

　"사막의 새우 이야기 들어 보셨어요? 모래밭에 숨어 있던 알이 비가 오면, 물이 말라 버리기 전에 부화하고, 성장하고, 알을 낳는대요. 그 알은 몇 달이, 몇 년이 걸릴지 모르는 비가 올 날을 기다리며 모래 속에 묻혀 있고요……."

　"야생 키니네 꽃 냄새, 정확하게 기억할 수 있어요?"

　그녀가 고개를 저었다.

　"페루는…… 영주권이 쉽게 나오니까, 여기 눌러 사실래요?"

　나는 로프를 매었던 것으로 생각되는 장의석 뚫린 구멍 속에 디밀어 본다. 내 손이 들어가기엔 구멍이 너무 작았다. 태연이 제 손을 밀어 넣었다. 그녀의 손이 구멍을 통과했을 때, 내가 그 손끝을 반대쪽에서 재빠르게 쥐었다.

"이렇게 묶어 놓고…… 태양의 처녀들이 살아나서 해를 향해 경배할 때쯤 일어나면 어떨까?"

그녀가 푸수수 웃었다.

장의석 건너편 평평한 언덕 위에 150명 원색의 복장을 한 태양의 처녀들이 살아나서 원무를 추는 모습, 강렬하게 태양이 비치고, 또 비바람이 몰아치고……. 그 속에서 풍화해 가는 여자들 모습 속에 내 아버지와 그녀 태연의 어머니가 젊은 모습으로 섞여 있는 모습을 본다.

"같이 묶어요."

태연이 흰 이를 내 보였다. 수십 겁 인연의 한 조각이 윤회를 멈추고 거기 햇빛이 날카롭게 쏟아져 내리는 안데스 산정에 잠시 머물고 있었다. ❋

시적 영감 같은, 혹은 웅숭깊은 사랑의 의미

김찬기 | 한경대 교수 · 문학평론가

상상력은 특히 예술적 상상력은 기계적으로 기억된 자료나 영상 (images)의 수동적 조합이 아닌, 끊임없이 일어나려는 사건과 영상을 인간의 경험적 현실과 매개시키면서 생생하게 마음 속으로 경험하는 자에게만 찾아오는 선물이다. 상상력 이론의 대가 콜리지의 '매개적 정신 능력', 곧 '상상력'이란 개념도 크게는 이와 다르지 않으리라. 그렇다면, 인간에게 있어 상상은 일차적으로 실제 삶의 현실과 매개될 수 있는 어떤 것이어야 하겠다. 과학적 상상은 말할 것도 없거니와, 신화적(환상적) 상상이 망상이 아닌 이유도 그것이 인간의 어떤 현실을 경험케 하기 때문이다. 작품 「그 강변, 야생 키니네 꽃」은 바로 이와 같은 환상적 상상에 기대어 삶과 죽음, 그리고 그 조건으로서의 '사랑'의 의미를 탐색한 작품이다. 이 작품 안에서 우리는 두 개의 이야기가 겹쳐지는 것을 볼 수 있다. 하나가 '홍태연과 나'의 이야기이고, 다른 하나가 '홍태연의 모母와 나의 부父'의 이야기이다. 홍태연과 나의 이야기가 겉면의 이야기라면, 홍태연의 모母와 나의 부父의 이야기는 배면의 이야기이다. 그러나 안팎의 두 이야기는 서로 관계 짝이면서 동시에 하나의 이야기(홍태연의 모母와 나의 아버지)가 '홍태연과 나의 이야기'를 부조하는 관계로도 이해 가능하기에 단정적으로 그 의미를 톺아볼 수만은 없는 듯하다.

> "비행기를 타면서 홍태연이라는 여자를 다시 만날 수 있을까……
> 혹시 태연이와 내 아버지가 같지는 않을까, 엉뚱한 생각도 하고…….."
> "금지된 사과가 더 단 것 알아요?"
> 그녀가 깔깔 웃어대더니 긴 팔로 내 목을 감싸 왔고, 나는 키니네 꽃 냄새를 맡은 것 같았다.
> "나는 내 엄마가 아니에요."
> 환영 속 태양 축제의 한 장면, 높다란 황금 의자에 버티고 앉은 원색의 의상에 휘감긴 잉카 왕녀 생각을 하면서 나도 그녀 어깨를 깊이 감싸 안았다. 그녀 입술은 옛날 일렁이던 그녀 눈빛처럼 뜨거웠다.

홍태연은 '오랜 세월 첫 남자를 잊지 못해 가슴에 안고 살다'가 그 남자가 80이 넘어 죽자 '머리 풀고 곡을 하다 며칠 뒤 세상을 뜬' 어머니에 대한 애증의 깊이를 견디지 못하고 남미 페루에 정착한 여자이다. 그 홍태연을 나는 브라질 출장길에 잠시 머물게 된 페루에서 예기치 않게 만나게 된다. 인용문의 진술에서 드러나는 바와 같이 이 작품의 '홍태연과 나의 이야기'는 어떤 식으로든 '금기'의 문제와 잇닿아 있는 지점이 존재한다. 주인공 나의 '태연이와 내 아버지가 같지는 않을까'라는 엉뚱한 생각이 '금지된 사과가 더 달다'는 태연의 진술로 뒷받침되기도

245

하기 때문이다. 그렇다면, 나와 홍태연은 이복형제일 수도 있고, 이복형제 간의 금기적 사랑의 문제가 이 소설의 핵서사일 수도 있다. 홍태연의 "나는 내 엄마가 아니에요."라는 도발적 외침은, 곧 자신(홍태연)은 어머니처럼 사랑하는 사람을 보내지 않겠다는 결단으로 읽혀지는 이유도 이와 무관하지 않은 것이다. 그러기에 "일렁이던 그녀의 눈빛"의 은유적 의미는 이미 작품의 전반부에서 복선처럼 밝힌 바대로 '어머니에 대한 애증'과 관련되는 것이지만, 그것은 동시에 '세상의 인연(금기적 사랑)을 회피하지 않겠다'는 의미로 이해 가능한 지점도 존재하는 것이다. 그렇다면, 이 작품의 '홍태연의 모母와 나의 아버지'의 이야기는 이복형제 사이의 사랑이라는 금기적 문제를 형상화하기 위한 주변 서사에 불과할 수도 있겠다. 문제는, 이러한 이해의 구도가 작품의 도입부와 말미에서 제시되고 있는 천도제와 장의석의 문제와 관련시켜 보면 매우 다른 지점의 독법과도 만날 수 있게 된다는 점이다.

    우리 씻어요. 갑자기 그녀가 훌훌 옷을 몽땅 벗어 바위 한쪽에 밀어 놓더니 바위 틈 사이로 내려갔다. 나도 옷을 벗어 밀어 놓고 물에 몸을 담갔다. 차가운 냉기가 덤벼들었다. 벗고 있는 육신에 쏟아져 내리는 별빛이 내 몸을 작은 알갱이로 부셔가고 그 위로 달려가는 바람, 그 바람 속에서 미세한 입자로 흩날리고 있던 내 아버지의 영혼 역시 작은 조각들이 되어 뒤섞이는 것이 보였다. 나와 아버지의 영혼 조각들, 태연이와 그 어머니의 조각들……. 그 작은 입자들이 뒤섞이고 흩어져가면서 내는 소리, 우리는 차가운 강물 속에서 빈틈없이 서로를 안았다. 내 아버지와 그 여자의 어머니가 안고 있는 모습을 본다. 아버지와 그녀 어머니가 내는 달콤한 신음소리가 우르밤바 계곡의 물결 소리에 섞여 간다. 그러다 한 바탕 회오리 속에 모든 조각들이 우주 속으로 흩어져 가는 것을 본다. 언제였을까, 두 사람 다 작은 조각들로 흩어져 시공을 넘는 회오리 속에 한꺼번에 섞여 날아가는 것을 느낀다.

시적인 묘사가 빛나는 이 성애 장면의 서사적 의미는, 분명 두 주인공의 부모(홍태연의 어머니와 나의 아버지)가 이승에서 이루지 못한 사랑과 관계하는 바, "아버지와 그녀 어머니가 내는 달콤한 신음소리"나 "두 사람 다 작은 조각들로 흩어져 시공을 넘는 회오리 속에 한꺼번에 섞여 날아가는 것"과 같은 진술은 결국 부모의 사랑이 '나와 홍태연'의 사랑을 통해서 완성되는 것을 환유하고 있는 것일 수도 있겠다. 이것은 작품 말미에서 태연이 자신의 손을 장의석 구멍 속에 밀어 넣고 "같이 묶어요"라는 말하는 장면이나 장의석 건너편 언덕 위에 "내 아버지와 그녀 태연의 어머니가 젊은 모습으로 섞여 있는 모습을 본다"는 장면의 의미와 관련시켜 볼 때 더욱 분명해진다. 그렇지 않고서는 작품의 말미에서 드러나고 있는 두 사람의 유대의식이나 부모의 젊은 환영, 더욱이 '나와 홍태연'의 갑작스러운 성애적 결합의 서사를 이해할 길이 없다. 바로 이런 점에서 보면, '나와 홍태연'의 성애는 부모들을 위한 천도제이며, 하나의 씻김굿의 환유가 되는 셈이다.

「그 강변, 야생 키니네 꽃」은 이와 같이 두 가지 서사가 서로 안팎을 이루면서 서로의 의미를 부조하는 작품이다. 요컨대, 전자(금기적 사랑)가 후자(씻김굿을 통한 사랑의 완성)와 무관하지 않고, 후자가 전자와 무관하지 않게 직조된 서사이다. 이런 점에서 「그 강변, 야생 키니네 꽃」은 최근 우리 소설의 새로운 징후들, 예컨대 온갖 가벼운 것들에 대한 긍정과 관심, 성 정체성, 특히 자기 정체성과 관련지을 수 있는 성담론, 불륜, 근친 상간, 어찌보면 황당무계하기 이를 데 없는 환상 담론들,

거짓말…… 등등으로 요약되는 최근의 서사 경향과 궤를 같이 하는 작품일 수도 있겠다. 이들 작품이 가지고 있는 발랄한 상상력과 아이디어들을 존중하면서도 여전히 풀리지 않는 한 가지 의문(불만)은, 잘된 작품들을 제외하고는 대개의 작품들이 현실이 배태되는 조건과 근거에 대한 성찰은 부재하다는 것이다. 이러한 경향의 작품들이 겨냥하고 있는, '현실의 현실성을 의심한다'는 이 도도한 물음은 어떤 식으로든 존중되어야 하지만, 분열의 자아가 경험하는 것들이 시대의 새로운 내부로 침투하지 못하고 이미 지리멸렬해진 이념과 소재에 기대고 있다면, 사실 '성찰의 결여'를 의심하지 않을 수 없다. 이런 경우, 서사는 관습화된 기호들만 재생산해낼 수밖에 없다. 잘 알려진 것처럼, 이런 경향의 서사체들은 20세기 후반 들어 가속화된 가치의 분열, 중심과 주변의 해체, 현실과 초월적 세계의 교통 등으로 요약되는 탈근대의 징후가 구체화되며 수렴되어온 양식이었다. 말하자면, 모사 불가능성의 세계에 대한 대안의 서사 형식이 요청되었고, 그 요청의 결과가 바로 이러한 경향의 서사 양식들이었던 셈이다.[1]

「그 강변, 야생 키니네 꽃」이 돋보이는 이유는 다른 데 있는 것 같지 않다. 최근의 이러한 경향의 작품들이 보여주고 있는 도식성(매우 발랄한 상상력과 도발적 이미지들로 직조된 작품들이 보여주고 있는 삶(사랑)에 대한 단순한/관습적 해석)과 거리를 두고 있다는 점이다. 이 작품은 '뜻하지 않은 타인(홍태연)'이 어떤 '시적 영감'처럼 문득 다가와 한 인간(주인공 나)의 삶(사랑)을 고양(경험)케 한 이야기를 형상화한 작품이었다. 어찌보면 진부하기 이를 데 없는 소재일 수도 있었다. 그러나

---

1 송하춘, 『소설발견』6, 고려대출판부, 2005, p.108~114.

이 작품을 읽는 독자는 그 진부한 소재가 늘 야기하는 상투적 반응에 결코 빠져들지 않는다. 이 작품 어디에서도 '사랑'에 대한 관습적이고 전단적인 설명은 찾아볼 수 없기 때문이다. 현실(사랑)에 대한 웅숭깊은 인식에 기초하지 않고서는 도달하기 어려운 미학적 성취인 것이다.

약혼

이응준

☙ 약 력 ❧

1970년 서울 출생.
한양대 독문과와 동대학원 졸업. 한양대 국문과 박사과정 수료.
1994년 계간 《상상》에 「그는 추억의 속도로 걸어갔다」로 등단.
소설집 『달의 뒤편으로 가는 자전거 여행』『내 여자친구의 장례식』,
장편소설 『느릅나무 아래 숨긴 천국』 등이 있음

약혼

이응준

  저 여자와 저 남자는 아까부터 단 둘이 마주 보고 술을 마시면서도 아무런 대화가 없다. 그래서 그들은 서로의 연인이다.

  여기 비좁고 허름한 카페 '자서전'의 주인인 해원은 지금 지리산 남쪽 자락의 선찰禪刹 천은사에서 홀로 요양 중이다. 그곳으로 떠날 때 이미 그녀의 병세는 호전될 가망이 없었다. 나는 지난 늦가을부터 해원 대신 이렇게 조명이 침침한 카운터에 죽치고 앉아 소설을 읽거나 맥주를 홀짝대고 있다. 어제는 서울에 사반세기 만의 봄눈이 내렸다.

  해원은 육손이었다고 한다. 이 말은 내가 아직 그녀를 모르던 세월 동안 그녀의 왼손 손가락이 여섯 개에서 다섯 개로 줄어들었다는 것을 의미한다. 고아인 해원이 제 심장처럼 여기던 적금통장을 헐어 종합병원 정형외과를 찾아간 나이가 스물넷. 동갑에 생일까지 같은 우리는 막 서른 살을 넘기고 병우 덕분으로 처음 만났던 것이다. 고해

2006 올해의 문제소설

원, 당시 그녀가 내 절친한 벗 민병우의 약혼녀였다.

흔히 육손으로 불리는 다지증은 양손보다는 한쪽 손에서, 그 중 유독 엄지손가락에 많이 발생한다. 해원의 왼손 새끼손가락 곁에 붙어 있던 또 다른 새끼손가락은 그저 살덩이로만 이루어진 것이 아니라 뼈와 관절, 힘줄과 인대, 성장판 및 신경까지 온전히 갖춘 최악의 경우였기에 세 차례의 대수술을 거친 다음에야 겨우 제거될 수 있었다.

"생후 18개월을 전후해 수술시켜주면 상처가 깨끗하게 아물고 장차 아이가 받을 정신적인 충격도 훨씬 덜 수가 있다는데, 나야 어디 그런 애틋한 호강이 가당키나 한 팔자였어야지. 내 힘으로 밥 벌어먹으며 엄청난 수술비 모으느라 인생에서 가장 예뻤을 시기 내내 참 우울했어요. 도대체가 이 왼손을 끝까지 감출 방법이 없는 거야. 누구라도 상처는 가지기 마련이겠지만 관리를 잘 해주면 나처럼 흉터가 남진 않지. 불우하다는 것과 불우하지 않다는 것의 차이가 바로 그거 아니겠어요? 내 이름, 고아원에서 붙여준 촌스러운 이름을 버리고 바꾼 거예요. 점쟁이가 불우해지지 않을 수 있다고 해서. 내가 원래 그래."

해원은 바지만을 고집한다. 본능으로 굳어진 그녀의 절박한 습관이랄 수 있겠는데, 바지 호주머니 속에 손가락이 여섯 개 달린 왼손을 숨기고 싶었기 때문이다. 그러나 이로 인한 오해는 종종 봉변을 불러와, 노처녀 음악선생은 다른 학생들 앞에서 왼손을 바지 호주머니 안에 찔러 넣고 오른손으로는 악보를 비스듬히 든 채 성악시험을 치르는 해원의 뺨을 후려친 뒤 그녀의 왼손을 바지 호주머니에서 강제로 빼내 보고는 곧장 졸도했던 것이다. 해원은 여자고등학교를 3개월 만에 자퇴하고 다시는 여럿이 한꺼번에 비명을 지르는 곳에 가지 않는 독학자가 되었다.

한데 육손이의 진화론이 일그러지기 시작한 것은 정작 해원이 스스로에게 인위도태를 감행하고 나서부터였다. 그녀의 왼손은 정형외과 수술을 받아 다섯 개의 손가락을 지니게 된 이후에도 여전히 깜깜한 바지 호주머니 속을 벗어나지 못하고 있었다. 가령 어느 날 갑자기 기린은 높은 나뭇가지 위의 열매라든가 잎사귀를 따먹을 필요가 사라졌지만 향후 수만 년 동안 추운 나라에서 움츠리고 살지 않는 이상은 긴 목이 도로 짧아질 수 없는 것이다.

"나는 형광펜으로 씌어진 글씨는 제대로 읽지 못해요. 색맹에 색약이거든. 이모들이 전부 보인자야. 여자들은 남자들에 비해 색맹이 현저히 드물어요. 외가 쪽 사촌 형들과 거리를 돌아다니다 보면 동일한 간판이라든가 사물을 쳐다보고 떠드는 소리들이 제각기 달라. 얼마나 골 때리는데요. 순식간에 길 한복판에서 내가 맞다 니가 맞다 일대 소동이 벌어지는 거야. 요즘은 한의원에서 침을 놓아 치료가 가능하다지만, 관심 없죠. 색깔은 내게 별 의미가 없거든."

"사람이란 것들이 외다리, 외팔이는 웬만함 동정해주지. 신체가 훼손된 장애인에게는 싫다는 감정 이전에 일단 측은한 마음이 먼저 드는가 봐. 그치만 기형 장애인인 육손이를 접하면 구역질 같은 혐오가 알량한 동정마저 휩쓸어버린다구요. 손가락이 하나 없으면 사고를 당한 인간이지만, 손가락이 하나 더 있으면 잘못 태어난 괴물인 거야. 육손이의 고통이 고작 색맹이나 색약 따위와 비교될 순 없어요."

"난 그런 뜻이 아니었는데."

완곡한 핀잔에 이어서 해원은 희한한 이야길 덧붙였다. 가끔씩 그녀는 존재하지 않는 왼손 여섯 번째 손가락에서 심한 통증을 느낀다는 것이다. 흉터로 남아 있는 수술자국 위에 버젓이 제2의 새끼손가락이 달려 있는 듯 하고 또 종종 그것이 마구 시리고 쑤셔대 참을 수가 없단다. 의사들이 이른바 환상통幻想痛이라 명명하는 이 증상이 몸의 일부분을 절단한 장애인들 사이에서는 감기만큼 흔하다는 사실이 좀체 믿기지 않았다.

나중에 더 친해지고 나서 알게 됐는데, 해원은 일란성 쌍둥이이다. 내가 그녀의 육손이 시절을 모르는 것처럼 그녀는 자기의 쌍둥이 시절을 모른다. 해원보다 3분 늦게 세상에 나온 동생은 육손이가 아니었으며 첫돌 무렵에 네덜란드로 입양되었다고 한다.

"백방으로 노력해서 찾아낸 정보가 그게 다야. ……없는 손가락이 아파오면 그 아이가 보고 싶어서 거울을 봐요. 걔는 나와 똑같이 생겼지만 나와는 전혀 다른 어른이 되어 있을 거야. 행복한 가정에서 성장해서가 아니라, 육손이로서의 어두운 삶을 경험하지 않았기 때문에. 나는 상처에 찌들지 않은 나를 동생을 통해 만나보고 싶어요. 걔는 기분 좋을 땐 환하게 웃고 그럴 거야."

어째서 다이아몬드가 모든 보석들 가운데서 최고로 값비쌀까? 무엇이 보석의 우열을 가리는 것일까? 싱겁다고 할는지 모르지만 나는 늘 그것이 궁금하였다. 그리고 지구에서 50광년 떨어진 반인반마半人半馬 자리에 직경 1,500km의 다이아몬드가 찬란히 빛나고 있는 것이다. 정식 명칭은 BPM37093이지만 천문학자들은 비틀즈의 노래 'Lucy in the sky with diamond'를 기려 이 도도한 여인을 루시라 부른다. 지구에서 제일 큰 다이아몬드래 봤자 3,100캐럿짜리 원석을 가공한 530캐럿의 '아프리카의 별'이 고작인데 루시는 대충 계산해도 10의 34제곱 캐럿 이상이다. 핵융합 반응이 소진되어 탄소결정체로 생을 마감한 백색왜성白色矮星 루시는 죽음 자체가 곧 다이아몬드인 셈이다. 허구한 날 우리의 머리 위에 떠 있는 저 태양도 50억 년 후에는 수명이 다하고 20억 년쯤 더 흐르면 우주 최대의 다이아몬드별로 거듭난다. 물론 아무나 죽는다고 다이아몬드가 되는 것은 아니다.

병우는 해원에게 루시를 소개하면서 사랑을 고백했다 한다. 루시야말로 가난한 독립영화 감독인 그가 가난한 독립영화 배우인 그녀와 나누고 싶은 가장 낭만적인 약혼반지였던 것이다. 해원이 대답했다.

"내 손이, 반지 끼기에는 왼손이, 좀 이상해서."

처음에 병우는 이를 거절의 의사로 판단하고는 낙심하였다. 능력도 없는 놈이 괜히 유치한 분위기 잡다가 망신만 당했구나 싶어서 안면이 후끈 달아올랐다. 근데 가만 보니까 해원은 흉터가 있는 왼손을 정말 미안해하고 있더라는 것이다. 평소의 당찬 그녀는 온데간데없고 잔뜩 주눅든 음성으로 스물네 살에 왼손 손가락이 여섯 개에서 다섯 개로 줄었음을 애써 밝히더라는 것이다. 또 해원은 자기는 결혼한들 엄마가 될 수 없는 처지라고 고개를 저었다. 초음파 검사로 태아가 육손이의 표징을 가진 것이 드러날 땐 인공유산 시킬 수 있을 테지만 설사 겉이 멀쩡하다손 치더라도 엄연히 속에 똬리 틀고 있을 육손이의 유전자를, 그 소외와 멸시의 씨앗을 아예 용인 못하겠다며 울먹였다. 기실 육손이는 의외로 흔해서 400명 중 1명꼴로 발생하는데 부모가 신생아의 손가락, 발가락 수부터 세어본다는 말이 그래서 있는 거라고. 에스파냐에서는 3대에 걸쳐 40여 명의 육손이가 태어났다는 기록이 있다고. 일주일 뒤 병우는 부디 루시 따위는 잊어달라며 해원의 오른손 무명지에 금반지를 끼워줬다.

이제 저기 마주 앉아 술을 마시면서도 아무런 대화가 없는 여자와 남자에게 그만 일어나 달라고 독촉해야겠다. 해원과 나도 단 둘이 마주 하고 술을 마시면서 아무런 대화가 없던 적이 많았다. 오늘밤 이것으로서 자서전은 영원히 문을 닫는다.

인생은 감히 어느 누구도 장담할 수가 없다. 나와는 아홉 살 터울이 지는 형님의 사례만 보더라도 그렇다. 그는 '재고는 경영의 적이다' 라는 좌우명을 딱풀의 특허권과 함께 부친에게서 상속했다. 형님은 현금 전환능력이 자동차회사보다 탁월한 이 사업을 십수 년간 일곱 배 가까이 성장시켰다. 어차피 끊임없이 인류는 종이와 종이를 딱풀로 붙이게 돼 있는 것이다. 형님은 부지런한 만큼은 정직하였다. 죄를 짓지 않을 수야 없었겠지만 그것이 그의 명성과 선량한 이미지를 훼손시키지는 못했다. 형님은 똘망똘망한 아들을 둘씩이나 둔 뿌듯함을 술기운에 이렇게 표현했다. 자식이 둘이니 하나가 없어져도 나머지 하나가 있어 든든하지. 그로부터 불과 일주일도 못 돼 형님의 두 아들은 친할아버지 농장의 꽁꽁 얼어붙은 저수지 위에서 썰매를 지치다가 갑자기 나타난 빙판의 균열 속에 빠져버렸다. 아이 둘이다. 자동차 안에서 신문을 읽다가 우지끈, 첨벙, 소리에 놀란 내 아버지는 사태를 파악하자마자 허겁지겁 저수지로 뛰어들어 시멘트블록처럼 단단한 얼음장들을 팔꿈치로 으깨며 손자들을 구해내려 발버둥쳤으나 그들은 벌써 익사해 새하얘진 다음이었다. 제 정신이 아닌 상태에서 초인적으로 악을 썼던 칠순 늙은이의 살과 뼈는 곳곳이 벌어지고 바수어져 있었다. 삶이 살벌한 것은 내가 뭘 추구했는지도 쉽사리 까먹는다는 데에 있다. 의지가 강력한 인간일수록 운명을 좌우명대로 수정하지만 그때 좌우명은 신념이 아니라 신이 된다. 재고는 경영의 적이다. 형님과 아버지는 무의식중에 각자의 어떠한 재고를 처분했던 것이다. 두 아이는 제로가 되었다. 민병우는 우리 집안을 쓸고 지나간 저 비극이 꽤 인상 깊었던지 언젠가 꼭 영화로 그려보고 싶다며 내게 허락까지 받았다. 삶은 항시 의외의 방향으로 나아가기 마련이라는 생각이 영상 예술가 민병우를 자극했다. 그러나 녀석은 그 애매모호한 철학의 단초가 되는 일화를 제공한 나로 인해 훗날 자신에게 어떤 황당한 일이 벌어질 것인지는 전혀 예상치 못하고 있었다. 하긴 그게 또 인생이니까. 영화학과에서 병우는 나보다 두 학번이 위였지만 등록금을 대는 게 어려워 휴학을 세 차례 했기에 학년은 나와 같았으며 나이는 우여곡절이 많았던 내가 두 살이 위였다. 우리는 반말을 트고 친구로 지냈지만 이미 미완의 대기大器로 시선을 모으던 그가 매사에 서툴고 주저하는 나를 주도하는 편이었다. 남해의 작은 섬에서 자란 병우는 열두 살 때 잘 따르던 중학생 사촌 형이 광견병에 걸려 죽는 것을 지켜봤다고 했다. 광견병 예방접종은 미리 백신주사를 맞아두는 것이 아니라 광견병이 의심되는 개에게 물렸을 적에 비로소 수행하는 치료적 예방법인데 깡어촌인지라 그게 늦었던 모양이다. 짐승의 이빨자국이 선명한 상처로부터 중추를 향하여 방산하는 신경통, 동공확대, 심한 불안감, 발한, 식욕부진, 고열, 수액의 과다분비, 흥분상태, 바람과 빛과 음향에 대한 민감한 반응, 의식상실, 그리고 무엇보다 광견병은 환자가 물을 삼키면 목에서 가슴 쪽으로 경련을 일으켜서 나중에는 물컵만 봐도 발작하기 때문에 일명 공수병恐水病이라고도 한다. 바다소년이 바다가 무서워 미친 뒤 침울해져 죽어 가는 모습은 그보다 더 어린 민병우에게 대단한 충격을 주었던 것 같다. 그는 그 경험 때문에 예술을 하게 됐다고 단언했다. 병우는 사람의 상처에 대해 관심이 지대했다. 아마도 그것이 그로 하여금 해원을 사랑하게 하였는지도 모른다. 병우는 영화감독이 안 되었더라면 성직자가 되었을 것이다. 예술과 종교는 피차 장점이기도 하고 단점이기도 하다. 그는 온혈동물들만이 공수병에 걸린다고 했다. 인생은 감히 어느 누구도 장담할 수가 없다.

　문짝이 없는 화두의 문, 일주문一柱門 안으로 발을 들여놓자, 계곡의 물소리, 바람 소리, 풀벌레 소리, 새떼의 날갯짓 소리, 나뭇잎 흩어지는 소리, 풍경風磬 소리, 꽃봉오리 터지는 소리, 스님들의 쑤군거리는 소리, 공양 뒤 바리 닦는 소리, 독경 소리, 어느 여자가 아주 작게 아이고, 아이고 하는 소리, 뭐 그런 착란하는 주문呪文들이 사방에서 한꺼번에 육박해와 여독에 지친 나를 막막하고도 나른한 피안에 가두었다. 결국 나는 양손으로 두 귀를 틀어막고는 내 심장 뛰는 소리를 경청하고 있었다.
　신라 시대에 창건됐다는 천은사는 향기로운 노송들에 둘러싸여 있었다. 소나무, 특히 씁쓸한 사연이 많은 소나무에 관해서라면 내 업보의 무게가 만만치 않다.
　내 첫 대학교는 한적한 바닷가에 있었다. 지명도에 비해 캠퍼스가 턱없이 커다래서 학생들은 오히려 실의에 빠지곤 했다. 나는 북향의 창 밖으로 교문이 성냥갑만하게 내다보이는 연립주택 옥탑방에서 자취를 했는데 삼수 끝에 부모의 강권에 의해 서울에서 복날 개 막다른 골목에 몰리듯 쫓겨 내려간 곳이었으므로 잘난 학창생활이 제대로 될 리가 만무했다. 돌이켜보건대 내 깜냥에는 그만도 벅찬 학벌이 아니었던가 싶은 것이, 대체 어떻게 그런 시건방이 가능했는지 사뭇 대견할 뿐이다.

그리고 거기에 해송海松의 숲이 있었다. 그 속을 배회하다 눈을 감으면 아득히 치는 파도 소리가 머리카락을 적시어 낮에는 무릎 꿇고 싶고 밤에는 자살하고 싶었다. 종일 마루에 드러누워 끙끙 앓던 중년의 이모가 해가 지자 짙은 화장을 하고 부둣가로 나가 붉은 전등불 아래 젓가락 장단 맞추는 작부가 되는 것처럼 해송은 낮과 밤의 존재감이 극과 극이었다.

보통 나는 강의실에는 없었고 버스를 타고 강릉 시내로 나가 후줄근하고 케케묵은 동시상영관에서 내 청춘마냥 말발도 서지 않는 방화邦畵들을 연거푸 보며 소주병을 입에 물기 일쑤였다. 요즘 대학가에서 예술 취향이 있다고 자부하는 녀석들에게 장래희망을 물어보면 십중팔구 영화계를 들먹이는 것과 마찬가지로 내 이십대에는 개나 소나 닭이나 돼지나 심지어는 바퀴벌레마저 시인 행세를 했다. 나 역시 그 시절 시 비슷한 것들을 남몰래 쓰고 있었는데 아마도 그건 혹시 이러다간 불한당조차 못 되는 게 아닌가 하는 두려움의 소치였을 것이다.

게다가 나는 한 술 더 떠 같은 과 4학년 여자선배와 동거까지 하고 있었다. 아담한 키와 몸매에 무덤덤한 얼굴이었는데 그 대학교에 적을 두게 된 과정이 나와 비슷해서 집은 인천이었다. 나는 예나 지금이나 사랑이란 유령을 믿지 않아 그녀와 나 사이가 사랑이었다 아니었다 감히 감정 못하겠지만 우리는 곁에 붙어있으면서도 기억에 남을 만한 대화란 게 도통 없었다. 내가 그녀의 몸을 통해 위안 받고 있었다면 그녀는 나의 무엇에 기대어 나를 견뎠던 것일까?

1980년대 중반까지만 하더라도 캠퍼스 커플의 동거가 흔치 않았고 따라서 우리를 대하는 구멍가게 주인의 시선조차 곱지가 않았다. 하물며 두 학번 위 두 살 연상의 여자선배를 마누라처럼 데리고 지내는 병역 미필 2학년생의 학과 내 평판이 사창가 포주보다 나을 수 없었다. 특히 마초 예비역 선배들에게 나는 형수님을 건드린 패륜아쯤으로 비춰졌으리라.

나는 방학 중 서울로 올라와서는 저간의 사정들을 주변에 철저히 숨겼다. 겁이 나거나 떳떳치 못해서가 아니라 그런 곳에서 그런 여자와 그러고 있는 것이 쪽팔렸기 때문이다. 하지만 학기가 시작되어 그 바닷가에만 내려가면 나는 어김없이 똑같은 늪에 빠져 허우적거렸다. 어쩌다가 서울에서 대학교 동기나 선후배를 해후했을 땐 갖은 핑계와 수단을 동원해 자리를 피했고 그녀에게는 전화 한 통 걸지 않았으며 점차 그것은 일방적인 묵계로 자리잡았다. 어느 여름엔가는 종로에서 친구들과 술을 마시다가 그녀와 마주친 적이 있었는데 그녀는 자신을 허공 대하듯 외면하는 내게 섭섭한 표정조차 짓지 않았다. 그리고 불과 며칠 뒤 북향의 창 밖으로 교문이 성냥갑만하게 내다보이는 연립주택 옥탑방에서는 마치 아무 일이 없었다는 양 그녀 속으로 스며들었고 귀를 막은 채 혼자 해송의 숲을 거닐며 멀리 파도 치는 소리 대신 내 심장 뛰는 소리를 들었다. 나는 살바도르 달리의 그림들은 감상하길 꺼리는데 왜인지 자꾸 그 해송의 숲이 생각나 고통스럽기 때문이다. 그 시절과 그 해송의 숲 안을 서성이는 내 모습이 현기증으로 가득 찬 초현실주의처럼 여겨지고 내가 아주 잘게 부서져 바람에 날아갈 듯한 공포가 엄습하기 때문이다.

지리산 계곡과 절간을 잇는 무지개다리에 세워진 수홍루 밑에는 월척이 훨씬 넘는 비단잉어들이 과자 부스러기를 던지는 시늉만 하여도 요동을 쳐 소심한 행자들을 기겁시켰다. 노고단에서 흘러내린 차갑고 깨끗한 물을 일순 부글부글 무간지옥으로 끓어오르게 만드는 그 비단잉어들은 비늘이 빛나고 무늬가 화려한 물고기들이 아니라 기갈이 들어 음식에 달려들지만 막상 먹으려는 찰나 그것이 불길로 변해버려 지랄발광하는 아귀들 같았다. 나는 수홍루 근처 바위 위 홈통에 고인 감로수로 목을 축였다.

천은사의 명칭에는 재미있는 유래가 있다. 조선 숙종 때 단유선사가 사찰을 중수할 무렵 큰 구렁이가 샘가에 나타나 인부들이 벌벌 떨며 일손을 놓는 고로 한 스님이 용기를 내어 잡아죽였다. 한데 이후로는 샘이 말라버리니, 본래의 감은사에서 샘이 숨었다는 뜻의 천은사泉隱寺로 이름이 바뀌게 된 것이다. 또한 절의 수기水氣를 지켜주는 이무기를 해친 탓인지 천은사에는 원인 모를 화재가 빈번하였는데 조선 4대 명필 중 하나인 이광사가 물 흐르는 듯한 글씨체로 일주문의 현판을 세로로 써서 내걸자 다시는 화마가 설치지 않았다고 한다.

"마취에서 깨어나자마자 담당의사더러 잘라낸 손가락을 보여 달라고 그랬거든. 나이든 고등학교 체육선생님처럼 생긴 아저씨였는데, 한참 침묵하다가 이러더라. 그걸 처분해주는 것까지가 내 수술이야. 네 머릿속에서 지워버리는 건 하나님께서 하실 일이고. 그 의사 선생님한테 감사하고 있어요. 만약 내가 그걸 가져다 어디다가 손가락 무덤이라도 만들었다면 훨씬 피곤했을 거야. 안 좋을 적마다 가서 들여다보고. 그게 뭐 대단한 재난이라고. 이마에 뿔이 돋는 병이 있다면 사람들은 어떻게 반응할까?"

"용어를 짓고, 제거수술을 하고, 그래도 힘들어했겠지."

"경치 좋지? 올라오면서 봤는지 몰라. 연못에 300년이 넘은 연산

홍과 자산홍이 있어. 주지스님이 그러시는데, 병이 들어 화사한 꽃을 피우지 못한대요. 혀 없는 것들이 아파할 때 더 연민하게 돼."

"생일 축하해."

"은조 씨도."

나는 선방禪房 안에 있는 해원과 창호지 발린 빗살문을 사이에 두고 문지방에 걸터앉아 있었다. 그녀는 내게 간이 썩어 새파랗게 타버린 얼굴로 추억되는 것을 거부했다. 피골이 상접한 해원의 그림자가 내게 말했다.

"자서전 정리해주느라 고생했어요. 시주하고 좀 남겨놨어. 장례식 비용으로. 휴우ㅡ. 과거가 신기루 같아. 병우 씨가 우리 관계를 알았을 때도 나는 내가 저지른 짓 같지가 않았어. 못됐어. 내가 원래 그래."

"……"

"내가 죽는 날도 이렇게 화창했으면."

"귀를 막아. 니 심장이 뛰는 걸 들을 수 있어."

"……"

"……"

"그러네."

"자살하지 않으려고 내가 즐겨 쓰던 비법이지. 살아 있음을 까먹었을 때 삶을 포기하려 드는 거야. 억지로라도 살아 있다는 사실을 감각하면 살고 싶어져."

"소원은 동생을 만나고 싶다는 것뿐이에요. 어젯밤에 환상통이 찾아왔었어. 이 방에는 거울이 없어서 수홍루에 나가 달빛 어린 물에 내 얼굴을 비춰봤어요. 흉한 얼굴이 그 애의 얼굴이면 절대 안 되지. 이제는 나를 봐도 동생을 볼 수가 없었어요. 징그러운 잉어놈들이 물

위에 어린 내 얼굴을 지워줘서 다행이야.”

다음 달에 또 오겠다는 맥 빠진 소릴 남기고 일주문을 빠져나와 주차장 쪽으로 걸어 내려가던 나는 내 눈을 의심하지 않을 수 없었다. 노을이 뒤덮인 천은사의 노송들이 불현듯, 무릎 꿇은 내 스물두 살에게 어서 일어나서 저 높은 가지에 목매달라고 속삭이던 그 해송의 숲으로 둔갑해 있었던 것이다. 입술이 부르튼 그녀가 초현실주의의 화풍 속에서 내게 임신했다고 고백했다. 나는 이거야말로 고전적인 수순이라고 생각하며 한숨을 내쉬었다. 보름 뒤 군입대할 나는 그녀를 산부인과로 이끌었다. 그녀는 병원 유리문 앞에 서서 나를 무표정하게 응시했다.

“있잖아, 나는 너 같은 애가 무너지는 게 자존심 상했어. 그거 알아?”

“……”

“너 말이야.”

“……”

“너 나 없이 살 수 있어?”

나는 아무런 대꾸도 하지 않았다. 그녀에게 그것은 결별의 종지부였다.

“아기 가졌다는 거 거짓말이다. 잘 가.”

그녀는 곧장 등을 돌려 한적한 차도를 가로질렀고 그것이 우리의 마지막이었다. 나는 공수특전단을 사병 제대하고서 서울에 소재한 어느 예술대학교 영화학과로 용케 편입했다. 그녀는 나와 헤어지며 그 바닷가 대학교를 자퇴한 모양이었고 나는 삼 년 전 누군가로부터 로스앤젤레스 코리아타운의 한 대형할인점에서 그녀와 마주쳤는데 아들과 단 둘이 있더라는 얘기를 전해들었다. 그제서야 나는 내가 그 시절 사창가 포주 취급받는 것이 싫었다면 그녀가 감당했을 치욕은 과연 얼마나 혹독한 것이었던가를 처음으로 헤아렸다. 더불어 나는 내가 그녀의 육체만을 위안 삼았던 것이 아니었음을, 앞으로 계속 살아가기 위해선 더욱 더 심하게 망가질 수밖에 없으리라는 것을 깨달았다. 그리고 제발 그녀의 아들에게 색깔 따위는 별 의미가 없기를 바랐다.

병우가 내 방 안을 서성이는 꿈에 가위눌리다 식은땀에 흠뻑 젖어 깨어났다. 그가 머물다 물러갔다는 것말고는 혼돈 그 자체인 꿈이었다. 이 무슨 세월의 기묘한 자기방어인가. 이제는 눈을 감아도 그의 얼굴이 잘 떠오르지 않는다.

— 기존 독일영화의 붕괴는 바람직하지 못한 영화제작 환경들 역시 제거해버렸다. 그로 인해 새로운 영화가 싹트기 시작했다. 젊은 작가, 젊은 감독, 젊은 제작자들이 의기투합해 만든 독일 단편영화들은 최근 수년간 여러 세계영화제에서 많은 상을 받으며 국제비평가들로부터 인정받았다. 이러한 작업과 그 결과들은 독일영화의 미래가 새로운 영화언어를 추구하는 이들에게 있음을 입증한다. 독일의 단편영화는 장편극영화의 학교이자 실험실이 되었다. 우리는 새로운 독일영화 창조를 향한 우리의 요구를 외친다. 새로운 영화는 새로운 자유를 필요로 한다. 고리타분한 영화제작 관례로부터의 자유. 상업자본의 영향으로부터의 자유. 특정 이익집단의 간섭으로부터의 자유. 우리는 새로운 독일영화에 적합한 정신과 그 형식의 구체적 개념들을 확보하고 있다. 우리는 경제적인 실패가 두렵지 않다. 낡은 영화는 죽었다. 우리는 새것을 믿는다.

1962년 독일 노르트라인베스트팔렌주의 오버하우젠. 제8차 서독 단편영화제에서 스물여섯 명의 신예 영화감독들이 연대해 위와 같은 요지의 선언을 했다. 뉴저먼 시네마의 출발을 알리는 문화사적인 장면이었다. 이로써 일약 유명해진 서독단편영화제는 1991년 현재의 오버하우젠 국제단편영화제로 개명된다. 세계에서 제일 먼저 생긴 단편영화제로서 프랑스의 클레르몽페랑 국제단편영화제, 핀란드의 탐페레 국제단편영화제와 더불어 세계 3대 단편영화제로 꼽힌다. 비상업경쟁영화제이며 실험적이고 전위적인 작품들을 선호한다. 감은사가 천은사가 되고 고아원에서 지어준 어떤 촌스러운 이름에서 해원이 되고 서독단편영화제가 오버하우젠 국제단편영화제가 되고 이제 나는 나의 이름을 무엇으로 바꾸어야 하는가? 해원, 너는 왜 너의 새로운 이름을 가지고서도 불우를 극복하지 못했다지?

민병우 감독의 〈자서전〉은 우리나라 최초로 독일 오버하우젠 국제단편영화제 경쟁부문에 진출해 심사위원특별상을 받은 작품이다. 이 영화에는 포르노에 중독된 비디오 대여점 아르바이트 청년, 어릴 적 광견병으로 죽은 사촌오빠를 목도한 충격에서 헤어나오지 못하는 우체국 여직원, 얼어붙은 저수지에서 썰매를 타던 손자 둘을 졸지에 익사사고로 잃은 갑부 할아버지가 등장한다. 병우는 〈자서전〉의 성공을 발판으로 충무로에서 장편영화 입봉을 기획하고 있었다. 그는 영화제 참석 후 북유럽으로 여행을 떠나려는 와중에 베를린의 한 호텔 방에서 내게 장문의 편지를 띄웠더랬다. 아주 정교한 글씨체로 또박또박 씌어진 횡설수설을 읽어본 적이 있는가? 그는 공수병에 걸린 사람이 망망대해 앞에서 경련을 일으키고 있다고 했다. 그리고 온혈동물만이 환각이 있고 우울이 있고 목이 타도 물을 마시지 못하는 죽음이 있다고, 다이아몬드가 다이아몬드인 것은 아름다우면서도 단단하기 때문이고 또한 그런 것들은 희귀하기 때문이라고 강조했다. 그는 내 뜨거운 피의 죄에 관해 이야기하고 있었다. 그러면 인생은 의외의 방향으로 나아가기 마련이라는 것을 담담하게 기술하고 있었다. 나는 그를 잘 알기에 편지를 적고 있는 그가 미쳤다는 것을 감지했다. 장점과 단점의 차이는 뭘까? 이곳에서는 장점인 것이 선 하나만 넘어가면 저곳에서는 단점일 수 있고 그 반대도 가능하다. 하지만 비열함처럼 완벽한 단점은 어디에서건 단점일 뿐이다. 나의 과오들은 호환이 불가하였다.

해원이 이른 새벽 숨진 채 발견되었던 바로 그 선방에 한 달간 묵으며 그녀의 49재를 돌본 나는 사반세기 만의 봄눈이 전부 녹아 사라져버린 서울로 귀환하고 있었다. 칠 일마다 일곱 번 불경을 외면서 재齋를 올려 고인이 지옥과 아귀와 축생과 아수라의 어둠을 뚫고 유복한 사람으로 환생하기를 기원하는 것은 이 중음中陰의 시간 동안 생전의 궤적을 따라 내세가 결정된다고 믿는 까닭이다. 나는 나처럼 어리석고 간특한 자를 감싸주었던 해원의 극락왕생을 빌고 또 빌었다.
병우가 헬싱키 외곽 침엽수림에서 스스로에게 했던 것과 똑같은 방법으로 그녀가 죽은 날은 아침부터 적지 않은 비가 내내 왔고 상좌 스님의 전화를 받은 나는 불과 나흘 전 다녀갔던 천은사에 초저녁 무렵 다시 도착하였다. 나는 해원이 그토록 보이길 꺼려하던 얼굴을 일부러 보지 않았다. 대신 여섯 번째 손가락이 잘려나간 흉터가 뚜렷한 그녀의 왼손을 흰 천 밑으로 잠시 잡아주었을 뿐이다. 해원은 그 모멸의 손으로 금반지 하나를 꼭 쥐고 있었다.

나는 유언대로 아무에게도 연락하지 않았으며 그녀의 시신을 광주로 데려가 화장시킨 뒤 수홍루가 서 있는 무지개다리 아래에 뼛가루를 뿌렸다. 내 손바닥에서 흘러내린 봄눈이 달빛 먹은 수면에 스미자 신라 여왕의 영혼 같은 비단잉어들이 몰려들고 튀어올라 캄캄한 산사山寺의 적막을 괴롭혔다. 나는 내 모든 감정의 토대가 무너지고 있음을 알았다. 지금을 영영 잊을 수 없을 것이 끔찍해 두 눈을 질끈 감았다. 예수는 일곱 번씩 일흔일곱 번 용서하라고 가르쳤으나 그녀의 명복을 칠일마다 일곱 번 간구하였던 나는 여린 것들이 저주받는 이 세계와 사악한 나 자신을 단 한 번 용서해주기가 어려워 숨이 막혔다.

그리고 다섯 해가 지나 내가 무기력한 마흔 살로 살아가고 있던 어느 일요일, 그다지 붐비지 않는 지하철 2호선 경로석에 버티고 앉아서 한참 졸다가 깨어났는데, 한강 철새들은 봄비에 젖은 하늘을 자우룩이 수놓고 있었고 내 왼편 대각선으로는 해원이 삐딱하게 서 있었다. 색맹 겸 색약 주제로는 분간키 힘든 염색의 단발머리, 마직麻織 티셔츠와 무릎을 살짝 가린 청치마 차림에 일렉트릭 기타 케이스를 둘러멘 그녀는 양복 정장을 입은 앳된 남자와 억양이 강한 영어로 담소하고 있었다. 나는 전철 손잡이를 잡고 있는 그녀의 오른손과 골반 아래께로 늘어뜨려져 있는 왼손을 번갈아 주목했다. 상처에 찌들지 않은 귀하고 섬세한 손. 해원이 그리워했던 맑은 손이었다.

나는 자리에서 천천히 일어나 그녀에게로 다가갔다. 그녀가 나를 엉뚱하다는 표정이 되어 쳐다보았다. 나는 그녀의 눈동자를 깊이깊이 가슴에 새겼다. 우리는 이렇게 단 둘이 마주하면서도 아무런 대화

가 없던 적이 많았지. 서로의 연인이었던 거야. 해원의 어깨 너머로
철새들이 날아가는 늦은 하오의 하늘이 개이고 있었다. 내가 눈물 글
썽한 미소를 지을 수밖에 없었을 때, 그녀는 왼손을 부드럽게 들어올
리며 나에게 무슨 말인가를 건네려 하고 있었다.

지상의 고통, 다이아몬드로서의 죽음

서 경 석 | 한양대 교수 · 문학평론가

이응준의 「약혼」은 이렇게 시작된다. "저 여자와 저 남자는 아까부터 단둘이 마주 보고 술을 마시면서도 아무런 대화가 없다. 그래서 그들은 서로의 연인이다." 연인이니 말이 소용없다는 명제는 독자를 당황하게 하는데 바로 그 점이 이 소설의 한가지 흡입력이라 할 수 있다. 또 한가지는 제일 먼저 등장하는 인물 고해원이 육손이였다는 사실이다. 이 둘 간의 관계를 소설적으로 처리해내는 과정이 이 작품의 순서이자 내용이다.

이 작품의 중심인물은 세 사람, 이 글의 화자인 '나'와 친구 민병우, 과거 민병우의 약혼녀였고 지금은 나의 애인이 된 고해원이다. 카페 '자서전'의 주인인 고해원은 병에 걸려 지리산 남쪽 자락의 절에서 요양 중에 있다. 나는 지금 그녀를 대신해 카페를 지키며 연인들을 관찰하고 있다. 왜 연인들은 말이 없을까. 나 역시 그런 경험이 있었기 때문에 그 이유를 알 것도 같다. 대학시절 한적한 강원도 바닷가 자취방에서 대학 선배와 동거하던 나는 동거녀와 "곁에 붙어있으면서도 기억에 남을 만한 대화란 게 도통 없었"고 해원과도 단 둘이 마주 앉아 술을 마시면서도 아무런 대화가 없었던 적이 있었기 때문이다.

그러나 이것만으로는 설명이 부족하다. 말이 없다는 것은 보다 심원한 삶의 본질과 관련이 있다. 그 본질이란 무엇인가. 삶은 항시 의외의 방향으로 나아가기 마련이어서 인생은 어느 누구도 장담할 수 없다는 점과 관련된다. 얼마나 의외의 방향인가. 나의 형은 아들 둘을 두었다. 하나가 없어져도 하나가 있지 않는가 하고 이야기하는 그는 '재고在庫는 경영의 적'이라는 신조를 지닌 딱풀 회사의 사장이다. 그런 그의 아들 둘은 할아버지 집 앞 저수지에서 썰매를 타다가 얼음이 깨져 같은 시각에 죽었다. 병우의 사촌형은 어릴 적 광견병에 걸린 개에 물려 죽었고, 그 죽어가는 모습을 병우는 지켜보고 있었다. 단편영화 감독이 된 병우는 이 모든 이야기를 영화 〈자서전〉에 그려놓고는 헬싱키 외곽 침엽수림에서 스스로 목숨을 끊었다. 고해원은 어떠한가. 그녀는 스물넷에 육손을 제거했다. 육손으로 인해 겪었던 어두운 과거에서 벗어나기를 원했지만, 그 '소외와 멸시의 씨앗'이 자신의 유전자에 남아 있다는 점 때문에 병우의 청혼을 거부한다. 그리고 병으로 간이 타들어가 절에서 요양을 하던 중 결국 나무에 목을 매 자살하고 만 것이다. 그러니 이런 여린 것들이 저주받는 이 세상에서 왜 말이 필요할 것인가. 작가는 바로 이런 기형적 세상에 대해 발언하고 있는 것이다. 말이란 세상과 타협하는 것, '나'는 여린 것들이 저주받은 이 세계를 용서할 수가 없었다.

이런 참을 수 없는, 삶의 폭력을 작가는 다양한 소설적 장치들을 이용해 훌륭한 솜씨로 그려내고 있다. 먼저 지적할 것은 '육손'이라는 장치. "해원의 왼손 새끼손가락 곁에 붙어 있던 또 다른 새끼손가락은 그저 살덩이로만 이루어진 것이 아니라 뼈와 관절, 힘줄과 인대, 성장판 및 신경까지 온전히 갖춘 최악의 경우였기에 세 차례의 대수술을 거친 다음에야 겨우 제거될 수 있었다." 그토록 뿌리 깊이 그녀의 인생을 통째로 장악해 버린 육손이로서의 고통을 이 작품은 심도 있게 그리고 있다. 이 육손이로서의 고통이란 기형 장애인이란 점에서 신체가 훼손된 장애인의 그것을 넘어선다. 그것은 해원이라는 여성이 존재 자체에서 느끼는 고통과도 같다. 고아원에서 태어나 힘겨운 삶을 살아왔고 기댈 데 없이 외로웠으며 잃어버린 쌍둥이 동생을 그리워하는 그녀의 모습은, 누구나가 결국 혼자가 되고 세상의 폭력 앞에 무기력하게 무너지며 행복한 피안을 꿈꾸는 그 누구의 삶과도 통하게 마련이다. 그런데 이런 인간들이 저주 받는 세계와 타협할 수 없어 다다른 곳은 어디일까. 죽음이다. 이 죽음을 상징하는 장치를 작가는 지구에서 50광년 떨어져 존재하는 '루시'로 비유한다. 핵융합 반응이 소진되어 탄소결정체로 생을 마감한 백색왜성 루시는 직경이 1500킬로미터나 되는 거대한 다이아몬드이다. 죽음이 곧 다이아몬드인 셈이다.

예측할 수 없는 폭력적 세상 앞에서 사람답게 대응하는 방식이 최소한 말없이 사는 것, 더 나아가 죽음으로 응전하는 것 밖에 더 이상의 도리가 있겠는가. 그래서 산 사람들은 신기루를 본다. 자살 충동을 일으키는 해송의 숲을 초현실주의 그림처럼 느끼기도 하며 더 살아내기 위해서는 더 심하게 망가질 수밖에 없는 것이다.

육손과 말없음의 관계해석이 작품의 키라고 지적했지만 작가는 이 내용을 풀어내면서 훨씬 더 많은 것을 암시한다. 말하지 않으면서 상상력을 자극하는 힘이 번뜩인다. 문학의 본질과도 같은 이러한 상상력은 이 작품의 연인들과 상통한다. 말 없는 사랑이 더 많은 것을 말하듯이.

이화경

❧ 약 력 ❧

1964년 전남 광주 출생.
전남대 영문과 졸업.
1997년 《세계의문학》에 「둥근잎나팔꽃」으로 등단.
저서로 『수화』 『그림자 개』 『로그인 한국현대문학』 등이 있다.

상란전相蘭傳

이화경

1

9:57 AM 열람실에 스무 살이 나타났다. 상란은 열람실 밖 복도에 놓인 신문 열람대 앞에서 스무 살이 턱을 만지며 조간신문을 읽는 것을 보았다. 스무 살은 검정색 플러스펜 한 자루와 가죽 장정이 된 식빵 크기의 노트를 들고 왔다. 상란은 열람자들이 신청한 책들의 목록과 대출 카드를 작성하면서 스무 살을 가끔씩 훔쳐본다.

스무 살은 상란이 일하는 도서관에 처음 온 날, 대출카드를 신청했다. 이름은 권재인. 나이는 스무 살. 평일 오전부터 상란이 퇴근할 무렵까지 열람실에 앉아 실용서 따위는 거들떠보지도 않고 오로지 청구 기호 100과 300사이의 서가만 몇 번 들락거리며 책을 골라 조용

히 읽거나 뭔가를 기록했다. 100과 300사이의 서가에 있는 책들은
사회과학, 종교, 철학, 그리고 문학에 관련된 것들이었다.

언제부턴가 스무 살을 보면서 상란은 배꼽 밑이 서늘해지고 이마
는 뜨거워지곤 했다. 큰 눈망울이 순해 보이면서도 깊었고, 콧방울은
도톰하지만 촌스럽지 않아서 서정적인 느낌을 주었다. 입매는 단정
한데도 입술에는 촉촉한 물기가 있었고, 아래턱이 각이 져서 전체적
인 인상은 이지적이면서도 묘하게 색스러웠다. 살은 별로 없는데도
팔다리는 길고, 뼈의 윤곽은 매끈하고 호리호리했다. 무엇보다도 상
란 나이 또래의 남자들이 본질적으로 갖고 있는 유들유들함이나 뻔
뻔스러움이 느껴지지 않았다. 숱 많고 검은 머리 아래 둥글고 반듯한
이마와 달팽이처럼 귀엽게 붙은 잘생긴 귀, 그리고 테가 가느다란 안
경 속의 눈은 스무 살이 침착하고 내성적인 성격이라는 것을 입증하
는 듯 했다. 스무 살에게 마음이 뒤채는 것을 느끼며 상란은 조금 멋
쩍고 쓸쓸해졌다.

12:10 PM 점심시간, 상란은 지갑을 챙겨들고 열람실을 나왔다. 도
서관 앞 식당에서 볶음밥을 시켜 먹었다. 뜨겁게 달군 프라이팬에 파
삭하게 볶은 야채와 고소한 햄, 살짝 기름막이 둘러져서 씹는 맛이
좋은 밥을 맛보고 싶었던 상란은 첫 숟가락을 입에 넣고는 그릇을 밀
어버렸다. 볶음밥이 아니라 숫제 식용유에 밥을 만 것처럼 기름기가
질질 흘렀다. 상란은 플라스틱 컵에 든 물을 마시고 피부과에서 준
약을 삼켰다. 여전히 등짝이랑 팔뚝이 기분 나쁘게 근질거렸다.

삼 일 전, 이동도서관을 맡은 여자가 결혼을 했다. 딱히 말이 많은
것도 아닌데 곁에 있으면 어쩐지 어수선한 느낌을 주는 여자였다. 도
서관에서 그나마 유일하게 자투리 시간을 함께 나누었던 직장 동료

였다. 스물여덟 살이었던 그녀는 아홉수를 넘기지 않겠다며 전문 짝
짓기 업체를 통해 만난 남자와 결혼을 했다. 그녀는 이십대 초반에
느끼는 태양처럼 뜨거운 사랑보다는 이십대 후반의 결혼 적령기에
느끼는 촛불 정도의 사랑이 결혼의 화촉을 밝히기에는 더 확실한 불
길이라고 여긴다고 했다.

칠 년의 연애 끝에 결혼한 상란의 동창도 결혼에 대한 냉철한 관점
으로 입장정리를 했다. 이 세상에 완벽한 남자는 없으며, 고쳐서 쓸
수 있는 놈이냐 아니면 재생 불량이냐 두 부류만 있다고 했다. 친구
는 고쳐서 쓸 수 있는 놈을 골라서 계속 고쳐가면서 살 거라고 했다.
인생의 풀 수 없는 심오하고 불편한 의문들에 대해 이동도서관 여자
를 비롯한 상란의 친구들은 소박한 해답 하나만으로 사랑을 하고 결
혼을 하고 아기를 낳았다. 상란은 개천 위의 군함처럼 얕은 삶 위에
거창한 의미를 싣고 침몰하고 있는 자신의 처지가 조금은 비애스러
웠다. 그래서였을 것이다. 결혼식이 끝난 뒤 서둘러 옛 남자를 만난
것은.

사내는 트레이닝 바지에 후드 점퍼를 입고 나타났다. 마흔을 코앞
에 둔 남자의 복장치고는 부적절하고 무엇보다도 무성의했지만, 상
란은 부러 개의치 않으려고 애썼다. 사내는 상란이 만나자고 하면 굳
이 거절하지는 않지만, 공유할 게 별로 없는 그렇고 그런 남자로 곁
에 머물렀다. 한때 상란과 사내도 서로에게 가장 아름다운 얼굴만을
보여주었다. 결혼을 하기 위해 양가에 사주단자가 오가기도 했다. 상
란 쪽의 사주쟁이는 신랑 될 사람이 단명할 운명을 타고났다며 결혼
을 말렸다. 사내 쪽의 사주쟁이는 상란이 신랑의 생명을 치명적으로
칠 팔자며 게다가 옛날 같았으면 기생이 되었을 운명에 도화살마저

끼었다는 풀이를 들썩이며 결사반대를 했다. 어찌됐든 두 곳의 사주쟁이에 의하면 사내는 요절할 운명이라는 으스스한 풀이였다.

상란과 사내는 운명이라는 느닷없는 심술 앞에서 함께 호기를 부리며 코웃음을 쳤지만 죽음이라는 낭떠러지를 앞에 두고 사랑이라는 이름으로 마냥 행복하게 떨어질 수는 없는 노릇이었다. 사내는 단명이라는 무시무시한 풀이 앞에서 비칠거리며 부모님의 반대를 돌파하지도 상란을 부둥켜안지도 못했다. 사내는 쓸쓸하고 슬픈 얼굴을 하고 있었지만, 상란과의 결합에 대해서는 허약하고 무능하고 무력했다. 사내와 복잡하고 껄끄러운 심리전을 치르다가 마침내 헤어지기로 했을 때, 상란은 이별이 저주받을 사주 때문이 아니라 몇 년 동안 쌓여 왔던 권태와 관계의 지리멸렬함 때문이라는 것을 깨달았다. 사내는 상란더러 이제부터 자신을 모라토리엄 인간이라고 불러달라며 자못 침통한 어조로 말했지만, 어두운 그늘이 쑤욱 빠져나간 홀가분한 표정이었다.

사내는 상란을 떠난 뒤에 결혼을 했고 일 년 만에 이혼을 했다. 딱히 되는 일도 없이 비관과 냉소를 뱃살과 함께 늘리면서 중년이 되어버린 그는, 아직, 죽지 않았다. 도대체 몇 살에 죽어야 명이 짧다고 하는 것인지. 상란은 아직까지 죽지 않은 옛 애인의 존재를 고맙게 여겨야 할지 배신감을 느껴야 할지 좀 난감한 기분마저 들었다.

상란은 이동도서관 여자가 결혼한 날 오후부터 저녁까지 사내와 카페에서 맥주를 마셔댔다. 함께 잠을 자면 자기 여자가 된 걸로 착각하는 여타의 남자들처럼 사내는 술김을 빙자해서 상란의 블라우스 앞섶을 들추고 손을 쑤욱 집어넣었다. 낯익은 손이었지만, 상란은 생채기를 비집고 올라오는 덧살처럼 가렵고 이물스러워 몸을 비틀었다.

"마치 처녀처럼 구네."

사내는 꼬리를 흔드는 개를 호기롭게 쓰다듬을 태세가 되어있는 넉살좋은 주인처럼 상란의 몸짓을 기꺼워했다. 스무 살 남자는 생각만으로도 발기하고, 마흔 살 남자는 피부 표면으로 발기한다지. 스무 살의 상란은 상상만으로도 교감신경이 떨렸지만, 서른일곱 살의 상란은 구체적으로 문대지 않으면 느낌이 오지 않았다. 문대면 자꾸 진물이 나는 관계인데도, 상란은 사내의 손길에 기분과 상관없이 호흡이 거칠어졌다.

"날, 사랑해?"

사내의 손길에 몸을 맡기며 상란이 물었다. 상란이 생각해도 젖은 욕조에서 느닷없이 자빠지는 것 같은 질문이었다. 순간, 사내의 손이 푸들거리는 상란의 뱃살에서 헛돌았다.

"사랑? 사랑하지. 아암, 사랑하고 말고."

늙고 낡은 옛 여자의 사랑타령에 사내는 느물스럽게 맞장구를 쳐주었다. 순도라고는 1%도 없는 말대꾸에 불과한 것이란 걸 상란은 알고 있었지만 재우쳐 물었다.

"얼마만큼 사랑해?"

어항에서 죽은 물고기를 맨손으로 건져 올린 것 같은 질문이었다.

"이 세상에서 제일 뜨거운 바다가 뭔지 알아? 그건 사, 랑, 해."

사내가 손을 빼서 상란의 젖 대신 술잔을 잡으며 스스로 묻고 대답했다. 느끼하고도 썰렁한 개그였다. 썰렁한 개그를 들으면 체온이 정말 내려간다지. 상란은 맨살에 보풀처럼 부스스 이는 소름을 손바닥으로 쓸어내렸다.

"내가 너를 얼마나 뜨겁게 사랑하는지 보여줄게, 나가자."

사내는 불량기 가득한 사춘기 소년처럼 점퍼 주머니에 손을 구겨 넣으며 일어섰다. 트레이닝 바지의 앞부분이 불뚝했다. 상란이 고개를 돌렸다. 뜨거운 솥을 들고 뛸 듯이 호기롭던 태도와는 달리 사내는 상란이 블라우스 단추를 꼼꼼히 채우고 투피스 상의를 걸쳐 입을 때까지 머뭇거렸다. 왜? 상란이 눈으로 물었다.

"어쩌지? 내가 그만 깜빡하고 지갑을 집에 놓고 나왔네."

사내와의 관계에서 기대할 것이 더 남아있었던가. 죽어도 돈 없다고 말 못하는 사내가 뻔뻔스럽다기보다는 초라하게만 느껴져서 상란은 돈다발 한 뭉치를 쥐어주고 싶은 심정마저 들었다. 카운터에서 상란이 카드로 술값을 지불하고 있는 동안에 사내는 바깥에서 담배를 피웠다.

모텔 앞에서 상란은 사내에게 지폐를 몇 장 쥐어 주었다. 불륜을 저지르는 사이도 아닌데 상란은 사내가 돈을 지불하고 엘리베이터 버튼을 누르는 것을 모텔 입구에서 지켜보다가 후다닥 뛰어서 엘리베이터에 올랐다. 십 년 이상 살아 권태기에 접어든 부부처럼 사내와 상란은 신음 소리 하나 없이 엎치락뒤치락거리다가 일을 끝냈다. 세제 알레르기가 있는 상란은 침대 커버와 베개와 이불 호청에 들러붙은 강력한 합성 세제와 표백제 때문에 견딜 수가 없었다. 몸을 뒤척일 때마다, 떨어져 나온 표백제 가루가 그녀의 맨살을 문질러댔다. 대퇴부는 가렵고, 팔뚝은 따갑고, 볼은 아렸다. 당분간은 별 수 없이 피부과 신세를 져야 할 모양이었다. 상란은 침대에서 빠져나와 옷을 입었다. 에어컨 바람에 사내의 성기가 쪼그라져 있었다. 상란은 발치에 밀린 이불을 끌어다 사내를 덮어 주었다. 흰 시트가 덮여져 마치 시체 같은 사내 옆에 잠시 쭈그리고 앉았다. 기생 팔자라고 했던가.

도화살도 꼈다고 했던가. 제대로 사랑 한번 못해보고 늙어버린 기생이라니. 전생에 기생이었대도, 절절한 어떤 상사想思도 없고 절박한 어떤 염정艶精도 없는 기생 팔자란 이승의 상란이 겪는 팔자와 딱히 다를 게 없을 것 같았다. 상란은 그만 물에 젖은 신문지처럼 마음이 눅눅해져버렸다.

2

명明나라 가정(嘉靖:1522~1566) 연간, 금릉이라는 곳에 상란이라는 여인네가 살고 있었다. 젊을 적엔 수려한 미색과 탁월한 재기로 뭇 사내들의 애간장깨나 녹이던, 기방에서 최고의 인기를 누리던 기생이었다. 소싯적에는 얼굴이 매우 아름다울 뿐만 아니라 성격은 소탈하고 기개마저 있었다. 시문을 제법 이해하여 제갈량의 출사표를 낭랑하게 읊조릴 줄도 알고, 술과 노래와 검무에도 한가락 하며, 거문고를 타면서 상대의 퉁소를 품평하는 재주도 있었으며, 바둑과 쌍륙에도 능하였다. 하지만 늘그막엔 낯빛이 초췌해지고 빛나던 아름다움도 스러져 찾아오는 이도 별로 없이 하냥 쓸쓸한 여생을 보내고 있었다. 그녀는 늙은 기생이었으니까.

그러던 어느 날, 어떤 청년이 금릉에 청운의 꿈을 안고 유학을 왔다. 청년의 나이는 스무 살이었다. 귀밑 솜털이 여즉 보송보송하고 푸른 이마에 맑은 기운이 서늘한 스무 살은 문득 상란을 보게 되었다. 어쩌다 한 번 마주친 그녀가, 그만, 청년의 마음을 사로잡아버리고 말았다. 스무 살은 목젖까지 차오르는 테스토스테론을 방출할 여인이 바로 상란임을 알았다.

스무 살은 상란을 찾아가 하늘의 반쪽이 다른 반쪽으로 미끄러져 들어가는 적도의 사랑을 나누길 간청했다. 늙은 기생도 고쟁이 속에 감춰 두었던 한줌의 에스트로겐을 털어 스무 살과 하룻밤을 나누었다. 시를 지음에 상란이 화답하면 스무 살이 부르고, 그가 화답하면 그녀가 불렀으며, 더불어 거문고를 타고 노래를 함에 상란이 거문고를 타면 스무 살이 노래하고, 그녀가 노래하면 그가 거문고를 탔다. 더불어 술을 마심에 상란이 부어주면 스무 살이 마셨고, 그가 술을 따르면 그녀가 마셨으며, 더불어 바둑을 둠에 그가 이기면 그녀가 졌고, 더불어 쌍륙을 함에 상란이 이기면 스무 살이 졌다. 더불어 퉁소를 부니 한 쌍의 봉황이 와서 그 만남을 기뻐해 주는 듯하였고, 더불어 칼춤을 추니 한 쌍의 나비가 합하여 헤어질 줄 모르는 것 같았다.

그날 이후로, 상란을 향한 사모의 염을 어쩌지 못한 스무 살은 사랑의 열병을 호되게 앓기 시작했다. 찾아오는 이 없어 쓸쓸한 상가喪家와도 같았던 상란의 집 담장을 까치발을 돋워 스무 살은 들여다보곤 했다. 때로는 두근대는 가슴으로 서성이면서 담장 밑 꽃밭에 다가왔을 상란의 발자취나 그녀의 치마 말기에서 스며 나왔을지도 모르는 큼큼한 체취나마 더듬기 위해 스무 살은 하염없이 서성거렸다.

주체할 수 없는 연정을 잉걸불처럼 가슴에 끌어안고 스무 살은 시원한 강바람이 부는 강을 찾아갔다. 스무 살은 그가 유학 자금으로 들고 왔던 삼백금이 든 전대를 가만히 만져보았다. 강물에 얼굴을 씻고 또 씻어보아도 이마의 열은 식을 줄을 몰랐다. 강물을 전부 마신다 해도 꺼지지 않을 뜨거운 사랑. 스무 살은 마침내 깊은 강물에 삼백금을 던지며 상란과 기필코 짝을 이루고야 말겠노라고 맹세했다.

스무 살이 사랑한 상란의 나이는 쉰이었다. 스무 살의 나이는 상란에 비해 채 반도 되지 아니했다. 강물에 맹세한 스무 살은 용기를 내어 상란을 찾아갔다. 스무 살은 진지하고도 엄숙하게 상란더러 아내가 되어달라고 요청했다. 산전수전 다 겪은, 콩잎 한 포기도 낼 수 없는 퇴화된 묵정밭 같은 퇴기인 상란은 앙증맞게 턱을 치켜들고 달뜬 표정으로 청혼을 하는 스무 살을 보며 웃지 않을 수 없었다. 하룻밤 수작을 나누었다고 지아비를 꿈꾸는 요 녀석, 깜찍하고 귀여운 녀석, 네 눈에 씐 콩깍지를 벗겨줄까 보다라고 말할 법도 하지만, 상란이 누군가? 금릉땅에서 내노라하는 사대부들의 글벗이자 주당들의 술벗이자 호색한들의 살벗이 되어 주었던 기생이 아니었던가 말이다.

상란은 공경의 예를 다하여, 머리빡에 피도 아직 안 마른 어린 새끼에게 간곡히 거절의 말을 건넸다. 눈밭에 피어난 붉은 산딸기처럼 경이롭게 늘그막에 찾아온 사랑, 어리디 어려 감당키 어려운 초란 같은 사랑 앞에서 상란은 이렇게 아뢰었다.

"소생이 그대와 사랑을 나눈다면, 그것은 제게 분에 넘치는 뜻밖의 행운이겠지요. 하오나 어찌 쉰이나 먹은 노기가 쓰레받기와 빗자루를 받들어 그대의 신부가 되오리까? 삭은 삭정이 같은 몸뚱이로 어찌 그대에게 매일 밤 요와 베개를 올릴 수 있으오리까?"

젊은 날의 젊은 사랑은 장애 앞에서 더욱 강해지는 법. 사랑의 모험을 감행하기로 한 스무 살은 미국의 폭격기에 대항하는 바그다드의 인간 방패처럼 상란의 노회한 거절에 의연하고 당당하게 맞서고 버티며 물러서지 않았다.

어린 것의 치기만만하고 당돌하고 어처구니없는 사랑에 대한 소문이 북경을 강타한 사스보다 더 빠르고 강력하게 금릉땅에 퍼져나갔다. 더러는 스무 살을 미쳤다고도 하고, 어리석다고도 하고, 비웃기도 했다. 상란에 대한 스무 살의 사랑은 조롱의 대상이 되었다.

앞길이 구만리 길인 스무 살의 미래를 안타깝게 여긴 금릉의 향제주鄕祭主가 스무 살을 불렀다. 향제주는 배울 만큼 배운 사람이고 덕망이 높았으며 무엇보다 금릉의 일등 해결사였다. 처음에 향제주는 스무 살을 좋게 타이르고 구슬릴 생각이었다. 어쩌면 향제주 또한 젊은 날에 숱한 여인네와 질탕하게 사랑이라는 놀음, 결국 헛짓에 불과할 뿐인 사랑에 몽유병자가 되어 본 적이 있었는지도 몰랐다. 어쩌면 스무 살 언저리를 턱없이 불안하고, 쓸데없이 오버하고, 아무 것도 아닌 것에 불끈거리며 힘을 쓰고, 싸가지 없게도 기성세대의 질서를 존중하지 않는 버릇없는 시절쯤으로 여기고 있는지도 몰랐다. 젊은 날의 방장한 혈기로 늙은 기생과 색다른 재미를 보겠다는 것도 아니고, 노기의 지아비가 되겠다는 철없고 부질없고 어처구니없는 꿈을 꾸는 스무 살에게 향제주가 물었다. 상란을 왜 사랑하느냐고. 스무 살은 왜 사랑하느냐고 묻는 것이야말로 세상에서 가장 재수 없고 밥 맛인 질문도 없다고 생각했다. 왜 사랑하느냐는 물음에 가장 정직하고 현명한 대답은, 그냥, 이라고 스무 살은 생각했다. 세상에는 언제나 아주 뻔한 것들마저 꼭 말해 줘야 알아듣는 사람들이 있다는 것쯤은 스무 살도 알고 있었다.

향제주는 왜 사랑하느냐고 묻더니, 재차 물었다.

"그대는 한창 젊고, 상란은 가죽 포대처럼 쭈글쭈글 늙었으며 게다가 미색도 바랬는데, 어찌 그리도 사랑하는 것인가?"

스무 살은 진지하고 섬세하고 깊었다. 자신의 사랑을 누군가에게 미주알고주알 설명하고 해명해야 하는 기막힌 상황에서도 스무 살은 의연했다. 어쩌면 자신도 어찌해 볼 수 없는, 스스로 따져보아도 이해가 되지 않는, 요령부득의 이 기막힌 사랑을 만인 앞에 피를 토하듯, 차라리 밝히고 싶었는지도 몰랐다. 막막한 것은 세상의 평판이 아니라, 스무 살의 마음일 터였다.

스무 살은 향제주를 향해 폐일언하고, 상란을 사랑하면서 얻게 된 득의회심의 구절을 아뢰었다.

"향제주여, 제 말을 들어보소서. 그녀를 만난 뒤로는 다른 젊은 기녀들의 구름처럼 빗어 올린 청아빛으로 번쩍이는 트레머리를 보면 반백이 아닌 것이 혐오스러웠고, 포동포동하고 발그레한 뺨과 앵두같이 붉은 입술을 보면 상란의 입술처럼 쭈글쭈글하고 누렇게 타지 않은 게 한스러웠으며, 희고 윤기 나는 피부를 보면 상란의 뺨처럼 말라비틀어진 귤껍질 같지 않은 것이 싫었습니다."

스무 살의 반상적 일갈이 향제주의 미간을 날카롭게 찔렀다. 어라, 맹랑하기 이를 데 없는 놈일세,라고 무시할 수 없을 만큼 스무 살의 태도는, 나 좀 가만 냅둬, 오불관언 그 자체였다. 향제주는 스무 살의 사랑이 더 이상 객기나 치기가 아니라 한 발 재겨 디딜 곳 없는 가파른 사랑 위에서 홀로 눈 뜬 것이라는 것을 알았다. 술도 익으면 또록또록 눈을 뜨고, 달팽이의 더듬이가 바로 눈이라더니, 상란을 향한 어린놈의 사랑은 겨울 숲의 별빛처럼 또렷하고 맑았다.

무자비하게 똥침을 찔러오는 놈, 말로 해서는 안 되는 놈을 정신 차리게 하는 방법은, 동서고금을 막론하고 단 하나. 바로 찍소리도 못하게 치도곤을 내는 것이라는 것을 노회하기 짝이 없는 향제주가 모를 리 없었다.

향제주 역시, 두 말 하면 잔소리, 폐일언하고, 소년에게 죽을 만큼 매질을 가했다. 시앙앙거始怏怏去, 스무 살은 그제야 앙앙불락하며 금릉을 떠났다.

3

　3:20 PM 스무 살이 상란이 있는 탁자로 다가왔다. 상란은 스무 살이 내는 작고 조용한 인기척을 짐짓 모르는 체 했다. 탁자 위에 놓인 대출 카드에 붙일 사진들을 가위로 오리는 데 집중한다. 스무 살은 슬며시 상란 앞으로 종이를 내밀었다.

　"서가에서 아무리 찾아봐도 없어서요. 이 책들을 신청하고 싶습니다."

　스무 살이 탁자를 짚고 상란에게 상체를 기울였다. 스무 살의 입에선 몇 시간 동안 침묵한 사람 특유의 따뜻하면서도 약간은 구린 군내가 났다. 상란은 왼손에 가위를 든 채, 스무 살이 놓은 종이를 오른손으로 집어 사진 위에 올려놓았다. 아라공의 『파리의 농부』, 앙드레 브르통의 『나자』, 필리프 수포의 『파리의 마지막 밤』. 스무 살이 신청한 책들은 언제나 구하기 힘든 것들이었다. 희귀한 것에 매혹되고, 현실과 유리된 것을 갈망하고, 표준화된 것을 경멸하는 나이, 스무 살. 모호함이 깊이라고 착각하고, 광기가 예술의 본성이라고 믿으며, 폭력에서 숭고를 맛보고, 불안이 기본 정조인 저 스무 살은 전형적인 나르시시스트임에 틀림없을 것이라고 상란은 생각했다. 자신이 특별한 사람일지도 모른다고 생각하고 세상이 자기가 뜻한 대로 구부려지고 움직일 수 있다고 턱없이 믿는 나이, 스무 살. 불안하고 나약한 시절이지만 등뼈만은 뻣세고 성기는 힘이 센 나이, 스무 살.

상란은 원색으로만 가득 찬 그림 앞에 서 있는 것처럼 가끔씩 스무 살에게서 눈길을 떼지 못했다. 스무 살을 보면 풋사과를 앞니로 와삭 베어 물고 싶은 것처럼 속이 간질간질했다. 그러다가도 뭉텅뭉텅 썰어낸 생고기를 어금니로 찢어발기고 싶은, 어떤 소중 같은 것들이 울컥 솟구쳤다.

"놓고 가세요. 당장은 안 되고 다음 신간 구입 기간에 구입하도록 하겠습니다."

상란은 신청서를 옆으로 밀쳐두고 대출카드에 오려 둔 사진을 붙였다. 스무 살은 무언가 할 말이 더 있다는 듯 잠시 더 머뭇댔다. 실내의 미세한 공기 입자에 실려 스무 살의 몸에서 겨드랑이내와 함께 희미하게나마 니코틴 냄새가 풍겨 나왔다. 남자 냄새. 남자 냄새가 구체적으로 뭐냐고 하면 딱히 설명할 도리는 없지만, 스무 살에게서 남자 냄새가 났다. 생리가 시작되기 하루나 이틀 전에는 마치 예조豫兆처럼, 냄새 특히 남자 냄새가 유독 강하게 비강으로 밀고 들어왔다. 그럴 때는 몸살에 걸린 것처럼 미열마저 오르고 마음은 하냥 우울해져서 상란은 생리 기간 동안엔 딸기향이 나는 해열제를 먹고 두꺼운 이불을 뒤집어 쓴 채 잠을 청하곤 했다.

상란은 왈칵 부끄러워졌다. 상란은 짐짓 질긴 오징어 다리를 씹은 것 같은 경직된 얼굴을 하고 스무 살을 올려다보았다. 스무 살의 내성적이고 침착한 눈, 요석처럼 빛나는 검은 두 눈이 상란을 마주하고 있었다. 시선을 되받기가 힘들었다. 힘 있고 빠른 스무 살의 눈빛에는 아무런 의미도 담겨 있지 않았다. 상란을 뚫고 지나가는 스무 살의 응시 속에는 사물을 쳐다볼 때처럼 중성화된 무감각과 무감동이 담겨 있었다. 상란의 내부로 전혀 들어올 의도도 없는, 상란을 무늬도 얼룩도 없는 유리판을 훑듯이, 스무 살의 눈빛이 미끄러졌다. 지하철역의 검표원이나 편의점 점원을 대하는 것처럼 단순한 용무 외에는 어떤 관심도 없는 실용적인 눈빛이라는 것을 깨달으면서 상란은 괜히 무참해졌다. 스무 살에게 비친 자신의 모습이란 기껏해야 구절구절이 구질구질한 삼류 소설 속에 잠깐 등장하는 여자 사서 정도일지도 몰랐다. 스무 살에게 상란은 살집이 두껍고 메마른 입술을 하고 뭉툭하고 작은 손을 재게 움직이며 도서대출증 따위나 만들며 일생을 소모하는 중년의 여자 이상도 이하도 아닐 것이다.

스무 살이 상란에게 관대할 이유도 상냥할 필요도 없는데도, 상란은 잔물결이 일 듯 소름이 종아리를 타고 올라가 팔뚝까지 오스스 돋는 것을 느꼈다. 단단한 욕조 바닥에 내동댕이쳐진 물에 팅팅 불은 연약한 비누처럼 상란은 마음 한 귀퉁이가 움푹 팬 것 같아 가슴으로 손을 옮기다가 가위를 붙잡았다. 망할 놈의 스무 살 놈은 스무 살만이 달콤쌉싸름한 사랑을 할 수 있고 화롯불을 쑤시는 것 같은 뜨거운 연애가 가능한 나이라고 믿고 있겠지. 스무 살이 상란을 고집 세고 멍청한 유리판으로 보고 있듯이, 상란 역시 스무 살이 아무리 투명하고 맑은 유리창 같더라도 스며들 수는 없다는 것을 알고 있었다.

"뭐, 하실 말씀이 더 있나요?"

상란은 사무적이다 못해 적의에 찬 목소리로 스무 살에게 대들 듯 물었다.

"저기, 배가 기호로 된 책들은 따로 신청을 해야 합니까?"

도서관에 불이나 나야 겨우 까딱할 것 같은, 물리적인 규율로 무장한 딱딱하기 이를 데 없는 사서를 대하고 있다는 낭패감이 스무 살의 미간에 스치는 것을 상란을 보고야 말았다.

"책 제목, 저자 이름, 배가 기호를 적어서 신청하세요."

상란의 무뚝뚝하고 건조한 말에 스무 살은 아무 말 없이 뻣뻣하게 서 있었다. 스무 살의 침묵이 상란의 두 어깨를 단단히 짚고 있는 것처럼 느껴졌다. 스무 살은 화를 속으로 삭이며 분노를 잘 견디다가도 증폭시켜 온 감정의 정점에서 느닷없이 말 대신 주먹을 내지르는 스타일일지도 몰랐다. 젊은 놈이건 늙은 놈이건, 남자란 인종은 상냥하지도 사근거리지도 않는 여자에겐 고압적인 태도로 위엄을 드러내려는 버르장머리를 갖고 있다는 걸 상란은 모르지 않았다.

스무 살은 잠깐 이맛살을 찌푸리더니 몸을 돌렸다. 스무 살이 뚜벅뚜벅 제자리로 돌아가는 등을 향해 상란은 손을 뻗었다. 상란은 스무 살의 등에 대고 웃었다. 마음이 들킬까봐 상란은 스무 살에게 미소조차 건네지 못했다. 웃는데, 구역질이 났다. 상란은 쓴 알약을 삼키듯이 입안에 고였던 침을 목구멍 안으로 밀어 넣었다. 아, 사랑이라니. 스무 살이 알면 놀라자빠질 기상천외한 농담 같고 황당한 유머로 전락할 이 감정이라니. 상란이 스무 살 때 느꼈던 은밀하고도 슬프고도 안타깝고도 떨리는 감정이 이 나이에는 엽기적이고 곤혹스러운 것이 되어버리다니. 늙는다는 것은 치욕스러운 것이었다. 몸이 더디다고 마음마저 움직이지 않는 것은 아닌데도, 상란은 빌린 물건만으로 집을 채운 것처럼 민망하고 우울했다. 상란이 스무 살에게 은밀히 보낸 눈길은 마치 안대 속의 윙크처럼 쓸모없는 것이었다.

4

향제주로부터 매질을 당한 스무 살이 앙앙불락하며 금릉을 떠났

다, 고 한다면 너무 헛김 새는 결말일 것이다. 스무 살에게 가한 매질
은 회양 선사의 결구처럼, 돼지 어깨에 뜸질하는 격이었고, 효봉 스
님의 법어를 빌자면, 스무 살은 이미 생사의 바다를 건너려면 밑 빠
진 배를 타야 한다는 것을 알고 있었던 것을 확인시켜 준 것에 불과
했다.

사랑도 아직 시작하지 아니하였는데 이별이라니. 스무 살은 절대
그리할 수 없었다. 누구나 늙는다. 누구나 먹는 나이, 누구나 늙어가
는 그까짓 것 가지고 스무 살의 사랑을 거절한 상란을 이해할 수도,
매질을 가하는 향제주의 편견도 스무 살은 용서할 수 없었다. 늙어도
괜찮고, 늙어서 사랑한다는데 왜 늙은 자들은 맑고 뜨거운 사랑을 이
다지도 무참히 거절한단 말인가. 스무 살은 슬펐다. 스무 살은 슬퍼
도 사랑해야 하고, 슬퍼서 사랑할 수밖에 없는 상란을 어찌해야 할지
도무지 알 수 없었다. 스무 살은 상란 때문에 잠을 잘 수도, 먹을 수
도, 숨을 쉴 수도 없었다.

스무 살은 운명에 기대는 수밖에 없었다. 스무 살의 인생에 상란과
의 피치 못할 연분이 있다면, 그 운명을 빌미 삼아 상란에게 한 번 더
들러붙어 볼 참이었다. 인생 안 풀리는 자가 찾아가는 마지막 지점,
그곳으로 스무 살은 갔다. 그곳은 아주 영험하다고 소문이 난 주역으
로 점을 치는 집이었다. 그곳은 이엉이 삭아 내릴 것 같은 초라한 일
자초가였다.

살점이라곤 한 근도 발라낼 수 없을 정도로 말라버린 스무 살을 쳐
다보는 사내의 눈이 옴팡졌다. 열병에 걸린 것처럼 열에 들뜬 스무
살의 눈을 샅샅이 훑는 늙은 사내의 눈 밑에 쳐진 살집이 잠시 푸들
거렸다.

마침내 모서리의 옻칠이 벗겨진 쥐코밥상이 스무 살과 사내 사이에 놓여졌다. 사내는 검버섯이 핀 손으로 통에서 산가지를 꺼냈다. 산가지는 가느다란 나무젓가락 같았다. 짐승의 뼈인지 나무 가지인지 도무지 알아볼 수 없을 만큼 사내의 손때가 묻어 산가지는 거무튀튀한 빛으로 반질반질하게 윤이 났다. 사내는 수십 개의 산가지를 쥐코밥상에 펼쳤다. 공자가 책을 묶은 가죽 끈이 세 번 헤지고 끊어질 만큼 읽었다던 주역의 심오함이 사내가 풍기는 분위기 때문인지 찜찜한 사술詐術로 전락하는 것만 같아 스무 살은 심기가 불편했다.

하지만 스무 살은 사자의 송곳니에 찢긴 것처럼 사랑 때문에 신경이 너덜거렸고, 상란의 거절 때문에 빙하에 잠긴 것처럼 춥기만 했다. 어떤 인간도 자신의 그림자를 따돌릴 수 없듯이 스무 살은 상란에 대한 자신의 고통스러운 사랑을 피할 수 없었다. 세상의 편견과 자신의 사랑이 만들어낸 딜레마에 빠진 스무 살이 기댈 곳이라곤 기실 운명이라는 묘연한 추상밖에는 없었다.

사내는 64괘를 만들어, 마침내 박剝괘의 여섯 효爻가 움직이는 점괘를 얻었다. 사내는 점괘를 찬찬히 들여다보더니 어두운 목소리로 괘를 풀어나갔다.

"불길합니다. 박괘는 다섯 개의 음陰에 한 개의 양陽을 일컫습니다. 이 박괘의 풀이격인 괘사卦辭를 볼라치면, 큰 과일은 먹히지 않는다고 되어 있습지요."

"큰 과일은 먹히지 않는다는 게 무슨 뜻인가? 무릇 과일이란 다 맛있지 아니한가."

스무 살은 알 듯 모를 듯한 상징으로 괘사를 풀어내는 사내가 답답했다. 스무 살은 쥐코밥상을 밀어버릴 듯 사내 앞으로 바짝 다가가 앉았다.

"물론 과일이란 다 맛있습죠. 하지만 너무 커버리게 되면 대추의 경우 이미 쭈글쭈글해지고, 감과 밤의 경우는 벌어져 버리며, 복숭아와 살구는 반드시 안에 벌레가 생기게 마련이고, 배는 반드시 시어 문드러지게 됩니다. 이 모든 것이 먹기에 걱정스러운 것이라 결국 먹을 수 없는 과일인 겝니다."

평생 남들의 가망 없는 삶이나 들여다보면서 앉은뱅이처럼 쥐코밥상 앞에 쭈그려 앉아 일생을 볼품없이 살았을 사내 따위에게 시시한 괘사나 듣고 있는 자신이 한심스러웠다. 생의 끝에 이르러서야 비로소 사랑을 발견하고, 그 늦은 사랑을 한탄하며 죽어가는 사람들을 스무 살은 많이 보았다. 어떤 것 하나도 정직하게 드러내지 않고 모든 것을 수수께끼처럼 만들며 허송세월 하는 늙은이들. 그 늙은이들의 두꺼운 가면 속엔 얼마나 많은 비애와 후회와 좌절이 숨겨져 있었던가. 생을 신비로 만드는 것은 괘 속에 감춰져 있는 길흉화복이 아니라 사랑이라는 걸 왜 그들은 부정한단 말인가. 나이 드는 게 자랑이고, 점괘에 맞춰 바깥출입도 조심해야 할 만큼 주눅 들어 사는 게 지혜라면, 스무 살은 더 이상 자라고 싶지 않았다. 더구나 주역은 비유와 은유와 상징과 암호로 난맥상을 이룬 책이 아니던가. 궁벽한 금릉 땅에서 점쟁이로 살아온 사내가 밀림의 코끼리 넓적다리를 만지고선 코끼리는 대들보라고 말한 장님과 다를 바 없을 터. 스무 살은 사내 앞에서 두려움 없이 쳇, 소리를 냈다.

"참으로 괴이쩍은 풀이로군. 쭈글쭈글해진 대추야말로 쇠한 기운을 보충하는 중한 과일이며, 벌어진 감은 시리고 부은 잇몸에 좋은 과일이며, 벌레 먹은 복숭아야말로 가장 달고도 맛있는 과일이라는 뜻이며, 시어 문드러진 배는 천연의 식초로 능히 쓸 만하니, 큰 과일이야말로 과히 잘 먹히지 아니한가.”

스무 살의 뜨거운 갈망은 운명을 용납하지 않고, 스무 살 안에 들끓는 욕망은 절망적인 괘 앞에서 위태로운 줄을 탔다. 어쩌면 운명은 끝내 도달할 수 없는 것이기에 더욱 매혹적인지도 몰랐다. 사내와 스무 살은 같은 괘를 놓고서 다른 해석과 기의에 매달렸다. 욕망은 그것이 의미하는 바가 무엇인가가 아니라 어떻게 작동하는가인지도 모른다. 어쩌면 운명도.

그 뒤로 스무 살은 어떻게 되었을까?

불청 경욕지 수태일백이거不聽 竟欲之 受笞一百而去. 스무 살이 듣지 아니하고 끝내 욕망을 이루려 하다가 백 대의 매질을 당한 연후에야 떠났다.

5

5:45 PM 오후 내내 상란은 희망도서를 신청 양식에 기입하고 색인 작업을 했다. 출판사에서 보내온 팸플릿을 뒤적이고, 인터넷 사이트 몇 군데에 들어가 베스트셀러 및 권장도서들을 검색했다. 대출과 수서와 전산 업무와 같은 일들은 일정한 틀이 있어서 숙달만 되면 별반 힘이 들지는 않았다. 반복적인 일들은 상란에게 삶이 명료하고 구체적이라는 감촉을 전해주었다. 청구기호와 색인번호, 자료 입력과 목록 작성, 바코드 인식기와 공문 발송과 같은 명백하고 체계적인 것들은 시간이나 감정 따위의 무형의 파괴력을 지니고 참담한 붕괴감을 느끼게 하는 것들과 본질적으로 달랐다. 무엇보다 잊혀질지언정 사

라지지는 않는 책들이 상란과 함께 머물고 있다는 느낌은 아주 많은 위안이 되었다. 정보로서 시효가 만료된 신문과 철 지난 잡지를 납본하는 일은 업무 중에서 근육을 가장 많이 쓰게 하는 것이었지만, 영인본으로 묶어 지하 창고에 저장할 때면 영원을 맛보는 듯 했다.

열람실 창밖으로 어둠이 깔리고 있었다. 상란은 마지막으로 새 책 깊숙한 곳에 센서 칩을 꽂아 넣는 작업을 했다. 상란은 업무 중에서 센서 칩을 꽂는 일이 가장 설렜다. 누구도 함부로 가져가지 못하게 하는 장치는 기껏해야 책 도둑을 잡는 도난방지 장치에 불과한 것이지만, 상란은 은밀한 권력까지 맛보았다.

스무 살은 퇴근 시간이 가까워지는데도 돌아오지 않았다. 스무 살의 가죽 장정 노트는 펼쳐진 채로 탁자 위에 놓여 있었다.

6:10 PM 상란은 열람실 문을 닫았다. 스무 살이 놓고 간 노트와 펜을 챙겨 놓았다. 하지만 스무 살이 기록한 글들은 읽지 않았다. 상란은 사물함에서 스웨터를 꺼내어 어깨에 걸쳤다. 작업대 밑에 벗어 두었던 구두에 부은 발을 집어넣었다. 예쁘게 차려입고 구두를 또각거리며 가슴 설레는 누군가를 만나러 간 게 언제였더라. 상란은 스무 살의 노트와 펜을 바코드 검색대 옆에 놓았다.

6:25 PM 상란은 열람실의 불을 끄고 계단을 내려갔다. 한 계단씩 내려가면서, 상란은 스무 살을 떠올렸다. 그녀에게도 스무 살이란 게 있었던가. 고등학교를 졸업한 2월, 상란은 스무 살이었다. 대학은 떨어졌고, 졸업하면 갈 데도 없다는 것만으로도 상란은 충분히 막막했다. 상란은 졸업장을 딱지처럼 접어 더플코트 주머니에 넣고 혼자 놀이공원엘 갔다. 2월 초순의 놀이공원은 그늘에 말린 이불처럼 춥고 스산했다. 쌀겨처럼 푸설푸설한 눈이 흩날렸다. 코끝에 스치는 바람

이 알싸해서 상란은 털목도리로 머리와 귀와 목을 친친 둘렀다. 상란은 하릴없이 놀이공원을 배회했다. 텅 빈 식당에서 뜨거운 국수를 먹었고, 다시 어묵 꼬치를 우걱우걱 뜯어먹었다. 상란은 롤러코스터에 올랐다. 미친 듯이 내달리는 롤러코스터의 속도 때문인지, 마구 밀어 넣은 국수와 어묵 때문인지 속이 메슥거리고 울렁거렸다. 상란은 내리자마자 화장실로 뛰어가 토했다. 덩클거리는 국수다발과 어묵 덩어리가 변기에 튀었다. 상란은 가방에서 화장지를 꺼내 꼼꼼히 닦아내고 물통의 줄을 잡아 당겼다. 두꺼운 더플코트 자락을 허리께에 말아 움켜쥐고 바지를 내려 오줌을 쌌다. 요도가 뜨거워 상란은 몸을 떨었다.

화장실을 나와서 매점으로 가 롤리팝과 풍선껌을 한 주먹 샀다. 다시 롤러코스터에 올라탔다. 롤러코스터 중간 좌석에 앉아 1번, 롤러코스터 맨 앞좌석에 앉아 4번, 바이킹 안쪽 중앙에 앉아 2번, 다시 바이킹 맨 끝자리 모서리 좌석에 앉아 3번을 내리 탔다. 한 번씩 탈 때마다 상란은 이가 부서져라 풍선껌을 씹고 롤리팝을 부셔먹었다. 다섯 번씩 타고 내리자, 롤러코스터의 무지막지한 속도가 주는 공포도 바이킹의 울렁거리는 멀미도 사라졌다. 상란은 스무 살이 던져 줄 세상의 속도와 멀미를 이겨낼 수 있을 것 같은 자신감이 생겼다. 무엇보다 스무 살 이후로 상상했던 것만큼 세상은 롤러코스터만큼 어지럽지 않았고 바이킹처럼 심하게 출렁거리지 않았다. 하지만 상란은 그 시절, 생이 어지럽지도 멀미도 일지 않는, 건설 공사장의 모래처럼 조잡하고 단조로우면서도 설명하다는 것을 알지 못했다.

6:31 PM 마지막 계단을 내려서는데, 벌써 상란의 구두가 젖었다. 팔만 육천 개의 계단도 아닌데, 상란은 퇴근하고 집으로 가는 길이면

모래무지에 하루 종일 발을 담근 것처럼 구두가 축축했다. 구두를 벗
고 이불 속에 들어가면 발이 가려웠다. 가려워서 긁고 있으면 발이
가려운 게 아니라 가슴이, 뇌가 가려운 것 같았다. 상란은 그녀의 깊
은 곳 어딘가가 가려운데, 어떻게 긁어줘야 할지 알 수 없었다. ✗

| 상란전相蘭傳 | 이화경

그의 이름은 스무 살

강헌국 | 고려대 교수 · 문학평론가

사랑은 나이를 모른다. 다만 나이가 사랑을 알 뿐이다. 흔히 사랑의 감정은 청춘이 독점하는 특권처럼 여겨진다. 오래 머물지 않는 청춘처럼 그 특권에는 시효가 있다고도 한다. 그래서 무자비한 세월을 따라 청춘이 멀어지고 나면 사랑은 지나간 '한때'의 일로 치부된다. 사랑할 특권을 어느덧 박탈당했음을 자인하면서 사람들은 저 열병 같은 시절을 추억이라는 이름으로 봉인해둔다. 그러나 청춘이 끝났다고 해서, 나이가 들었다고 해서 사랑을 모르겠는가. 오히려 세월은 사랑할 특권을 앗아가면서 사랑을 깊이 이해하고 성찰할 수 있는 안목을 가져다준다. 게다가 사랑은 나이를 가리지 않고 불쑥 찾아온다. 청춘의 시기가 경과한 사람으로서 그처럼 불쑥 찾아온 사랑에 대해 솔직한 감정을 품는 것은 쉽지 않으리라. 그 '한때'보다 사랑을 더 잘 알게 되었지만 세상의 통념이 더 이상 사랑할 나이가 아니라고 일러주기 때문이다. 더러는 그러한 통념에 아랑곳하지 않고 세월을 되돌려 새로이 청춘을 맞기도 한다. 그러나 대개의 경우 나이가 가르친 삶의 지혜는, 아니 나이에서 생긴 눈치와 노회함은 주변을 살피고 스스로를 돌아보도록 하여 사랑의 감정을 왜곡하고 은닉하도록 한다. 스무 살의 사랑은 솔직해서 무모하고, 무모해서 쉽게 상처를 입는다. 그 상처는 청춘의 자랑스러운 훈장처럼 일컬어지기도 한다. 그러나 서른 너머에서 사랑은 불편하고 누추한 감정 같아서 견고한 외피로 위장되기 마련이다. 상처받기 싫어서, 누추해지기 싫어서 사랑을 알고도 부인한다. 그 덕에 외상이 드러나지 않지만 속으로는 멍이 든다.

이화경의 소설 「상란전」에는 스무 살 청년에게 연정을 품는 서른일곱 살짜리 여자가 나온다. 공공 도서관 사서로 근무하는 그녀는 아직 미혼으로 이름은 제목과 같은 상란이다. 겉보기에 상란은 '도서관에 불이 나야 겨우 까딱할 것 같은, 물리적인 규율로 무장한 딱딱하기 이를 데 없는' 모습으로 열람자들을 상대한다. 반복적인 업무와 틀에 박힌 일상에 묻혀 사는 그녀이지만 열람실을 출입하는 한 청년을 훔쳐보며 마음이 설레기도 한다. 대출카드의 기록을 통해 청년의 이름을 알고 있으면서도 그녀는 그를 굳이 스무 살이라고 지칭한다. 스무 살. 그 나이는 그녀에게 단지 숫자에 불과할 수 없다. 불가능한 갈망과 자기모멸을 표시하는 나이인 것이다. 이미 시효가 다한 청춘을 확인하기 위해, 열일곱 연하의 남자를 향한 연정을 억누르기 위해 그녀는 그의 호칭을 스무 살로 정한 것이다. 구체적이고도 내밀한 정보 이전에 스무 살이라는 사실 하나만으로도 그는 그녀에게 관심과 금기의 대상이 되기에 충분하다. 그녀의 시선에 잡힌 그는 스무 살이기에 매혹적으로 보이지만 스무 살이기에 가까이할 수 없다. 그를 훔쳐보면서 그녀는 '배꼽 밑이 서늘해지고 이마는 뜨거워지곤' 하지만 자신의 속마음을 누설하지 않기 위해 지극히 사무적이고 무뚝뚝한 태도로 그를 대한다.

> 마음이 들킬까봐 상란은 스무 살에게 미소조차 건네지 못했다. 웃는데, 구역질이 났다. 상란은 쓴 알약을 삼키듯이 입안에 고였던 침을 목구멍 안으로 밀어 넣었다. 아, 사랑이라니. 스무 살이 알면 놀라자빠질 기상천외한 농담 같고 황당한 유머로 전락할 이 감정이라니. 상란이 스무 살 때 느꼈던 은밀하고도 슬프고도 안타깝고도 떨리는 감정이 이 나이에는 엽기적이고 곤혹스러운 것이 되어버리다니. 늙는다는 것은 치욕스러운 것이었다. 몸이 더디다고 마음마저 움직이지 않는 것은 아닌데도, 상란은 빌린 물건만으로 집을 채운 것처럼 민망하고 우울했다. 상란이 스무 살에게 은밀히 보낸 눈길은 마치 안대 속의 윙크처럼 쓸모없는 것이었다.

스무 살은 상란에게 금기의 다른 이름이면서 자기 방어의 방식이다. 열일곱 연하의 남자에 대한 연정을 '엽기적이고 곤혹스러운 것'이 되도록 하고 나이 든 자신을 치욕스럽게 만드는 최소한의 장치가 바로 스무 살인 것이다. 호칭을 통해 연정의 대상이 스무 살임을 부단히 자각함으로써 그녀는 낭만적 사랑의 열정으로부터 자신을 지킬 수 있는 것이다. 따라서 이 소설에 등장하는 권재인이라는 스무 살짜리 청년은 상란의 감춰진 욕망과 현실 감각을 표상하는 기능을 수행한다. 환언하자면 그는 객관적으로 형상화된 인물이라기보다는 상란의 내면을 비추는 투사체인 것이다.

상란은 자의식 때문에 연하의 남자에 대한 연정을 곤혹스러워하는가 하면 마흔 가깝도록 미혼인 자신의 처지에 대해 비애를 느끼기도 한다.

그러나 그녀가 사랑에 대한 기대와 소망을 아예 포기한 것은 아니다. 평소 말동무가 되던 직장 동료가 결혼한 날 그녀는 예전에 애인이었던 사내를 만난다. 그녀와 사내는 한때 결혼을 약속한 사이였지만 사주쟁이의 불길한 운명 풀이가 빌미가 되어 헤어졌다. 다시 만난 사내에게 몸을 맡긴 그녀는 묻는다, 날 사랑하느냐고. 그러나 사내는 그 질문을 공연한 농담으로 받아넘긴다. 스무 살 청년을 향한 연정이 그녀에게 자기모멸을 부른다면 그녀가 비슷한 연배의 사내에게 기대하는 사랑은 희화화의 대상이 된다. 그녀에게 사랑은 절실한 문제이지만 사내는 사랑보다 섹스 쪽이 더 절실하다. 모텔에서 정신적 교감도 없이 벌인 사내와의 섹스는 그녀에게 권태로울 뿐 아니라 알레르기 증세를 가져온다. 사랑의 진정성은 몸과 마음이 함께 결합하는 데서 획득된다는 것을 그녀는 알고 있다. 알레르기 증세는 그러한 사랑에 대한 기대가 좌절된 상태를 의미한다. 그녀는 잠든 사내 곁에 앉아서 '제대로 사랑 한 번 못해보고 늙어버린 기생'이라며 자신의 처지를 자조한다.

이 소설에는 도서관 사서인 상란과 같은 이름을 가진 다른 인물이 하나 더 등장한다. 그 인물은 명나라 가정 연간에 살았다는 기녀 신분의 상란이다. 같은 이름의 두 인물을 분별하기 위해 편의상 한 쪽을 '사서-상란'으로 다른 한 쪽을 '기녀-상란'으로 표기하기로 한다. '기녀-상란'의 이야기는 앞서 살핀 '사서-상란'의 이야기와 직접적인 관련성이 거의 없다. 시공간적 배경이 서로 동떨어져 있는 데다 사건의 전개 과정에서 양자가 서로 접촉하거나 교차하는 지점도 전혀 없다. 두 이야기의 관계를 중심 서사에 대한 삽화의 관계나 액자소설의 구성 방식으로 보는 데는 분명 무리가 따른다. 서로 독립적인 두 벌의 이야기가 한 작품 속에 병존한다고 보아야 한다. 그러나 사건의 면에서 단절되어 있는 그

두 벌의 이야기는 상호 조응과 대조를 통해 상관성을 확보한다. ‘기녀-상란’의 이야기는 나이 오십의 여자와 스무 살 청년의 연애담이라는 점에서 그 기본 설정이 ‘사서-상란’의 이야기와 유사하다. 그러나 ‘기녀-상란’의 이야기는 ‘사서-상란’의 그것과 사뭇 다른 양상으로 전개된다. 청년이 삼십년 연상인 상란에게 마음을 빼앗겨 사랑의 열병을 앓고 급기야 그녀에게 청혼을 하는 것이다. 상란이 사양하고 세상이 조롱하며 지혜로운 어른이 타일러도 청년은 막무가내이다. 청춘의 불같은 연정을 그 무엇도 막지 못하는 것이다. 그러한 사건 전개는 ‘사서-상란’의 이야기와 조응되면서 마치 그녀의 내면에 감춰진 낭만적 사랑의 환상을 구현하고 있는 듯하다. 현실의 장벽에 막혀 뜻을 이루지 못한 청년이 운명에 의지하기 위해 점쟁이를 찾아가는 대목도 ‘사서-상란’의 이야기와 견주어 읽어볼 만하다. 점쟁이 사내는 운명이 청년의 사랑을 허락지 않는다고 하지만 청년은 그 운명을 따르지 않기로 한다. 운명에 맞서 사랑을 이루려는 청년의 모습은 ‘사서-상란’의 이야기에서 상란과 옛 애인이 사주가 전하는 운명을 따라 파혼한 일과 대조된다.

이상에서 살핀 바와 같이 서사적 관련성이 부재한 두 벌의 이야기는 상호 조응과 대조를 통해 은유적 울림을 빚어낸다. 그 은유적 울림에 의해 두 벌의 이야기는 전생과 차생의 관계로 배치된다. 소설 속에는 상란의 사주가 ‘옛날 같으면 기생이 되었을 운명’이라고 일컫는 구절이 나온다. 그 구절은 이 소설이 오백 년을 가로지르는 인연의 이야기임을 명시하기 위해 짜 넣어진 부분이다. 사실 인연은 검증될 수 없어서 그것에 기댄 이야기는 허무맹랑하거나 공허해지기 쉽다. 그러나 이 소설은 사건 면에서 불연속적인 두 벌의 이야기를 은유적으로 병치하는 독특한 구성 방식을 통해 인연의 이야기에 실감을 부여한다. 경쾌하고 유머러

스한 어조로 구사된 서술도 인연의 이야기가 자칫 불러올 수 있는 구태 의연함을 털어내는 데 한 몫을 한다.

　상란과 스무 살은 전생의 인연을 이어 차생에서 다시 만난 셈이다. 상란이 스무 살에게 품는 연정은 그처럼 멀고 질긴 인연에서 비롯된다. 그러나 청춘이 다하여 사랑할 기회도 더 없다고 여기는 상란은 자신의 마음에서 이는 감정을 은폐하고 왜곡한다. 사랑은 나이를 가리지 않고 찾아오지만 나이는 삶과 세상을 잘 살피고 헤아리도록 가르치므로 그녀는 사랑을 경계하고 회피해야 한다. 그리하여 그녀는 가려운 곳이 있는데 '어떻게 긁어줘야 할 지 알 수 없'어서 낭패를 겪는 것처럼 그저 어찌지 못한 채 단조롭고 정체된 일상을 하루하루 견딜 뿐이다. 양희은이 부른 노래의 한 구절처럼 '사람을 사랑하게 되는 일/ 참 쓸쓸한 일'이다.

정이현

※❦ 약 력 ❦※

1972년 서울 출생.
성신여대 정치외교학과, 서울예대 문예창작과 졸업.
2002년 제 1회 《문학과 사회》 신인문학상에 단편
「낭만적 사랑과 사회」 당선으로 등단.
소설집 『낭만적 사랑과 사회』가 있음.

1979년생

정이현

당신이 믿을지 모르겠지만 나는 함부로 거짓말을 하는 사람이 아니야. 거짓말은 다만 내 밥이지. 밥은 하루에 세 번 먹고 거짓말은 하루에 스무 번 정도 하니까, 거짓말은 내 밥일 뿐만 아니라 커피이자 담배이며 맥주이고 또한 교통 카드인지도 몰라. 나는 하루에 스무 번 거짓말을 하여 스타벅스의 아이스 모카를 마시고, 마일드 세븐을 사 피우며, 술집에서 친구들 눈치를 보지 않고 국산맥주보다 이천 원 더 비싼 벨기에산産 호가든을 주문하지. 교통 카드를 꽉꽉 채워 충전하지만 어떤 날 아침엔 7센티 구두굽이 유난히 무겁게 느껴지기도 하거든. 그럴 땐 오지 않는 버스를 하염없이 기다리는 대신 오른팔을 척 올려 택시를 세워. 기본요금 거리의 지하철역 앞에서 택시를 내리는 순간에는 항상 관자놀이가 얼얼해지도록 갈등하지. 회사까지, 그냥 타고 가버릴까, 그럴까, 이대로 쭉.

삼십여 분 남짓 중형차의 뒷좌석을 나 혼자 점유하는 대가는 만원 가까운 현금과 교환될 거야. 하고 싶은데 하지 못하는 것과, 할 수 있는데 하지 않는 것은 완전히 다르지. 택시의 뒷문을 소리 나게 닫고 지하철 역사 계단을 걸어 내려가는 동안 내가 느끼는 뿌듯함에 대해 당신은 알까? 내 힘으로 내 욕망을 컨트롤할 줄 아는 사람이 된 것 같은 그 자부심을 말이야. 신이라는 존재가 정말로 있다면, 왜 내게 건네준 패는 옐로카드밖에 없는 걸까 궁금해하던 시절이 있었어. 하지만 이제는 아니야. 나는 나를 벌어 먹이는 사람이 되었고, 적어도 그건 내일과 모레도 어제와 오늘처럼 반복되리라는 공포를 견디는 것만큼이나 경이로운 일이잖아. 안 그래? 그 정도면 족하다고 나는 생각해왔어.

지금의 회사에 취직한 건 일 년 전이야. 인터넷 홍보 회사라는, 애매모호하면서도 뭔가 있어 보이는 이름 때문에 입사를 결정한 건 아니야. 입사를 결정한 건 어차피 내 쪽이 아니라 회사 쪽이었는걸, 뭐. 학점 평점 2.5에 토익 700점대, 끗발 좋은 친척 하나 없는 가련한 여성 구직자를 그쪽에서 구제해줬다고 표현해야 옳을지도 모르지. 이곳은 내가 가지는 세 번째 직장이야. 맡겨진 임무에는 곧 적응했어. 홍보해야 할 상품은 때마다 달라. 가스오븐렌지, 조립식 책꽂이, 코미디 영화, 현상 공모에 당선된 장편소설, 지중해 크루즈 여행……
회사에 의뢰된 그 작품들을 판매하는 사이트에 들어가서 나는 간곡하게 후기를 쓰지.

얼마나 오랫동안 망설이다 바꿨다고요. 제가 워낙 까다로운 편이라 선뜻 마음 가는 제품이 없었어요. 그러다가 속는 셈치고 Y전자의 새 오븐렌지를 한 달간 써보았죠. 그런데 이럴 수가! 정말 나무랄 데가 하나도 없는 것이었어요. J전자 물건 쓰는 친구들이 잔고장 때문에 고생하는 모습 보면서 가슴을 쓸어내린답니다. 솔직히 별 다섯 개가 아깝지 않아요. / 저는 평소에 한국 영화를 보지 않습니다. 항상 그 얘기가 그 얘기고 스케일도 작고 상상력도 빈곤하지 않습니까. 그러나 한국 영화에 대한 편견을 일거에 날려준 것이 바로 이 작품입니다. 심장을 내리누르는 묵직하고 뜨거운 감동. 엔딩 크레딧이 올라가는 동안 저도 모르게 저절로 눈물이 흘러 넘쳤습니다. 오랜만에 맛보는 충만감에 가슴이 벅찹니다. 이것이 바로 수작의 힘이겠지요. 과감히 별 다섯 개를 드립니다.

구태의연하고 촌스러울수록 좋아. 소비자들이 그런 데 마음을 움직이고 지갑을 연다는 가설을 회사 임원들은 굳게 신봉하고 있거든. 회의 때마다 팀장이 직원들을 닦달하면서 하는 소리가, 진정성에 호소해야 한다. 제발 진심을 담아서 써라,라는 게 재밌지 않아? 책상 위에 놓인 두툼한 A4용지 묶음 속에는 깨알 같은 글씨로 주민등록번호와 이름들이 줄줄이 박혀 있어. 각 사이트의 회원 가입을 위한 그 수많은 필수 항목들이 누구의 것인지 나는 알지 못해. 그 목록에서 이따금 79로 시작하는 번호를 만나면 조금 반가워져. 낯선 별들로 뒤덮인 밤하늘에서 어쩐지 전에 본 적이 있는 듯한 별자리를 발견한 것과 비슷한 기분이라고 할까. 의외의 장소에서 동갑내기와 마주쳤을 때 하긴 누군들 그렇지 않겠어? 1979년생의 주민등록번호로 글을 쓸 때는 조사와 맞춤법에 유난히 주의를 기울이는 것으로 나는 동갑내기들에 대한 자그마한 애정을 표현하곤 하지. 너의 진정성의 방식이

고작 그거냐고 비웃어도 하는 수 없어.

내 주민등록번호와 앞 여섯 자리가 같은, 즉 나와 생년월일이 똑같은 경우는 그동안 딱 한 번 만나보았다. 조현수. 뒷자리가 1로 시작하는 남자였지.

─생일이 같은 사람은 처음이야. 뭐 하는 앨까?

하얀 비키니를 입고 와이키키 해변에 누워서 여행사 가이드의 친절에 감격하고 있던 옆자리의 동료가 퍼뜩 현실로 돌아와 내 얼굴을 멀거니 바라보았어.

─너 바보니? 아무렴 이런 게 진짜일 리 없잖아.

우리는 다시 묵묵히 각자의 일에 몰두했어. 타닥타닥 옆자리에서 자판 두드리는 소리가 규칙적으로 들려왔어. 이 세상에 존재하는지 안 하는지 모르는, 나와 같은 날 태어난 조현수씨는 대형 인터넷 쇼핑몰의 회원으로 가입시켰다. 그게 나한테 주어진 일이니까. ID는 언제나 하던 것처럼 영어 이니셜로 지었어. 보통 때는 4444나 0987같은 별 뜻 없는 네 자리 숫자를 함께 붙이지만, 조현수씨에게는 보다 의미 있는 숫자를 첨부해줘야겠다는 생각이 들더라. hsc7977. 어때? 내 생일은 1979년 7월 7일이야. 그 ID로 나는 방수용 등산 바지와 여행용 트렁크, 러닝 머신과 어린이 미끄럼틀에 대한 리뷰를 공들여 작성했어. 그러곤 별 다섯 개씩을 선사했지. 금화처럼 반짝반짝 빛나는 밤하늘의 별 말이야.

*

당신에게도 사랑하는 사람들이 있었어? 당신의 가족? 두 명의 여자아이와, 한 명의 사내아이? 전에 어디선가 그들과 함께 찍은 당신의 사진을 본 적이 있어. 한 일자로 꾹 다문 입매는 그대로였지만 당신의 눈, 그래, 눈은 미소를 띠고 있더라. 도토리처럼 여물어가는 자식들을 병풍처럼 등 뒤에 두른 채 사진기 앞에 앉은 사내의 내면에 대해 내가 알 턱이 없지. 그때 느꼈던 내 이물감의 정체에 대하여 어떻게 설명하면 좋을까.

아, 물론 나 역시 사랑하는 사람들을 가지고 있어. 우리 엄마와, 내 남자친구. 둘은 서로를 별로 좋아하는 것 같지는 않은데 두 가지 측면에서 놀랍도록 닮은꼴이지. 놀고먹는 인간을 혐오한다는 것과, 허투루 돈 쓰는 행위를 죄악으로 치부한다는 것. 그러고 보니 당신과 비슷한 취향을 가진 것 같네. 삼 년 넘게 만나오는 동안 남자친구에게서 가장 자주 들은 말이 '너는, 너는, 무슨 애가 어쩌면 그렇게 물정 모르고 개념이 없냐'고, 이십칠 년 가까이 엄마랑 같이 사는 동안 귀에 못이 막히도록 들은 소리가 '저 가시나, 또 화장실 불 안 껐네. 땅 파면 돈이 나오는 것도 아닌데 계집애가 저리 헤퍼서 어따 쓰려고', 였으니 확실히 일맥상통하는 데가 있긴 하지? 이 두 사람이 날 사랑하고 있다는 것을, 나는 잘 알아. 그렇지 않다면, '네 인생의 목표는 뭐냐?' 된장찌개를 가운데 놓고 모친과 마주 앉은 식탁에서나, 연인과 오붓하게 영화 상영 시간을 기다리고 있는 멀티플렉스 극장의 휴게실에서 불쑥 그런 질문을 받고도 웃으며 넘어가는 여자가 흔하지는 않을 테니까 말이야. 짐작대로 별로 유쾌한 상황은 아니었어. '네 인생의 목표는 뭐냐?'라는 물음의 속뜻이 '네 인생은 참 한심해 보인다. 목표라는 게 없잖아'라는 걸 어느 누가 짐작하지 않을 수 있겠어. 안 그래? 솔직히 나는 인생의 목표 같은 건 한 번도 세워본 적

없는 인간이거든. 당신 시대의 그 유명한 표어 '하면 된다!' 라는 말도. 미안하지만 전혀 믿지 않아.

　그날은 토요일이었고, 오후에 데이트가 있었어. 끈 없는 브래지어와 돼지갈비 체인점과 디지털 카메라에 대한 후기를 쓰느라 퇴근이 좀 늦었지. 남 기다리는 시간을 치 떨리게 아까워하는 남자친구를 위해 나는 택시를 탔어. 그러나 내 남자친구는 멀쩡한 대중교통 수단 놔두고 택시를 타는 행위 또한 납득할 수 없는 사람이거든. 그래서 나는 약속 장소 50미터 전에서 택시를 내린 다음 냅다 달려야 했어. 하이힐을 신고서 말이야. 다행히 늦지는 않았어. 남자친구는 진지한 표정으로, 내 인생에 대한 플랜을 한 번 짜보자고 했어.
　─금방 서른이야. 더 늦기 전에 평생직장을 잡아야 되지 않겠냐. 너한텐 미안하지만, 너 비정규직인 거 알면 부모님이 우리 결혼 허락하실 리가 없어. 그래서 생각해봤는데, 아무래도 9급 공무원 시험 준비를 하는 게 제일 나을 것 같다.
　시험 준비를 하는 주체는 분명히 나인데 그는 '너' 라는 주어를 생략한 채 말했어. 익숙한 어법이었지.
　─나, 공부 잘 못하잖아, 그리고 요즘 회사 사정이 안 좋아서 그렇지, 조금만 있으면 정규직으로 전환시켜준댔어.
　─휴, 너 세상 물정 모르고 개념 없는 건 익히 알았지만, 어떻게 갈수록 심해지냐. 그 구멍가게만 한 데서 비비적대다가 인생 종 칠래? 알량한 월급 몇 푼 오르는데 만족하면서? 모름지기 사회생활은 크고 안정된 조직에서 하는 거야. 거친 풍랑이 이는 바다를 돛단배 타고 건너겠냐 아니면 철갑 거북선 타고 건너겠냐?

그가 설득력 있는 어조로 덧붙였어.

─공무원 시험, 넘겨버리기에는 네 조건이 너무 아까워. 국가 유공자 가산점만 해도 그게 얼만데. 한번 잘 생각해 봐.

국가 유공자 가산점이라니. 나는 아무 대꾸도 할 수가 없었어. 그래, 내 남자친구는 우리 아버지가 근무 중 지뢰 사고로 돌아가신 줄로만 알고 있었어. 사귀기 시작하고 얼마 지나지 않았을 때 술의 힘을 빌려 내가 그렇게 말해버렸거든. 그는 뭘 좀 안다는 듯 심각한 얼굴로 중얼거렸었지. '최전방에서 가끔 일어나는 사건이지.' '울 아빠는 사고를 피할 수도 있었는데 수색 나갔다 돌아오지 않는 부하들 찾으러 간 거래. 책임감이 그렇게 강하셨대. 남은 식구들은 어떻게 살라고. 너무 원망스러워.' '괜찮아. 걱정하지 마. 이제부터 내가 지켜줄 테니까.' 그리고 나서 우리는 두 손을 굳게 맞잡고 처음으로 같이 자러 갔었어. 책임감이라는 게 과연 뭔지 아직도 잘 모르긴 하지만, 내 남자친구가 가진 책임의 유전자가 아버지의 것보다는 적어도 열 배쯤 더 강력할 것이라고 나는 믿어왔어. 그리고 그것이 내가 그를 사랑하는 이유겠지. 9급 공무원이라. 남자친구의 시선을 비스듬히 외면하면서 나는 한번 잘 생각해보겠다고 대답했어.

집에 들어서는데 눈앞에서 꽃분홍색 헝겊 조각이 마구 흔들렸어. 엄마가 공중에다 흔들어댄 건, 한꺼번에 빨려고 모아둔, 그저께 벗어놓은 내 속옷이더군.

─하루 종일 어깨 빠지도록 김밥 말다 들어온 이 어미가 네 빤스 빨래까지 해야 바쳐야겠냐?

─아직도 엄마 손으로 김밥 싸야 돼? 김밥 체인점을 두 개나 가지

고 있으면서 이제 제발 좀 설렁설렁 사세요. 알바생 하나 더 쓰는 데 얼마나 든다고.

　―어이구, 남의 손이 내 손하고 같은 줄 알아? 어떡하면 꾀 피울까 궁리나 하지, 주인 의식을 가지고 남의 집 일하는 위인이 있는 줄이나 알아? 말 나온 김에, 이제 네가 가게 좀 나와라. 퇴근하고 들러서 카운터도 보고, 게으름 떨거나 삥땅 치는 년들 감시도 하고.

　이게 우리 모녀의 적나라한 대화지. 엄마는 김밥으로 나를 키웠어. 단무지, 계란, 시금치, 당근, 소시지, 게맛살을 넣고 꼭꼭 눌러 싼 김밥. 입에 넣는 순간 단무지, 계란, 시금치, 당근, 소시지, 게맛살이 밥과 김과 한데 엉켜 씹자마자 꿀떡 넘어가는 김밥. 한 줄만 먹어도 허기진 속이 금세 든든해지는 김밥. 까만 양복과 흰 셔츠에, 단무지, 계란, 시금치, 당근, 소시지 빛깔 넥타이를 맨 광화문통 직장인들이 출근길마다 전투 식량처럼 소중히 받아들고 가는 은박지로 감싼 김밥. 엄마는 그 김밥들을 하루 동안 혼자서 이천 줄이나 만 적도 있다고 해. 지금까지 엄마가 싼 김밥은 모두 몇 줄일까. 나는 문득 궁금해졌어. 쌓아놓으면 혹시 이 12층짜리 아파트보다 더 높다란 게 아닐까. 혹시 63빌딩보다 더. 머릿속에 거대한 김밥산山의 광경이 펼쳐졌어. 옆구리가 터져 밥풀 몇 알이 미어져 나온 그 산의 한 귀퉁이에서, 엄마는 식량을 벌고 집을 사고 자식을 키웠지. '값싸고 영양가 높고 빨리 먹을 수 있고, 세상에 김밥 같은 음식이 어디 있겠니.' 엄마는 진심으로 그렇게 믿고 있을까. 김밥 여러 개를 꾸역꾸역 밀어넣은 것처럼 가슴이 답답해왔어. 나는 나지막하게 대답했어.

　―그래요, 엄마. 가게 나가는 거 한번 생각해볼게요.

　내 방으로 들어와 자리에 누웠지. 설핏 잠이 들었었나 봐. 꿈속에

서 나는 김밥 속의 단무지가 되어 누군가의 어금니 사이에서 아작아
작 소리를 내며 뭉개졌어. 딱딱한 이빨로 꼭꼭 씹히는데도 이상하게
하나도 아프지 않았어.

　눈을 떴을 때 나는 틀림없이 천장이 무너지고 있다고 생각했어. 황
급히 불을 켜고 부신 눈으로 한참동안 천장을 째려보았지만 꽃무늬
벽지를 흔들리지 않았어. 흔들리는 것은 내 귀였지. 쿵쿵쿵 쿵쿵쿵
쿵쿵쿵. 진동 소리는 경쾌한 박자를 타고 울려 퍼졌어. 시곗바늘은
열한시 반을 가리키고 있었어. 우리집은 아파트 11층이야. 누군가 위
층에서 뛰고 있다는 얘기지. 나는 인터폰을 들었어. 경비원은 깜빡
졸다 일어난 기색이 역력했어. 확인해본 뒤 연락을 주겠다더니 한참
후에야, 윗집이 인터폰을 받지 않는다고, 아마도 비어 있는 것 같다
고 말하더라.
　─그 층간 소음이라는 게 말이죠. 요상한 구석이 있어서, 꼭 바로
위에서 뛰는 것처럼 들려도 그게 아닐 수가 있거든요. 요전에도 501
호에서 위층 피아노 소리 때문에 아주 시끄러워 죽겠다고 항의가 들
어왔는데 601호에는 거동도 힘든 할머니 한 분만 사신단 말예요. 귀
신이 연주한 것도 아닐 텐데, 허 참.
　귀신이 연주한 것도 아닐 텐데. 그 마지막 문장이 가슴에 와 박혔
어. 쿵쿵쿵 쿵쿵쿵 쿵쿵쿵. 정체 모를 그 소리는 더 커지지도 작아지
지도 않고서 족히 한 시간이 넘도록 계속되었지. 경비원의 견해야 어
떻든 바로 내 머리꼭지 위에서 벌어지고 있는 일이 분명했어.

　소리는 다음 날 밤에도 똑같은 시간에 똑같은 패턴으로 반복되었

어. 그건 마치 절굿공이를 방바닥에 대고 리드미컬하게 내리치는 소리처럼 들렸지. 경비실에 재차 항의해보았지만, 여전히 윗집에선 아무 기척도 없다는 대답만 되돌아왔어. 나는 유달리 까다롭거나 예민한 인간은 아니야. 그러나 이건 누가 보아도 고약한 경우였어. 아파트라는 데는 기본적으로 공동의 공간이잖아. 주먹으로 때리거나 칼로 찌르는 것만이 폭력은 아니야. 자의건 타의건 간에, 부주의하건 무신경하건 간에 타인이 가진 권리를 강제로 침해하는 것. 당하는 사람이 속수무책이라는 측면에서 본다면 그런 게 다 극심한 폭력 행위 아니겠어? 적어도 나는 그렇게 생각해. 기본적인 예절을 망각하고 있는 고약한 이웃에 대해 화가 치밀었어.

1202호의 초인종은 아래층 우리집과 똑같은 모양으로 똑같은 곳에 달려 있었어. 당연한 일인데 좀 이상하게 느껴지더군. 벨을 힘껏 누르고 한참을 기다려보았지만 아무도 나오지 않았어. 다시 한 번 누르려는 찰라 스륵 문이 열렸지. 누군가 얼굴을 내밀었어. 덩치가 작고 깡마른 남자였지. 얼굴 절반을 가린 새까만 선글라스가 맨 먼저 내 눈에 들어왔어. 한밤에, 실내에서 선글라스라니. 갑자기 덜컥 겁이 나더라. 정신이 온전한 사람이 아닐지도 모른다는 생각이 머리를 스쳤어. 다행히도 그는 팔을 직각으로 들어 선글라스를 벗었지. 꽤 절도 있는 동작이었어. 그는 노인이었어. 몇 살인지 짐작하기는 어려웠지. 나는 늙은 남자들의 세계에 대해서는 전혀 아는 바가 없거든. 칠십이나 구십이나 나에게는 다 똑같은 할아버지일 뿐이야. 그런데 말이야, 이상하게도 노인의 얼굴이 낯이 익더라. 분명히 전에 어디서 만난 적이 있는 얼굴이었어. 노인은 말 대신 매서운 눈빛을 쏘아 너는 누구냐고 물었지. 정신을 가다듬고서 나는 방문 용건을 밝혔어.

―안녕하세요. 저는 여기 바로 아래층에 사는 사람인데요. 너무 시끄러워서 잠을 잘 수가 없네요. 안에서 누가 뛰시는 모양인데 그 소리가 저희 집 천장에 그래도 전달되거든요.

노인은 아무 반응도 보이지 않았어. 그저 날카로운 눈길로 나를 쏘아보았을 뿐이야. 나는 〈동물의 왕국〉같은 다큐멘터리도 끔찍하고 불편해서 보지 않는 편이야. 그러나 고깃덩어리의 중량을 가늠하는 맹수의 눈동자는 본능적으로 알아볼 수 있지. 말없이 상대를 응시하는 것만으로도 심장이 꿰뚫리는 느낌이 들게 만드는 사람은 그가 처음이었어. 당황스러웠어. 잘못을 따지러 온 사람은 나인데 왜 내가 주눅이 들어야 하지? 기죽지 않으려고 애쓰면서 나는 다시 한번 말했어.

―그러니까 할아버지. 제 말은요, 지금은 밤이 늦었고 저희 식구들은 일찍 출근을 해야 하니까요. 좀 조심해주셨으면 한다구요.

―……흠, 그럴 리가 없는데. 내 알아보지, 한 번.

높낮이가 없고 감정도 배어 있지 않은 목소리. 경상도 억양이 묻어 있는 그 음성 또한 예전에 들어본 적이 있었어. 나는 고개를 갸우뚱했지. 이 할아버지, 혹시 내 초등학교나 중학교 때의 교장 선생쯤 되는 건 아닐까? 뜬금없이 그런 생각이 들었어. 슬리퍼를 끌고 계단을 걸어 내려오는 동안 찬찬히 기억을 더듬어보았지만 잘 모르겠더라. 초등학교 때의 교장은 체격이 곰처럼 커다랗고 낯빛이 불콰한 사내였고, 중학교 때의 교장은 훌떡 벗어진 대머리에 몸 전체가 동글동글해서 배구공이라는 별명을 가지고 있는 아저씨였지. 고등학교 때의 교장 선생은 여자였었어. 이상하다. 분명히 전에 어디서 본 적이 있는데. 누구더라. 누구더라. 실마리가 집힐 듯 잡힐 듯 잡히지 않았어.

1202호와 똑같이 생긴 우리집 1102호의 현관 문고리를 잡아당기는 순간, 나는 벼락처럼 깨달았어. 그래, 노인은, 바로…… 당신이었어.

그럴 리가 없다. 나는 세차게 머리를 흔들었지. 닮은 사람일 것이다. 아니면 가까운 친척쯤 될지도 모른다. 더구나 나는 시력이 좋은 편도 못 되지 않은가. 차분해지자, 차분해지자. 그렇게 되뇌었지. 우선, '있을 수'가 없는 상황이었으니까. 나, 비록 학창 시절 모범생은커녕 존재감 없이 교실 뒤편에 찌그러져 있던 아이였으나, 역사 과목은 그럭저럭 평균 점수를 받아온 편이었어. 아니, 아니, 이건 현대사 수업의 문제가 아니잖아. 고구려, 백제, 신라 중에 삼국을 통일한 나라가 신라인 것처럼. 1945년 8월 15일이 광복절인 것처럼, 당신이 죽었다는 사실을 모르는 한국인은 하나도 없었어. 당신은 이미 오래전에 죽은 사람이었어. 부하의 총을 맞고 철철 피를 흘리며, 아주 오래전에 절명했지.

*

인터넷 지식 검색창을 통해 알게 된 당신의 출생 연도는 1917년이었어. 사망 연도는 1979년. 내가 태어나던 해였지. 10월 26일이라면, 7월생인 내가 막 백일이 지났을 무렵이야. 나는 벽장을 뒤져 묵은 앨범을 꺼냈어. 뽀얗게 먼지가 앉은 겉표지를 넘기자 백일 기념 사진이 나타났어. 아기인 나와, 지금의 나보다 젊은 엄마, 그리고 아버지가 거기 있었어. 금속 팔걸이가 있는 자주색 벨벳 의자에 나란히 앉아, 부모는 각각 한 팔씩을 들어 아기를 안고 있었지. 어딘가 부자연스러

운 자세였어. 불편했던 모양인지 아기는 금세 울음보가 터질 듯한 표
정이야. 처음 보는 까맣고 딱딱한 기계 앞에서 얌전히 있지 않겠노라
고 떼라도 썼던가. 모르겠어. 사진사가 셔터를 누르자마자 참았던 울
음을 신나게 뱉어냈던가. 모르겠어. 백일 기념 사진 촬영에 얽힌 일
화를 엄마는 나에게 전혀 얘기해주지 않았어.

　나는 사진 아래 씌어진 '一九七九 十月 百日記念'이라는 흰색 글
자들을 조심스레 들여다보았어. 이십육 년이 지났어. 침팬지인형만
하던 민둥머리 갓난아기는 165센티의 성인 여자가 되어 거짓말로 생
활을 영위하고 있고, 수줍고 발그레한 뺨을 지니고 있던 새댁은 퉁퉁
부은 손가락과 관절염을 가진 김밥집 여사장이 되었지. 주름 한 줄
없이 빳빳한 군복을 자랑하여 육군 대위는 지저분한 추문에 휩싸여
불명예 퇴직을 당하고 이내 세상에서 자취도 없이 사라졌어. 예측 불
가능하고 짐작이 도저히 맞아 떨어지지 않는다는 측면에서 시간은
참 잔인해. 그리고 시간과 시간의 틈새에서 내가 알지 못하는, 감당
할 수조차 없는 무수한 일들이 벌어지고 있지. 만약 이 어설픈 표정
을 짓고 있는 아기가 정말 나라면, 윗집 할아버지가 결단코 그 사람
이 아니라는 보장도 없잖아! 나는 용감하게 중얼거려보았어. 그러자
마음속에서 미처 예상치 못했던 희미한 의혹이 솟아났어.

　내 남자친구가 보인 첫 번째 반응은 피식, 이었지. 곧이어 '근데
왜 이러고 있어? 톱뉴스감인데. 얼른 방송국에 제보해야지'라고 이
죽거려 나를 무안하게 했어. 그는 빠르게 화제를 돌렸어.

　─참, 지난번에 내가 말한 건 생각해봤어? 바싹 준비하면 내년 시
험에 응시할 수도 있을 것 같은데.

　─자기, 왜 내 얘기를 무시하는 거야?

내 남자친구가 이번에는 푸하, 하고 웃었어.

―무슨 얘기? 너희 아파트에 그분이 살고 계신다는 얘기?

나는 주위를 둘러보며 언성을 낮추었어.

―……진짜면 어쩌려고 그래? 내가 확실히 봤단 말이야.

―야, 너 좀 심한 거 아니냐. 아무리 무식해도 그렇지. 십이륙도 몰라? 너, 어디서 이민 왔어?

―그러니까 이상하다는 거잖아, 죽었다는 사람이 거기 있으니까.

남자친구가 손바닥으로 내 이마를 짚었어. 그 손바닥은 불쾌할 만큼 뜨뜻미지근한 온도였어.

―애가 점점. 야, 죽어도 그냥 죽었냐. 얼마나 뻑적지근하게 죽었는지 몰라? 영화도 나왔었잖아, 그 아저씨 죽던 날에 관한. 백윤식이 총 쏘고 한석규가 줄 잘못 섰다가 개털되고, 가위질을 하네 마네 시끄러웠었지.

그는 실제 당사자들의 이름이나 영화 속 배역들의 이름이 아니라 영화배우들의 이름으로 말했어. 정작 그는 본 영화를 본 적이 없었지. 그건 나도 마찬가지야. 전직 대통령의 마지막 하루를 다룬 영화가 극장에 걸렸을 때, 우리는 그쪽으로 눈길 한 번 주지 않았어. '저거 몰래?' '칙칙하게 저런 걸 왜 봐?' '하긴 일요일 오전에 TV 영화 소개 프로그램에서 대충 보니까 별로 재미없을 것 같더라.' 극장 앞에서 그 비슷한 대화를 나누었던 기억이 어렴풋이 났어. 그 대신 선택했던 영화가 뭐였는지는 떠오르지 않았어. 일 년도 안 된 것 같은데, 지나간 일들은 금세 희끄무레해지고 이리저리 뒤섞이지. 왜인지는 모르지만 나는 화가 났어.

―그렇지만…… 현실에서는 모든 게 그렇게 딱딱 떨어지는 건 아

니잖아.

―그럼 뭐가 어떻게 됐다는 건데? 그 할아버지가 안 죽고 거기 산
단 말야?

―아니, 꼭 그렇다는 게 아니라, 알려지지 않은 쌍둥이가 있었을
수도 있고. 또 무슨 사정으로 죽은 척해야 했을 수도 있고. 아 복잡
해. 나도 잘 모르지만 아무튼 그 할아버지가 그 사람처럼 생긴 건 확
실하단 말이야.

―야, 좀 말이 되는 소리를 해라. 그 인간이 징글징글하게 오래 해
먹은 거 몰라? 근데 무슨 대단한 사정이 있었기에 그 좋은 자리를 관
두고 죽은 척을 하겠냐. 또 전 세계에 오만 군데 숨을 데 다 놔두고
너희 위층, 그 평범한 서민 아파트에 사는 이유는 뭐야?

―혹시…… 말이야, 혹시, 우리가 모르는 무슨, 음모 같은 게 있을
지도 모르잖아.

말을 뱉는 순간 내 머리털이 쭈뼛 곤두섰어. 내 남자친구가 갑자기
엄격한 표정을 짓더라.

―세상엔 비슷하게 생긴 사람들이 아주 많아. 쓸데없는 공상을 망
상이라고 하지. 정말이지 나는 네가 좀더 강건한 인간이었으면 좋겠다.

나는 두어 번 눈을 깜빡거리고 이내 입을 다물었어. 내가 기이하고
고독한 게임에 휘말렸다는 사실이 똑똑히 실감났어.

1202호의 우편함은 언제나 비어 있더군. 일주일 가까이 우편함을
들여다보았지만, 그 흔한 신용 카드 회사나 한국통신의 이름이 찍힌
봉투도 배달되지 않았어. 노인의 성姓이 박씨인지조차 확인할 수 없
었지. 밤마다 천장 쪽으로 귀를 쫑긋 곤두세워보았지만 쿵쿵대는 소

음도 더 이상 들려오지 않았어. 딱 한 번만 더 봤으면 좋겠는데. 그럼 진짜 확실히 알 수 있는데. 나의 자그마한 바람은 쉽게 이루어질 기미가 보이지 않았어. 퇴근길에 11층 대신 12층에서 엘리베이터를 내려 복도를 천천히 지나가보았지만 1202호의 문은 항상 굳게 닫혀 있었어.

생전 눈인사 한 번 없이 다니다가 뜬금없이 비타민 드링크제 한 병을 들이밀고서 이웃의 신상에 대해 질문하는 나를 경비원은 뜨악한 눈길로 바라보더군. 위층에서 자꾸 쿵쿵거려서 그래요, 라고 말하자 그럼 직접 찾아가서 항의해보라는 대답이 돌아왔어.

─저, 그 집 할아버지랑 얘기해본 적은 있는데요. 그뒤에도 나아지지 않아서. 혹시 그 할아버지가 뭐하는 분인지 아세요?

─엥, 그 집에 할아버지가 있어요?

경비원이 오히려 되물었어.

─이상하네. 서류에는 젊은 남자 두 명이 사는 걸로 되어 있는데. 내 근무 시간하고 그 사람들 나다니는 시간하고 어긋나는지 얼굴을 본 적은 없지만 말이오.

그러니까 문서상으로는 그 집에 노인이 살고 있지 않다는 뜻이었어. 뭐가 있기는 있구나! 내 가슴이 못 견디게 두근거렸어. 나는 엘리베이터의 닫힘 버튼과 12층 버튼을 연이어 눌렀어. 초인종 소리가 울려 퍼지는데도 1202호 안에서는 기척이 없어군. 견고히 닫힌 문에 서서 나는 가만히 숨을 골랐어. 딱 3초면 충분했어. 3초만 정면으로 볼 수 있다면 노인의 정체를 파악할 수 있다고 나는 확신했어. 다이어리를 펼쳐 종이 한 장을 북 찢어냈지. 그리고 쪼그려 앉아서 편지를 썼어.

'얼마 전에 찾아뵈었던 아래층 주민입니다. 저의 뜻을 잘 말씀드렸다고 생각했는데 그 후에도 계속 소음이 심하군요. 죽고 싶을 만큼 너무 괴롭습니다. 다른 조치를 취하기 전에 일단 다시 한 번 뵙고 싶습니다. 소음의 원인이 무엇인지 직접 알아야 할 것 같아요. 지금은 댁에 안 계신 것 같으니 내일 저녁 여덟 시에 다시 오겠습니다.'

닫힌 문틈 사이로 종이를 밀어넣고 나서야 나는 내가 한 일에 당황했어. 내가 아는 한, 나는 함부로 거짓말을 하는 사람이 아니거든. 괜찮아, 본의가 아니잖아, 이건 역사적이고 사회적인 대사건이야. 나는 스스로를 다독였어. 하루가 더디게 흘렀어. 정신은 온통 저녁 여덟 시에 쏠려 있었지. 과연 그가 문을 열어줄까? 산악용 자전거와 헤어드라이어, 독신자용 요리 안내서와 피부과의 박피 레이저 시술에 대한 후기를 올리고 나서 정신을 차려보니 이미 조금 전에 내 손으로 별점 평가까지 다 끝낸 상품이었어. 일 년 만에 처음 하는 실수였어.

*

나는 실내를 빠르게 둘러보았어. 편도선 환자처럼 자꾸 꼴깍꼴깍 마른 침이 넘어가는 건 어쩔 수 없었지. 그 집은, 우리집과 한 치의 오차도 없이 구조가 일치했어. 그러나 모든 것이 전혀 달랐지. 마룻바닥에는 진짜 페르시아산으로 추정되는 다홍색 카펫이 깔렸고, 그 위에는 옛 프랑스 궁정 스타일로 멋 부려 만든 낡은 소파 세트가 놓여 있었어. 그 가운데의 유리 테이블 역시 얼핏 보아도 예사롭지 않은 물건이었어. 그에 비해 텔레비전은 덩치만 커다랬지 지금은 쉽게 볼 수 없는 구식이었어. 오디오도 마찬가지였고. 소량의 가구가 반드시 있어야 할 자리에 반듯반듯하게 놓여 있는 그곳은, 살림을 하는 장소가 아니라 한때 융성했으나 이제는 쇠락한 바닷가 호텔방의 분위기를 풍겼어. 호화롭다기보다는 차라리 어딘지 모르게 비현실적이라고 표현해야 어울릴 공간이었지. 여덟 시 정각에 찾아가 초인종을 누르자 노인이 금세 문을 열어주더라. 그리고 그는 아무 말 없이 내가 안으로 들어설 수 있도록 비켜서주었어. 너무 긴장한 탓일까. 그렇게 가까이 있는데도 나는 도저히 그의 얼굴을 정면으로 쳐다볼 수가 없었어. 현관에 서서 머뭇거리는 나를 향해 노인이 한마디 던졌어.

 ―안 들어올 텐가?

 얼른 신발을 벗었어. 노인은 내가 따라 들어오는지를 확인하지도 않고 성큼성큼 안쪽으로 걸어가더군. 놀랍게도 그는 맨발에 흰 조깅화를 신고 있었어. 무릎까지 오는 반바지와 반팔 러닝셔츠는 모두 국방색이었지. 헐렁한 면 옷에 감싸인 노인의 뒷모습은 참 작아 보였어. 눈대중으로 가늠해 보아도 내 키보다 작을 듯 했어. 노인은 아래층 내 방과 같은 위치에 있는 방의 문을 활짝 열어젖혔어. 짧게 치켜깎은 노인의 뒤통수 너머로 나도 그 방을 들여다보았지. 참으로 기묘한 방이었어. 가구는 전혀 없었고 방 한구석에 있는 것이라고는 오로지 러닝 머신뿐이었으니까. 은회색으로 번쩍이는 새 러닝 머신. W사의 로고가 선명했어. 언젠가 내가 리뷰를 쓴 적이 있는 물건이지. 뒷골이 띵했어.

 ―이것은 시중에서 구할 수 있는 제일 비싼 기구일세.

 러닝 머신의 손잡이에 한쪽 팔을 올리고 서서 노인이 말했어.

 ―메이드 인 코리아야. 중국이나 동남아산 덤핑 물건과는 비교할 수 없지. 아래층으로 소음이 전달되었을 리 없어.

내가 서 있는 자리에서 노인의 얼굴이 정면으로 바라다보였지. 다리가 후들거려서 똑바로 서 있기가 힘들었어. 노인은 정말로, 당신같았어. 그의 눈과 코와 입의 생김새는, 교과서나 텔레비전 속에서 봐온 당신의 눈과 코와 입의 생김새와 같았지. 깡말랐지만 차돌처럼 딴딴해 보이는 몸피, 감정을 결코 겉으로 드러내지 않을 듯한 냉랭하고 엄격한 표정 또한 당신의 것이었어. 그렇다고 해서 내 눈앞의 노인을 당신의 현현이라고 부를 수 있을까. 그게 가당키나 한 일일까. 나는 점점 더 깊은 미궁 속으로 빠져들어가는 기분이었어. 나는 간신히, 네, 라고 대답했어.

—그런데 자네가 그랬지 않나. 죽고 싶을 만큼 시끄럽다고. 시끄러워서 죽고 싶다고.

나는 노인의 말을 못 알아들었어. 노인이 재차 말했어.

—더구나 그날 이후로는 사용하지 않았는데 시끄러웠을 리가 없어. 그래도 확인해보게. 이런 일로 사람을 죽게 만들 수야 없지 않은가.

나는 더욱 혼란스러웠어. 그건 당신의 입에서 나올 만한 대사가 아니었어. 나는 당신을 잘 몰라. 당연하지. 난 당신이 죽던 해에 태어났는걸. 그렇지만 당신의 시대에 여러 명의 사람들이 희생되었다는 건 알아. 그건 말하자면 상식이야. 그런 당신이 그까짓 소음 때문에 사람을 죽게 만들 수 없다고 말한다는 건 너무 심술궂은 농담이잖아. 그는 당신인가, 당신이 아닌가. 당신은 그인가, 그가 아닌가.

러닝 머신 위에 올라선 노인이 나더러 가까이 와보라는 손짓을 했어. 나는 천천히 러닝 머신 쪽으로 다가갔지. 노인이 스타트 버튼을 누르자 발판이 움직이기 시작했어. 그는 발판을 따라 걷기 시작했어.

발판은 서서히 빨라졌어. 발판의 속도를 쫓아 노인은 점점 더 급하게 다리를 놀렸지. 노인은 이제 달리고 있었어. 날쌔고 부드럽게. 그는 마치 노회한 한 마리 말[馬]처럼 보였어. 그 예기치 못한 몸놀림을 나는 그저 멍하니 바라볼 수밖에 없었지.

　－어때? 시끄러운가, 이 정도가?

　쿵쿵쿵 쿵쿵쿵 쿵쿵쿵. 이 소리가 나는 곳이 러닝 머신의 바닥인지 아니면 내 심장인지 알 도리가 없었어. 노인은 계속 제자리 뜀을 뛰었어. 숨을 헐떡이지도 않았어. 꿈에서도, 현실에서도, 텔레비전 드라마에서도 한 번도 경험해보지 못한 순간이었어. 웃어야 할지 울어야 할지 알 수가 없었어.

　나를 낡고 화려한 소파에 앉히고서 노인은 손수 차를 내왔지. 진녹색 잎이 띄워져 있는 그 차는 몹시 뜨거웠어.

　－들게. 그래, 시끄러웠나?

　－조금, 그랬어요.

　내 목소리가 안으로 기어들어갈 듯해서, 속상했어.

　－흠. 이상한 일이군. 아주 조용하다는 인터넷 이용 후기를 읽고 샀는데, 요즘에는 당최 믿을 놈들이 하나도 없어.

　노인의 말투가 어쩐지 쓸쓸하게 느껴졌어.

　－다들 한통속이야. 겉만 그럴 듯하게 포장해서 파는 사기꾼이 득세하는 세상이지. 국가와 민족 앞에 부끄러운 줄도 모르는 것들.

　W사의 러닝 머신에 대해 내가 썼던 리뷰를 떠올렸어. hsc7977. 나와 생일이 같은 남자의 이름을 빌려 써내려갔던 그것. 고요하고 적막했습니다. 아무 소리도 들리지 않았습니다. 이 녀석이 이끄는 대로 몸을

맡기자마자 저는 알았습니다. 지금 지구에는 우리 둘뿐이구나, 하나도 시끄럽지 않구나, 외롭지 않구나. 녀석에서 별 다섯 개를 주어도 아깝지 않습니다.★★★★★ 이 지구라는 행성의 어떤 사람들은 내 사소한 거짓말 때문에 아주 잠깐 위로를 받을 수도 있다는 걸 깨달았어. 팀장이 강조하던 진정성의 효용이라는 게 이런 건지도 모르지. 나는 사기를 친 게 아니었어. 국가와 민족 앞에 부끄러운 짓을 한 것도 아니었어. 그래도 노인에게 좀 미안했어. 나는 불쑥 물었어.

─가족은 안 계세요?

노인이 자기 앞의 찻잔을 입으로 가져갔어. 조금의 침묵 뒤에 그는 대답했어.

─있다고 해서, 다 만날 수 있는 건 아니야.

─보고 싶지는 않으세요?

대답 대신 노인은 나를 물끄러미 응시했어. 가까이서 보는 노인의 피부엔 거뭇거뭇한 검버섯이 넓게 번져 있었어. 노인의 나이가 내가 상상할 수 있는 것보다 훨씬 많을지도 모른다는 생각이 들었어. 살아 있다면 당신은 여든아홉 살이야, 그렇지?

─만나지 못한다고 해서, 볼 수 없는 건 아니야.

알쏭달쏭했지만 더 묻지 않았어. 이번에는 노인이 나에게 질문했어.

─젊은 사람들의 나이는 도통 짐작할 수가 없어. 올해 몇이지?

─스물일곱입니다.

─그렇군. 결혼은 했고?

나는 고개를 저었어. 노인이 작게 혀를 찼어.

─큰일이야. 국가적 문제지. 요즘 젊은이들은 제일 중요한 가치가 무언지를 몰라. 그래, 양친은 무고하시고?

326

　노인이 그랬던 것처럼 나도 내 몫의 차를 들이켰어. 진녹색 차이파리는 이미 축축하게 늘어져 있었어.

　―아니요, 엄마랑 둘이 살아요. 아버지는…… 일찍 돌아가셨어요.

　―저런, 어쩌다가.

　노인과 나는 말없이 앉아 있었어. 똑딱 똑딱 똑딱. 시간이 흩어져가는 소리가 정직하게 들려왔어. 가버린 시간은, 정말로 지나가버려.

　―아버지는 군인이었어요. 그런데 원치 않게 옷을 벗었고, 곧 시체로 발견되었죠. 저도 잘 모르지만, 다들 자살이라고 했대요.

　아버지의 죽음에 관하여 타인 앞에서 이 정도라도 솔직하게 말한 건 처음이었어. 말하는 동안 고통스럽지는 않았어. 아버지가 연루된 사건이 어떤 종류의 것이었는지 나는 정확히 몰라. 소상하게 얘기해준 사람이 없었으니까. 쉬쉬하며 소곤대는 친척 여자들의 입질을 주워들은 게 전부야. 부하 사병과의 성 스캔들, 아마 그게 맞을 거라고 생각해. 아니 어쩌면, 지뢰를 밟고 펑 터져버렸다는 내 거짓말이 사실일지도 몰라. 지뢰가 꼭 DMZ에만 있으라는 법은 없잖아. 노인에게 전부를 말하진 않았지만 거짓말을 하지 않았다는 게 중요했어. 러닝 머신 리뷰의 빚을 갚은 셈이야.

　―자살이라니 진정한 군인감은 아니었군.

　노인이 무심히 중얼거렸어. 가슴이 저려왔어, 아버지 때문에. 나는 천천히 고개를 들었어. 노인의 얼굴을 빤히 들여다보았어. 늙은 남자의 얼굴을 그렇게 가까이서 본 적은 없었어. 노인이 설핏 고개를 외로 틀었어.

　―그런데 할아버지, 혹시 누구 닮았다는 얘기 들은 적 없으세요?

　순간 노인의 눈동자를 스치고 간 곤혹의 기미를 포착했다고 생각한 건 내 착각이었을까.

　—……그만 가보게.

　그의 목소리를 의외로 담담했어. 문 밖에 서서야 내가 인사도 하지 않고 나왔다는 걸 알았어. 역시 요즘 것들은 버릇이 없다고 노인이 투덜거렸을 거야, 틀림없이, 그렇지?

*

　쿵쿵쿵 쿵쿵쿵 쿵쿵쿵 리드미컬하게 절구 찧는 소리는 그뒤로 다시 들려오지 않았어. 내 책임도 있으니 참아줄 마음의 준비를 하고 있었는데 조금 아쉬웠어. 노인의 우편함은 여전히 비어 있었어. 노인의 존재에 대하여 나는 아무한테도 발설하지 않았어. 〈추적 60분〉이나 〈그것이 알고 싶다〉 같은 프로그램에 제보를 해볼까 하는 생각도 잠시 했지만, 그만두었어. 그래봐야 다들 내 말을 무시할 텐데 뭐. 미친년이라고 지들끼리 키득거릴 가능성이 아주 커.

　나는 오늘도 스무 개가 넘는 거짓말을 했어. 오늘이, 끝이었어. 나의 거짓말을 사서, 나의 밥과 커피와 담배와 맥주와 교통비를 충당해주던 그곳에 내일부턴 출근하지 않아. 팀장은 예의상 딱 한 번 말리는 시늉을 하더니 곧바로, 그래, 이번 기회에 쉬면서 재충전하는 것도 괜찮지, 라고 말하더군. 그동안의 내 거짓말들이 아무래도 영 신통치 않았나 봐. 마지막 리뷰는 내 ID로 작성했어. W사의 러닝 머신을 위한 글이었지.

　고요하지도, 적막하지도 않습니다. 지금 만약 달리고 싶다면 아

래층의 누군가를 잊지 마세요. 당신의 땅이 누군가의 지붕일 수도
있습니다. ★★

─mkh7977

　　mkh7977. 몰랐지? 내 이름은 홍민경이야. 1979년 7월 7일생이지.
조금 아까 송별 회식을 마치고 귀가하는 길에 올려다보니, 12층 두
번째 집 창가에 환히 불이 켜져 있더라. 몇 잔 받아 마신 소주의 힘을
빌려서 나는 12층으로 올라갔어. 초인종은 한 번만 눌렀어. 노인은
문을 열어주지 않았어. 우리집까지 비상구를 통해 터덜터덜 걸어 내
려왔어. 그리고 나는 이 편지를 쓰기 시작했어.
　　처음에는 위층 노인 앞으로 편지를 써서 예전처럼 문틈이 끼워 두
려고 했지. 마지막으로, 진실을 물어보고 싶었거든. 하지만 그럴 수
없다는 걸 깨달았어. 노인은 나에게 진실을 말해주지 않을 것이고,
설사 노인이 진실을 고백한다 해도 내가 그의 말을 어떻게 믿을 수
있겠어? '애야, 이런 특급 비밀인데 실은 내가 그 사람이란다.' 흠,
그렇다면 내가 그의 진실을 어떻게 감당할 수 있겠어, 안 그래? 나는
그저 평범한 국민의 한 사람일 뿐일걸.
　　감당할 수는 없지만 그래도 어떻게든 내 의혹을 해소하고 싶었고,
그래서 이 편지를 당신에게 쓰기로 결심한 거야. 나는 편지를 부치지
못할테니 당신은 받아 읽지 못하겠지. 당신이 받아 읽지 못할 테니
나는 무슨 말이라도 할 수 있어. 이만하면 꽤 공정하지? 노인에게 하
지 못할 질문을, 이제 당신에게 할게.
　　당신, 도대체 누구야? 나는 왜, 당신이 아직도 여기 살아 있는 것
처럼 느껴지는 거지? 왜.

퇴직금은 쥐꼬리만 해. 이걸로 오래 버티긴 힘을 것 같아서 적금을 해약했어. '만기가 얼마 안 남으셨는데 아까워요.' 은행 여직원의 만류에 진정성이 묻어나서 싫지 않더라. 그 은행의 영업 전략 또한 고객에게 진심을 다해 응대하라, 는 건지도 모르지만 말이야. 내일은 일단 늦잠을 자겠어. 그러곤 느지막이 일어나 방을 구하러 나갈 거야. 나무늘보처럼 마음껏 뒹굴 거릴 수 있는 나만의 공간을 찾아서. 언제까지 엄마한테 얹혀살 수는 없잖아. 내가 가진 돈으로 얻을 수 있는 건 옥탑방뿐이겠지만 내 머리 꼭대기 위에 아무도 없을 테니 오히려 안심이야. 그런데 설마 당신, 옥탑방이 뭔지 모르는 건 아니겠지?

그곳에서 하루 종일 무얼 하며 시간을 보낼지는 아직 결정하지 못했어. 아무거나, 하고 싶어지는 걸 할래. 무위도식과 허송세월의 시간은 헛되다는 충고라면 사양할게. 헛되고 헛되니 모든 것이 헛되면 좀 어때. 우선 방바닥에 길게 엎드려 쉴래. 그러다 심심해지면 가까운 지하철역 앞으로 가서, 택시에서 내려 지하철로 갈아타는 사람들을 구경하지 뭐. 그러다가 또 너무 심심해지면 아작아작 팝콘을 씹으면서, 내가 태어난 해에 씌어진 한국어로 된 책들을 모조리 읽게 될지도 몰라. 그럼 나는, 저 미지의 1979년에 대하여 무언가 새로운 것을 알게 될까? 1979년 7월 7일 서울의 대기온도와 바람이 불어오던 방향, 바람의 속도 같은 것들. 1979년 7월 7일의 불완전한 거짓말. 진짜 비밀의 공포에 관하여. 부디 그랬으면 좋겠다.

1979년생 세대의 독립선언, 혹은 영악한 그녀의 자그마한 반란

이 정 석 | 숭실대 교수 · 문학평론가

　　그녀들이 달라지기 시작했다. 그동안 정이현의 그녀들은 철두철미 주류사회로의 진입이라는 단 한 가지 목적에만 골몰하던 영악스런 존재이지 않았던가. 도덕이나 양심 따위의 거추장스런 옷은 다 벗어 던지고 오직 주류사회로의 편입이라는 절대절명의 목표를 달성하기 위해, 능수능란하게 자기를 연기하며 지나치다 싶은 정도로 경쾌하게 앞만 보고 내달리던 맹랑한 존재들이지 않았던가. 그런 그녀들이 달라지고 있는 것이다.

　　정이현의 그녀들이 변모하는 조짐은 지나간 과거의 존재를 반추하려는 서사적 몸짓에서 단박에 감지된다. 그건 초현대식 건물이 순식간에 폭삭 내려앉는 대형참사의 와중에 아스라이 사라져간 이름 없는 청춘을 되새겨 보는 작품 「삼풍백화점」에서 어렵지 않게 확인할 수 있는 사실이다. 날림 근대화의 상징 와우臥牛아파트가 어이없이 붕괴된 지 몇 년 지나지 않은 1979년 7월 7일에 태어난 '나'. 아마도 그녀는 세월의 마모 작용에 의해 기억 속에서 희미하게 지워져 가는 참사의 희생자를 떠올림으로써, 주류사회를 향한 무반성적 질주를 멈추고 현재 자신의 모습을 반성적으로 되돌아보고 싶었던 건지도 모른다. 「1979년생」의 그녀는 아예 거기서 한 발 더 나아가 근대화의 총지휘자 격인 박정희의 망령까지 불러들여 현재 자신이 딛고 사는 현실의 정신적 기원을 더듬어 보고자 한다. 물론 그렇다고 해서 「1979년생」의 그녀가 발랄하다 못해 발칙해 보이기까지 한 정이현 특유의 발성법마저 상실하고 있는 것은 아니다.

'나'는 인터넷 홍보회사의 비정규직 직원으로 상품의 사용 후기를 허위로 작성하는 일을 맡고 있다. 적나라하게 말해서 거짓말을 밥벌이로 하고 있는 셈인데, 그녀는 거짓말이 자신에게 "밥일뿐만 아니라 커피이자 담배이며 맥주이고 또한 교통 카드"임을 인정하는 데 조금의 주저함도 없다. 그녀로서는 "나를 벌어 먹이는 사람"의 축에는 든 셈이니 "그 정도면 족하다고" 생각하고 있는 것인데, 그에 반해 어머니와 애인은 그녀와 견해를 달리한다. 그 둘은 서로를 탐탁지 않게 여기고 있음에도 불구하고 "놀고 먹는 인간을 혐오한다는 것과, 허투루 돈 쓰는 행위를 죄악으로 치부한다는" 점에서는 놀라우리만치 견해가 일치한다. 애인은 비정규직의 꼬리표를 달고는 자기 부모의 결혼 승낙을 받기도 어려울 뿐 아니라 "모름지기 사회생활은 크고 안정된 조직에서" 해야 하는 법이니, 어설픈 직장일랑 당장 때려 치고 공무원 시험이나 준비하라고 재촉한다. "값싸고 영양가 높고 빨리 먹을 수 있고, 세상에 김밥 같은 음식이 어디 있겠"느냐며 김밥예찬론을 펼치는 어머니 역시도, 김밥체인점을 두 개나 소유하고 있으면서도 억척을 떨며 헤프게 낭비를 일삼는 그녀를 타박한다. 결국, 어머니와 애인은 서로에 대한 달갑지 않은 감정에도 불구하고 근대화의 도정 속에서 알게 모르게 내면화된 능률과 생존의 논리를 뼈 속 깊이 체득한 사람들이라는 점에서 동일한 부류의 인간이라고 단정지을 수 있다.

그에 비추어 본다면, 어머니와 애인보다 "인생의 목표 같은 건 한 번도 세워본 적 없는 인간"일뿐더러 "하면 된다!"는 구호의 진실을 전혀 믿지 않는 그녀와 그 둘 사이에 훨씬 커다란 정신적 간극이 존재한다. 그럼에도 그들과 그녀를 끈끈하게 이어주는 매개체가 존재하니, 놀랍게도 그건 바로 사랑이다. 그동안 정이현의 그녀들에게 사랑이 주류사회로 진입하기 위한 낭만적 정치학의 계략쯤으로 치부되었던 것을 감안한다면, 이는 의미심장한 변화라 할 만하다. 이제, 그녀는 사랑이 허튼 감정의 분비물이 아니라 지극히 현실적인 힘을 지닌 그 무엇임을 자득하고 있는 것이다. 쿨하게 냉소에 밀어붙이던 그것이 실은 별 볼일 없는 자신을 지탱시켜 주는 소중한 버팀목임을 자각하고 있다는 점에서, 1979년생 그녀는 정이현의 이전 인물들과 확실히 구별되는 존재다. 그렇다면, 이 작품의 주제를 1979년생 세대의 자기 성찰과 독립선언이라고 바도 무방할 것이다. 드디어 "시간과 시간의 틈새에서 내가 알지 못하는, 감당할 수조차 없는 무수한 일들이 벌어지고 있"음을 깨닫고 다소 겸허해진 정이현의 그녀가 자신을 둘러싸고 있는 현실의 심층적 구조에 눈뜨며 주체적으로 자기를 삶을 정립해 나가려 한다.

1979년은 한 시대가 저물고 또 다른 시대가 시작되는 전환점에 해당한다. 개발독재의 비전과 권위주의로 무장한 지도자가 10 · 26사태로 비명에 가고 "자의건 타의건 간에, 부주의하건 무신경하건 간에 타인이 가진 권리를 강제로 침해하는 것, 당하는 사람이 속수무책이라는 측면에서 본다면 그런게 다 극심한 폭력 행위"라고 생각하는 신세대, 그녀가

태어난 해이니 말이다. 그런데 아주 우연찮게 공통점이라고는 찾아 볼
래야 찾아볼 수 없이 이질적인 두 사람의 만남이 이루어진다. "똑같은
시간에 똑같은 패턴으로 반복"해서 들려오는 윗층의 소음을 견디지 못
하고 항의를 하러 간 그녀를 맞은 사람이 바로 1979년에 죽은 줄 알고
있던 그 지도자였던 것. 이들의 만남이 현상적으로는 다소 황당해 보이
고 구조적으로는 다소 어색해 보이는 것이 사실이지만, 그것이 바로 정
이현다운 서사적 발상법이기도 하다.

1979년생 그녀의 눈에 비친 1979년에 몰沒한 지도자의 모습은 어떠했
을까. 그녀는 그가 노인이 되었음에도 불구하고 절도가 있는 데다가, 규
칙적으로 런닝머신을 달리는 부지런함이 타인에게 피해를 주자 기꺼이
그 일을 그만두는 자상함마저 지니고 있다고 증언한다. 그러나 여기서
정작 중요한 것은 지도자의 모습이 아니라 그가 살고 있는 집의 구조다.
그녀의 집 1102호와 그가 살고 있는 집 1202호는 "한 치의 오차도 없이
구조가 일치"하고 있는 것. "1202호의 초인종은 아래층 우리집과 똑같
은 모양으로 똑같은 곳에 달려 있었어." 아파트라는 건축물의 속성을 감
안한다면 너무나 당연해 보이는 이 사실이, 그녀에게 예상치 못한 발견
으로 다가오는 이유는 자명하다. 그녀는 집의 구조적 동일성으로부터
자신이 딛고 사는 현실의 구조가 과거의 그것과 근본적으로 동일하다는
사회구조적 상동성의 통찰을 이끌어 내고 있는 것. '아직도 개발독재 시
대의 메커니즘이 우리의 삶을 지배하고 있다.' 그건 고리타분한 위계와
권위를 가볍게 뛰어넘어 쿨하고 자신만만하게 자신의 삶을 구가하고 있
다고 믿는 신세대에게 커다란 충격이 아닐 수 없다.

낭만적 사랑이란 것이 실상 철두철미 자본의 논리에 장악되어 있음을
누구보다도 잘 알고 있는 정이현의 그녀가, 이제 개발독재의 시대를 뒤

로하고 민주주의와 화려한 소비자본주의를 구가하고 있는 한국사회가 표면적 변화에도 불구하고 근본적으로는 예전과 별반 달라진 게 없다는 슬픈 실상마저 확인하기에 이른 것이다. 그렇다면 이전 정이현의 그녀들이 그랬듯이, 1979년생 그녀도 어머니와 애인의 말에 순응하며 현실에서 살아남기 위해 영악한 노력을 경주하게 되지 않을까. 그러나 예상을 깨는 진짜 쿨한 독립선언으로 1979년생 그녀는 또 한 번 우리를 놀라게 한다.

우선 그녀는 거짓말을 해서 먹고사는 일을 그만두는 동시에, 부모에게 의존하는 삶 역시 과감하게 청산하고자 한다. 물론 그녀의 경제력으로는 기껏해야 옥탑방에 자신만의 안식처를 구할 수 있을 뿐일 테지만, 자신을 닦달하는 삶의 순환고리로부터 벗어나기 위해서는 현재 상황에서 이보다 더 현명한 방법을 찾을 수 없을 듯싶다.

> 그곳에서 하루 종일 무얼 하며 시간을 보낼지는 아직 결정하지 못했어. 아무거나, 하고 싶어지는 걸 할래. 무위도식과 허송세월의 시간은 헛되다는 충고라면 사양할게. 헛되고 헛되니 모든 것이 헛되면 좀 어때. 우선 방바닥에 길게 엎드려 쉴래. 그러다 심심해지면 가까운 지하철역 앞으로 가서, 택시에서 내려 지하철로 갈아타는 사람들을 구경하지 뭐. 그러다가 또 너무 심심해지면 아작아작 팝콘을 씹으면서, 내가 태어난 해에 씌어진 한국어로 된 책들을 모조리 읽게 될지도 몰라.

여기에는 철부지 신세대의 당당한 독립선언을 넘어 다소 거창한 정치·사회적 의미를 부여하게 하는 무언가가 있다. 게으를 수 있는 권리의 주장. 그건 아직도 '하면 된다'는 구호로 무장한 채 앞만 보고 달리는 삶을 최고의 미덕으로 예찬하는 사회에 대한 은근한 저항을 담고 있다. 더구나 생산과 능률을 생명으로 하는 자본주의 체제에 효율적인 생산에의 기여를 멈추려는 삶의 방식은 자그마한 교란이자 커다란 위협이 아닐 수 없다. 그렇다면, 자본주의의 정점을 향해 치닫기만 하던 정이현의 그녀가 드디어 자본의 외부를 사유하게 된 건지도 모른다. 한편, 근엄하기 이를데 없는 강력한 카리스마의 지도자를 '당신'으로 지칭하며 그에게 보내는 편지글의 형태를 띠고 있는 이 작품의 형식 자체도, 미약하나마 엄숙주의를 경쾌하게 허물어 버린다는 점에서 신세대다운 반란이라고 볼 수도 있겠다.

발칙한 악녀의 매력을 조금 잃고 있는 대신 어딘가 모르게 젊은이다운 패기를 되찾고 있는 1979년생 그녀. 앞으로 그녀가 자신의 처지를 비관하거나 자기 연민에 빠지지 않고 얼마나 경쾌하게 약육강식의 논리가 지배하는 이 무섭고 촘촘한 자본의 세상을 헤쳐 나갈 수 있을지 지켜 볼 일이다.

조선희

⊷ 약 력 ⊷

1960년 강릉 출생.
한겨레신문 기자와 씨네21 편집장을 지냄.
2002년 장편소설 『열정과 불안』을 출간.
에세이집 『정글에선 가끔 하이에나가 된다』『여자에 관한 7가지 거짓말』이 있음.

파란꽃

조 선 희

누군가의 전화를 애타게 기다릴수록 엉뚱한 전화만 걸려온다. 늘 그렇다. 오늘 아침만 해도 여러 통의 전화를 받았다. 처음엔 부동산 정보를 드리겠다는 전화, 접시안테나가 달려있는 집인 걸 몰랐는지 위성TV를 무료로 설치해주겠다는 전화, 그리고 무료함이 잔뜩 배인 언니의 안부전화까지. 반가워 달려갔다가는 번번이 허탈해져서 수화기를 내려놓았다. 어제 저녁, 모임에서 돌아온 뒤 나는 석연치 않은 기분에 잠을 설쳤다. 애당초 그런 모임에 가는 게 아니었다고 자책하고 또 자책했다. 그것이 내 잘못은 아니었다고 친구가 전화 한 통만 해주면 마음이 한결 가벼워지련만. 친구는 전화를 하지 않았다. 정오가 지나 기다림이 짜증으로 바뀔 즈음 대학동창이 전화를 해왔다. 전혀 뜻밖의 전화였다.

“안 좋은 일인데…… . 어제 C가…… . 아마 무리를 했나봐. 삼성병원에……. 심장마비가 온 것 같다는데…….”

그는 계속 말을 더듬었다. 내가 “입원했구나. 나 며칠 전에도 봤는데. 많이 안좋대?”라고 묻자 그는 “입원한 게 아니고, 영, 영안실에…….”라고 대답했다.

나는 뒷골이 얼얼해졌다. 사흘 전 홍대 앞에서 포도주를 나눠 마셨던 사람이 오늘 부음으로 찾아온 것이다. 나는 이 친구가 왜 말을 더듬는지 이해했다. 소심하고 선량한 이 남자는 ‘죽음’이나 ‘영안실’ 같은 치명적인 어휘를 차마 입에 올릴 수 없어 쩔쩔매고 있었다. 누구라도 그랬을 것이다. 동갑내기 친구의 갑작스런 죽음을 누가 9시 뉴스처럼 담담하게 전할 수 있겠는가.

그는 어제 저녁 자정 가까이 퇴근해서 샤워하겠다고 욕실에 들어갔다는데 결국 ‘샤워 좀 할께’가 유언이 돼버렸다. 나는 사흘 전의 그에게 특별히 눈에 띄는 점은 없었는지 되짚어보았다. 우선은, 한동안 연락 없던 그가 내게 전화를 걸어와 만나자고 했다는 것이 특별하다면 특별한 점이었다. 별 용건은 없었다. 우리는 그냥 살아가는 이야기를 했다.

그는 비디오·만화 대여점을 운영하고 있었다. 대기업을 그만두고 나와서 개인사업을 시작한 이후 그가 거쳐온 업종은 비디오 대여점까지 어림잡아 대여섯 쯤 될 것이다. “내가 장사 시작한 지도 10년 됐는데 경기가 이렇게 나쁜 적은 없어. 숨이 턱턱 막혀. 경기가 오르내릴 때마다 우리처럼 장사하는 사람들은 조울증 걸려.” 지금 생각해보니 한때 낭만적 기질이 다분했던 이 낙천가가 우울한 표정으로 신세타령을 하고 있다는 것도 눈에 띄는 점이었다. 집 동네 비디오가게를 인수하기로 했다면서 “내 적성에도 맞아. 나 원래 영화를 좋아

했으니까."라고 말하던 1년 반쯤 전의 그는 생기발랄했었다. 최근에 그는 비디오쪽 적자를 메우려고 세탁 서비스를 시작했다 한다. "이 게 돈은 되지만 몸이 많이 피곤해." 그는 아무래도 목디스크인 것 같 다고 했고 허리디스크인 것 같다고도 했다. 얘기 끝에 "이러다 죽는 거 아닌지 몰라."라고 말했다. 그가 어깨와 허리 얘길 꺼내면 내 무 릎이나 허리 얘기로 받으면서 반죽을 맞춰주던 나는 이 대목에서 짜 증이 치밀어 "야, 어깨 아프고 허리 아프다고 죽진 않아."라고 소리 쳤다.

사람은 죽기 3년 전부터 죽음의 징후를 갖는다는 이야기를 들은 기억이 난다. 그것이었을까. 그의 운명이 그 자신에겐 은밀히 어떤 신호를 보내고 있었던 걸까. 의사도 모르게, 가족도 모르게.

한 여류 시인은 91년 여름 지리산에 갔다가 뱀사골에서 발을 헛딛 는 바람에 계곡의 물살에 휩쓸려 들어가고 말았다. 그는 지리산으로 떠나기 전날 밤을 새워 술을 마셨는데 아는 노래라는 노래는 모조리 부르더라 했다. 영안실에 갔을 때 그가 생전에 마지막으로 쓴 유작시 가 커다란 전지에 검은 매직펜으로 쓰여져 출입문에 붙어있었다. 제 목은 수중고혼水中孤魂. 왜 하필 수중고혼이었을까. 시를 읽으면서 나 는 전율을 느꼈었다.

며칠 전 "이러다 죽는 거 아닌지 몰라"라고 말하던 그의 얼굴 뒤에 어떤 다른 세계의 기운이 서렸던지도 모른다는 생각이 들자 등줄기 가 서늘해졌다. 동시에 마음 귀퉁이로 어떤 안도의 느낌이 스며들었 는데 잠시 되짚어본 뒤에야 나는 그 정체를 파악했다. 그로선 이제 더 이상 애쓸 이유가 없어진 것이다. 자신감과 좌절감 사이에서 기우 뚱대면서도 중심을 놓치지 않고 가까스로 자신의 세상을 받쳐 들고 걸어왔지만 어느 때 세상은 너무 가볍기도 했다가 어느 때는 서 있기 조차 힘들 정도로 무겁기도 했을 것이다.

그런데, 목소리가 땅에 묻힐 수 있을까. 새삼 나는 그의 목소리가 육신과 함께 땅 속에 묻힌다는 사실을 믿을 수 없었다. 청이 맑고 고왔던 20대의 그가 천정이 쩌엉 울리게 〈세노야〉를 부르던 모습이 스포트라이트를 받으면서 기억 속에서 솟아올랐다. 그건 내 청춘에서도 가장 싱그러운 장면들 가운데 하나였다.

30대를 보내고 40대에 접어드는 동안 내 주변에서도 많은 사람이 사라져갔다. 살아있는 자의 기가 타인의 꿈자리를 어지럽히는 것이지 죽고 나면 기가 죽어 꿈길에도 좀처럼 얼씬거리지 않는다. 한 사람이 죽고 나면 그 사람을 기억하게 하는 물건이며 흔적들도 놀라운 속도로 따라 자취를 감춘다. 그래도 그동안 떠나간 이들은 모두 집안 어른이거나 직장 선배거나 여하튼 손윗사람들이었다. 하지만 이번엔 친구다. 인생에서 청첩장이 밀려드는 때가 지나면 부음이 밀려들기 시작한다는데 이제 그 두 번째 시즌이 오픈한 모양이다.

한때 태양이 작열하던 정수리 위쪽이 갑자기 텅 비어버린 느낌이다. 해가 서쪽으로 부리나케 달아나면서 어둠이 덮쳐온다. 그 어둠 뒤켠에서 무언가 나를 향해 걸어오고 있다. 그것은 살금살금 다가오다가 어떤 때는 커다란 소리를 내며 걸어온다. 쿵쿵. 가슴이 철렁 내려앉는다.

사람은 누구나 죽는다. 나도 일찌감치 그걸 알고 있었다. 하지만 그 '누구나' 에 내가 포함돼있다고까지는 미처 생각지 못했던 건 이기주의였을까, 어리석음이었을까. 나라는 존재가 머지않아 소멸하고 내가 연기처럼 사라진 위로 무한대의 시간이 밀려올 것이라는 사실을 나는 서른 살이 되어서야 깨달았고 소스라치게 놀랐다. 해와 달이 동쪽에서 뜨는 것처럼 자명한 죽음의 이치가 무슨 출생의 비밀이나 되는 것처럼 어느 날 갑자기 충격으로 다가왔던 것이다. 내게 서른 살에야 비로소 찾아온 이 일은 대개 조숙한 아이들이 사춘기에 치르는 통과의례였다. 오에 겐자부로라는 일본 작가는 열일곱 살의 물리 시간에 죽음의 비밀을 간파하고는 공포에 질린 나머지 간질환자처럼 소리를 지르며 입에 거품을 물고 기절해버렸다 한다. 이 세계, 이 우주는 몇억 년이나 계속되는데 자신은 이 짧은 생애 이후에는 제로의 상태로 그 시간들을 견뎌내야 한다는 사실이 무서웠다고 했다.

세상에는 오직 살아있는 사람들만 살고 있을 뿐이다. 백화점에서 북적대고 정치를 왈가왈부하고 자동차를 몰고 달리는 이들 중에 죽은 사람은 단 한 사람도 없다. 시간은 세상 사람들을 부지런히 갈아치운다. 시간이 신라시대나 조선시대의 선남선녀들에게 머물러 있던 때도 있었다. 심지어 전기도 활자도 집도 절도 없었던 50만 년 전의 북경원인들에게 시간이 머물러 있던 때도 있었다.

그런데 지상의 시간에서 빠져나와 영원한 부재자의 신분으로 들어가는 그 운명적인 소멸의 순간이 어느 대수롭지 않은 대목에서 어이없이 찾아오기도 한다. 그건 삶에 대해 굳건한 신의를 가진 사람이라면 배신감을 느낄 만한 일이다.

내가 서른 살이 되던 1989년 이른 봄의 어느 날, 나는 신문사에 출근해서 동료로부터 이상한 소식을 들었다. 먼저 나와 있던 동료가 다가와서 "기형도 씨가 죽었어"라고 말했는데 나는 그 말을 곧바로 알아듣지 못했다. 내가 알지 못하는 기영도거나 김 아무개라는 사람의 애기라고 생각했다. 그 동료가 연합통신 기사를 찢어서 건네주었을 때에야 나는 그것이 나와 동갑나기인 기자이자 시인 기형도의 이야기라는 사실을 알게 되었다.

짤막한 부음기사를 쓴 뒤 내가 쓴 기사를 읽으면서도 '기형도'와 '죽음'이라는 짝이 안 맞는 단어들이 머릿속을 혼란스럽게 떠다닐 뿐, 지금 무슨 일이 일어났다는 것인지 실감할 수 없었다. 죽기에는 너무 이른 나이, 그는 고작 서른이었다.

나는 점심식사를 한 뒤 일찌감치 회사를 나왔다. 기형도의 회사 동료였던 양헌석과 만나 빈소인 서대문 적십자병원으로 가는 대신 기형도가 이 지상에서 마지막 시간을 보낸 종로3가 파고다극장으로 갔다. 우리는 5천원인가를 내고 2편짜리 동시상영 티켓을 샀다. 대낮의 영화관은 텅 비어있었다. 우리는 가운데쯤 자리 잡고 앉아 〈뽕3〉를 보았다. 굳이 그의 죽음에 관한 어떤 비밀을 캐내겠다는 생각도 아니었다. 치명적인 충격을 가할 만한 어떤 놀라운 대목이 영화에 감춰져 있는지 조사할 생각도 아니었다. 그저, 죽음을 맞는 순간의 그에게 최대한 가까이 다가가 보고 싶었다. 그러니까, 사람이 어떻게 서른 살에 죽을 수 있는지 이해하고자 했던 셈이다.

나는 서른 살이 되었다는 데에 아직도 익숙해지지 않고 있었다. 청춘, 20대, 젊음, 그런 것들이 더 이상 내 것이 아닐 수 있다고는 상상조차 해본 적 없었다. 나는 서른이 되고도 외모나 내면이나 획기적으로 달라진 것 없이 그냥 예전처럼 그렇게 그대로 살아있다는 게 믿어지지 않았다. 스물 즈음의 나는 서른 살에 대해 지독한 선입관을 갖고 있었다. 대학신입생 시절에 하드커버 가생이가 나달나달해질 정도로 끼고 다녔던 강은교의 산문집 『추억제』는 서른 살에 대한 나쁜 소문의 본부였다. 그는 서른 살의 주름과 낡음과 허위를 저주했고 곧 서른 살이 된다는 것을 마치 죽음을 맞이하는 양 두려워했다. 나 역시 대책 없이 서른 살에 대한 거부감만 키우다가 마침내는 서른이라는 나이에 당해버리고 말았다는 기분이었다. 나는 공연히 자신감을 잃고 남모를 자격지심에 시달렸다. 신문에서 '젊은 세대'나 '젊은 층'이라는 구절을 읽으면 여기에 나를 끼워주는 것인지, 안 끼워주겠다는 것인지, 궁금했다.

아직 서른이라는 나이의 혼란도 수습하지 못하는 중인데 설상가상 서른 살은 내게 죽음이라는 치명적인 주제를 던져 놓고 있었다. 나는 이 새로운 주제에 심취했다. 죽음은 떠남이고 잊혀짐이었다. 이제 보니, 우리 삶은 온통 죽음투성이였다. 모든 것은 떠나게 되어있고 잊혀지게 되어있었다. 나는 내 손에 들어오는 지폐에 빨간 동그라미 표시를 해서 그 지폐가 다시 돌아오는지 실험해보았다. 하지만 단 한 장도 돌아오지 않았다. 똥을 누고 물을 내리면서 나는 내 몸에서 나온 것이 영영 나로부터 멀어져가는구나, 하는 감상에 젖어 변기를 들여다보기도 했다. 나는 그 모든 이별의 순간들을 하나하나 의식하면서 치러냈다. 그 마지막엔 궁극적인 이별, 마침내 내 자신이 떠나고 잊혀지는 절차가 기다릴 것이었다.

기형도가 죽고 난 뒤 그의 첫 시집이 출간돼 나왔다. 절정의 판타지를 보장하는 알약들처럼 그의 시편들은 죽음의 감상에 빠지기에 효과 만점이었다. '너희 흘러가버린 기쁨이여 / 한때 내 육체를 사용했던 이별들이여 / 찾지 말라, 나는 곧 무너질 것들만 그리워했다.' 그래, 욕망의 대상치고 무너지지 않는 게 있을까. '이런 기회가 오기를 기다려온 것처럼 / 비닐 백의 입구같이 입을 벌린 저 죽음', '아무도 모른다 / 저 홀로 없어진 구름은 / 처음부터 창문의 것은 아니었으니.' 누가 흐르는 시간을 붙잡아둘 수 있으랴. '물을 끝없이 갈아주어도 저 꽃은 죽고 말 것이다.' 그것은 모든 생명들이 가는 길인 고로. 나는 「잎 속의 검은 잎」이라는 그의 시 구절들을 중얼거리고 다녔다.

죽음에 심취해 있는 동안 사회변혁에 대한 관심도 때로 위선처럼 느껴졌고 연애에 대한 집착도 시들해졌다. 엇비슷한 대화가 되풀이된다 해도 밤을 지새는 떠들썩한 술자리만이 위안이 되었다. 내겐 남자친구가 있었고 열정도 절정도 없이 심드렁하게 만나고 있었지만 그나마 이 즈음에는 일주일 이주일씩 데이트를 거르기도 했다.

데이트 끝에 만취했던 어느 날 그가 나를 바래다주겠노라고 우리 집 앞까지 왔었다. 우리 집 앞 벤치에 앉았을 때 남자는 갑자기 몸을 틀더니 입을 찌억 벌리고는 키스하겠다고 덤볐다. 시내버스도 이미 끊어진 밤이었고 가로등 턱밑은 어두컴컴했다. 나는 그의 입 속에서 검은 잎을 보았다. 취기 때문이었을까. 그의 혀끝이 검은 이파리처럼 펄럭였다. 나는 순간적으로 비명을 지르며 벤치에서 일어섰다. 그것으로 내 연애사업도 끝이 났다.

나는 거의 매일 저녁 술을 마셨다. 독실한 기독교신자인 한 친구는 서른 살에도 명랑했다. 그는 육체가 소각된 뒤에도 남을 만치 명징하고 투명하면서도 단단한 영혼이 자기 육체 속에 들어있다고 굳게 믿고 있었다. 알코올 기운이 몽롱해지면 그의 기독교가 부러워지기도 했지만 반대로 자살자들의 용기에 매혹되기도 했다. 자살하는 사람이야말로 시간과의 싸움에서 이기고 운명의 칼자루를 움켜쥔 자였다. 모든 자살이 다 비관자살은 아니다. 그 무렵에 내가 아는 어떤 청

년은 지리산에 들어가 지리산의 사계절을 모두 본 뒤 이제 더 바랄
것 없다면서 지리산의 독초를 먹고 죽었다.

나는 눈앞에 어른거리는 죽음을 슬쩍 잊고 지내는 얕은 수는 절대
쓰지 않겠노라 다짐했다. 다리지 않아 구깃구깃하고 색깔도 우중충
한 옷을 대강대강 걸치고 다녔고, 섞어 마신 술이 머릿속을 휘저어대
는 가운데 아침 출근을 했다. 그렇게 세 달쯤 보내고 나니 몸에서 이
상한 냄새가 났다. 나는 그것이 죽음의 냄새라고 느꼈다. 바야흐로
나는 내 삶의 썰렁하고 척척한 바닥을 치고 있었다.

그런 어느 날 나는 한낮의 광화문 네거리를 걷다가 버스정류장에
서서 키스하는 두 남녀를 보았다. 민소매티셔츠 아래로 드러난 여자
의 팔은 가느다랗고 희었다. 대학생처럼 보이는 두 남녀는 서로를 팔
로 끌어안은 것도 아니고 언제든지 버스가 오면 올라탈 작정인 양 서
로 고개만 까딱 돌린 채 입을 맞추고 있었다. 가벼운 입맞춤의 자세
치고 키스는 오래 지속됐다. 앞에서 걸어가던 뽀글뽀글 파마머리의
아줌마는 “츳츳. 세상이 우째 될라고. 아이고 무시라 무시라.” 하면
서 불륜의 현장을 최대한 빨리 벗어나는 게 상책이라는 듯 종종걸음
치며 달아났다. 뒤에 걸어오던 젊은 남자는 직장동료인 듯한 다른 남
자에게 “아예 빤스도 벗지”라고 코웃음 섞어 말하면서 지나갔다. 나
는 숫제 그 자리에 멈추어 서서 넋을 놓고 두 남녀를 바라보았다. 유
월의 볕이 쏟아지고 있었다. 광화문 네거리가 온통 자동차 소음 속에
잠든 가운데 햇볕은 오직 두 남녀를 선별해 그들의 머리 위에서 작열
했다. 진녹색 잎을 피우는 여름나무 두 그루가 그곳에 서있다는 착각
에 빠지는 순간 나는 몸 어디선가 생기가 약동하는 기분을 느끼며 꿀
꺽하고 마른침을 삼켰다. 이제 나는 내 생애의 첫 번째 죽음 워크숍

을 막 끝냈다는 걸 알았다. 그렇게 서른 살에 놀라면서 또 익숙해져 갔던 1989년.

 마흔도 중반에 접어들면 나이에 관한한 '톨레랑스'가 생겨난 뒤다. 손님에게 대문의 빗장을 열어주기가 까다롭지 일단 대문을 열어주고 나면 그를 거실에서 맞건 안방으로 맞아들이건 큰 상관없는 것이다. 처음엔 조심스럽게 천막 안으로 한발을 들이밀던 낙타는 이미 제집인 양 천막 안을 어슬렁거리고 있다. 이미 몸 안의 소심한 처녀는 사라진 다음, 쉰이든 예순이든 그저 순서에 맞게 들어와만 준다면 환영이다. 서른이라는 나이에 당한 뒤 마흔이라는 나이를 맞아들이고 나면 밤에 잠이 드는 침대 밑에서 '무상無常'이라는 글자가 네온사인처럼 점멸한다. 세상에 그대로 있는 건 없다, 돌조차 변한다, 며 깜박인다.

 부음을 알려온 동창의 전화를 끊은 뒤 나는 컴퓨터의 전원을 껐다. 그러잖아도 머리 속이 뒤숭숭해서 일이 진도가 나가지 않던 참이었는데 친구의 부음이 커피 열 잔의 카페인을 한꺼번에 들이부은 듯 배와 가슴께가 거북해왔다. 나는 의자에서 몸을 일으켰다. 욕실로 들어갔다. 샤워기에서 미지근한 물이 쏟아지자 심장이 놀라서 풀떡 뛰었다.

 내일 아침이 발인이라니 오늘 저녁에 모두들 친구의 상가로 몰려갈 것이다. 오전 내내 오지 않는 전화를 기다리며 서성댔던 집안을 빨리 벗어나고 싶은 마음에 서둘러 외출 준비를 했다. 나는 흰 셔츠와 검은 재킷에 검은 바지 차림으로 집을 나섰다. 하지만 대낮부터 혼자 상가를 찾아가기는 썩 내키지 않았다. 저녁까지는 아직 한나절의 시간이 남았다. 나는 상가와는 반대쪽으로 버스를 탔다. 그리고 다시 지하철로 갈아타고 신촌으로 갔다. 신촌 지하철역을 빠져나온 나는 느릿느릿 연대 쪽으로 걷기 시작했다.

그와 나는 어제 저녁부터 이미 다른 세계의 시민이 돼버렸지만 한때 우리는 시간과 공간을 공유했었다. 우리는 가끔 신촌 '오늘의 책' 서점에서 만났었다. 도착시간이 10분에서 30분까지 벌어지곤 했는데 먼저 온 사람이 책을 읽으면서 기다렸다. 그래서 서점은 신경이 날카로운 연인들에게 불화의 완충지대다. '이쯤이었던 것 같긴 한데.' 서점이 없어졌다는 얘기는 들어서 알고 있었지만 그곳이 어느 지점이었는지 확신이 서지 않는다. 나는 한때 서점이 있었던 거리를 한참동안 서성였다.

그가 직장을 나온 뒤 처음 시작한 것이 서점이었다. 교통의 요지에 있는 번듯한 2층짜리 서점인데 뜻밖에 싸게 나와 있다며 신나 했었다. 주인이 급하게 팔고 이민 간다고 했다. 첫해에 서점이 잘 됐고 그는 "장사도 그럭저럭 잘 되고 월급쟁이 때보다 뱃속 편하다."고 밝은 표정이었다. 하지만 불과 1백 미터 떨어진 빌딩부지에 대형서점이 들어선 뒤 그는 "하루 종일 책이나 읽는 거지. 방해하는 손님도 없고." 하며 쓸쓸하게 웃었다.

나는 그곳에서 찻길을 건너 다시 신촌로터리 쪽으로 천천히 걸었다. 하지만 발길이 신촌역 출구에 닿도록 복지다방은 나타나지 않았다. 붐비는 거리에서 낯모를 행인들과 어깨를 부딪치며 나는 복지다방을 찾기 위해 KFC와 아이겐포스트 사이를 올라갔다 내려왔다 몇 차례 왕복했다. '홍익서점 못 미쳐 복지다방이 있었는데. 그 사이 스타벅스로 바뀐 걸까. KFC 저곳이 복지다방 자리일까. 아니면 복지다방 건물이 헐리고 그 자리에 아이겐포스트 건물이 들어선 걸까.'

나는 다시 연대 쪽으로 걷기 시작했다. 복지다방에서 연대쪽으로
조금 내려오다 보면 길모퉁이에 레코드점 하나가 있었다. 그와 내가
합심해서 쿠폰 30개를 채워 그룹 퀸의 음반을 공짜로 받기도 했다.
리드 보컬 프레드 머큐리는 세상을 떠났고 LP플레이어는 고장나 치
워버렸지만 그 때 받은 LP판은 집구석 어딘가 처박혀 있을 것이다.

그는 한때 "음악이나 실컷 듣자"면서 음반가게를 차린 적도 있다.
하지만 내내 적자에 시달렸고 MP3와 인터넷 음악사이트들이 뜨면서
가게를 접고 말았다. 소문에 따르면 그는 퀵서비스 회사도 차렸었다.
하지만 오래 가지 못했던 모양이다. 퇴직금은 진작 거덜 났을 텐데
유산이 있었던지 은행돈을 빌렸는지 끊임없이 다시 일을 시작하는
게 놀랍다고 동창들이 수군댔다.

나는 음반가게 대신 'Hang Ten' 옷가게가 들어선 길모퉁이를 돌아
뒷골목으로 접어들었다. 음식점들 사이에 숙박업소가 간간이 끼어있
는 이른바 먹자골목이다. 이 골목을 조금 들어가면 그 유명한 장미여
관이 있었다. 장미여관이라는 이름답게 입구의 계단을 올라가면 붉
은 카펫이 깔려 있었지. 그런데 왕년의 장미여관 골목이 처음 와보는
장소처럼 낯설다. 길도 훨씬 넓어졌고 제법 높은 빌딩들이 늘어섰다.
간판들도 낯설다. 모텔 사이판, 모슬포 불가마사우나. 장미여관 골목
이 여기가 아니든가, 저쪽 뒷골목이든가. 나는 잠시 방향감각을 잃고
허둥댔다.

신촌 거리에서 낯익은 간판을 단 채 건재하고 있는 건 저 유서 깊
은 형제갈비뿐이었다. 더욱이 그와 공유했던 시간을 추억할 수 있는
장소는 단 하나도 남아 있지 않았다. 그만 떠난 게 아니다. 서점들,
여관들, 다방들, 술집들도 함께 떠났다. 이미 다른 시대가 거리를 점

령하고 있다. 한때 내 곁에 머물렀던 사람의 상실을 한 줄의 부음기사나 한 마디 전화통지로 기념하고 말 수는 없다는 생각에 신촌으로 왔지만 긴 세월 동안 누렇게 바래버린 필름에 호흡을 불어넣을 아무런 실마리도 발견하지 못하고 말았다. 한때 우리는 두 육체 사이에 종이 한 장 끼어들 수 없도록 가까웠던 적이 있다. 하지만 그 해후라는 것도 바람 속의 먼지처럼 흔적조차 가뭇가뭇해졌다.

나는 연대 앞까지 걸어와서 버스를 타고 성산동 아파트로 갔다. 한때 쓰레기냄새가 진동하던 난지도는 푸른 숲이 되었고 상암동의 황무지에는 월드컵경기장이 솟아올라있다. 주변은 완전히 바뀌었는데 성산동 아파트만은 옛 모습 그대로였다. 게다가 내가 살던 동 앞에서 예전의 그 나무벤치를 발견했을 때 나는 죽은 친구가 살아 돌아오기라도 한 듯 반가웠다.

양지가 음지 되고 음지가 양지 된다고, 한때 서울시가 포기했던 구제불능의 낙후지역이 지금 친환경적 주거단지 후보로 개과천선했다. 이 낡은 서민아파트에 바야흐로 재개발바람이 불고 있었다. 21세기형 첨단 아파트 건설을 약속하는 건설회사의 플래카드에서부터, 유난히 번들거리는 부동산소개소 간판들하며, 해골의 눈구멍처럼 베란다와 창이 뻥 뚫려있는 빈집들. 재개발공사의 D-데이가 얼마 안 남은 듯했다. 나무벤치는 일진광풍이 몰아치기 직전의 거리 풍경 속에 놓여있는 상점 입간판처럼 보였다.

해가 기울면서 커다란 은행나무가 나무벤치에 희미하고 길다란 그림자를 걸치고 있었다. 나는 벤치에 앉았다. 탑시계가 오후 네 시 반을 가리켰다.

벤치에 앉아서 두리번거리다가 무료해진 나는 상가의 가게로 가서 아이스바 하나를 샀다. 벤치에 앉은 나는 아이스바를 입에 물었다. 신촌 거리에서 먼지와 지열에 시달린 두 다리가 긴장을 풀고 늘어졌다. 지난 밤 잠을 설쳤더니 머릿속이 톱니바퀴에 톱밥 낀 것처럼 뻑뻑하다. 이런 날, 이런 오후엔 세상에서 가장 무거운 것이 눈꺼풀이다.

나는 아이스바를 빨고 있다. 달콤하면서 시원하다. 아이스바를 빨고 또 빤다. 하지만 아이스바가 녹아내리지도 않고 줄어들지도 않는다. 한 시간쯤 빨았는데도 아이스바는 처음 그대로다. 나는 아이스바를 손끝으로 만져본다. 단단한 플라스틱이다. 이상하다. 플라스틱에서 어떻게 달콤하고 시원한 맛이 나는 걸까. 나는 징그러워서 아이스바를 길바닥에 던져버린다. 길바닥을 내려다보니 검은 아스팔트 위에 파란 꽃이 피어있다. 차가 지나갈 때마다 바퀴에 깔렸다가는 스프링처럼 되튀어 오른다. 길거리와 아파트는 언젠가 와보았던 듯도 한데 어딘가 공상과학 영화 속처럼 낯선 느낌이다.

시간은 질기디 질겨서 도무지 줄어들지 않는다. 살아있는 동안 빙하기가 몇 번 지났던가. 시간은 끝이 없어도 다행히 기억에는 끝이 있어 망각이 한 시대와 다음 시대를 구분 지어준다. 망각조차 없었다면 우리의 머리는 과량적재로 침몰하는 배처럼 정녕 어깨 위에서 굴러 떨어지고 말았을 것이다. 이따금 서점에서 운 좋게도 새 책을 찾아낼 때가 있다. 하지만 재미있게 읽다보면 중간쯤부터 왠지 낯익은 느낌이 들고 결미 부분에서 예전에 읽었던 책이라는 걸 알게 된다. 책뿐 아니다. 사람도 마찬가지다. 처음 만나는 새 얼굴도 어딘가 낯익고 몇 차례 만나면 금세 진부해진다.

세상에 새로운 건 없다. 새로운 것에 대한 호기심이 사라지자 모든 사건이 반복되기 시작했다. 어제 일어난 일이 오늘 되풀이된다. 아침에도 늙은 해가 뜨고 햇볕은 나일론실처럼 질기다. 영원히 젊은 육체는 하룻밤 자고 날 때마다 인조가죽처럼 매끈한 피부를 재생해낸다. 새로운 뉴스가 끊긴 뒤엔 오수가 쏟아지는 나른한 오후 같은 날들이 끝없이 계속되고 있다. 시간이 커다란 연체동물처럼 흐느적거리며 간다.

망각이 우리를 구원한다. 진정 새로운 것이 아닐지라도 새롭다고 착각하게 만드는 것이 망각의 힘이다. 하지만 그 기능은 선택적이어서 행복의 기억은 흔적도 없이 거둬가면서 불행의 기억은 조각들을 남겨두곤 한다. 아침에 눈을 뜰 때마다 새벽에 깨어난 부지런한 새들이 지저귀는 소리가 창밖에서 들려오는 대신 내 안에서 밤새 잠들지 못한 회한과 자책의 기억들이 일제히 달려든다. 친구를 상처 입고 떠나가게 만든 무지와 어리석음. 행운으로 시작해 불운으로 막을 내린 몇 가지 모험들. 단순한 실수에 과도한 수모.

청춘은 언제 시작됐는지 기억도 가물가물한데 앞으로도 까마득히 청춘이다. 애인은 벌써 백 년째 〈세노야〉를 부르고 있다. 몇 번의 쓰디쓴 실패로 청춘이 바닥났는가 싶으면 어느새 도롱뇽 꼬리처럼 슬그머니 다시 돋아서는 욕망의 언덕으로 나를 끌고 올라간다. 나는 내 몸뚱이만큼 커다란 바위를 굴려 언덕 꼭대기로 올라간다. 이제 보니 내가 다리를 절고 있다. 몸이 끊임없이 삐쭉거린다. 나는 기우뚱대는 몸에 가까스로 평형을 유지하면서 음식접시가 가득 담긴 쟁반을 받쳐들 듯 아슬아슬하게 바위를 굴려 올린다. 하지만 언덕 꼭대기에 올랐다고 만세를 부르는 순간 바위는 내 몸과 함께 데굴데굴 아래로 굴러 내린다. 떨어지는 동안 돌부리와 나뭇가지에 뼈가 부서지고 살갗이 찢어진다. 나는 셀 수도 없이 많은 나날동안 기우뚱대는 절름발이로 바위를 굴려 올리기를 계속한다. 언덕 꼭대기에서는 어김없이 굴러 떨어져 낭떠러지에 쑤셔 박힌다. 실패는 지긋지긋하지만 욕망의 프로그래밍은 멈추지 않는다. 욕망의 집이 불타 없어지지 않는 한 욕망은 사라지지 않는다. 나는 시들지 않는 욕망, 시행착오를 되풀이하는 어리석음을 자책한다.

수레바퀴처럼 돌고 도는 이 시간에서 빠져나가는 문이 어디 있을 텐데. 이건 꿈일 거야. 꿈이겠지. 하지만 낭떠러지에 쑤셔 박히는 순간에 머리통이 으스러지는 느낌이 너무 생생하다. 꿈에서 나가는 문이 어디 있을 텐데. 나는 안간힘을 다해 소리를 지른다.

비명이 꿈을 찢고 튀어나왔던 모양이다. 시장바구니를 든 아줌마가 나를 이상하다는 표정으로 바라보며 지나간다. 훤한 대낮에 벤치에 앉아서 소리를 질렀으니 정신 나간 사람처럼 보이기도 했을 것이다. 하지만 창피한 느낌보다는 그 무거운 바위 아래서 해방됐다는 안도감에 나는 가슴을 쓸어내린다.

아줌마가 지나간 자리에서 노란색의 물체가 눈에 들어온다. 허리를 굽히고 들여다본다. 아스팔트와 보도블록 사이의 틈새를 비집고 나온 연두색 풀대궁이 끄트머리에 노란 꽃 한 떨기를 피우고 있다. 그림물감처럼 샛노란 꽃이다. 노란 꽃잎은 엷게 흙먼지를 쓰고 있다. 왠지 불안한 마음에 꽃잎을 만져본다. 살짝 만졌는데도 꽃잎 하나가 똑 뜯어진다. 나는 안도하는 마음이 되어 벤치에서 일어난다. 다리를 움직여본다. 멀쩡하다.

가을바람에 은행잎이 우수수 떨어진다. 노란 은행잎 하나가 팔랑

거리며 내 얼굴을 스치고 지나간다. 바람이 불 때마다 까만 아스팔트 위에서 노란 은행잎들이 부스스 굴러다닌다. 바람이 불어가는 서쪽으로 나는 발걸음을 옮긴다. 왠지 발길이 묵직하다. 나는 발길에 걸어채이는 과거의 기억들 때문에, 그리고 발목을 친친 감으면서 매달리는 미련과 후회 때문에 발걸음을 떼기 힘들다고 느낀다. 끈적끈적 달라붙는 이 놈의 기억들을 모두 떼어내고 말겠다고 허리를 굽히고 내려다보니 그것은 은행잎들이었다. 생명을 잃고 썩어가는 과거의 시간처럼 나뭇가지에서 떨어져 나와 물기가 말라버린 낙엽들이었다. 나는 은행잎을 자작자작 밟으면서 행진하듯 경쾌한 걸음걸이로 걷는다. 이따금씩 발에 채이는 은행잎을 발끝으로 핑핑 걷어차 올려본다. 마른 은행잎들이 바스락대며 날아오른다. 마음이 풍선처럼 가벼워져서 공중으로 두둥실 떠오를 것만 같다.

건너편에서 배가 불룩한 임신부가 한 손엔 물건이 가득 담긴 커다란 비닐봉지를 들고 다른 손으론 연신 이마의 땀을 닦으면서 다가오고 있다. 나는 달려가서 비닐봉지를 날쌔게 채가지고 건널목까지 들어다 주고는 돌아선다. 가까운 곳에 수영장이 있는지 여자 아이 둘이 수영복 가방을 어깨에 비끌어 매고 노래를 부르며 나를 앞질러 지나간다. 나는 시야 속에서 움직이는 모든 것이 즐겁다. 입에서 저절로 노래가 흘러나온다.

"모든 순간은 영겁을 품고 있다네 / 오, 순간은 얼마나 아름다운지 / 사라져가는 모든 것 속에 축복이 있으니 / 마음의 눈과 귀를 열고 세상을 보라 / 길을 걸으면서 길가의 노란 꽃을 발견하지 못한다면 / 신이 화가 나서 네게 오줌을 갈길 거야."

흰 구름이 낮은 하늘에서 미끄러지듯 움직인다. 나는 은행잎이 깔

린 길 위를 미끄러지듯 걸어간다. 발밑에서 바삭바삭 은행잎 밟히는
소리를 들으며 오래도록 걷는다. 햇볕 아래서 몸속의 물기가 조금씩
증발한다. 한때 물이 그렁그렁했던 몸이 낙엽처럼 점점 가벼워진다.
걸을 때마다 몸이 마른 나뭇잎처럼 바스락댄다. 어떤 찰나, 마침내
나는 무게를 완전히 잃어버린다. 먼저, 등에 얹혔던 무거운 뭔가가
갑자기 툭 떨어져나가 공중으로 흩어진다. 그 다음엔 쨍하고 내가 햇
볕 속으로 사라진다. 지상엔 더 이상 내 몸이 없다. 다만 빛의 덩어리
가 잠시 반짝 남는다.

나는 여전히 노래를 흥얼거린다. "길가의 노란 꽃을 발견하지 못
한다면 신이 화가 나서 네게 오줌을 갈길 거야." 어디서 들은 노래일
까, 생각나지 않는다. 나는 '가사가 이상하네' 하고 중얼거린다.

저녁이 다가오고 있으므로 나는 길가의 식당을 찾아 들어간다. 장
어구이 전문점이다. 나는 장어구이 한 점에 생강 조각을 얹어서 입에
집어넣는다. 쫄깃쫄깃한 장어육질에 달착지근한 양념소스가 섞이면
서 입안에서 녹아 없어진다. 나는 짭짭 소리를 내면서 연신 '아유,
맛있어' 하고 감탄한다. 이상한 일이다. 장어구이는 이제껏 입에 댄
적 없는 음식인데 말이다.

나는 젓가락으로 장어구이를 집다가 한 점을 옷자락에 흘린다. 물
수건을 집어 검은 재킷과 흰 셔츠를 닦는다. 흰 셔츠는 얼룩이 쉽게
가시지 않는다. 나는 물수건으로 흰 셔츠를 문지르고 또 문지른다.
가슴이 척척해진다.

가슴을 내려다보니 흰 셔츠에 아이스바 녹은 물이 끈적끈적하다.
세상에! 국기에 대한 경례를 하듯 아이스바 잡은 오른손을 왼쪽 가슴

에 올려놓은 채 잠깐 졸았던 모양이었다. 아이스바가 거의 그대로인 걸 보아 아주 짧은 시간이었다. 그 촌음의 백일몽 속에 빙하기를 건너는 기나긴 시간이 들어있었다는 것이 불가사의했다. 그것이 어쩌면 영생이었을까. 불로불사의 영생이란 그런 것일까.

바람이 살랑 불더니 은행 잎 하나가 무릎에 툭 하고 떨어졌다. 파란 잎이다. 하지만 이제 가을비 한 번만 내리면 노랗게 물드는 건 순식간이다. 올 여름은 유난히 길었다. 그렇게 내내 여름일 것만 같더니 추석을 지나자 가을이 월반하듯 껑충 뛰어왔다. 대지는 바닥이 두꺼운 솥처럼 천천히 데워지고 천천히 식어간다. 아직 땅 위엔 한낮으로는 여름 공기가 머물러 있지만 땅 밑은 진작 식어 이미 겨울이 와 있다. 이맘때면 해질 무렵 땅에서 냉기가 피어오른다. 나는 먹다 만 아이스바를 쓰레기통에 버리고 벤치에서 일어났다.

15년 전 어느 날의 기억이 떠오른다. 어둔 밤이었고 저 벤치에 앉아있었다. 키스하려고 다가오는 그 앞에서 비명을 지르며 일어났을 때 그는 얼마나 놀랐을까. 그의 잘못은 없었으며 모든 것이 기형도 때문이었다고 해명할 기회도 없이 우리는 헤어져버렸다. 나는 그와 헤어진 뒤 곧 결혼했다. 죽음이라는 주제를 부여안고 몇 달 동안 헤매고 나자 영혼이 심한 시장기를 느꼈다. 공허한 인생을 채워 줄 뭔가가 빨리, 당장 필요했다.

어쨌든 그때 그의 입속에는 검은 이파리가 들어있었다. 그건 분명 검은 잎이었다. 하기야 검은 잎 아닌 게 또 어디 있었을까. 비틀즈에 미치듯 죽음에 탐닉해 있었으니. 그런데 그도 참 이상하다. 왜 노래라도 부르려는 듯 입을 쩍 벌리고 키스하려 했을까. 아니, 진짜 노래하려던 건 아니었을까. 〈세노야〉를 부르려던 것 아니었을까. 그래,

지금 돌이켜보니 그건 결단코 키스의 포즈는 아니었다. 어쩌면 하품하고 있었던 건지도 모른다. 그러고 보니 그가 진짜 하품하고 있었다는 생각이 든다. 그가 손가락으로 졸린 눈등을 문지르는 걸 본 것 같기도 하다. 그럴 만도 하지. 보통 때 같으면 잠이 들고도 남을 야심한 시각이었으니까.

생각이 거기에 미치자 웃음이 터져나왔다. 킥킥. 한번 터져 나온 웃음을 도저히 수습할 수 없었다. 푸하하하하하. 나는 허리를 꺾으며 눈물이 찔끔 나게 웃었다.

주위가 어둑어둑해 오고 있었다. 나는 아파트 상가에 있는 화장실로 갔다. 세면대에서 수돗물을 틀어 아이스바 자국이 묻은 흰 셔츠 앞자락을 물로 씻어냈다. 얼룩은 지워졌지만 블라우스 앞섶이 온통 젖어버렸다.

상가 입구에 서서 나는 잠시 이제 빈소로 가볼까 하고 생각했다. 하지만 옷 꼴이 말이 아니고 얼굴이 땀으로 번들거렸다. 또 거리를 헤맸더니 적잖이 피곤했다. 그것이 아니라도, 나는 이미 그를 위해 충분히 추모의 시간을 가졌다.

집으로 가려면 버스를 두 번쯤 갈아타야 했다. 나는 아파트 단지를 벗어나 큰길 쪽으로 걸었다. 큰길이 가까워 오자 소음이 점점 커졌다. 질주하는 차량의 타이어와 아스팔트 사이에서 삐져나오는 마찰음, 급발차하거나 가속페달을 밟는 차량의 엔진소리. 멀리서 '끼-익!' 하고 자동차 타이어가 길바닥에 스키드마크를 긋는 소리가 들려왔다. 나는 그 정겨운 도시의 음향 속으로 천천히 걸어 들어갔다.

몸이 가뿐해진 느낌이었다. 가벼워진 것이 다리인지 머리인지 알 수 없었다. 석연치 않은 지난 일 때문에 어젯밤 잠을 설쳤는데, 아침에 묵직한 마음으로 잠을 깼는데, 오전 내내 누군가의 전화를 애타게 기다렸는데, 그게 무엇이었는지 기억나지 않았다. 누구의 전화를 기다렸던 것인지조차 기억할 수 없었다.

저녁식사로는 이른 시간이지만 나는 불현듯 심한 허기를 느꼈다. 길고 고된 행군에서 돌아온 듯 허기진 위장이 강렬히 음식을 요구하고 있었다. 길가의 버스정류장 앞에 분식집 간판이 눈에 들어왔다. 분식집의 알루미늄 새시 출입문에 '여름철 별미, 얼음 콩국수'라고 써 붙인 쪽지가 펄럭였다. 나는 공연히 으스스 추워져서 진저리를 쳤다. 여름은 물러갔건만 주인이 쪽지 떼는 것을 잊은 모양이었다. 분식집 옆은 장어구이 전문점이었다. 푸른 수족관 안에서 장어들이 미끈거리는 몸을 구불구불 감으면서 헤엄치고 있었다. 번질대는 장어 살갗이 징그러워 나는 얼른 수조에서 고개를 돌렸다.

아까 두 시간쯤 전 정류장에서 버스를 내렸을 때 이 장어구이집 안을 기웃거리고 지나간 기억이 났다. 식당 출입문이 열려있었고 젊은 아가씨가 쟁반으로 음식을 나르고 있었는데 다리를 심하게 절고 있었다. 아가씨는 걸음을 옮길 적마다 몸 전체가 기우뚱댔는데 용케 쟁반은 균형을 유지하고 있었다. 한순간에 지나간 장면이었지만 몹시 애잔했던지 식당 앞을 떠나고도 한참 그 잔상이 마음에 남았던 것 같다.

무쇠접시 위에서 지글지글 타는 장어구이를 떠올리자 벌써 입안에 침이 고였다. 나는 군침을 한번 꿀꺽 삼키고는 장어구이 집으로 발길을 옮겼다. ✤

삶과 죽음에 대한 성찰과 존재하려는 경향

임환모 | 전남대 교수 · 문학평론가

조선희의 「파란꽃」을 단순히 죽음에 대한 강박관념과 여기에서 벗어나려는 이야기로 읽는다면 이것은 일면적인 독서에 지나지 않는다. 작가는 대학동창이자 옛 애인이었던 C를 '상처 입고 떠나게 만든 무지와 어리석음'을 자책하는 서사 속에 인간의 보편적인 삶과 죽음의 문제, 그리고 존재하려는 경향에 대한 철학적 성찰을 슬며시 끼워 넣고 있다. 개인이 겪은 특수성을 인간의 보편성으로 환치해내는 데 이 소설의 묘미가 있다.

이 소설은 얼핏 자서전의 특별한 부분이라는 느낌이 들만큼 자전적이다. 그 이유는 첫째, 행위주체이자 서술주체인 '나'의 주변 인물들이 실존인물이라는 데 있다. 1991년 6월 9일 지리산 뱀사골에서 발을 헛딛는 바람에 수중고혼이 된 고정희(1948~1991) 시인, 17살의 물리시간에 죽음의 비밀을 간파하고는 공포에 질려 기절해버렸다는 1994년 노벨 문학상 수상 작가 오에 겐자부로, 1989년 3월 7일 새벽 서울 종로3가 파고다 극장에서 영화를 보다 뇌졸증으로 사망한 기형도(1960~1989) 시인, 기형도 시인의 직장동료인 중앙일보 문화부기자인 양헌석(1956~ : 1982년 '소설문학신인상'으로 등단하여 『태양은 묘지 위에 붉게 타오르고』(1988), 『아가베의 꽃』(1990), 『오랑케꽃』(2003) 등의 소설집을 상재한 소설가이자 현재 파이낸셜뉴스 워싱턴 특파원) 등이 작가 조선희의 지인이거나 문학판의 실존인물일 뿐 아니라 '나'와 기형도가 1960년 생으로 1989년 기형도 시인이 죽을 당시 30살이었고, 조선희가 당시 한겨레신문사 기자로서 양헌석과 함께 파고다극장에서 〈뽕3〉을 보면서 그의 죽음을 이해하고자 했다는 사실에는 허구가 개입하고 있지 않다.

둘째로는 서술주체의 서술행위가 반성적 성찰로 이루어지면서 소설 텍스트가 에세이화되어 있다는 점을 들 수 있다. 허구적 현재 속에 '나'의 행위는 C의 부음을 받고 조문을 가기 위해 나섰다가 시간이 일러 그와 함께한 삶의 공간인 신촌이나 연대 앞, 또는 성산동 아파트 앞 나무벤치들 둘러보고 지난날을 회상하거나 꿈을 꾸고, 장어구이 전문점에 들어가 장어구이를 먹는 정도이기 때문에 이 서너 시간의 행적에는 서사라고 부를만한 어떠한 갈등구조도 없다. 더욱이 허구적 과거는 과거 시제를 쓰고 허구적 현재는 모두 현재시제를 사용함으로써 사후 서술이 아니라 동시 서술이라는 느낌을 강하게 준다. 따라서 서술주체는 허구적 현재에서 과거를 반성적으로 되짚어가는 방식을 택할 수밖에 없고 이러한 에세이화한 서술은 이 작품을 자전적 성향으로 자리매김한다.

이러한 자전적 양식의 글쓰기가 소설이 될 수 있는 것은 서술자 '나'의 반추되는 삶의 과정이 허구적 현재의 상황과 긴밀히 교직되면서 입체화되기 때문이다. 서사구성상 서너 시간에 해당하는 허구적 현재 속에 20여 년 동안 C와 공유한 삶의 정보가 분편화되어 있고 여기에 '촌음의 백일몽'이 배치되면서 소설 미학적 효과가 발생한다.

「파란꽃」의 허구적 현재는 행위주체이자 서술자인 '나'가 정오가 지난 시간에 대학동창에게 C의 부음을 듣는 것으로부터 시작한다. 사흘 전 홍대 앞에서 포도주를 나눠 마셨던 사람이 사워하다 심장마비로 죽었다는 부음은 '나'에게 심각한 정신적 외상을 가져다준다. '나'와 C 사이는 단순한 지인관계가 아니라 한때는 애인으로써 20대를 함께 보냈고 그 후에도 인간관계를 지속해 왔기 때문이다. 그 정신적 충격을 서술자는 다음과 같이 쓰고 있다.

> 한때 태양이 작열하던 정수리 위쪽이 갑자기 텅 비어버린 느낌이다. 해가 서쪽으로 부리나케 달아나면서 어둠이 덮쳐온다. 그 어둠 뒤켠에서 무언가 나를 향해 걸어오고 있다. 그것은 살금살금 다가오다가 어떤 때는 커다란 소리를 내며 걸어온다. 쿵쿵. 가슴이 철렁 내려앉는다.

이러한 죽음에의 강박관념 속에서 '나'는 C도 죽음을 예감했을지도 모른다는 징후를 찾아 나선다. 1991년 〈독신자〉라는 유서와 같은 시를 남기고 지리산에서 실족사한 고정희를 추억하는 것도 이 때문이다. "환절기의 옷장을 정리하듯/ 애증의 물꼬를 하나 둘 방류하는 밤이면/ 이제 내가 남아 있는 길,/ 내가 가야 할 저만치 길에/ 죽음의 그림자가 어른거린다"고 시작해서 "뒤늦게 달려온 어머니가/ 내 시신에 염하시며 우신다/ 내 시신에 수의를 입히기며 우신다/ 저 칼날 같은 세상을 걸어오면서/ 몸이 상하지 않았구나, 다행이구나/ 내 두 눈을 감기신다."로 끝맺는 고정희의 유고시가 '수중고혼'이라는 이름을 달고 영안실 출입문에 붙어 있는 것을 읽고 전율을 느꼈던 '나'는 사흘 전 C가 "이러다 죽는 거 아닌지 몰라"라고 했던 말 이면에서 뒤늦게 그런 예감을 확인하게 된다. 그가 대기업을 그만두고 서점, 음반가게, 퀵서비스 회사, 비디오 대여점, 세탁 서비스 등 다양한 개인사업을 해오는 과정이 자신감과 좌절감 사이에서 기우뚱대면서도 중심을 놓치지 않고 가까스로 자신의 세상을 받쳐 들고 걸어왔었는데 이제 와서 균형 잡기를 그만둔다는 것은 죽음을 받아들이는 행위일 수밖에 없다. 이런 징후를 보지 못하고 친구를 상처 입혀 보낸 '나'에게 자책과 회한이 뒤따른다.

'나'가 C와 헤어지게 된 것도 죽음이 자신과 무관하지 않다는 깨달음 때문이었다. 오에 겐자부로는 17세 때 죽음의 비밀을 간파해 버렸는데 '나'는 30세에 이르러서야 죽음의 공포를 체험하게 되었던 것이다. 1989년 기형도 시인의 죽음은 '나'의 중심을 흩트려놓기에 충분했다. '나'는 서른 살은 이미 젊음도 청춘도 다 끝나버린 것으로 알았던 인식의 혼란 속에 '죽음이라는 치명적인 주제'와 맞대면한 것이다. '죽음은 떠남이고 잊혀짐'이라는 허무의식이 지배하게 되어 '우리 삶은 오직 죽음투성이'라고 인식하게 된다. 때마침 출간된 기형도의 유고시집 『입 속의 검은 잎』(문학과지성사, 1989)의 시편들은 '나'가 죽음의 감상에 빠지게 하는데 효과 만점이었다. '나는'「길 위에서 중얼거리다」의 한 구절 "너희 흘러가버린 기쁨이여/ 한때 내 육체를 사용했던 이별들이여/ 찾지 말라, 나는 곧 무너질 것들만 그리워했다"나, 「죽은 구름」의 한 구절 "이런 기회가 오기를 기다려온 것처럼/ 비닐백의 입구같이 일을 벌린 저 죽음", "아무도 모른다, 저 홀로 없어진 구름은/ 처음부터 창문의 것이 아니었으니" 등을 중얼거리고 다녔다. 이렇게 죽음에 심취해 있었기 때문에 사회변혁에 대한 관심이 때로 위선처럼 느껴지고 C와의 연

애도 시들해졌다. 오직 떠들썩한 술자리만이 위안이 되었다. 그러다 C
의 입 속에서 검은 잎을 보고 기겁하여 그와 헤어지게 된 것이다. 기형
도 시인은 "내 입 속에 악착같이 매달린 검은 잎이 나는 두렵다"(「입 속
의 검은 잎」)고 토로했는데 '나'는 C의 입 속에서 검은 잎을 보아버린
것이다. 그에게서 죽음을 보았기 때문에 그로부터 도망치지 않을 수 없
었던 것이다.

이러한 '나'의 '첫 번째 죽음 워크숍'은 의외로 쉽게 끝난다. '죽음의
냄새'를 풍기고 다녔던 3개월의 시련은 어느 날 광화문 사거리 버스정
류장에 서서 남의 시선을 의식하지 않고 길게 입맞춤하는 젊은 남녀를
'진녹색 잎을 피우는 여름나무 두 그루'로 착각하는 찰나에 극복될 수
있는 계기가 주어진다. 이것은 역설적이게도 기형도가 들었던 '나무의
침묵'에 기댄 것이다. "죽음이란/ 假面을 벗은 삶인 것."(기형도, 「겨
울·눈[雪]·나무·숲」) 이것은 삶과 죽음이 별개가 아니라 태극처럼 뒤
섞여 있다는 깨달음이다. 여기에서 죽음의 본능인 타나투스가 생존의
본능인 에로스로 전환한 것이다. 그래서 '나'는 '영혼이 심한 시장기'를
느꼈기 때문에 공허한 인생을 채우기 위해 서둘러 결혼했다.

그런데 15년이 지난 후 또 다시 두 번째 '죽음 워크숍'을 하지 않을
없는 상황에 처한 것이다. 갑작스런 C의 부음은 사십대 중반의 허무와
맞물리면서 어둠 뒤켠에서 죽음이 다가오는 것을 감지하게 한다. 이 두
번째 죽음의 문제를 극복하는 방식은 첫 번째 C로부터 무작정 도망치는
것과는 달리 C와 함께한 세월을 반추하면서 그를 추모하는 과정에서 얻
어진다. '나'는 지하철 신촌역에서 내려 연대 쪽으로 걸으면서 그가 직
장을 그만두고 처음 열었던 서점, 젊음을 누렸던 '복지다방'이나 합심
해서 쿠폰 30개를 채워 그룹 퀸의 음반을 공짜로 받았던 레코드점, 또는

익숙했던 '장미여관' 골목 등을 찾아보았지만 어디에도 그 흔적이 없다. 마치 죽음이 떠남이고 잊혀짐이듯이. 그와 공유했던 시간을 추억할 수 있는 장소는 하나도 남아 있지 않았기 때문에 '나'는 그 시절에 살았던 성산동 아파트를 버스를 타고 찾아간다. 자신이 살던 아파트 동 앞에서 죽음의 검은 잎을 보았던 예전의 그 나무벤치를 발견하고 '나'는 죽은 친구가 살아 돌아오기라도 한 듯 반가워하고, 그 벤치에 앉아 아이스바를 빨다 잠깐 잠이 들어 '촌음의 백일몽'을 꾸게 된다. 이 꿈은 '나'의 죽음의 공포뿐만 아니라 삶에의 의지와 욕망을 극명하게 보여준다. 꿈 속에서 본 아스팔트 위의 파란 꽃은 시원하고 달콤한 아이스바의 대용물이고, 이것은 차바퀴에 깔렸다가도 스프링처럼 되튀어 오르는 생명이나 욕망의 비유적 표현이다. 마치 다리를 절면서도 커다란 바위 덩어리를 '욕망의 언덕'으로 끊임없이 굴려 올리는 시지프스 신화처럼. '나'는 몇 번의 빙하기를 지나는 동안 절름거리면서 바위를 굴려 올리는 일을 반복하다가 낭떠러지에 쑤셔 박히는 순간에 머리통이 으스러지는 느낌이 너무 생생하여 안간힘을 다해 소리 지르고 백일몽에서 깨어나게 된다. 그 죽음의 밑바닥 허무에서 살고자 하는 생존의 욕망이 강열하게 솟구친다. 마치 아스팔트와 보도블럭 사이의 틈새를 비집고 나와 노란 꽃 한 떨기를 피우고 있는 풀대궁처럼.

이 '촌음의 백일몽'이 얼마나 강열했던지 다리를 움직여볼 때 멀쩡하다는 것이 그렇게 다행스러울 수가 없다. 마음이 풍선처럼 가벼워져 배가 불룩한 임신부의 커다란 비닐봉지를 날쌔게 채가지고 건널목까지 들어다 주기도 한다. 시야 속에서 움직이는 모든 것이 즐겁고 입에서는 저절로 노래가 흘러나온다. '나'는 마른 은행잎을 밟고 행진하듯 경쾌하고 미끄러지듯이 걸어가다가 어느 찰나, 등에 얹혔던 무거운 뭔가가 갑자기 툭 떨어져 공중으로 흩어지고 자신의 몸이 쩽하고 햇빛 속으로 사라지는 신비한 체험을 하게 된다. 가면을 벗은 삶이 죽음이라면 이 체험은 삶과 죽음의 경계를 뛰어넘는 일이다. "내 淸潔한 죽음을 確認할 때까지/ 나는 不在할 것"(기형도, 「겨울 · 눈[雪] · 나무 · 숲」)이기에 '나'는 삶과 죽음의 경계를 순간에 허물어버렸음으로 15년 전 어느 날 늦은 밤 자신의 아파트 앞 나무벤치에서 있었던 C의 행동이 키스이든 노래이든, 아니면 하품이든 더 이상 무의미한 것이고, 그래서 "그의 잘못은 없었으며 모든 것이 기형도 때문이었다고 해명할 기회도 없이 우리는 헤어져버렸다."는 자책도 더 이상 하지 않아도 되는 것이다. 15년 전에는 '영혼의 시장기'를 느껴 서둘러 결혼했는데, 이제는 육신의 '허기'를 심하게 느껴 장어구이집에 들어가 짭짭 소리를 내며 연신 맛있다고 감탄하면서 이제껏 입에 댄 적도 없는 장어구이를 먹어치운 것이다. 첫 번째 '죽음 워크숍'에서는 종족보존의 본능이 작동했다면 이 두 번째 '죽음 워크숍'은 개체보존의 본능이 가동되고 있는 셈이다.

결국 인생이란 심하게 다리를 절고 있는 식당의 젊은 아가씨가 걸음을 옮길 적마다 몸 전체가 기우뚱하지만 용케 쟁반은 균형을 유지하듯이 절름거리면서도 삶과 죽음 사이에서 균형을 잡는 일이다. C가 자신감과 좌절감 사이에서 기우뚱거리면서도 중심 잡기를 포기했을 때 죽음에 이르렀다고 한다면 '나'는 신비한 꿈 체험에서 경험하듯이 삶과 죽음 사이를 절름거리면서 균형을 잡아가고 있는 것이다. 따라서 이 소설은 독자에게 인생이란 무엇인가, 인간 존재의 본질은 무엇인가를 심각하게 묻고 있다.

조선희의 「파란꽃」은 삶과 죽음이라는 무거운 주제를 자전적 글쓰기 양식으로 무리 없이 보여주고 있기는 하지만 옛 애인의 죽음이 주는 충격에서 너무 쉽게 벗어남으로써 '나'의 행동과 의식의 개연성이 좀 떨어진다는 한계를 안고 있다. '나'가 아무리 강력한 '촌음의 백일몽'과 신비체험을 했다고 하더라도 오후 한나절의 '추모의 시간'으로 C에 대한 부재의식에서 경쾌하게 벗어날 수는 없는 일이기 때문이다. 그러나 상징 수법이나 비유적 표현과 환상적 서술기법이 사용되고 동일한 모티프가 차이의 반복으로 주제를 강화하면서 그러한 한계가 일정 부분 상쇄됨으로써 독자에게 시적 환상을 불러일으킨다는 점에 이 소설의 미덕이 있다.

최수철

☙ 약 력 ☙

1958년 춘천 출생.
81년 《조선일보》 신춘문예 소설 부문에 「맹점」 당선으로 등단.
소설집 『공중누각』 『화두, 기록, 화석』 『내 정신의 그믐』 『분신들』,
장편소설 『고래뱃속에서』 『어느 무정부주의자의 사랑』 4부작 『벽화 그리는 남자』
『불멸과 소멸』 『매미』 『페스트』 외 출간
1988년 윤동주문학상, 1993년 이상문학상 수상

창자 없이 살아가기

최수철

1. 법원 정문

나는 오전 아홉 시 반쯤에 법원 정문 앞에 도착했다. 인도 위에서는 공사가 벌어지고 있었다. 드릴로 시멘트 바닥을 파고 있는 중이어서 요란한 소리가 주위로 울려 퍼졌는데, 세 명의 인부들 중에 유독 드릴을 잡고 있는 사내가 동료들에게 고래고래 소리를 지르고 있었다. 그가 하는 말은 알아듣기에 그리 어렵지 않았는데, 사내는 점점 더 목소리를 높여 악을 쓰고 있었다. 그곳에 있는 사람들 중에서, 오직 그 사내만이 자기 목소리를 듣지 못하는 것이 분명했다.

나는 잠시 그 광경을 지켜보다가, 가벼운 발걸음으로 법원 정문을 통과했다. 오늘 아침, 나는 기분이 무척 좋았다. 방금 전에 택시 문을 닫을 때도 나는 내 손의 움직임에서 우아함과 단호함이 적절하게 어우러져 있는 것을 느꼈다. 이런 기분에서라면, 예컨대 누군가가 간밤에 내 자동차 앞 유리에 붉은 페인트 한 통을 다 뿌리고 간 걸 발견한다고 해도, 아무렇지 않게 넘겨버릴 수 있었다. 나는 전부터 사람들에게 자주 이런 질문을 던지곤 했다. 당신이 거리에서 눈을 감고 걸을 수 있는 걸음 수는 대략 얼마나 되겠냐고. 물론 그 거리의 상황에 따라 다르겠지만, 대부분의 사람들이 열 걸음 정도 걷고 나면 공포감에 사로잡혀 몸이 마비되어 더 이상 발을 뗄 수 없게 된다. 나의 경우에는 보통 스물다섯 걸음 정도는 별 어려움 없이 눈을 뜨지 않고 걸어 나갈 수 있다. 물론 틈틈이 훈련을 한 덕분이다. 그런데 오늘 아침, 나는 오십 걸음, 백 걸음까지도 아무 문제가 없을 것 같았다.

그러나 나는 결코 눈을 감지 않았다. 왜냐하면 나는 이것이 일종의 조증 상태라는 것을 알고 있기 때문이었다. 지금 나는 비정상적으로 감정이 격양되어 기분의 변화가 심하고 사고가 난조에 빠지는 병적 증세를 겪고 있는 것이다. 그러나 어찌 되었든 머릿속이 상쾌하고 수시로 가슴이 까닭 없이 벅차올라서, 세상이 온통 환하게 보이는 것이 사실이다. 문제는 지금 내가 언제 깨어질지 모를 호수의 얼음판 위에서 즐겁게 뛰어놀고 있는 어린아이와 다를 바 없다는 점이다. 하지만 그렇듯 아주 가까이에 위험이 도사리고 있다는 예감이 오히려 나를 더욱 흥분시키고 있는 것 또한 사실이니, 나로서는 굳이 이 상태를 물리치려 애쓸 필요도 없는 셈이다.

2. 증인 대기실

정문 초소의 수위와 안내 데스크의 여자 자원 봉사자가 미소를 짓는 시늉만 하는 것도 내게는 직무상 일부러 그러는 것이고, 실상은 그들 자신들도 유쾌함을 견디지 못해, 당장이라도 터져 나오려는 웃음을 애써 억누르고 있는 것처럼 보였다. 언제든 일상의 풍경이 이렇게 간단히 역전될 수 있다는 것이 조증 상태가 가지는 놀라운 힘이었다. 그러나 정원 한복판에 서서, 흡사 커다란 독수리가 몸을 웅크린 채 날개를 활짝 펼치고 있는 것처럼 보이는 높은 건물을 올려다본 순간, 나는 나도 모르게 잠시 가슴이 경직되는 것을 느꼈다. 이제 그 속으로 들어가면, 거대한 동물의 창자 속으로 들어가서 그 길고 냄새나고 구불구불하고 쉴 새 없이 꿈틀거리는 미로 속을 오랫동안 헤매게 되리라는 생각이 들었기 때문이었다. 게다가 법정에서는 조증 상태가 적잖이 위험할 수도 있다는 사실을 나는 잘 알고 있었다. 하지만 이제 와서 물러설 수도 없는 노릇이었으므로, 기왕에 나는 과감히 한 발을 떼어놓았다. 그러자 어쩌면 적어도 이번만은 진부하고 저속한 세상에 무력하게 휩쓸리지 않을 수 있으리라는 자신감이 생겨났다. 그 또한 조증 상태가 가지는 은근한 힘 덕분이었다.

나는 오늘 열리는 명예훼손 소송의 공판에 증인으로 출두해야 하는 입장이었다. 고소인은 박지상이라는 이름으로 사회적으로 명망이 높고 모 대학의 석좌교수로 있는 늙은 문사였고, 피고는 본명이 배창복이지만 홍세울이라는 일종의 필명이자 예명으로 행세하고 있는, 사십대 후반의 수필가 겸 전직 출판사 사장이다. 이번 소송과 관련하여, 담당 검사가 나를 대상으로 지방 법원 판사에게 증인심문을 청구

했고, 판사가 그 신청을 받아들였다는 말을 들었을 때, 나는 문득 부조리 소설의 한 장면을 떠올리지 않을 수 없었다. 그런데 더 놀라운 사실은, 검사 측뿐만 아니라 변호인 쪽에서도 나를 증인으로 요청했다는 점이었다.

재판은 열 시부터 열릴 예정이었다. 증인 대기실에서 오 분쯤 기다렸을 때, 검사가 먼저 나를 찾아왔다. 법정에서의 진술을 위한 리허설을 하기 위해서였다. 그리고 검사가 떠난 후에, 나는 배창복의 변호사와 다시 같은 절차를 반복해야 했다. 그리고 그때 비로소 내가 양쪽에서 동시에 증인으로 지목된 이유를 어느 정도 파악할 수 있었다. 한 달 전에 나는 검찰청으로부터 참고인 자격으로 답변 요청서를 받았다. 거기에는, 박지상과 배창복, 그 두 인물과 관련된 질문들이 열 장 안팎의 종이에 빽빽이 적혀 있었다. 그리고 며칠 후에 나는 다시금 배창복의 변호인으로부터 비슷한 내용의 질문서를 받았다. 당연한 말이지만, 양쪽의 질문서는 명예훼손죄의 성립 여부를 놓고 공방을 벌이면서, 자기 쪽에 유리한 자료를 얻으려 했다. 그 질문서들은 나뿐만 아니라 주변의 여러 인물들에게 발송되었으므로, 내가 처음부터 그들에게 중요한 인물이었던 것은 아니었다. 그러나 아마도 내가 가장 성실하게 답변을 한 사람들 중의 한 사람이기 때문에 그들로부터 주목을 받은 것은 분명할 터이다.

나는 내친 김에 질문지 맨 끝장의 '참고로 덧붙일 사항'이라는 항목에 각기 적지 않은 분량의 글을 첨부했다. 일종의 개인적인 소견서에 해당되는 그 글에서, 나는 가능한 한 양쪽 입장이 타협과 화해의 여지를 찾을 수 있도록 세심하게 배려했다. 그러나 글을 써나가는 중에, 문득 나는 선의에 의해 씌어지고 있는 그 글이 결국에는 역설적이게도, 한쪽에게는 변호의 근거로, 그리고 다른 쪽에게는 공격의 교두보로 활용되리라는 간단한 사실에 새삼스레 생각이 미쳤다. 그리고 그 순간 내 머릿속에서 조증의 발작이 일어났다. 처음에 나는 그들과 나 자신에 대한 연민과 역겨움을 동시에 느꼈는데, 그로 인한 혼란스러움이 곧 놀랍게도 내게 엄청난 활력을 불러일으켰다. 말 그대로 기분이 양양 되고 의욕이 치솟기 시작한 것이었다. 한동안 나는 나 자신의 그렇듯 과도할 정도로 비합리적인 감정 상태를 어떻게 이해해야 하는지 알 수 없었다. 그때 나는 조증이라는 단어를 떠올렸고, 어떻게 보아도 그 말로밖에는 달리 설명할 수 없다고 생각하게 되었으며, 그 후로 나는 내가 조증 상태에 빠졌다는 사실을 받아들였다.

여하튼 그리하여 나는 양쪽을 적당히 어르고 추어주고 은근히 타이르고 깨우쳐주며 그 긴 글을 순식간에 써내려갔다. 컴퓨터 자판 위에서 내 손가락들은 능숙한 연주자가 피아노 건반을 두드리듯 빠르게 움직였다. 그리고 나중에 양쪽에서 똑같이 나를 증인으로 채택했다는 통보를 받았을 때, 나는 그야말로 기뻐서 날뛸 지경이었다. 그 글을 쓸 때 느꼈던 조증에 다시 불이 붙었고, 그때부터 조증은 가라앉지 않더니 지금까지도 이렇게 지속되고 있는 것이다.

3. 창자 없이 살아가기

변호사의 말에 따르면, 배창복은 묵비권을 행사하고 있다고 했다. 박지상과 배창복 사이에 명예훼손으로 형사소송이 벌어졌다는 소식을 처음 들었을 때, 나는 나도 모르게 혼잣말을 중얼거렸다. 그건 당연하지 그들에게는 창자가 없으니까.

　그들 두 사람 사이에서 이른바 '창자 논쟁'이 벌어졌다는 사실은, 이미 두 달쯤 전에 주변 사람들에게 널리 알려졌다. 박지상은 일흔이 넘은 나이에도 불구하고 노익장을 과시하며 특히 신문과 잡지에 수필류의 칼럼을 정기적으로 게재하곤 했다. 그는 몇 달 전에 중앙의 모 일간지에 〈창자 없이 살아가기〉라는 제목의 글을 실었다. 그런데 한 달쯤 후에 배창복이 어느 유명 시사 잡지에 〈배알 없는 삶이라니〉라는 제목의 글을 실었는데, 이 글은 제목에서부터 그러하듯이 대놓고 박지상의 글에 대한 반박으로 일관하다가, 거의 인신공격적인 야유로 마무리를 짓고 있었다. 내가 보기에도 배창복의 글은 박지상에게 모욕감과 분노를 일으키기에 충분했다. 나를 포함한 주변 사람들은 박지상의 다음 행보에 촉각을 곤두세웠다. 우리는 그가 격한 어조의 반박문을 발표하리라 생각했다. 그런데 그가 덜컥 고소를 한 것이었다. 어찌 보면 서로 언성을 높이고 핏대를 올리며 싸움을 하기 보다는, 차라리 그 편이 나이에 걸맞은 점잖은 응수라고 할 수도 있었다. 만약에 그가 의도했던 대로, 배창복이 고소를 당한 데 놀라서 사전 합의를 요청해 왔다면 말이다.

　검사가 보내온 답변 요청서에는 참조 서류가 첨부되어 있었는데, 그 내용에 따르면 박지상이 배창복의 글을 읽고 사과를 요구했으나 배창복 쪽에서 일언지하에 거절했다고 되어 있었다. 그 무렵에 이런 말들이 떠다녔다. 박지상은 배창복에게, 자신의 사회적 위신에 흠집이 생긴 것은 참을 수 있어도, 남에게 터무니없는 논리로 강한 정신적 타격을 가한 당신의 행동은 결코 묵과할 수 없으니, 그 점을 반성하고 사과하라고 요구했다. 그러자 배창복은, 당신의 사회적 위신에 흠집이 생긴 데 대해서는 유감으로 생각하고 사과를 할 용의가 있으나, 함부로 그 따위 함량 미달의 글을 써서 발표한 사람으로서 이 정도 정신적 타격을 받는 것은 당연한 일이라고 생각한다고 대꾸했다는 것이었다.

내가 생각하기에, 그들이 전화로 나누었다는 그 대화는 단지 소문에 불과한 것은 아닌 듯했다. 그렇지 않고서야 합의를 보지 못하고 형사 소송에까지 이르게 된 그간의 사정에 대해 수긍이 잘 가지 않기 때문이다. 배창복이 억지를 부리며 의도적으로 도발을 하고 있다는 느낌이 드는 것은, 실제로 두 사람의 글을 읽어보면 더욱 명확해진다.

우선, 박지상이 쓴 〈창자 없이 살아가기〉라는 글에서 앞부분만 인용하면 다음과 같다.

〈창자 없이 살아가기〉

조지프 콘래드의 소설 『암흑의 핵심』에 이런 부분이 있다. 열대 지방의 교역을 위한 전진기지에 나가 있던 문명세계의 사람들이 모두 열병이나 이질 따위의 병으로 쓰러졌을 때, 그중 독창적인 데는 전혀 없어도 몸이 건강한 탓에 상례적인 일을 꿋꿋이 해나가는 사람, 작가는 그를 그것만으로도 위대한 사람이라고 부르는데, 그가 이렇게 말한다 : "이런 곳에 오는 사람들은 아예 창자가 없어야 해."

사실, 나는 지금까지 에세이류의 글을 쓸 때 다른 사람의 글이나 말을 인용해 본 적이 거의 없다. 그런데 이제 나이가 들어 내 창자도 게걸스러워졌는지 아니면 잡식성으로 변했는지, 남들의 글에서 마음에 드는 부분은 마구 집어삼키려 한다. 아마도 새삼스레 그런 충동을 가라앉혀야 하지 않을까 싶은데, 여하튼 콘래드 소설의 그 인물이 한 말은 내게 섬뜩할 정도로 강한 인상을 남겼다. 창자 없이 사는 삶, 창자가 없어야 비로소 살아갈 수 있는 삶. 그렇다면 요즘 세상에서는 뭐가 없이 살아야 제대로 사는 게 될 것인가.

그동안 나는 이런 세상에서 제대로 살아가려면 남들과 달리 무엇이 더 있어야 할까 하는 생각만 해왔다. 그런데 콘래드를 읽고 나서 질문이 바뀐 것이다. 이런 세상에서 제대로 살아가려면 남들과 달리 무엇이 더 없어야 할까 하는 것이 그것이다. 그런 면에서 '암흑의 핵심' 혹은 '암흑의 오지'라고 번역되는 콘래드 소설의 제목은 그 자체로 시사하는 바가 크다. 세상을 제대로 살고자 노력하는 것이나 좋은 글을 쓰고자 하는 일은 어떤 양태로든 궁극적으로 삶의 핵심을 겨냥하는 것일 터이다. 그러나 이제 지구상에 더 이상 암흑의 오지가 존재하지 않는다는 사실을 받아들이게 된 것처럼, 오지와 더불어 핵심도 함께 사라져버렸다고 믿는 풍조가 확산되고 있다. 그리하여 핵심이 없는 세상이므로, 우리는 흔히 배알도 없이 산다거나, 아무 생각 없이 마치 뇌가 없는 듯이 산다고, 자학적이면서도 오만하기 그지없는 어조로 말한다.

하지만 콘래드가 암시하는 바처럼, 오지를 탐사하며 그 속으로 깊숙이 들어가는 행위는 미지의 상태로 남아 있는 신비로운 영역을 백일하에 드러내버리거나, 과학의 이름으로 심오한 핵심의 정체를 함부로 파헤치는 것과는 분명 다르다. 그보다는, 다소 거창하게 말하여 자연에 대한 더 깊은 경외심을 우리 스스로에게 불러일으키고, 인간 내면의 근원적 핵심에 다가서려는 불가능한, 그러나 포기할 수 없는 모색을 진지하게 수행하는 것이라 할 수 있을 것이다.

그러니 어찌 할 것인가. 현대인은 머릿속과 뱃속에 든 창자의 소화력을 과신하고 있거나 혹은 그 반대로 창자에 대한 믿음을 전혀 가지지 못하여 편식을 하고 있음이 틀림없다. 핵심과 오지는 부재하는 것이 아니라 부정되고 있는 것이다. 그렇다면 도리 없이 다시 원점으로 돌아가서, 콘래드가 말한 바처럼, 지금 이곳에서 우리도 창자가 없이 살아야 하지 않을까 한다. 이 세상의 다양한 모든 것을 삼키되, 창자의 까다롭고 불온한 공정과정을 거치지 않고, 그것들과 온몸으로 하나가 되면서 꿋꿋이 버텨나가야 하지 않을까.

그런 점에서 뇌 없이 산다는 말이 부정적이고 공격적인 저의를 가진다고 한다면, 창자 없이 산다는 것은 인간의 실존적 조건에 대한 겸허한 수용에서부터 출발하여 인간성의 지평을 넓히려는 긍정적인 의지를 담고 있다고 할 수 있다. 그때 창자 없이 산다는 것은 역설적으로 우리의 온몸이 온통 거대한 창자가 되게 하는 것이나 다름없을 터이다. 우리의 존재 자체가 창자를 대신하고, 그 새로운 창자로 이 시대의 풍토를 소화한다면, 제대로 사는 일과 제대로 글을 쓰는 일이 그리 어렵게만 여겨지지는 않을 것이다.

4. 법정 출두

며칠 전에, 증인으로 출석할 것을 요구받았을 때, 나는 증인 심문 사항 속에 들어 있는 질문들을 자세히 읽어보았다. 그때 맨 하단에 씌어져 있는 글귀가 나의 시선을 끌었다. 거기에는, 만약 이 질문들에서 본인이 잘 모르는 상황이 있다거나 본인의 진술이 하등의 도움이 안 된다고 판단될 시에는 증인 불출석 사유서를 재판부에 제출할 수 있다고 되어 있었다. 순간, 나는 가슴이 뜨끔했다. 분명 지금 나는 정신 상태가 그다지 온전하지 않은 게 사실이니, 그렇다면 이것이야말로 불출석 사유서를 제출해야 하는 경우가 아닐까 하는 생각이 들었기 때문이었다. 그러자 조증이 다소 가라앉으면서 비교적 이성적이고 신중한 생각이 찾아들었다. 그렇다면 이제라도 질문 내용들에 서류로 답변하면 되지 않을까 싶었던 것이다. 하지만 확인해 보니, 이 나라에는 법정 진술 주의가 채택되어 있어서 그 또한 불가능한 노릇이었다. 나는 본의 아니게 막다른 골목에 갇힌 것처럼, 이럴 수도 저럴 수도 없는 상황에 처한 셈이었다.

그때 나는 나도 모르게, 아침 내내 앉아 있던 의자에서 벌떡 일어섰다. 그와 동시에 머릿속으로 다시금 조증의 폭풍이 밀어닥쳤다. 눈 앞에서 상상 속의 법정 풍경이 펼쳐졌다. 조증 환자인 내가 사람들 앞에서 장광설을 펼치고 있었다. 나의 병적인 정신 상태에 대해 남들이 알아채지 않을까 하는 불안감이 나를 더욱 흥분시키고 있었다. 나는 두 팔을 마구 휘저으며 방 안을 종횡으로 가로질렀다. 그 순간, 법정의 증인석이 내 지상의 목표가 되었다.

이윽고 나는 증인 대기실에서 불려나가 증인석에 섰다. 그때 나는 한때 '온세상 문화사'의 대표였던 홍세울, 곧 배창복의 모습을 실로 오랜만에 다시 보았다. 예전에 비해 눈에 띄게 초췌해진 그를 보자, 나는 갑작스레 불쾌감을 느꼈다. 좀 더 자세히 보니 모든 것이 끝장난 듯한 인상을 주고 있었다. 많은 것을 얻고서도 건강을 잃어 모든 게 끝장이 나버린 사람을 보고 있는 듯한 기분이었다. 물론 그에게서 눈에 띄게 신체상의 이상이 있어 보이지는 않았다. 문제는 그가 정신의 건강에 치명적인 타격을 받은 듯이 보였던 것이었다. 박지상이 아니라, 오히려 바로 그가!

그때 그가 눈을 들어 흘낏 나를 보았다. 물론 입은 굳게 다물려 있었지만, 그때 나는 그의 얼굴에 안도의 표정이 잠깐 어리는 것을 보았다. 나로서는 실제로 그가 나를 보고서 안도를 한 것인지, 아니면 내게 도움을 청하는 의미에서 짐짓 안도의 표정을 지어 보인 것인지 가늠할 수 없었다. 평소에 배창복의 걸음걸이는 무척 특이했다. 고개를 약간 오른쪽으로 기울인 채 오른팔을 아래로 늘어뜨리고, 그런가 하면 왼손은 서툴게 노를 젓듯이 흔들며 서둘러 앞으로 나아가는 것이었다. 그 불안정한 모습을 뒤에서 보고 있자면, 저렇게 걷는 사람이라면 심리적으로도 심각한 불균형이 있지 않을까 하는 생각이 저절로 들곤 했다.

그가 그 기이한 몸짓으로 걸어 들어온 곳이 바로 이 법정이었다. 그리고 지금 그는 나의 눈에 지독한 변비에 걸린 상태에서 좌변기 위에 걸터앉아 힘을 쓰고 있는 것처럼 보였다. 그러나 자세히 보니 배창복 뿐만이 아니었다. 재판정 안에 들어와 있는 모든 사람들, 방청객들은 물론이고 판사들까지도 만성 변비 환자의 고통을 어렵게 숨긴 채 겉으로 아무렇지도 않은 척하느라 애를 쓰고 있었다. 그곳에서 뱃속이 편한 자는 나밖에 없었다. 그러자 곧 잠시 저하되었던 기운이 회복되면서 쾌활함이 다시 찾아들었다. 특히 증인 선서를 할 때, 내 오른손은 무중력 상태에서처럼 공중으로 높이 떠오르고, 머리가 상하좌우로 물결치듯 조금씩 흔들렸다. 나는 자신감이 넘치는 얼굴로 주위를 둘러보았다. 증인석이 공중으로 들려졌고, 나는 모두를 내려다보았다. 그들은 나의 말을 듣기 위해 모여든 사람들이니, 나는 그들에게 진실을 밝혀주어야 했다.

그러나 정작 고소인인 박지상의 모습은 보이지 않았고, 그 자리에
는 한 젊은 남자가 앉아 있었다. 나는 그가 박지상의 대리인이자 변
호인이라는 것을 알 수 있었다. 그 남자가 왠지 낯이 익다는 생각이
들었을 때, 나는 또한 그가 박지상의 변호사 사위이기도 하다는 사실
을 깨달았다. 나는 이삼 년 전에 대학교 은사이자 문단의 선배였던
박지상과 함께 그의 변호사 개업식에 참석했는데, 그때처럼 그의 얼
굴은 여전히 소년처럼 앳되고 깨끗했다. 그러나 나는 그처럼 순진한
외모를 가진 자들이 때로 보통 사람들보다 훨씬 가차 없이 칼을 휘두
르기도 한다는 것을 알고 있었다. 마치 어린아이들이 아무런 죄책감
도 느끼지 못하면서 곤충이나 작은 동물의 숨통을 끊어버리듯이. 어
쩌면 그가 박지상으로 하여금 형사 소송을 걸도록 부추긴 것인지도
모를 일이었다. 아니, 분명 그러했을 터였다. 그처럼 순진한 외모를
가진 자들은 세상 사는 일의 많은 부분을 게임으로 생각하는 경향이
강한 법이었다. 순간, 내 속에서 반발심이 꿈틀거리며, 다시금 내 속
의 조증에 불을 지폈다. 그러나 나는 적어도 아직은 신중을 기해야
할 때라고 생각하며, 마음을 가라앉혔다.

그에 비해, 검사는 이른 나이에 수더분하고 늙수그레해 보이는 것
이, 마치 일부러 그렇게 변장을 한 듯이 보였다. 잠시 후, 그들은 바
통 터치를 하는 경주자들처럼 번갈아 내 앞에 출몰하며 질문을 던지
기 시작했다. 그들은 먼저 내게 피고와의 관계에 대해 물었다. 애초
에 그들에게 나와 배창복의 관계는 그리 중요하지 않았다. 문제는 왜
배창복이 난데없이 박지상에게 그토록 심한 공격을 가했고 그 저의
가 무엇인가 하는 것이었는데, 배창복이 입을 다물어 버렸기 때문에
사정을 아는 사람은 아무도 없었다. 그의 변호사도 그 점에서 별로

정보가 없기는 마찬가지인 듯했다. 때문에 그들은 배창복의 인간 됨 됨이와 그가 쓴 글만 가지고 공방을 벌여야 할 처지였다.

사실, 배창복은 내가 만난 사람들 중에서 가장 특이한 인물들 가운데 하나였다. 지금까지 내 경험으로는 어느 누구도 그와 비교할 수 없었다. 그의 태도에서는 평범한 점을 거의 찾아볼 수 없었다. 그러나 나는 이미 첫눈에 그가 예리한 지성과 아울러 자기파괴적인 충동에 가까운 무모한 용기를 가진 사람이라는 것을 알아보았다.

나는 오랜만에 여러 사람들을 앞에 두고 이야기하는 것이 무척 즐거웠다. 그러다 보니 자꾸 공중에서 춤을 추듯 움직이는 두 손을 붙들어 증언대 위에 얹어 놓느라고 애를 먹어야 했다. 게다가 한쪽은 내 말에서 배창복의 인간성과 관련하여 뭔가 수상한 점을 찾으려 하고, 다른 쪽은 반대로 그가 나름의 소신에 따라 움직일 뿐 결과에 그다지 개의치 않는 인물이라는 사실을 확인하려 하고 있으니, 나로서는 흥미롭기 짝이 없는 노릇이었다. 마치 여러 마리의 개한테 이쪽저쪽으로 먹이를 던져주는 사육사, 혹은 애매모호한 문제를 던져 놓고 인간들이 왈가왈부하는 광경을 내려다보는 조물주라도 된 심정이었다.

나의 대답에 그들은, 그렇다면 왜 우리의 관계가 상당 기간 동안 소원했느냐고 물었다. 물론 나는 배창복이 마음에 들었다. 하지만 그에 대한 내 첫인상은 약간 혼란스러웠다. 나는 그를 온전히 이해할 수 없었고, 시간이 지나도 마찬가지일 거라는 예감을 받았다. 게다가 그때 이미 그는 사람들로부터 의심에 찬 눈길을 받으며 따돌림의 대상이 되고 있었다. 그는 원래 독설과 악담으로 유명했고, 사생활에서도 여러 가지 면에서 끊임없이 크고 작은 문제들을 일으켰다. 또한 그는 평소에는 정시공포증이라도 있는 사람처럼 상대방의 얼굴을 똑

바로 쳐다보는 것을 피하지만, 어느 순간 눈을 들어 상대방이 당혹해할 때까지 오랫동안 빤히 바라보다가 제풀에 씩 웃으며 고개를 떨구는 나쁜 버릇을 가지고 있었다. 문제는 배창복이 그것을 나쁘고 유치한 버릇이라고 생각하기는커녕, 다른 사람들 앞에서 자신의 소심함과 부끄러움을 솔직히 드러내는 행동이라고 여기고 있다는 점이었다.

때문에 사람들은 누구든 그와 교류를 하면 의혹에 찬 눈길로 바라보았다. 삼 년 전에 우리가 간간이 만나던 무렵, 나 또한 그를 상대해준다는 이유만으로 무언의 비난에 시달렸다. 말하자면, 누군가가 그와 가까워지게 되면, 사람들은 처음에는 걱정스런 눈초리로 지켜보다가, 나중에는 경멸의 눈길로 노려보기에 이르렀다고 할 수 있었다. 달리 말해, '그에게 가까이 가면 다친다'가 '그런 인간을 왜 혼자 내버려두지 않는가'로 바뀌었던 것이다. 그러나 나는 그런 사회적인 평판 따위는 개의치 않았다. 나의 목적은 내 감정에 충실하게 사는 것과 아울러, 삶이 무엇인지 알게 해주는 남다른 사람들과 가까이 지내는 것이었다. 물론, 그것이 내가 조증에 수시로 빠지는 이유이기도 했다.

나는 내친 김에 나 자신의 이른바 인생관이라는 것에 대해 몇 마디 더 늘어놓으려 했다. 그때 나는 변호사의 얼굴이 눈에 띄게 어두워져 있는 것을 발견했다. 그리고 곧 지금 내가 하고 있는 말이 결과적으로 배창복에게 불리하게 작용하고 있다는 것을 깨닫고서, 입을 다물었다. 신중해야 한다. 때 이르게 검사와 변호사의 균형을 깨는 것은 내가 원하는 바가 아니었다.

그러자 검사가 상당히 자신감을 얻은, 그러나 더욱 조급한 어조로, 그렇다면 왜 어느 날부터 우리가 서로 만나지 않게 되었는지 재차 물었다. 나는 그와 마지막 만났을 때, 함께 여행을 했고 거의 20시간가량 함께 시간을 보냈다고 대답했다. 그리고는 헤어지기 얼마 전에 사소한 일로 언쟁이 벌어졌고, 그 와중에 그가 심한 복통을 느끼며 잠시 졸도를 했다고 덧붙였다. 나는 처음이자 마지막이었던 그 언쟁에 대해 유감스럽게 생각했다. 그러나 그가 쓰러지는 것을 보고는 한동안 다시 그를 만나는 것이 어렵겠다고 생각했다. 나중에 내게 들려온 말에 따르면, 그가 깨어나서 한 말이, 나를 아주 잃게 될까봐 두렵다고 했는데, 그건 나도 동감이었다. 우리는 각기 우리의 관계가 읽던 책을 도중에 덮어버리듯이 아쉬움을 남긴 채 일단락 지어졌다는 것을 알고 있었다. 그러나 우리는 그 책이 언젠가 다시 펼쳐지리라는 것 또한 모르지 않았다.

나는 내 말이 끝나자 장내가 숙연해지는 것을 느꼈다. 솔직히 말해서, 이제 나는 내가 느끼는 것이 현실에서도 실제로 그런 것인지 아닌지 잘 가늠을 할 수 없을 때가 간간이 있었다. 하지만 그런 것 따위는 이미 내게 별로 중요한 것이 아니었고, 지금 내게는 내 몸에 와 닿는 감각만으로 모든 것이 족했다. 그러나 검사의 표정으로 보아, 내 느낌이 꼭 틀린 것은 아닌 모양이었다. 검사도 이제는 분위기가 자신이 원하지 않는 방향으로 흘러간다는 것을 의식했는지, 곧 내게 배창복의 최근 거취에 대해 알고 있냐고 물었다.

나는 그에게, 다른 사정은 잘 알지 못해도, 배창복이 오랜 절필 끝에 다시 글을 썼고, 비록 그 글이 이런 문제를 일으키기는 했지만, 여하튼 다시 펜을 잡았다는 것만으로도 의미가 있지 않겠냐고 되물었다.

그러자 검사가 빈정거리는 어조로 말했다.

“정말 그게 그렇게 대단한 일인가요?”

내가 대답했다.

"그럼요, 큰일을 한 거지요."

그가 대꾸했다.

"큰일을 냈지요."

내가 그 말을 받았다.

"큰일 났네요."

재판정이 웃음에 휘말렸다. 변호사는 물론이고, 검사도 제풀에 웃음을 터뜨렸으며, 돌아보지 않았어도, 판사들 역시 마찬가지였을 것이다. 나는 날아갈 듯이 몸과 마음이 가벼웠다.

이윽고 검사가 머쓱한 표정을 지으며 고소인의 대리인 쪽을 바라보았다. 그때 나는 고소인 측과 피고 측이 나를 가지고 작은 승부를 걸고 있음을 확인했다. 그들은 내가 답변 요청서에 객관적이고 설득력 있게 써내려간 글을 읽고서, 나를 자기편으로 끌어들이는 것이 판사들에게 강한 인상을 남기리라는 계산을 한 것이 분명했다. 그렇다면 이제 주도권은 내가 잡고 있는 셈이었다.

그때 내 입에서 충동적으로 말이 흘러나왔다. 말을 하면서도 나는 어쩌면 이 말은 하지 않는 편이 나을지도 모른다고 생각했다.

"요컨대 인간들 사이의 관계라는 게 문제입니다. 인간들이 서로 맺는 이 관계가 정작 인간들 각자의 입장을 초월합니다. 심지어 인간들을 무시하고 경멸하기까지 합니다. 누군가가 우리들의 관계에 찬물을 끼얹는다면, 실상은 그건 그 관계라는 게 하는 짓입니다. 관계라는 괴물은 인간들의 불완전함을 악용하지요. 게다가 관계는 제 스스로 쉽게 몸이 달아오르고, 그러고 나면 또 그걸 참지 못해서 자기 몸에 자주 찬물을 끼얹는 겁니다."

내가 말을 마치자, 사람들은 뜨악하다 못해 약간 겁에 질린 표정으로 서로를 돌아보았다. 그 모습은 내게 무척이나 고무적이었다. 나는 헛기침을 하고서 다시 말을 하려 했다 그때 재판장이 내 말을 끊었다. 점심시간 정회를 선언한 것이었다.

5. 배알 없는 삶이라니

법정을 빠져나올 때, 머릿속이 텅 비워지면서 순간적으로 가슴에 적막감이 밀어닥쳤다. 마치 외모나 성격이 모두 희한하게 생겨 먹은 두 고약한 아이의 싸움에 끼어들어 곤욕을 치르고 있는 듯한 기분이었다. 잠시나마 입안에 쓴물이 고이는 느낌이 들기도 했다. 그러나 이미 달리 손을 쓰기에 너무 늦었다. 더욱이 이 상황은 누구 하나의 잘못으로 인해 빚어진 것이 아니었다. 우리 모두에게서 영의 눈이 너무 어두워져 버린, 혹은 영적인 깊이가 너무 얕아져 버린 탓이었다. 물질이 자기들의 어둠과 죽음으로 인간들을 끌어들이고 있는 것이다. 그러니 어떻게 해서든 바로잡을 것은 바로잡아야 했다. 창자를 놓고 떠들다가 소송을 벌이다니 이게 대체 무슨 일인가. 이건 마치 창자가 인간을 잡아먹는 것과 다를 바 없지 않은가. 그런 생각이 들자, 다시금 몸에 원기가 되살아났다. 나는 어깨를 활짝 펴고서 보무도 당당히 현관 쪽을 향해 복도를 따라 걸었다. 갤럽, 갤럽, 두 발이 저절로 성큼성큼 움직이고 있었다.

이제 나는 이 자리에서 배창복이 쓴 〈배알 없는 삶이라니〉라는 글을 인용하고자 한다. 문제의 발단이 되었던 그 글은 비교적 긴 편이

384

니, 앞뒤 부분을 생략하고 가운데의 일부분만 옮겨 놓으면 다음과 같다.

〈배알 없는 삶이라니〉

물론 나는 거기에 동의한다. 살다보면 창자가 없어야 생존할 수 있는 곳뿐만 아니라, 뇌가 없어야, 눈이 없어야, 그 외에도 손이 없어야, 발이 없어야, 귀가 없어야, 심지어 몸통이 없어야 살아남을 수 있는 곳도 만나는 법이다.

어린 시절부터 나는 지독한 소화불량에 시달렸다. 나는 주변에서 아무거나 잘 집어먹던 아이들에 대한 선망을 가지고 있었다. 거기에다가 나는 내 이름에 대한 콤플렉스에 시달려야 했다. 내 이름 석 자가 우연찮게도 모두 배와 관련되어 있기 때문이었다. 누군가가 내 이름을 부르는 소리를 들으면 가장 먼저 창자가 뜨끔했다. 때문에 내 자의식의 근원에는 항상 배와 창자가 자리를 잡고 있었다. 어쩌다가 내 뱃속에 구불구불 감겨 있는 창자에 생각이 미치면, 어두운 동굴 속에 똬리를 틀고서 갈라진 혀를 날름거리고 있는 뱀의 모습이 어김없이 머리에 떠오르곤 했다.

그러다 보니 나의 창자는 더욱 더 까다로워졌다. 배가 조금만 찬 기운에 노출되어 온도가 낮아지게 되면, 창자는 제대로 기능을 하지 못하고 복통과 설사를 일으키기 일쑤였다. 냉온동물인 그 뱀이 뱃속에 자리를 잡고서 수시로 배탈을 유발하는 것이었다. 게다가 나이가 들자 이제는 수시로 탈장 증상으로 인해 고통을 받고 있다. 밖으로 삐져나온 창자를 손으로 주물러 집어넣은 적도 있었다. 그러다가 극심한 통증에 기절을 한 적도 한두 번이 아니었다.

당연히 나는 내 창자가 지긋지긋하고 끔찍해졌다. 그 결과, 창자는, 내게 속해 있기는 하지만, 나와는 독립된 제 나름의 생명을 가진 존재가 되기에 이르렀다. 그런데 언젠가부터 나는 창자가 내게 건네는 말을 듣게 되었다. 가만히 생각해 보니, 소화불량, 복통, 탈장, 설사 그 모든 게 나를 향한 창자의 언어였다. 그 중에 어떤 것은 속삭임이고, 또 어떤 것은 고래고래 지르는 고함이나 외침이기도 했다. 나는 그 언어를 통해 실로 많은 것을 배웠다. 지금까지 때로 내가 남들에게 이해받지 못할 모습이나 행동을 보인 것도, 실상은 창자와 대화 중이었거나 그것이 내게 하는 말에 귀를 기울이던 중이었기 때문일 것이다. 그렇게 보자면, 지금 나는 내 창자와 대화를 하며 이 글을 쓰고 있다고도 할 수 있을 터이다.

앞서도 언급했듯이, 〈창자 없이 살아가기〉라는 그 흥미로운 글의 필자는 채식주의자가 분명하다. 곡기를 많이 먹는 채식주의자들은 육식을 주식으로 삼는 사람들에 비해 창자가 길다. 단단한 음식물을 오랫동안 소화하여 영양분을 남김없이 흡수하기 위해서는 긴 창자가 필요한 것이다. 그동안의 교육을 통해, 이제 나는 어떤 사람을 보면 그의 창자가 어떻게 생겼는지 알 수 있고, 그 창자의 모양으로 그가 어떤 인간인지 알아볼 수 있게 되었다. 요즘 세상에는 두 부류의 인간이 있다. 하나는, 창자가 긴 자들이고, 다른 하나는, 그의 말대로, 창자가 짧거나 아예 없는 자들이다. 후자에 속하는 사람들은 뭐든 조금씩 재빨리 집어삼키고서 소화와 흡수를 거의 생략한 채 얼른 배설해 버린다. 그들은 끊임없이 먹고 배설하는, 창자의 길이가 아주 짧은 몸집 작은 새들과 유사한 존재들이다. 언제든 가벼운 몸으로 공중으로 날아오를 준비를 갖추고 있어야 하는 참새 같은 새들에게, 그것은 생존을 위한 필수적인 조건이다. 이 시대에 많은 사람들이 그저 쉬지 않고 서둘러 삼키고 싸면서 간신히 영양의 균형을 유지한 채, 수많은 삶의 채널들 속에서 이리저리 날렵하게 옮겨다닌다.

그들, 창자가 짧은 자들의 탐욕은 어떤 면에서는 창자가 크고 긴 자들에 못지않고 때로는 능가한다. 그러나 다행히 그들은 타인에게 해를 끼치지 않는다. 반면에, 창자 긴 자들은 위험하다. 그들은 모든 걸 집어삼키고서 오래 뱃속에 넣어둔다. 그들은 그 상태에서 이기심과 위선이라는 독성물질을 만들어 내어 자기 자신들과 세상을 오염시키고, 암흑의 오지를 독점하여 탐욕을 채운다. 그러면서 '창자 없는 삶' 운운하며 반어적 어법을 즐겨 쓰는 것도 그들이다. 그리하여 그들이 창자 없는 인간들을 만들어낸다. 그들을 가까이 하거나, 그들이 생산한 것을 먹게 되면 보통 사람들의 경우에는 창자가 녹아버리기 때문이다. 게다가 그들, 창자가 긴 자들은 그 창자가 서로 연결되어 있기도 하다. 자기들만의 공동 이익을 취하여 분배하기 위한 연합전선을 펼치는 데 더할 나위 없이 능숙한 것이다. 이것이 내 창자가 내게 들려준 말이다. 이는 결코 비유적인 표현에 지나지 않는 게 아니다. 나는 그자들의 창자를 들여다보고서 그들의 저의를 파악한다. 내가 어떤 근거로 이런 말을 하는지는 차차 알게 될 것이다.

앞서 말한 그 글의 필자는 적어도 글의 앞부분에서는 어느 정도 절제를 보여준다. 물론 거기에서도 저의가 의심스러운 부분은 물론이고, 위선과 기만의 혐의점을 발견할 수 있다. 실제로 그는 한동안 한껏 위엄과 재치를 동시에 부리다가, 제 스스로 논리의 함정에 빠지고 자폐증에 걸린다. 그에게 삶이란, 창자 속처럼 악취 나고 구불구불하고 복잡한, 게다가 기껏해야 항문을 통한 배설이 기다리고 있을 뿐인 최악의 상황일 따름이다. 그런데 그의 삶을 추동하는 힘이 또한 그로부터 비롯된다. 그러한 상황을 버텨내기 위한 모든 수단은 그에게 정당하다. 그래서 그는 정글에서 살아남으려는 사람처럼 자주 자신의 창자를 없애버리거나, 아니면 반대로, 그가 글에 썼듯이 온몸으로 창자가 되어버린다.

6. 창자 속에서 살아남기

이후에도 배창복의 글은 다소 횡설수설하며 길게 이어지고 있고, 인신공격의 강도도 더 높아지고 있다. 그러나 나는 이 정도로 인용을 멈추고자 한다. 앞으로는 그들의 글에서 어떤 부분도 이 자리에 다시 옮겨놓을 생각이 전혀 없고, 머리에 떠올리지 조차 않을 것이다. 자칫하면 나의 이야기 또한 겉으로는 매끈한, 그러나 복마전과 다를 바 없는, 그들의 글 속으로 빨려 들어갈 것 같기 때문이다.

점심시간을 맞아 거리는 정장 차림의 남녀들로 붐비고 있었다. 나는 정문을 향해 천천히 걸음을 옮겼다. 그러나 아직 나는 법원을 떠날 수 없었다. 점심시간 후에 속개되는 재판에서 한 번 더 증언대에 올라야 했기 때문이었다.

막 정문을 지나려 할 때, 누군가가 뒤에서 나를 불렀다. 돌아보니, 박지상의 사위이자 대리인이 반쯤 뛰면서 다가오고 있었다. 뇌물은 아니니 걱정하지 마십시오. 그는 내게 그렇게 말하면서 편지 봉투를 하나 건네주었다. 나는 그를 마주보며 선 채로 봉투를 열었다. 안에는 박지상이 내 앞으로 쓴 편지가 들어 있었다. 이따가 떠나시기 전에 교통비 수령하는 것 잊지 마세요. 대리인은 그렇게 말하고서 약간 경직된 얼굴 위에 앳된 미소를 슬쩍 떠올린 후에 몸을 돌렸다.

박지상은 내게 일종의 은사와도 같은 존재였다. 대학 시절에, 나는 그의 강의를 몇 번 들은 적이 있었다. 그러나 전공이 달라서 청강 정도에 만족했는데, 썩 만족스러운 강의는 아니었다. 어쩌면 정식으로 수강 신청을 하지 않은 것도 그 때문인지도 몰랐다. 훗날 사회에서 그를 만나 내가 그의 강의를 들었다는 이야기를 하자, 그는 필요 이상으로 반색을 하며 즐거워하는 모습을 보였다. 그 후로, 그는 여러 행사장에 나를 불러냈고, 연말이나 명절 때면 그의 연구실에서 다른 제자들과 함께 하는 자리에 나를 초대했다. 지금 나는 그의 인격이나 품성에 대해 이야기할 필요를 느끼지 않는다. 단지 이 점만은 밝히는 것이 필요할 듯한데, 특히 박지상은 나를 포함하여 모든 제자들에게 가능한 한 현실적인 도움을 주고자 배려했다. 나 역시 몇 번 혜택을 받았고, 그 와중에 거북함과 부담감을 느끼기도 했지만, 여하튼 그로 인해 그와 나 사이에 끈끈한 끈이 생겨난 것은 부인할 수 없는 노릇이었다.

편지는 그리 길지 않아서, 삼십여 줄 정도였다. 그러나 처음부터 곳곳에서 눈에 띄는 의례적인 문구에, 몇 줄 읽지도 않고 손 안에서 구겨버렸다. 그때 나는 왠지 이상한 기미를 느끼고서 고개를 돌렸고, 저만치 떨어진 분수대 옆에서 대리인이 나를 지켜보고 있는 것을 발견했다. 그는 나와 눈이 마주치자 바지 주머니에 두 손을 찌르고서 건물 현관 쪽으로 걸어갔다. 나는 구겨진 편지를 상의 주머니에 넣고서 정문을 지나 밖으로 나왔다.

내내 창자에 대한 생각에 빠져 있다가 식사를 하려고 하니, 수저를 들기도 전에 뱃속이 더부룩해졌다. 먹는 일에 집중하지 못하다 보니,

미처 씹지도 않은 밥알들이 자주 뱃속으로 쓸려 들어갔고, 거기에 나도 모르게 자꾸 신경이 쓰였다. 그러다 보면, 잠시 후 뱃속에서 그 밥알들이 폭탄처럼 터지는 소리가 요란하게 들리곤 했다. 또한 나는 내 이가 음식을 씹는 소리, 음식이 위아래 치아에 의해 부서지는 소리에 깜짝깜짝 놀라기도 했다. 심지어 음식물이 몸속으로 들어가서 소화되고 흡수되어 살이 찌는 소리, 그런가 하면 살이 못되어 헛되이 배설되기를 기다리며 꾸르륵거리는 소리가 들리기도 했다. 그렇게 식사는 끊임없이 어려움에 봉착했다. 그러나 나는 적어도 손만을 활기차게 움직이려고 노력했다. 아침 식사도 제대로 하지 못한 상태에서 오전 시간 내내 흥분해 있었던 터라 기력이 쇠했다는 것을 나는 알고 있었다. 그렇다면 조증을 유지하기 위해서라도 어떻게 해서든 창자를 가득 채워야 했다. 그런 생각이 들자 비로소 내 속에서 들려오는 그 많은 소리들이 서로 어우러지며 아름다운 가락처럼 나를 흥겹게 했고, 마침내 나는 만족스럽게 식사를 마칠 수 있었다.

다시 거리로 나오자 맑은 가을 하늘에 뭉게구름이 떠 있었다. 그 흰 구름에는 군데군데 어둡게 얼룩이 져 있었는데, 그것들이 구름의 거무스레한 눈알처럼 보여서, 마치 수증기로 이루어진 거대한 괴물이 수많은 눈깔을 한꺼번에 뜨고서 나를 물끄러미 내려다보고 있는 것처럼 여겨졌다. 게다가 그 구름이 손에 닿을 듯하여 나는 생각 같아서는 팔을 공중으로 뻗고서 겅중겅중 뛰고 싶을 지경이었다. 그러나 나는 자제를 했다. 다른 때라면 몰라도 지금 나는 공적인 역할을 수행하고 있는 중이고, 이곳이 법원 앞이므로 공연히 남의 이목을 끄는 의심스런 행동은 하지 않는 편이 나았다. 나는 한동안 길 위를 어슬렁거리다가, 뱃속이 다소 편안해진 후에 법원 건물 앞으로 돌아왔다. 건물은 여전히 내 눈에 날개를 펼치고 있는 독수리처럼 보였다. 나는 계단 앞에 멈춰 서서 그 위압적인 건물을 가만히 올려다보았다. 그때 그 독수리가 눈을 번쩍 뜨고서 잠시 나를 노려보더니, 부리를 한껏 벌려 귀청을 찢는 울음소리를 토하고는 날개를 세차게 펄럭이 며 하늘로 날아올랐다. 물론 환영이었다. 그러나 나는 마침내 내가 활력을 회복하고서 조증 상태를 되찾았다는 것을 알았다. 다시금 들 뜬 눈으로 주위를 돌아보자, 어디선가 웃음소리가 들려왔고, 가벼운 물건들이 바람에 날아올랐고, 여인들의 스커트가 펄럭거리며 허리 위로 들려 올려졌다.

7. 야만과 통찰

증인 대기실에 앉아서 녹차를 마시고 있을 때, 그들이 다시금 번 갈아 나를 찾아왔다. 그러나 그들은 아까와는 사뭇 다른 화제로 대 화를 이끌었다. 검사는 내게 상황을 좀 더 심각하게 받아들일 것을 권했다. 그리고는 짐짓 은밀한 어조로, 공공연히 타인의 명예를 훼 손한 자는, 그 적시된 내용이 사실일 경우에도 2년 이하의 징역이 나 금고 또는 5백만 원 이하의 벌금형에 처하며, 사실인 아닌 경우 에는 5년 이하의 징역, 10년 이하의 자격정지, 또는 1천만 원 이하 의 벌금형에 처한다는 점을 염두에 두기 바란다고 덧붙였다. 그런 가 하면, 변호사는 증인의 증언이 의도적으로 어느 한쪽에 유리하 게 진술되는 경우에는 위증죄로 고소될 수 있다고 말했다. 형법 제 152조 제1항에, 법률에 의하여 선서한 증인이 허위의 진술을 한 때

는 5년 이하의 징역 또는 1천만 원 이하의 벌금에 처한다고 되어
있고, 제2항에는 형사사건에서 피고인이나 피의자를 모해할 목적
으로 위증을 할 때는 10년 이하의 징역에 처한다고 되어 있다는 것
이었다.

그들이 대화를 나누었다기보다, 짧은 시간에 일방적인 통보를 하
고 나서 물러간 뒤에, 대기실에 있던 다른 증인들이 곁눈으로 나를
힐끔거렸다. 그러나 나는 남들에게 관심의 대상이 되는 것이 싫지
않았다. 나는 의자에 앉은 채 잠깐 졸았다. 물론 식곤증 탓에 졸음이
찾아든 것일 테지만, 거기에는 잠시 후에 닥치게 될 마지막 공방전
에 대비하여 힘을 비축해두려는 의미도 없지 않았다. 그런데 꿈을
꾸었고, 꿈속에서 수없이 많은 독수리들이 날아다녔다. 나도 그 독
수리들 중의 하나였는데, 나는 동료들과 함께 날개를 거칠게 퍼덕이
며 몰려다녔다. 우리는 인간의 내장을 찾고 있었다. 그러나 어쩌다
인간을 발견하여 부리와 발톱으로 제압한 뒤 배속을 헤집어 보면,
놀랍게도 하나같이 내장이, 특히 창자가 들어 있지 않았다. 창자가
없는 탓에 몸통 속에서 음식물이 함부로 돌아다니며 피와 섞여 함께
썩어가고 있었다. 우리에게는 최악의 먹잇감인 셈이었다. 우리가 먹
지 못하도록 누군가가 일부러 인간들의 몸에 장난을 쳐 놓은 게 아
닐까 싶을 정도였다. 결국 우리는 발톱을 세우고서 서로의 몸을 향
해 달려들었다. 깃털이 흩어지고 비명이 일어나고 살이 찢기고 피가
바람에 날렸다. 항문을 통해 물똥이 빠져나와 허공에서 흩날렸다.
그러다가 나는 잠에서 깨어났다.

8. 2차 증언

오후 네 시경에 다시 증인석에 섰을 때, 나는 아까와는 분위기가 사뭇 다르다는 것을 한눈에 알아보았다. 내가 제법 여유 있게 싱긋 미소를 지으며 법정 안을 돌아보자, 검사와 변호사가 동시에 불편한 표정을 지었다. 지금까지 내내 변비와 싸우다 마침내 지쳐서 포기한 듯한 모습이었다. 물론 나로서는 내가 법정에 들어서기 전에 어떤 상황이 벌어지고 있었는지 전혀 알 길이 없었다. 그러나 그런 것은 애초에 내게 중요한 게 아니었고, 내가 감지한 변화는 그런 종류의 것이 아니었다. 그보다는 훨씬 더 근본적이면서 기이한 것이었다.

이윽고 검사 쪽에서 아까 증인 대기실에서보다는 훨씬 다정하고 부드러운 어조로, 배창복이 어떤 의도로 그런 글을 썼다고 생각하느냐고 내게 물었다. 나는, 나 또한 배창복이 왜 굳이 그런 식으로 글을 썼는지 여러 번 생각해 보았지만, 여전히 마땅한 대답은 찾지 못했다고 대답했다.

그러자 검사가 다시 말했다.

"그런 상식을 벗어난 공격성은 모종의 탐욕이나 결핍의 결과라고 생각하지 않습니까?"

나는 그럴 수도 있을 것 같다고 대답했다. 그러자 검사는 내 말에 힘을 얻은 듯이 한동안 신랄한 어조로 피고를 공격했다. 나는 검사의 그 공격적인 말이야말로 모종의 탐욕이나 결핍의 결과가 아닐까 생각했다. 그러나 그 말을 입 밖으로 내지는 않았다.

여하튼 그때부터 검사와 변호사 사이에서는 아까와 크게 다르지 않은 공방이 벌어지기 시작했다. 변호사는 육체와 정신이 지극히 예민했던 한 소년이 세파를 헤치며 살아오는 동안에 배알이 없는 삶을 강요당했다고 말하고서, 내게 동의를 구했다. 그러자 검사는, 배창복을 가리키며, 피고의 저 뻔뻔스런 표정을 보라, 피고에게는 창자가 없는 게 아니다, 피고야말로 오히려 창자가 너무 길 뿐만 아니라 너무 많아서 소의 되새김위와 다를 바 없을 게다, 저렇게 소처럼 앉아서 끊임없이 속의 것을 게워내어 되씹는 표정을 짓고 있지 않느냐, 그게 과거의 사소한 원한 관계를 되새기며 의도적인 보복을 꾀할 궁리를 하는 게 아니라면 달리 무엇이겠느냐, 그렇게 장황하게 말하고서 나를 바라보았다.

나는 위와 장은 엄연히 다른 것이라고 말을 하려다가 입을 다물었다. 대신 나는 고개를 돌려 배창복 쪽을 보았다. 그때 나는 그와 시선이 마주쳤다. 평소에는 정시공포증이라도 있는 사람처럼 상대방의 얼굴을 똑바로 쳐다보지 않는 그가 나를 노려보듯 응시하고 있었다. 하지만 이번에도 그는 얼마 후에 제풀에 씩 웃으며 고개를 떨구었다.

그 모습을 보자, 나는 문득 이상한 기분이 들었다. 그들이 하는 말이 실상은 배창복이, 정작 자신은 입도 열지 않으면서, 그들의 입을 통해 자기가 하고 싶은 말을 두 갈래로 동시에 이끌어나가고 있다는 인상을 받았던 것이었다. 젊은 시절 그의 기발한 말솜씨가 다시 살아나기라도 한 듯한 느낌이었다. 지금 그는 복화술사였다. 그러나 복화술사는 배창복만이 아니었다. 가만히 들어 보니, 그 자리에는 존재하지도 않는 박지상이 검사는 물론이고, 변호사의 입을 통해서도 쉬지 않고 말을 하고 있었다.

그때부터 나로서는 그들의 말을 점점 더 종잡을 수가 없게 되었다. 이제 그들도 나를 아랑곳하지 않고서 자기들끼리 언쟁을 벌이듯이 빠르고 거칠게 말을 주고받았다. 나는 정신을 차려야겠다는 생각에 뭔가 집중할 것을 찾아 법정 안을 유심히 돌아보았다. 그때 나의 눈길이 방청석에 앉아 있는 한 여자의 얼굴 위에서 멈추었다. 옅은 화장을 한 그 여자는 붉은색 원피스를 입고 목에 베이지색 스카프를 두르고 있었다. 방청이 제한되었기 때문에 방청객의 숫자는 많지 않았는데, 맨 왼쪽 구석자라에 앉아 있던 그 여자는 유독 넋이 나간 듯이 입을 반쯤 벌린 채 판사석 쪽을 바라보고 있었다. 그리고 그 옆에서는 열 살이 채 안 되어 보이는 남자 아이가 다리를 흔들며 게임기로 전자오락에 몰두하고 있었다. 그 아이가 어쩌다 고개를 들 때마다, 나는 아이의 눈빛이 몹시 불안정하게 흔들리는 것을 보았다.

이제 검사와 변호사는 서로 삿대질을 하며 언성을 높이고 있었다. 판사들은 졸고 있었고, 그 중에 여자 판사는 얼굴 위로 쏟아져 내린 머리카락을 입으로 후후 불고 있었으며, 재판장은 눈을 뜬 채 코를 골고 있었다. 그 밑에서는 너댓 마리의 하이에나들이 죽은 짐승의 배에서 흘러나온 창자에 코를 박고 있었다. 내 양 옆으로 출입문 두 개가 활짝 열려 있었는데, 한쪽 문으로는 식도처럼 생긴 긴 통로를 통해 누르스름한 빛이 쏟아져 들어왔고, 다른 쪽 문으로는 문틀 너머로 직장 속처럼 시커먼 어둠이 도사리고 있었다.

그러나 나는 꿈을 꾸고 있는 게 아니었다. 그때 비로소 나는, 박지상이 〈창자 없이 살아가기〉라는 제목으로 처음 쓰고 배창복이 〈배알 없는 삶이라니〉라는 제목으로 댓글을 달았던 그 글을 지금 내가 다시 쓰고 있는 중이라는 사실을 깨달았다. 내가 쓰고 있는 이 글의 제목은 아마도 〈창자 속에서 살아남기〉가 될 것이었다.

9. 법정 구속

요컨대, 그곳은 동물 법정이었다. 수많은 동물들이 한자리에 모여서 각기 자기 창자가 가지고 있는 문제점에 대해 왈가왈부하면서, 입을 모아 조물주를 성토하고 있었다.

잠시 후, 검사와 변호사가 똑같이 상기된 얼굴로 거의 숨을 헐떡이며 내 앞으로 돌아왔다. 그들의 지치고 절망적인 표정을 바라보던 나는, 마침내 사실을 밝히기로 마음을 정했다. 하지만 솔직히 고백하자면, 내가 하려는 그 말은 나 자신도 방금 전까지는 전혀 생각조차 못했던 것이었다. 하지만 가만히 생각해 보니, 분명 그 말 속에 진실이 들어 있었고, 이제라도 그 말을 할 수 있기에 이른 것은, 물론 조증이 내게 불러일으킨 능력이었다.

사실, 박지상의 글은 애초에 내게서 모티브를 얻은 것이었다. 언젠가 나는 그와 저녁식사를 함께 하던 자리에서 콘래드의 소설을 화제에 올렸다. 그리고는 그 소설 속의 한 인물이, 오지에서는 창자 없이 살아가야 한다고 주장하는 부분에 대해 이야기했다. 그때 나는 박지상의 눈이 반짝 빛을 발하는 것을 보았다. 나는 순간적으로 그의 눈빛이 달라지고 그의 비만한 몸이 잠깐 꿈틀하며 비밀스런 파동을 일으키는 것을 놓치지 않았다. 그와 동시에 내 속에서도 창자가 따끔거리는 자극이 느껴지면서 조증의 작은 폭발이 일어났다.

나는 짐짓 무심한 표정으로 그에게 그 인물을 가지고 글을 한 번 써 보라고 박지상을 부추겼다. 그는 처음에는 사양을 했지만, 곧 마지 못한 듯, 자기에게 특히 흥미로운 테마니만큼 한번 생각해 보겠노라고 말했다. 그리고는 얼마 후에 나는 그 글이 신문에 발표된 것을 보았다.

배창복의 경우도 크게 다르지 않았다. 실로 오랜만에 다시 만나 함께 술을 마시던 자리에서, 처음부터 그는 박지상을 지탄하는 말을 끝없이 늘어놓았다. 그때 나는 그에게 박지상의 글에 대해 언급을 하고서, 그 글이 가지고 있는 문제점에 대해 슬쩍 운을 떼었다. 그러나 배창복에게는 그것으로 충분했다. 내가 굳이 부추기고 말고 할 것도 없었다. 나는 어느새 그의 눈빛이 달라진 것을 보고서, 그가 박지상의 글을 물고 늘어질 것이라는 것을 분명히 예감했다. 그러자 다시금 내 속에서 술을 잔뜩 머금은 창자가 세차게 꿈틀거렸고, 동시에 훨씬 더 큰 조증의 폭발이 일어났다.

검사와 변호사는 내 말을 듣고 나서 정신이 번쩍 든 표정으로 서로를 돌아보았다.

그때 방청석에서 누군가가 중얼거렸다.

"참자, 참아, 창자고 뭐고 참자고."

그 중얼거림이 법정 안 전체에 울려 퍼졌고, 몇몇 사람이 웃음을 터뜨렸다. 그 바람에 두 사람은 잠시 머쓱해져 있었는데, 둘 중에서 변호사가 먼저 내게 왜 그런 짓을 했느냐고 따지듯이 물었다.

"세상에 대한 분노와 나 자신에 대한 모멸감 때문이었지요."

내 대답에 검사가 물었다.

"세상에 대해 분노를 느끼는 까닭은 대체 뭡니까?"

“세상이 내게 모멸감을 일으키기 때문이지요.”

이번에는 변호사가 물었다.

“모멸감을 느끼는 이유는 대체 뭡니까?”

“내가 세상에 대해 터무니없이 분노를 느끼기 때문이지요.”

내 말이 끝나자마자, 검사가 갑자기 손뼉을 치며 소리쳤다.

“완벽합니다. 정말 완벽해요.”

그리고는 판사석을 바라보며 말했다.

“재판장님, 저는 이제 증인에게 더 이상 증언을 할 자격이 없다고 생각합니다. 감히 말씀드리자면, 정신 감정이 필요하다고 생각합니다. 증인이야말로 불온한 인물입니다. 게다가 보시다시피, 증인은 재판의 원활한 흐름을 막고 있습니다. 이 법정에 소화불량의 원인이 되고 있다는 말입니다.”

그러나 검사의 말이 채 끝나기도 전에 출입문이 열리면서 한 남자가 목발을 집고 절뚝거리며 들어왔다. 놀랍게도 그는 박지상이었다. 그때 방청석 왼쪽 구석에서 소란이 일어났다. 하지만 그 소란은 박지상 때문이 아니었다. 붉은색 원피스를 입고 베이지색 스카프를 두른 그 여자, 그 여자 옆에 앉아 있던 그 아이가 경기를 일으킨 것이었다. 나는 아까부터 그 아이의 눈빛이 어딘가 이상하다는 것을 알고 있었다. 아이가 거품을 물고서 두 팔을 허우적거리고 있었다. 붉은색 원피스의 여인이 허둥거리며 아이를 진정시키기 위해 애썼다.

물론 아까 나는 첫눈에 그 여자를 알아보았다. 그녀의 가늘고 푸른 목덜미가 내 눈에 들어왔다. 나는 그녀가 배창복의 출판사에서 일할 때, 자주 그 목을 유심히 바라보곤 했다. 그 여자는 한때 배창복과 동거를 했었고, 지금은 박지상과 정식으로 결혼을 하여 살고 있었다. 그 아이의 아버지가 누구인지는 아무도 몰랐고, 분분히 소문만 떠돌 뿐이었다. 유치하게 들릴지 모르지만, 이번 소송의 배후에 그녀가 자리 잡고 있다는 것은 부인할 수 없는 사실이었다. 어떤 의미에서 배창복은 그 여자 때문에 박지상을 공격했고, 박지상은 그 여자 때문에 뒤로 물러설 수 없었다. 이 정도의 짐작은 조증의 통찰력을 빌지 않아도, 누구나 할 수 있을 것이다. 그날 술자리에서, 배창복은 그 여자야말로 세상에서 창자가 가장 짧은 사람이라는 비난을 서슴지 않았다. 늙은 남자와 못난 남자가 젊지도 늙지도 않은 한 여자를 놓고서 소유권 다툼을 하는 그 꼴은 누구든 밸이 꼴리게 하지 않을 수 없을 것이다.

그러나 잠깐 주목해주기를! 이제부터 내 이야기는 본격적으로 시작된다. 애초에 나는 명예훼손죄 소송이나 치정 사건의 전말에 대해 이야기하려는 게 아니었다. 나는 나의 조증과 그로부터 비롯되는 통찰과 야만에 대해 이야기하려 했던 것이다. 지금 내 머릿속은 창자속을 닮아가고 있다. 덕분에 내 머리는 리드미컬하게 움직이고 있다. 내 뜻을 전하기 위해서라면 나로서는 배를 가르고 창자를 꺼내어 내던질 용의도 있다.

우리는 죽을 때까지 자기 창자에서 한 발도 벗어나지 못하는 존재들이다. 창자는 천문학적 숫자의 대장균이 살고 있는, 부패와 소멸의 현장이다. 그리고 법관들과 방청객들과 이곳에 있는 모든 이들이여, 당신들이야말로 이 지옥 속의 강력한 세균들이다. 나는 박지상과 배창복이 작당하여 만들어 놓은 함정에 걸려들었다. 나는 당신들이 나 같은 불순분자를 찾아내기 위해 이런 어설픈 연극을 계획했다는 것을 알고 있었다. 조증의 통찰력이 나로 하여금 일찌감치 그 사실을 간파하게 했다. 지금 당신들은 나라는 인간을 데려다 놓고서, 소화력 경쟁을 벌이고 있다. 누가 가장 빨리 나를 소화할 수 있는가를 두고서 시합을 벌이고 있고, 방청객들, 당신들도 모두 거기에 동참하고 있다.

하지만 나는 그럴 줄 미리 알고 있었으면서도 증인으로 채택되기를 간절히 바랐다. 나는 나 스스로 이 창자 속으로 끌려 들어오기를 원했다. 이곳이야말로 바로 그 끔찍한 암흑의 오지다. 지금 이 순간에도 풍토병이 기승을 부리고 있는 이 오지의 핵심에서, 당신들은 바이러스에 다름 아니고, 기껏해야 변비 환자의 창자를 채우고 있는 똥덩어리와 다를 바 없다.

인간들도 거미들처럼 그물을 친다. 그러나 그물을 치는 인간은 결국 자기가 친 그물에 걸려든다. 거미와 인간의 차이는 그것이다. 예전에 나는 이미 한 번 당신들의 거미줄에 걸린 적이 있고, 당신들의 창자 속에 갇힌 적이 있다. 그리하여 이제 내가 내 발로 걸어서 이 속으로 들어왔다. 애초에 명예훼손도, 여자를 두고 벌이는 암투도, 내게는 전혀 중요하지 않았다. 바로 이 순간, 내가 한때 나를 집어삼켰던 이곳, 창자 속, 암흑의 오지 속에 다시 들어와 있다는 사실이 단지 중요할 뿐이다.

내가 바로 너희들이 찾던 창자 없는 사람이다. 지금 내 창자는 내목에 화환처럼 걸려 있다. 오래 전에 나는 이곳에서 지옥을 보았다. 그 지옥의 풍경이 내내 내 머리에서 떠나지 않았고, 결국 나는 사자의 입 속에 다시 머리를 집어넣기로 했다. 죽음의 신이 건네는 말에 귀를 기울여 나의 교만에서 빠져나오려 했다. 그렇게 하여 다시는 지옥 속으로 떨어지지 않으려 했다.

지금, 이 창자의 지옥 속에서 나는 즐거움을 느낀다. 내게는 그럴 만한 용기가 있다. 그 용기에 힘입어, 나는 비로소 진실을 말하고 있다. 이는 물론 조증 덕분이다. 나는 기쁨으로 충만한 폭탄이다. 너희 창자 속에 장치된 폭탄, 똥 폭탄이다. 나는 이 폭탄으로 당신들의 창자를 날려버리기로 했다. 그리하여 지금 나는 기쁜 마음으로, 변비에 걸린 당신들의 창자에 관장을 하고 있는 것이다. 똥물이 항문 밖으로 평안하게 흘러내려가게 하여, 흐르는 똥물 같은 평화가 당신들의 뱃속에 자리 잡게 하려는 것이다. 뱃속의 관장이 또한 머릿속의 관장도 가능하게 할 것이다. 지금 나는 또한 심리적 관장으로 당신들의 조증과 울증을 씻어내 주고 있는 것이다. 지금 내 말이 당신들 속으로 물처럼 흘러든다. 이 물로 된 말 속에 모든 비밀과 진실이 들어 있다. 이 말이 세상의 창자 속으로 흘러들어 음모를 꿰뚫고 핵심에 닿을 것이다.

내가 소리 높여 말을 하며 동전을 던지고 꽃을 뿌리자, 사람들이 환호성을 지르며 그것들을 줍기 위해 이리저리 몰려다녔다. 그와 동시에 오페라 아리아와 교향곡이 내 귓전에서 쾅쾅 울렸다. 나는 악단의 지휘자가 되어, 그 지옥의 오페라에 맞추어 허공에 처든 두 팔을 힘차게 흔들었다.

그때 정숙하라고 외치는 재판장의 목소리가 내 귀에 들려왔다. 그러자 우아하게 실내의 공기를 가르던 내 손이 허공에서 잠시 비틀렸다. 하지만 내가 들어 있는 곳은 이미 오래 전에 재판정이 아니었다. 이제 그곳은 명실공히 누군가의 창자 속이었다. 창자의 연동과 분절 작용이 활발하게 일어나고 있어서, 반쯤 소화된 채 그곳으로 흘러든 사람들과 그 모습을 보고서 놀라 어찌 할 바를 모르는 사람들이 한데 뒤섞여 이리저리 휩쓸리고 있었다. 그리고 창자 점막의 분비샘에서 분비된 점액이 그들 위로 쉴 새 없이 오물처럼 뿌려지고 있었고, 수천종의 장내세균들이 떼를 지어 그들에게 달려들었다. 박지상과 배창복의 모습도 이미 그 속으로 사라져 보이지 않았다. 내 온몸이 다시 춤을 추듯 흔들렸다.

그때 재판장이 나무망치를 들어 탁자를 내리치며 소리쳤다.

"법정모독죄와 위증죄로 증인의 구속을 명한다."

나는 재판장을 향해 소리쳤다.

"당신도 드디어 창자 없이 사는 법을, 배알도 불알도 없이 사는 법을 배웠다. 내가 그것을 당신에게 가르쳤으니, 이제 나는 더 이상 바랄 바가 없다."

그와 동시에 나는 어떤 강력한 힘이 양쪽에서 내 몸을 조이는 것을 느꼈다. 이윽고 나는 문밖으로 끌려 나가 복도를 따라 걸었다. 그렇게 어딘지 모를 곳으로 호송을 당하는 동안, 내 몸 또한 그 창자 같은 공간의 연동과 분절 작용에 의해 산산이 부서지면서, 저 직장 속처럼 검은 구멍을 향해 천천히 빨려들어가기 시작했다. 나는 잠시 내가 아무에게도 이해받지 못하고 있다는 사실을 절감했다. 그러자 조증의 껍데기만이 나를 간신히 지탱하고 있다는 생각이 찾아들었다. 하지만 내게서 조증은, 세상에 대한 분노와 자기 모멸감이 서로 만나는 자리이자, 그 순간이었다. 그제야 비로소 나는 나 자신을 이해할 수 있었다. 그러자 뱃속이 묵지룩해지면서, 머릿속에서는 통찰의 순간이 끊임없이 이어졌다. 이윽고 나는 눈을 감았다. 그리고는 계속 걸음을 옮기며, 눈을 감은 채 걸을 수 있는 걸음

수를 헤아렸다. 눈에 보이지 않는 저 구멍은 이제 내게는 해방을 향
한 출구였다.[1] ✕

[1] 이 작품은 한신대학교 연구비 지원을 받아 씌어졌음.

| 창자 없이 살아가기 | 최수철

울증 시대에 조증으로 읽는 재미와 통찰의 극적 드라마

이 미 림 | 원주대 교수 · 문학평론가

최수철 소설은 어렵고 난해하며 독창적인 자의식의 글쓰기여서 특유의 독법이 필요하다. 그의 문학은 기존의 소설구조와 문법을 해체시키고 있으므로 일상적이고 관습적인 독법으로는 이해하기 어렵다. 이러한 소설쓰기의 방법론은 타성에 젖은 독자들을 반성하고 성찰하게 하는 효과를 얻고 있다. 그의 소설은 대체적으로 줄거리 요약이 되지 않거나 요약 자체가 무의미하며, 글쓰기에 대한 글쓰기를 하고 있으므로 소수의 고급 독자들에게 읽혀지고 있다. 그의 문체는 사변적이고 지적이며 유희적이고, 사물이나 인간의 몸짓에 귀 기울이고 있다. 그는 귀, 코, 입, 눈, 몸을 통한 신체언어 혹은 몸짓언어에 대한 소설을 여러 편 남김으로써, 인간관계와 소통단절, 대화에 대한 욕망과 말의 진술에 관심을 가지고 있다. 또한 관념과 의식에 우선하여 현실과 몸의 구조를 획득하며 긴밀한 연계를 드러내는 글쓰기 전략을 구사하고 있다. 말과 글의 한계와 불신으로 그에게 몸짓언어는 또 하나의 문자언어를 대신하고 있으며, 몸이라는 기호가 얼마나 많은 신호를 보내고 있는지를 천착하고 있다. 세상과 타협하거나 소통하지 못하는 주인공들은 공황상태이거나 기억상실증 혹은 조증 환자로 부조리와 모순으로 가득 찬 현실을 정상적으로는 살아낼 수 없음을 보여준다.

소설의 줄거리나 서사구조보다는 표현적인 방법에 더 몰두하는 기존의 최수철 소설과는 달리 「창자 없이 살아가기」는 재미있고 가독성을 지닌 알레고리 소설이다. 소설의 법적 공방 과정도 일관되게 서술되며 작중인물의 성격이라든지 관계에서도 인과성과 논리성이 뚜렷하고 서술자의 논평이 개입되면서까지 주제를 친절하게 제시해주고 있다. 그가 관찰한 세상은 타성적이지 않으므로 진부하거나 지루하지 않으며 스릴과 반전의 반전을 보여주는 줄거리를 따라가다 보면 최수철 소설의 매력에 빠지게 된다. 물론 이 소설에서도 여전히 최수철 문학의 특징이 드러나고 있다. 소설 제목부터 논설이나 사설의 냄새를 풍기고 있으며, 환영과 꿈을 통한 의식의 세계를 그린다든지 신체의 일부인 '창자'라는 단어가 무려 85번이나 등장할 정도로 당황스럽고 엽기적인 소재를 지니고 있기 때문이다.

법원을 배경으로 명예훼손 재판이 전개되는 「창자 없이 살아가기」는 신문이나 잡지에 기고하는 사설 제목을 소설 제목으로 채택함으로써 독자의 호기심과 기대감을 갖게 한다. 판사, 검사, 변호사, 증인, 방청객으로 구성된 한 편의 드라마와 같은 법원의 재판과정이란 언변, 진술, 말의 유희와 논리가 자행되는 담론의 장이다. 말의 소설을 쓰는 작가에게 법원은 언어의 모순과 자의성, 허위 등 그 한계가 드러나는 공간으로 적합하다. 이 소설은 '창자 없이 살아가기'라는 박지상의 글에 대해 배창복이라는 수필가이자 전직 출판사 사장이 '배알 없는 삶이라니' 라는 글로 반박과 인신공격에 가까운 야유를 하자 박지상 측에서 명예훼손 소송을 냈고, '내' 가 증인 출두를 하게 되지만 결국 법정모독죄와 위증죄로 구속당한다는 게 대강의 줄거리이다.

작가의 동물적 상상력은 주인공에게 법원 건물을 거대한 독수리로, 건물 내의 미로를 동물의 창자로 느끼게 만든다. 건물을 생물에 비유하고 조응하는 '나' 의 태도는 곧 사물에 대해 독특하게 관찰하는 작가의 시선이다. '나' 는 은사 박지상과 지인 배창복 양측 모두에게 증인으로 채택된다. 서로 자기편으로 끌어들이려는 검사와 변호사 사이에서 '나' 는 마치 사육사나 조물주가 된 것처럼 즐겁고 유쾌해진다.

'창자 없이 산다는 것은 인간의 실존적 조건에 대한 겸허한 수용에서부터 출발하여 인간성의 지평을 넓히려는 긍정적인 의지' 를 담는 것으로 창자 없이 살아야 되지 않겠냐는 박지상의 사설에 대해 배창복은 '배알 없는 삶이라니' 라는 글로 응수한다. 그는 창자가 긴 자와 창자가 짧거나 아예 없는 자로 인간을 나눌 수 있으며 탐욕스럽고 타인에게 해를 끼치는 창자가 긴 자들이 창자 없는 인간을 생산하고 반어적 어법을 만드는 모순에 대해 비판을 가하면서 박지상을 공격한다. 인간의 탐욕에 대해 풍자하고 성찰하는 두 편의 글을 보면서 나는 그들의 저의를 파악하고 있다. 박지상은 나의 은사이자 현실적인 도움을 주고자 배려한 인물이지만 거북함과 부담감이 느껴졌던, 사회적으로 명망이 높고 석좌교수로 있는 늙은 문사이고, 배창복은 사십대 후반의 수필가이자 전직 출판사 사장이다. 배창복은 예리한 지성과 자기파괴적 충동에 가까운 무모한 용기를 가진 사람으로 독설과 악담으로 유명하며 따돌림의 대상으로 정시공포증까지 가지고 있다.

법정에는 박지상의 사위인 검사가 그를 대신하고 있으며, 배창복 본인 자신도 법정 안에서는 복화술사에 불과할 뿐이다. 창자가 마치 인간을 잡아먹는 것과 같은 형국인 법정에서의 공방에 당사자들이 아닌 검사, 변호사의 입을 통해 쉬지 않고 말을 하고 있는 것이다. 이해관계자 없이 대리인들의 진술로 판결을 내리는 방식과 말의 모순이 드러나고 있다. 그러나 인간의 탐욕을 창자와 배알로 으르렁거리는 이들의 격렬한 명예훼손 공판 뒤에는 방청석에 앉아있는 붉은색 원피스의 여인 때문이라는 진실이 숨겨져 있다. 그녀는 출판사를 운영하는 배창복과 한때 동거를 했으며 지금은 박지상과 정식으로 결혼한 사이로 아이의 아버지가 누군지 모른다는 소문만 무성하게 떠도는 상태이다. 그러니까 배창복은 그 여자 때문에 박지상을 공격하였던 것이고 박지상 역시 그 여자 때문이라도 뒤로 물러설 수는 없었다. 지성과 논리에 호소하는 창자논쟁의 배후에 엉뚱하게도 치정에 얽힌 사연이 숨겨져 있었던 것이다. 겉으로 드러난 현상과 사실만으로 따지고 재단하는 법원의 객관적이고 엄정한 논쟁과 공방마저도 이렇게 허약하고 진실이 은폐된 채 표피만을 건드리는 것일 뿐이다.

소설은 다시 원점으로 돌아가서 자신의 조증 상태라는 설명을 무려 24번이나 반복함으로써 결국 이 소설이 명예훼손죄 소송이나 치정 사건을 얘기한 게 아니라 조증으로부터 비롯되는 통찰과 야만에 대해 이야기하려 했던 것임을 작가는 밝히고 있다. 결국 ‘나’는 박지상과 배창복의 논쟁을 유도한 것이 자신이었음을 고백하게 되고, 왜 그런 짓을 했느냐는 질문에 세상에 대한 분노와 자신에 대한 모멸감 때문이라고 말하게 된다. 그리고 ‘나’는 불온한 인물로 낙인찍혀 어디론가 끌려간다. 고소인도 피고인도 아닌 증인이 죄인이 된 것이다. 그 순간 ‘나’는 아무에게도 이해받지 못하고 있다는 사실을 절감한다. 소통단절과 관계형성의 부재인 우리 시대와 이러한 현실에서는 조증환자가 되지 않고서는 살아 낼 수가 없는 것이다.

이 소설의 소재는 몸짓언어이다. 파편적이고 자의적인 말의 한계를 대신할 신체언어는 많은 메시지를 담고 있다. 소설의 핵심어인 '창자' 는 인간에게 복통, 설사, 소화불량, 배탈, 변비, 탈장증세, 통증, 기절, 졸도까지 만들어내는 창자의 언어이자 고함이며 외침이라고 작가는 말 한다. 두 지식인의 사설의 논쟁의 핵심인 '창자가 긴 자' 와 '창자가 짧 거나 아예 없는 자' 중 누가 더 탐욕스러운가라는 잣대의 무의미함과 허 망함을 드러내며, 주인공은 '우리는 죽을 때까지 자기 창자에서 한 발도 벗어나지 못하는 존재들이며 창자는 천문학적 숫자의 대장균이 살고 있 는, 부패와 소멸의 현장' 이라고 항변한다.

탐욕과 욕망만이 가득한 현실에서 조증이라는 비정상적인 상태에서 만이 살 수 있는 주인공은 법정 다툼에서 박지상도, 배창복도 아닌 자신 이 법정모독죄와 위증죄로 구속되는 반전이 일어난다. 정신의학의 권력 은 비정상인을 격리시키고자 하는데, 조증 환자인 나는 유희와 조롱으 로 일관하면서 법정에서 추방되고 만다.

창자라는 신체의 일부를 통해 현실을 진단하고 통찰하는 작가의 개성 과 혜안으로 무거운 주제를 가볍고 흥미롭게 표현함으로서 재치와 위트 가 돋보인다. 이름 자체가 배와 관련된 '배창복' 이라는 말의 조합이나, '내' 가 검사, 변호사와의 대화 중, '큰일을 한거지요.' '큰일을 냈지요.' '큰일 났네요.' 하는 언어유희는 소설읽기의 묘미를 독자에게 주고 있 다. '창자' 나 '조증' 이라는 단어만으로 많은 의미를 내포하는 소설을 창 조해내는 작가의 응시와 관찰이 놀랍고 대단하게 여겨진다.

「창자 없이 살아가기」는 인간이 살아가면서 무심하게 여겼던 신체의 일부인 창자라는 상상력을 통하여, 인간의 실존적 불완전함으로 인한 관계맺음, 문자언어와 말의 한계성, 소통단절, 성찰의 부재, 허위에 가려진 수많은 진실들, 인간의 탐욕과 위선 등 심각하고 무거운 문제들을 상징적으로 그려내고 있다.

모든 경계가 해체되고 이항대립구도를 무너뜨리는 포스트모더니즘 시대에 이 소설은 창자, 직장, 위, 식도 등 몸의 내부를 향한 응시와 관찰로 현상이나 외연이 아닌 본질과 진실의 문제를 포착하고 있다. 소설의 화자는 곧 작가 자신의 목소리이기도 한데 독수리와 창자의 환영과 꿈 이야기는 위반과 역설의 미학을 보여주고 있다. '나' 곧 작가는 선의에 의해 쓰인 글이 자신의 의지와 상관없는 타인에 의해 변호와 공격으로 활용될 수도 있으며, 영적인 깊이가 얕아진 인간에 대해 야유하고 있으며, 그물을 치는 인간은 결국 자기가 친 그물에 걸려들게 되는 삶의 이치 등을 끄집어내고 있다. 현장성, 실제성보다는 미학적 의미를 추구하는 그의 문학은 일상의 지루함과 의례적이고 제도화된 현실을 견디기 힘든 독자에게 마치 생소한 곳으로 여행을 떠나는 듯한 신선한 충격과 내면 들여다보기를 하게 하는 텍스트가 되고 있다. ❧

메모장

메모장

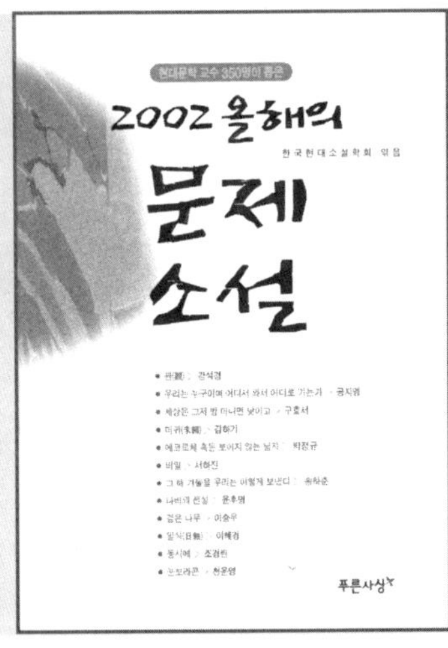

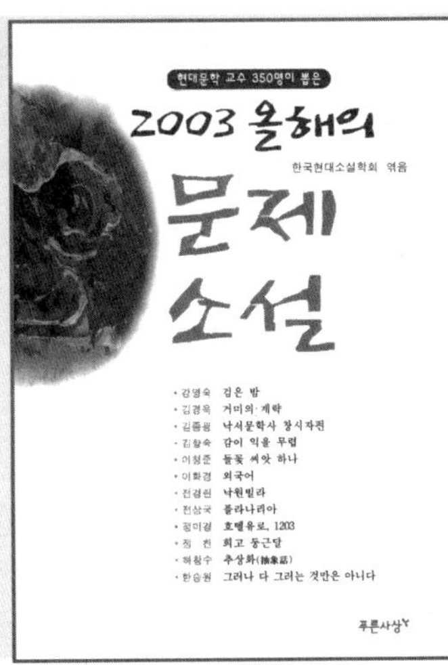

강석경	관觀	강영숙	검은 밤
공지영	우리는 누구이며 어디서 와서 어디로 가는가	김경욱	거미의 계략
구효서	세상은 그저 밤 아니면 낮이고	김종광	낙서문학사 창시자편
김하기	미귀未歸	김향숙	감이 익을 무렵
박정규	에코르체 혹은 보이지 않는 남자	이청준	들꽃 씨앗 하나
서하진	비밀	이화경	외국어
송하춘	그 해 겨울을 우리는 이렇게 보냈다	전경린	낙원빌라
윤후명	나비의 전설	전상국	플라나리아
이승우	검은 나무	정미경	호텔유로, 1203
이혜경	일식日蝕	정 찬	희고 둥근달
조경란	동시에	하창수	추상화抽象話
천운영	눈보라콘	한승원	그러나 다 그러는 것만은 아니다

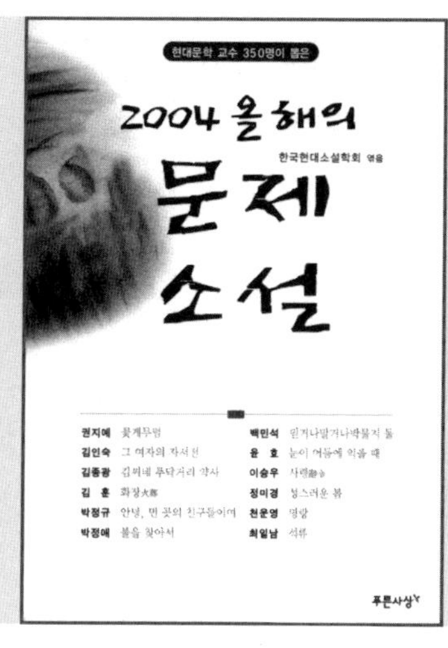

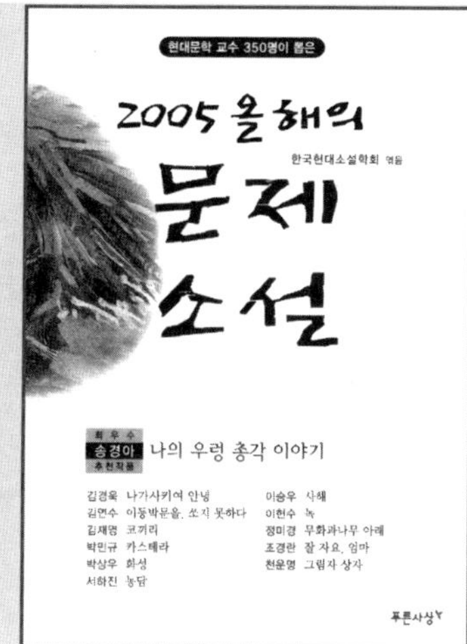

권지예	꽃게무덤	송경아	나의 우렁 총각 이야기
김인숙	그 여자의 자서전	김경욱	나가사키여 안녕
김종광	김씨네 푸닥거리 약사	김연수	이등박문을, 쏘지 못하다
김 훈	화장火葬	김재영	코끼리
박정규	안녕, 먼 곳의 친구들이여	박민규	카스테라
박정애	불을 찾아서	박상우	화성
백민석	믿거나말거나박물지 둘	서하진	농담
윤 효	눈이 어둠에 익을 때	이승우	사해
이승우	사령辭令	이현수	녹
정미경	성스러운 봄	정미경	무화과나무 아래
최일남	석류	조경란	잘 자요, 엄마
천운영	명랑	천운영	그림자 상자

雲堂 丘仁煥 文學全集

전27권 값1,100,000원

운당 구인환 문학전집 순서

1권　일어서는 산 1
2권　일어서는 산 2
3권　산 밑 사람들 1
4권　산 밑 사람들 2 ● 살아 있는 날들
5권　별들의 영가
6권　움트는 겨울 ● 하늘을 가리는 손
7권　동트는 여명 ● 낙타 동방으로 가다
8권　산정의 신화 ● 딩구는 자화상
9권　숨 쉬는 영정
10권　모래성의 열쇠 ● 프라하의 겨울
11권　촛불 결혼식 ● 벽에 갇힌 절규
12권　불타는 서울 ● 이 황홀한 날에
13권　가을에 온 여인 ● 흐르는 세월 그리고 소망
14권　사루비아의 정열로 벽돌을 ● 날개 접고 우는 새
15권　한 번 사는 세상인데 ● 신서유견문
16권　오늘의 소요 내일의 꿈 ● 러시아 북구를 가다
　　　● 두 번이면 좋은 어린시절
17권　문학개론
18권　소설론
19권　한국근대소설연구
20권　이광수소설연구
21권　한국현대소설의 비평적 성찰
22권　한국근대문학의 비평적 탐구
23권　현대소설작법 ● 근대 작가의 삶과 문학의 향취
24권　한국문학 그 양상과 지표
　　　● 지지 않는 청년의 등불, 이상재
25권　현대시인의 시적 정서
26권　비평의식의 투시도
27권　낭만, 이상, 그리고 삶의 흔적

박화성 문학전집

전20권

값 650,000원

서정자 편

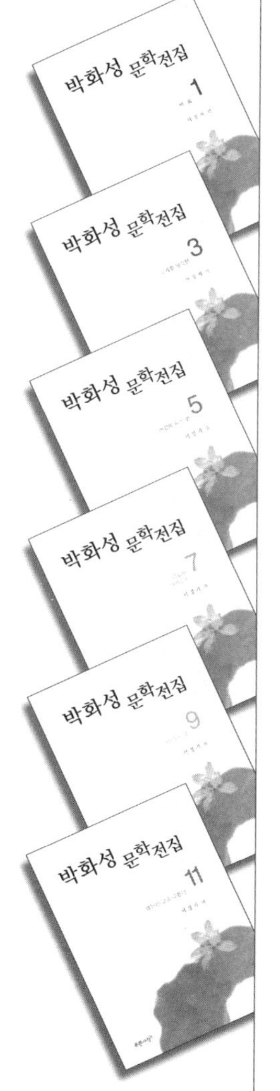

일제 식민지 치하에서는 일제의 침략과
억압에 고통받는 민중의 삶을 주로 그려
우리 문단의 촉망받는 신예작가로 평가를
받았으며 여성작가 최초의 장편소설 『백화』를
≪동아일보≫에 연재하여 장안의 지가를
올리기도 하였습니다.

특히 일제강점기간 친일을 하지 않은
몇 되지 않은 문학인이기도 한 박화성 선생은
해방 후에도 『고개를 넘으면』 등의 소설을
통해 일제 식민지 치하에서 보여주었던 민족
의식을 바탕으로 새 조국의 젊은이들이
지녀야 할 도덕과 윤리를 제시하는 등
인기 작가로서 수많은 장편을 썼습니다.